유병재 대본집
니콘

일러두기

1. 이 책은 유병재 작가의 대본 집필 형식을 최대한 따라 편집했습니다.
2. 드라마 대사는 글말이 아닌 입말임을 감안하고, 캐릭터 고유의 개성과
   집필 의도를 살리기 위해 한글맞춤법에 어긋나는 표현도 그대로 실었습니다.
3. 띄어쓰기 및 줄임표, 쉼표, 마침표, 큰따옴표 등 문장부호 역시 최대한
   작가의 의도를 반영해 편집했습니다.
4. 실제 시트콤 드라마 촬영에 사용된 작가의 최종 대본을 수록했으나,
   기획의도와 맥콤 크루 소개는 '초기 기획안'의 내용으로 일부 방송과
   차이가 있을 수 있습니다.

유병재 대본집
니
콘

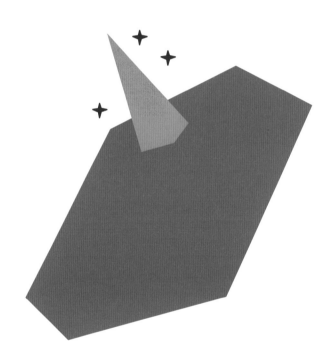

B 북폴리오

용어 해설

플래시백   화면과 화면 사이에 들어가는 순간적인 장면. 주로 과거의 중요한 사건이나 기억으로 되돌아갈 때 쓰인다.

플래시포워드   플래시백의 반대로, 순차적으로 이야기가 전개되고 있는 도중 추후 일어날 일을 보여줄 때 쓰인다. 일종의 복선과 비슷한 역할을 한다.

인서트   줄여서 'ins'로 쓰이는데, 화면의 특정 동작이나 상황을 강조하기 위해 삽입한 화면을 뜻한다. 인서트는 연출 상황이 더 명확해지고 스토리가 강조되는 효과가 있다.

cut to   하나의 신이 끝나고 다음 신으로 넘어가는 장면 전환을 나타낸다.

몽타주   따로따로 촬영한 화면을 떼어 붙여서 하나의 새로운 장면으로 만드는 방법 또는 그렇게 만든 화면을 말한다.

디졸브   두 개의 화면이 겹쳐지거나 기존 화면이 겹칠 때 디졸브(Dissolve)가 사용된다. 시간 경과나 신 마무리 때도 자주 쓰인다.

(E)   효과음(Effect)의 줄임말로 주로 등장인물은 보이지 않고 소리만 나는 경우에 사용된다.

(NA)   내레이션(Narration)을 줄인 용어로 독백 또는 장면 밖에서 들려오는 목소리를 나타낼 때 쓰인다.

(C.U)   클로즈업(Close-Up)의 줄임말로 근접촬영(피사체를 크게 찍는 방식)을 뜻한다.

(O.L)   오버랩(Overlap)을 줄인 표현으로 현재 화면이 사라지면서 다음 화면으로 바뀌는 기법을 의미한다. 대사에서 (O.L)은 주로 앞사람의 말을 끊고 말을 할 때 쓰인다.

작가의 말 **6**

기획의도 **8**

맥콤 조직도 **14**

맥콤 크루 소개 **16**

EP.01 **데모데이 27**

EP.02 **피보팅 69**

EP.03 **화폐전쟁 109**

EP.04 **meme 153**

EP.05 **VC 203**

EP.06 **로봇 펭귄 251**

EP.07 **FLASHBACK 297**

EP.08 **콩국수 345**

EP.09 **스티브의 50가지 그림자 393**

EP.10 **Metaverse 441**

EP.11 **새옹지마 481**

EP.12 **50% 521**

만든 사람들 **566**

비하인드 스틸 **570**

작가의 말

회원가입 약관만큼이나 쓴 사람 말고는
아무도 읽지 않는 것이 '작가의 말'임을 잘 알고 있습니다.
저만 해도 바로 넘기니까요.
누구도 보지 않는다는 것을 전제로 하고 부끄러운 글을 적겠습니다.

유니콘은 스타트업을 배경으로 하는
'시작하는 사람들'에 관한 이야기입니다.
이야기의 틀이 잡히기도 전, 마감에 쫓겨
부랴부랴 완성한 기획안의 대부분이 쓰며 바뀌었지만
"이 이야기는 '시작'으로 '끝'낼 것이다"라는 문장만큼은
지키게 되어 뿌듯합니다.

그동안 제가 만들어왔던 코미디와는 결이 많이 다른 작품입니다.
등장하는 인물들과 상황들이 마냥 귀엽고 사랑스럽기만 한
이야기였으면 좋겠다고 생각했습니다. 어둡고 축축한 현실과는
다소 거리가 있더라도 희망을 이야기하는 것,
그것이 허구가 가진 역할이 아닐까 생각했습니다.

인물들의 이름이 가지는 의미나 상징하는 동물이라든지,
좋아하는 배우를 향한 팬심이라든지, 작가가 누릴 수 있는 재미를
맘껏 녹여냈습니다. 굳이 이 책을 보는 수고를 하신 당신께
그런 잔재미를 찾는 수고도 부탁드립니다.

아쉬운 부분도 있고 보람찬 부분도 있지만 쓰며 기뻤고
만들며 뿌듯했습니다. 작품이 완성된 지금은
나도 어쩌면 꽤 괜찮은 사람일지도 모른다는 생각이 듭니다.

벌써 세 번째 내는 책이지만 쓸 때마다
도대체 어떻게 끝내야 할지 모르겠는 게 작가의 말이네요.
있어 보이려면 대충 이렇게 끝내던데,

사랑하는 레이첼에게

기획의도

이 이야기는 그저 '스타트업'이 배경인 오피스 코미디가 아니다.

'시작'에 대한 이야기다.

시작이 반이라고 하던데 그렇다면 나머지 반은 무엇으로 채울 것인가.

인정욕구와 허세로만 이루어진 CEO와 그런 CEO를 중심으로 전직원이 은은하게 돌아있는 스타트업 기업. 습관적으로 피보팅(pivoting)을 일삼는, 이게 회사인가 싶은 회사.

어쩌다 어른이 된 우리처럼 어쩌다 무언가를 시작해버린 아이 같은 회사. 수평 문화를 위해 영어 이름을 쓰면서도 '압존법'을 강요하는, 야근 금지로 오후 5시에 불이 꺼지면 어두운 사무실에서 일하는, 유교문화에서 자랐으면서 쿨한 척 겉멋만 든, 부족하고 귀여운 인간들이 모여 오묘한 조화를 이루는 이곳이다.

실수해도 괜찮아. 다시 '시작'하면 되니까.

투자금 회수, 인수합병, 기업공개. 스타트업의 목표(끝)는 다양하다. 이 이야기에 나오는 인물들은 끝을 지향하면서도 그 방법을 몰라 엉터리 선택만을 일삼는다.

감당하지도 못할 사내 반말 문화를 도입하고, 기업 내 화폐를 만들고 유통해 인플레이션을 야기하고 자기들끼리 '휴먼 리소스 앰플리파이어' 등의 엉터리 직함을 남발한다. 건실한 사업계획보다는 PPT 폰트 크기를 가지고 마라톤 회의를 하는 곳.

필수 인원만 참여하는 효율적인 회의에 누가 필수 인원인지를 안건으로 더 긴 회의를 하는 곳. 채식주의자 한 명 없는 이곳에 채식주의자 전용 카페테리아를 만든 이곳.

언뜻 보기엔 말도 안 되는 모양새에 한심하기 짝이 없지만, 사실 그들 모두에게 진짜 잠재력 있는 한 방들은 있다. 다만 그들 스스로가 자각하지 못했을 뿐이며 그것을 발견하기까지 꽤 먼 길을 돌아갈 뿐이다. 하지만 어쨌든 그들은 '시작'했고, 다소 삐걱거리고 늦을지언정 각자가 원하는 목표에 도달하게 될 것이다.

"우리 이제 끝난 건가요?", "바보야, 아직 시작도 안했잖아."
라는 영화 대사처럼 이 이야기는 '시작'으로 '끝'낼 것이다.

작가가 추천하는 관전 포인트
하나. 지금 당장 '시작'하지 않으면 안 되는 세상에서 스타트업!
자고 일어나면 하루가 다르게 급변하는 세상이다. 잡스가 스마트폰을 들고나와 혁신을 외치던 때가 불과 10여 년 전인데, 거리엔 전기차가 돌아다니고, 뇌에 칩을 박은 원숭이가 게임을 한다. 주식 그래프를 볼 줄도 모르는데 누구는 주식으로 하루아침에 돈방석에 앉았다더라, 청약 통장을 써먹지도 못하는데 누구는 대출로 산 아파트가 2배로 올랐다더라. 취미로 시작한 유튜브가 구독자 100만이 넘어 퇴사했다더라.

이제 더 이상 명문대를 졸업해서 대기업에 입사하는 게 성공의 척도가 아니며, 초등학생들의 장래희망 1순위는 유튜버가 된 지 오래다. 급변하는 세상 속에서 뭐라도 시작해야 할 것 같아 초조해진다. 이대로 안주하면 안 되는데, 나도 새로운 무언가를 시작해야 하는 거 아닌가. 혹자는 말한다. 늦었다고 생각할 때가 가장 빠르다고. 아니, 늦었다고 생각할 때는 이미 늦었다고. 과연 정답은 무엇일까.

그리하여 여기 새로운 것을 시작하는 게 다반사인 스타트업이 있다. 그들이 내놓는 것들은 창대하지만 미약하기 그지없고, 소리 소문 없이 사라지는 것들이 태반이다. 하지만 그 모든 것이 의미가 없는 것만은 아닐 것이다.

둘. 시트콤으로 보여질 〈스타트업〉이란?

우리가 생각하는, 미디어에서 익히 보여준 '스타트업'의 이미지는 어떠한가? 자유로운 근무환경, 수평적인 기업문화, 회의실로 보이지 않는 테마 공간들, 파티션이 없는 데스크, 게임기가 있는 사무실, 신선한 먹거리가 가득한 카페테리아.

그리고 창의적인 인재들이 모여 회의 때마다 샘솟는 기발한 아이디어들과 입력만 하면 뚝딱뚝딱 프로그램을 만드는 코딩천재들, 스티브 잡스처럼 멋들어진 PT를 하는 기획자, 누구나 워너비로 꿈꾸는 직장!

과연 그럴까? 스타트업에선 젊고 전도유망한 인물들이 모여 에너지드링크를 마시며 치열하게 일하고, 무지갯빛 청사진만을 꿈꿀까? 스타트업 역시 대한민국 직장인이 모인 곳이다.

이 시트콤의 주요 배경인 맥콤은 혁신적인 유수의 스타트업 사례를 따르려 하지만, 어딘지 모르게 삐걱거리기만 하고, 하자 있는 인간들이 모인 스타트업이다. 그 안엔 아이러니와 코미디가 있다. 이를 '시추에이션코미디'로 다뤄보려 한다. 지금껏 미디어에서 보여준 스타트업의 모습이 아닌, 과장인 듯 현실 같고, 허구인 듯 리얼한 스타트업 종사자들의 이야기를 보여주려 한다.

인턴 사원 장그래의 〈미생〉도 아니요,
꿈꾸는 청춘 서달미와 남도산의 〈스타트업〉도 아닌,
스티브의 〈유니콘〉으로!

셋. 귀여운 캐릭터, 귀여운 회사! 그 자체가 이미 유니콘!

세상에서 가장 강력한 가치는 무엇일까? 작가는 망설임 없이 '귀여움'이라는 대답을 내놓는다. 어딘가 허술하고 은은하게 돌아있는 듯하지만 미워할 수 없는 캐릭터들의 이야기. 맥콤의 모든 캐릭터들은 귀엽고 사랑스럽다.

초반엔 '스타트업'이라는 소재를, 중반부터는 귀여운 캐릭터들의 모습을 보여주려 한다.

수익창출이 최우선 목표인 기업이 착하다는 건 현실에서 있을 수 없는 일. 하지만 맥콤은 착한 기업이다. 당장 눈에 보이는 수익보다 감정에 휘둘려 판단을 하는, 어떤 것도 보장되지 않은 직원을 위해 수십억이 달린 결정을 내리는. 맥콤이라는 기업이 이미 현실에 존재할 수 없는 '유니콘'이 아닐까?

넷. 스타트업의 외피를 빌린 '세대' 이야기

실패를 전전했던 이 회사가 새로 시작하려는 사업 아이템은 바로 실버 세대를 위한 매칭 서비스 'Again'이다. 나이에 관계없이 새로운 사람 만나 언제든 다시 시작할 수 있다는 이 서비스의 슬로건은 유니콘 기업을 향한 스티브의 그것과 많이 닮아있다.

IT 사업을 하고 있는 스타트업을 배경으로 시작한 코미디지만, 〈유니콘〉은 '세대'에 관한 이야기를 하려 한다. 고령화 사회, MZ세대, 세대갈등... 위로 아래로 너무나 다른 우리들. 그럼에도 함께 살아가야 하는 우리들. 우리는 서로를 어떻게 바라보는지, 어떻게 바라봐야 하는지에 대한 물음을 던지려 한다.

유니콘으로
날아오를 때까지
맥콤의 혁신은
계속됩니다!

People at **maccom**

우리는 끊임없는 노력과 Pivoting으로 꾸준히 새로운 분야의
가능성을 Discovery하고 Develop합니다.
모든 가능성을 만들어내는 우리는 맥콤 피플입니다.

스티브 | 카이스트 출신.
CEO | 前 마젠타 창립 멤버, 現 맥콤 CEO.
| 피보팅의 달인.

미래혁신창의력팀

애슐리
알잘딱깔센의 정석,
똑똑한 일잘러.
대박인생을 노리는 돈벌레.

제이
'개천에서 난 용',
청년 창업 성공신화의 주인공.
클럽하우스 특채.

혁신마케팅팀

필립
맥콤의 열정바보.
맥콤의 얼굴.

캐롤
맥콤의 괴벨스. 바이럴 마케팅의 고수.
인터넷 가십과 연예계 가십에
죽고 못 사는 디지털 노마드.

혁신개발팀

곽성범
맥콤의 실세.
아재개그의 달인.

제시
'힙생힙사' 스티브의 비서.
제시 유니버스 속에서
사는 남자.

혁신인사팀

모니카
맥콤의 인사팀 총책임자.
서프라이즈 이벤트 러버.
맥콤의 유행어 제조기.

15

스티브 남, 48세

"일론 머스크, 빌 게이츠, 그리고 저 스티브. 이 셋의 공통점은 뭘까요?"

그의 인생은 말 그대로 '탄탄대로'였다. 명문고를 우수한 성적으로 졸업했고 수석으로 들어간 카이스트에서 촉망받는 인재로 성장해 전도유망한 IT 회사에 입사했으며 적당한 나이에 결혼해 안락한 가정까지 꾸리니 남들 보기엔 그야말로 '성공테크'만 타고 온 인생이다. 하지만, 누가 그랬을까 인생이란 한 치 앞도 모르는 거라고.

2000년 닷컴 버블 붕괴 이후 전도유망했던 회사는 망해버렸고, 급여의 대부분이 주식이었던 터라 하루아침에 나락으로 떨어졌다. 흔해 빠진 '고스펙 백수 골칫덩어리'로 전락해 집에서 몇 년을 객식구 취급받았다. 그도 그럴 것이 스티브의 부모님과 형은 이혼전문로펌 〈가름〉의 대표 변호사들이다. 대대로 법조계에 한 자리씩 종사하고 있는 집안에서 스티브는 법대에 가지 않고 카이스트를 선택한 것만으로도 '조금 별난 자식'이었다. 백수가 되어 집에서 뒹굴거리는 그를 보며 가족들은 "저 자식 말 안 듣더니 그럴 줄 알았다"라며 혀를 찼다. 삶의 실패라곤 없었던 잘난 가족들 앞에서 어쩌면 스티브는 말은 안 해도 자의 반, 타의 반으로 열등감을 겪어왔을지도 모른다. 다

만 내색을 안 했을 뿐.

가족들의 눈치에 뭐라도 해야 할 것 같아 숨 쉴 구멍이라도 찾으려는 마음에 재미 삼아 페이스북 유머페이지를 운영했는데, 이게 웬일? 의도치 않게 대박이 났다. SNS 팔로워 수가 돈이 되는 세상이 도래한 것이다. 스티브는 이를 기회 삼아 알던 형 이근호와 창업을 시작했다.

처음엔 모든 것이 술술 잘 풀렸다. 젊고 유능한 창업자들에게 세상은 따뜻했고, 여기저기서 투자를 하겠단 이들이 나타났다. 그때까지만 해도 그는 생각했다. '역시 될 놈은 된다고.'

그러나 그는 알지 못했다. 함께 성공가도를 달려갈 동반자라고 생각했던 이근호가 자신의 등에 칼을 꽂는 날이 올 거라는 걸. 사소하다고 생각했던 문제들이 하나둘 쌓여가며 공동 창업자와 모종의 갈등이 생겼고, 결정적인 순간에 틀어져 그는 회사를 나올 수밖에 없었다.

아니, 정확히 말하면 자신이 만든 회사에서 쫓겨나버린 꼴이 되었다. 지분을 적게 가지고 있던 탓이었다. 불행은 노크 없이 찾아온다 했던가. 엎친 데 덮친 격으로 그 무렵 이혼까지 당했다. 본인은 이혼의 원인을 사업 실패에서 찾고 있지만, 사실 아내는 매번 성과 없이 뜨뜻미지근하게 제자리걸음만 걷고 있는 그가 한심했을지도 모른다. 하지만, 스티브는 좌절하지 않는다. 이를 악물고 재

창업에 도전했다. 그러나 그가 야심차게 선보인 아이템들에 대한 평은 언제나 "발상은 좋은데... 기술은 좋은데..."다.

예를 들어 보자면, 어린이들의 양치 습관을 길러주는 rpg게임에 확률형 아이템 시스템을 도입해 각광을 받았지만, 중독성을 보이는 어린이들이 하루에 20번이나 양치를 해대는 바람에 실패. 하루 10번 쓰레기를 주우면 캐시로 보상해주는 리워드 앱 Saving Earth X(세이빙 어쓰텐)은 약자가 해괴망측해서 실패.

더 이상의 피보팅은 없다, 다음 아이템에 회사의 명운을 걸었다. 인간의 뇌파를 제어하는 기술로 열을 발생시켜 옆머리를 차분하게 앉혀주는 다운펌 기계 'Hchavne(챠브네)'가 역대급으로 폭망하고 말았다.

모든 게 끝이 났다고 느낀 순간, 죽으란 법은 없다고 했던가. 방치하고 있던 매칭서비스 '하우매치'가 대박이 났다. 또다시 시작이다! 실버 세대를 위한 매칭서비스 'Again'으로 다시 일어나리라!

애슐리 여, 30세

"30억만 벌면 은퇴할 거예요. 31억만 더 모으면 돼요."

평균 이하의 스펙으로 평균이 되기 위해 아등바등 살아왔다. 한의대로 이름난 지방대의 경영학과에서 코피 터져가며 공부해서 장학금과 학점을 쟁취했고, 어학연수 다녀온 친구들보다 토익 점수도 높았지만, 취업시장에선 서류 광탈! 광탈! 광탈!

지방 중소기업에 취직한 친구가 결혼하자마자 깔끔하게 '탈 회사' 하는 걸 보며 나름 전망 있고 상장이라도 하면 대박을 노릴 수 있는 스타트업으로 입사하자고 마음먹었다. 그런데 막상 입사하고 보니 '대박'이란 게 과연 일어나긴 하는 건지. 어딘가 부족해보이고 어딘가 핀트 나가 있는 것 같은 이 회사엔 하는 일에 비해 오버스펙인 직원들이 모여 있다.

그 와중에 본인의 스펙은 솔직히 좀 모자란 편이라고 생각한다. 그래서인지 솔직히 말하면 약간의 자격지심도 있다. 영어 이름? 지어본적 없는데... 입사 날 먹은 식당 이름 '애슐리'로 지어버린다.

애슐리의 디폴트는 무표정이다. 그녀가 밝게 웃는 유일한 순간들이 있는데 바로 '돈'과 관련된 것들이다. 꼬박꼬박 붓는 적금에 이자가 붙었을 때, 온갖 주식 관련 도서와 유튜브 영상을 섭렵하고 고심 끝에 매수한 주식이 상한가를 쳤을 때. 그렇다. 애슐리는 돈을 매우 좋아한다.

돈 안 좋아하는 사람 어디 있겠느냐마는 돈 앞에서 겸양 떠는 미덕 따윈 그녀에겐 없다. 스무 살이 되고 나서 처음 해본 편의점 알바 시절 1분 늦었다고 1시간짜리 시급을 까버리는 점장을 보며 셈법에 능하지 못하면 각박한 사회에서 살아남을 수 없다고 생각했다.

좋은 게 좋은 거라며 근로계약서를 쓰지 않고 선배가 차린 PC방에서 알바를 하다가 몇 달치 월급을 못 받은 적도 있었다. 몇 번의 인생수업 끝에 그녀는 '절대 돈 앞에서 장사 없다'는 교훈을 얻게 된다. 눈 뜨면 코 베어 갈 세상에서 정신 차리지 못하면 손해 보기 십상이니까.

그게 가끔 어떤 면에선 비호감으로 보일 수도 있지만, 자기 몫은 100% 아니, 그 이상을 해내니 아무도 그녀를 뭐라고 할 수 없다. 사람들은 말한다. 애슐리는 그저 좋고 싫음이 분명하고 쿨하며, 욕망에 솔직한 편이라고.

그래서 애슐리는 늘 바쁘다. 사무실에서 한쪽엔 태블릿으로 주식 어플을 열어 놓고 틈틈이 자산관리에 몰두한다. 그러나 통장 잔고 앞자리는 쉽게 바꾸지 않는다. 그럼에도 그녀는 늘 성실하게 자기 몫을 해낸다.

애슐리는 이 회사의 몇 안 되는 제대로 일하는 사람이다. 소속은 명칭 자체부터 오묘한 미래혁신창의력팀. 그냥 대충 좋은 말을 조합해놓은 것 같지만, 실상은 전반에 걸친 실무 및 다른 사람들이 엉터리로 벌려놓은 일들의 뒤처리를 담당한다.

그녀의 일머리는 대표 스티브를 제일 잘 다루는 것에서부터 나온다. 애슐리의 하드에는 대표를 다루는 매뉴얼 '스티브의 50가지 그림자'가 파일로 존재할 정도다. 실버 세대 매칭 서비스를 위한 기반 작업인 노인한글학교 일도 도맡아서 하고 있다. 누가 뭐래도 어쨌든 그녀는 '일 잘하는 똑똑한 직원'이다.

여느 평범한 회사원과 다를 바 없이 애매한 애사심과 모호한 미래만을 꿈꾸며 살아가던 중, 신입 '제이'를 만나고 그녀가 꿈을 꾸기 시작했다. 맥콤의 성공, 삶의 목적, 그리고 로맨스를.

제이 남, 29세

"이미 만들어진 대기업보다는 레고를 조립하는 마음으로…"

지방 명문고를 졸업해 명문대에 합격했다. 개천에서 난 용까지는 안됐지만, 시골 출신으로 지역의 기대를 한 몸에 받는 수재였다. 서울에 있는 명문대 입학 소식에 동네 오거리와 농협, 우체국 등에 현수막이 걸렸다. "저놈은 뭘 해도 될 놈"이라는 것이 제이를 향한 동네 어른들의 중론이었다.

그런 기대에 부응이라도 하듯 대학 재학 중에 뜻이 맞는 친구들과 창업한 회사가 초반부터 무서운 성장세를 보이더니 청년기업으로 대박이 났다. '청년 창업 성공신화'로 이곳저곳에 인터뷰를 다니는 그를 보며 선후배들은 "역시 뭘 해도 될 놈"이라 말했다. 그러나 소년등과일불행이라 했던가. 탄탄대로를 걷던 회사가 예상치도 못한 이유로 하나둘 삐걱거리기 시작하더니 종국엔 걷잡을 수 없이 '망테크'를 타기 시작한다. 수습하기에 버겁고 새로 시작하기엔 너무 벌려놓은 게 많다고 좌절한 순간!

마젠타가 인수를 제안해온다. 사실, 제이는 이 제안을 거절하고 싶었다. 애정을 가진 회사였기에 어떻게든 제힘으로 일으키고 싶었다. 하지만 함께한 친구들이 취업 준비를 하고 투잡을 뛰는 것을 보며, 애당초 목표한 엑싯 금액엔 못 미치지만 당장에 실직자가 될 위기에 처한 친구들을 위해 마젠타로 '흡수병합'하는 선택을 하게 된다.

그러다 보니 자신이 전만큼 회사나 일에 대해 애정을 갖지 못하고 유야무야 출퇴근을 하며 의미 없이 책상을 지키고 있기 다반사였던 것 같다. '뭘 해도 될 놈'이 '뭘 해도 의욕 없는 놈'이 되어버렸다고 생각하던 나날들을 보내던 중 제이는 재밌는 제안을 받게 된다.

클럽하우스에서 모더레이터인 스티브와 대화를 나누다가 스티브의 허세 섞인 맥콤 입사 제안을 받게 된 것! 새로운 직장에서 새로운 사람들과 새로운 근무환경에서 일한다면 그간 잊었던 열정과 의욕이 다시 샘솟지 않을까?

그러나 이것은 제이의 표면적인 이직사유! 스티브를 포함한 맥콤의 모두가 몰랐던 사실! 제이는 스티브와 공동창업자였던 이근호에게 스티브의 비밀을 빼돌리라는 임무를 부여받고 온 산업스파이였던 것! 다수의 스타트업을 경험해본 제이지만 이 정도로 개판인 곳은 처음이다. 그래도 눈 딱 감고 자신의 임무를 떠올리며 버텨보기로 한다. 어차피 난 무늬만 이곳 식구니까. 하지만, 시간이 지날수록 엉망진창인 이 회사에 정이 들기 시작한다. 심지어 최근엔 건너편에 앉아 있는 애슐리까지 신경이 쓰일 지경에 이른다. '나 쟤 좋아하나...?'

제시 남, 32세

"이름이 '제시'고 직업이 '비서'니까... '여성'이라고 생각하셨구나?"

스티브의 비서. 겉멋이 잔뜩 들었고 힙에 살고 힙에 죽는다. 힙스터 베이스에 스노비즘을 섞으면 바로 제시가 된다. 지출결의서에는 잦은 횡령의 기운이 역력하다. 대표의 품위유지비가 지출된 다음 날 본인의 차림새가 화려해진다. 스티브의 본질이 공명심이라면 이 사람의 본질은 허영심이다. 패션 PC(Political correctness)일지언정 일단 남을 지적하고 본다. 문제는 조금 얄밉다는 것.

제시는 프랑스 유학할 때 쓰던 이름이라고 하지만 본명이 '함재식'이여서 비슷하게 음차한 것뿐이다. 닥터페퍼 안 좋아하는데 보여주고 싶어서 매번 한입 먹고 버린다. 사내에서 화장실 갈 때도 세그웨이 타고 다니며 집에 있는 픽시 자전거 체인은 녹이 슨 지 오래다.

학창 시절엔 미니홈피 투데이를 조작한 적이 있고, 인스타 팔로잉은 100명으로 맞춘다. 요즘엔 디제이로서의 부계정도 있다. 하지만, 디제잉 할 때 주로 볼륨 조절 위주로만 한다.

이렇게 그는 본인에 대한 거짓 스토리와 허구의 이미지를 만드는 것을 좋아한다. 친구 따라 면접 왔는데 친구는 떨어지고 본인만 붙었다는 식. 언더독부심, 마이너부심 있지만 고생담 배틀을 붙으면 늘 애슐리에게 나가떨어진다. 실상은 어렸을 때부터 예쁨 가득 받고 사교육 철저히 받고 자란 마마보이였기 때문.

캐롤 여, 27세

"지금 우리한테 필요한 건 이슈잖아요!
대중은 개돼지가 아니라니까요?"

대표가 페이스북 유머페이지 운영 시절 댓글로 설전을 벌이다가 현피 뜨잔 말에 빡쳐서 나갔는데, 웬걸? 그 자리에서 덜컥 입사 제안을 받았다. 뭐 나쁜 사람만은 아닌 것 같고, 무엇보다 내 능력을 알아보는 걸 보니 눈썰미도 있겠다, 그렇게 이 회사에 입사하게 됐다.

캐롤은 자칭 '바이럴 마케팅의 고수'다. 국내 유명 커뮤니티 ID를 다수 보유하고 있으며 각각의 커뮤니티 역사를 줄줄 꿰고 있다. 인터넷 가십과 연예계 가십에 죽고 못 사는 디지털 노마드다. 그녀가 모르는 이슈와 트렌드는 없다.

하루 일과가 주요 커뮤니티를 돌아보며 사회 전반적인 동향을 탐색하는 것이다. 태평하기 그지없고 꿀 빠는 것 같다, 말하곤 하지만 그녀는 나름 바쁘다. 그녀의 머릿속엔 다년간 축적되어온 인터넷 세계의 지평이 펼쳐져 있다. 스스로를 빅데이터 못지않다고 생각한다. 마음만 먹으면 인터넷에서 여론을 선동할 수 있고, 교묘하게 바이럴을 할 수 있다.

캐롤에게 있어 '이슈'는 크게 두 가지다. 커뮤니티를 떠들썩하게 하는 '핫 이슈' 혹은 부사수 필립이 친 사고로 일어난 '업무적인 이슈'. 그런 캐롤에게 필립은 짐덩어리 그 자체다. 하는 짓을 보다 보면 "그냥 내가 할게" 소리가 절로 나오는데, 그렇게 밉지만은 않다. 왜 필립 앞에서만 달라지는 걸까. 캐롤은 오늘도 혼란스럽기만 하다.

필립 남, 26세

"다음에 제가 저녁에 맛있는 브런치 쏠게요!"

맥콤의 마케팅팀 직원. 많이 잘생겼다. 매력적인 외모의 소유자지만, 신은 공평하다고 했던가. 세상 제일가는 바보가 따로 없다. '멍청함'과 '무식함'은 비슷하지만 분명 다른 뜻을 가지고 있다. 필립은 둘 다 가지고 있다.

업무 실수는 물론, 눈치까지 없어 모든 직원들의 속을 뒤집는 예쁜 고문관. '그래도, 애는 착해…' 이제는 모두가 필립을 그러려니, 하며 받아준다. 필립은 든든한 버팀목이자 사수 캐롤을 따르며 회사생활에 적응해가는 중이니까. 캐롤이 없었다면 어떻게 됐을까.

필립은 가끔 캐롤이 없는 맥콤을 상상한다. 그런데 상상만으로도 슬퍼지는 건 왜인지 모르겠다. 필립의 이름은 사내용 영어 이름이 아니라 본명이다. 반드시 필(必), 설 립(立). 사람들은 말한다. 필립은 왜 이름마저 필립이냐고.

모니카 여, 41세

"뎁쓰 있게 디벨롭시켜 보자구. 와이 낫?"

휴먼 리소스 앰플리파이어. 인적자원 증폭기. 영어로 그럴듯하게 명명 되어있지만 그냥 인사팀이다. 국내 굴지의 고양이 사료업체 임원 출신이다. 풍운의 꿈을 안고 잘나가는 대기업을 사퇴한 뒤 스타트업 인사팀 총책임자로 들어왔지만, 공채가 없는 스타트업, 게다가 직원의 대부분을 스티브의 직감으로 채용하는 형국이니 대기업의 인사팀과는 성격이 다소 상이하다. 쉽게 말해, 일이 없다.

할 일이 없어 일을 만들어 해야 하는데, 그러다 보니 쓰잘데기없는 이벤트를 열곤 한다. 직장 내 반말 문화라든지, 사내에서 통용되는 화폐를 만든다든지, 같은 색의 옷을 입고 온 사람들끼리 밥을 먹는다든지. 각종 이벤트데이를 만들고 나서 이에 참여하는 직원들을 보며 뿌듯함을 느끼곤 한다.

말로는 대기업 사람도 똑같다며 '탈 권위'를 외치지만 그런 말들마다 대기업이라는 단어는 꼭 들어간다. 사실 누구보다 대기업 부심이 있는 셈. 페이스북에 에지 있어 보이는 장문의 글을 쓰는 것을 좋아한다. 메시지 없는 보여주기 용 글이다 보니 넛지, 그릿 같은 트렌디한 용어를 꼭 넣어야 하는 짧은 글짓기 같기도 하다.

사내의 알아듣기 힘든 용어들은 보통 이 사람 입에서 나온다. 그 말들을 설명하는데 회의 시간의 대부분이 사용되니 발언의 목적은 '멋부리기'라고 할 수 있겠다. 그러고 나면 한동안 그 용어가 직원들 사이에서 유행어처럼 통용된다.

곽성범 남, 45세

"빅뱅이론이 사람 다 버려놨다니까? 나 MBTI E로 시작하는 사람이야."

맥콤의 개발팀 팀장. 과중한 업무에 대접도 제대로 못 받는 개발자들의 시대를 지나 모든 사업체에 IT부서가 필수가 된 순간부터 개발직군 전체의 위상이 올라갔다. 맥콤 역시 대표인 스티브가 사내에서 가장 눈치 보는 인물이 개발자 곽성범이다.

그러다 보니 대표 위에 있는 '갑 중의 갑'이며 그 사실을 증명이라도 하듯 개발팀 전원은 영어 이름이 아닌 자신의 본명으로 불린다. 사회성 없을 것이라는 개발자들을 향한 선입견을 부정하지만, 그야말로 상대방을 고려하지 않는 썰렁한 농담을 쉴 새 없이 내뱉는다.

에이미 여, 45세

"힘들다는 생각을 하지 말아보세요!"

상시 출근직이지만 실무를 담당하진 않는다. 언제 있을지 모를 직원들의 상담을 해주고 이따금씩 직원 대상의 동기부여 연설도 해준다. 상담이고, 강연이고, 그야말로 당연하기 그지없는 하나마나한 소리만 한다.

그럼에도 불구하고 힘든 일이 있거나 열받는 일이 있을 때 직원들은 늘 그녀를 찾는다.

이근호 남, 49세

"루트. 제 이름처럼 뿌리를 잊지 않는 게 중요하죠."

마젠타의 CEO. 리더보다는 보스에 가까운 인물. 대기업급 스타트업을 이끄는 CEO로서 어딜 가나 성공한 사업가로 떠받들어지니 거만해질 수밖에 없다.

'루트 리'라는 영어 이름을 사용하면서 거들먹거리지만 본인도 알고 있다. 마젠타 직원들은 자신을 'IGNORE'라 부르며 무시한다는 것을. 그도 당연한 것이 그는 악독한 자본가다. 매체에서 보이는 모습과 달리 직원들을 향한 폭언은 기본. '수익'을 위해서라면 작은 기업을 짓밟는 것쯤이야 근호에게는 어렵지 않다. 세상 모든 것을 자기 발밑으로 생각하지만 그런 그에게도 열등감은 존재한다. 마젠타의 공동창업자, 그리고 맥콤의 CEO '스티브'에게.

"부러워따... 무서운 건 아니고 니가 부러워써... 니 주변엔 항상 사람이 많잖아..." 스티브를 쫓아내고 스파이를 심어놓은 것도 모자라 이제 개과천선하나 했더니 또 다른 음흉한 계략을 꾸민다.

모두가 NO를 말할 때
맥콤은 말합니다!
SAY 'YES'

EP.1 Demo Day

빌드업.
↳ 캐릭터 스타트업 소개 → Irony

수평과 압존법
비효율 for 효율
영어이름과 존댓말

귀엽고
바보같은 사람들

스티브 똑똑X, 허세
(몽구리드마법) 귀엽게 미친 CEO

"Start" 業↑
시작하는 일

애슐리 → 패밀리레스토랑.
대충대충... / 스티브 엄마 같은

뇌파기술로 다운펌 기계
겨우

개룡ㅋ 똑 묵직이. / 스티브 선생님 같은
피ㄹㄹㅍ : 회원. 순수
←

제이의 시선

잘못된 선택
"훈련은 쳐놓고 삼루로 뛰는 놈"

제시
↳제일 웃겨

· 치카푼카
· Saving Earth X → 지구를 지켜라 / 에이미
· 하우 매치 → ?

EP.01
데모데이

"Start"

S#1.   데모데이 현장 (낮)

준비하는 사람들로 북적북적한 데모데이 현장.

현수막에는 "~~주관 제~회 데모데이"라고 적혀 있다.

복잡한 인파 속에서 애슐리가 제이 인솔하며 등장한다.

애슐리	오늘이 정식 출근은 아닌 거죠?
제이	네. 그냥 분위기 익힐 겸 와보라고 하셔서요.
애슐리	마젠타는 유니콘 아니에요?
	어떻게 1조짜리 스타트업에서 우리처럼 작은 스타트업으로 왔어요?
제이	그게 여기 대표님이랑... 그... 클럽하우스에서...
	자기네 회사 오면 마젠타보다 두 배 대우해주겠다고...
	저도 말해놓고 좀 이상하긴 한데...
애슐리	클채시구나.
제이	예?
애슐리	우리는 공채가 따로 없으니까. 스티브가 그렇게들 많이 모셔와요.
	클럽하우스는 클채, 인스타는 인채.
제이	아... 클채...
애슐리	그리고 우리는 대표님이라고 안 하고 영어 이름 써요. 스티브.
	수평적 기업문화라나 뭐라나. 그쪽은 영어 이름 있어요?
제이	(긁적이는) 저... 제이라고 하겠습니다.
애슐리	낯설죠? 금방 적응될 거예요.

그 날 먹은 식당 이름으로 지은 사람도 있는데 뭐.

반가워요. 난 애슐리예요.

애슐리, 부스에서 준비 중인 캐롤, 필립 보며.

애슐리	여긴 캐롤, 필립. 마케팅 파트 맡으시는.
	(캐롤 필립 보고) 이쪽은 제이. 다음 주부터 출근하신대요.
제이	안녕하세요?
캐롤	(바쁘다. 대충) 예. 안녕하세요.
	필립, 내가 격동고딕체로 하라고 그랬어, 격동명조체로 하라고 그랬어?
필립	어... 격동고딕이요...
캐롤	근데 왜 양재둘기체지? 정신 안 차려?
	스티브는 아직 도착 안 했대? 미치겠네. 피칭 시간 다 됐는데.
	뭐 해, 빨리 전화해봐!
애슐리	자, 그럼 우리는 방해하지 말고~

애슐리와 제이, 다시 이동한다.

애슐리	메일 보내준 거 보니까 "시드하이" 출신이던데?
제이	대학 다닐 때 동아리 하나씩은 하는 게 좋다고 하길래요.
	투자동아리 활동 잠깐 했었습니다.
애슐리	혹시 거기 "돈벌레"라고 알아요?

| 제이 | "돈벌레" 알죠! 저희 바로 위 기수예요. 모의투자대회 수익률 190%. |
| | 전설의 투자귀신. 돈벌레 어떻게 아세요? |

애슐리, 걷던 중 갑자기 돌아서곤 오만한 미소 지으며 제이를 빤히 쳐다본다.

제이	(잠시 생각) ... 어?
애슐리	(여유롭게 고개 끄덕인다)
제이	우와!! 와, 우와, 영광이에요. 수익률 190%를 제 눈앞에서...
애슐리	(약간의 미소 띠고 다시 걸으며) 아유~ 후배님 무슨~ 193%~
제이	우리 기수에서 돈벌레식 투자법이라고 한때 유행하기도 했었어요!
	돈벌레님 증권사 들어가서 강남에 건물 사고 은퇴했다고 그랬는데...
	요즘도 주식 하세요??

애슐리, 걸음 멈추고... 잠시 정적...

| 애슐리 | (아무 일 없었던 듯) 자, 저쪽이 무대예요. 데모데이라는 게 스타트업 입장에선 아이템 홍보하고 좋은 VC 만나서 투자도 받고 하는 건데 후배님 그 수지 나온 드라마 보셨나? 이것도 다 경쟁이라 퍼포먼스가 중요하거든요. |

29

무대에 사회자 등장한다.

사회자 안녕하십니까. 제23회 퍼스트시티 데모데이 시작하도록
하겠습니다.
첫 번째 피칭은요. 맥시멈 컴퍼니. 아, 맥콤이네요. 맥콤의...

사회자, 무대 옆 캐롤과 필립 보면 둘 다 다급히 손으로 엑스.
사회자, 손목시계 보더니 고개 가로젓는다.

사회자 네. 맥콤의 피칭입니다.

하는데... 우왕좌왕 어쩔 줄 모르는 맥콤 직원들. 필립, 억지로
떠밀리듯 무대로 올라간다. 더듬더듬 피칭 시작하는 필립.

필립 아... 네... 안녕하세요. 그... 맥콤의 필립입니다. 우리 회사
의, 우리가 아니지, 낮춰야 되니까 저희 회사의 지난 사업
들을 소개해드리겠습니다. (캐롤에게 작은 목소리로) 캐롤!
저 화면 좀요...!!

필립 뒤 스크린에 게임 화면 뜬다.
화면 속 틀에 맞춰 양치질을 하면 아이템이 나오는 게임.

필립 에, 우선... 어린이 대상 양치 유도 RPG 게임 〈치카포카〉입
니다.

게임하듯 즐겁게 들이는 양치습관.
우리 맥콤은 확률형 아이템 시스템을 도입,
더욱 흥미로운 양치생활을 만들었죠.
저 어릴 때도 있었다면 나이 먹고 치과 안 가도 됐을 텐데
요. 좌중폭소.

보면, 필립이 보고 읽는 프롬프터에 "~됐을 텐데요. (좌중폭소)"
라고 되어 있다. 화면에 과금 유도 게임을 연상케 하는 랜덤박
스 형식의 양치 게임.

제이	(작은 목소리로) 저거 기사 났던 그거 맞죠?
	애들이 아이템 강화한다고 밥도 안 먹고 양치만 한다던...
	맘카페에서 고소하고 난리 났던데...
애슐리	(옅은 한숨 쉬며 끄덕)
필립	에... 그다음 장이요...
	맥콤은 치아 건강에서 지구의 건강으로 시선을 돌렸습니다.
	하루 10번 쓰레기를 주우면 캐시로 보상해주는 리워드 앱.
	세빈저 아니 사빙, 아 세이빙 얼스 엑스.
	아! 세이빙 얼스 텐, 세이빙 얼스 텐. 10번이니까 텐.

화면에 큼지막한 글씨로 "Saving Earth X" 문구와 어플 화면 나
타난다.

제이	저거... 사람들이 약자로 부르던데...

필립	그리고 가장 최근 사업이었죠. 선남선녀들의 매칭 서비스 〈하우매치〉까지.
	정신없이 달려왔던 우리 맥콤은 이제 인간의 뇌파에 집중합니다.

하면, 무대 중앙 테이블에 덮여 있던 검은 천 걷어내고...

필립	이게... 사람 뇌파로 이 드론을 움직이는 건데요.
	이 뇌파 측정기를 머리에 쓰고 (거꾸로 쓰는) 아, 이게 뒤구나. 이렇게 쓰고 어플을 켠 다음에...

스크린에 뇌파 측정기와 연동된 어플 화면 나온다.
뇌파 그래프가 움직이는.

필립	이 상태에서 이제 제가 집중을 하면 저 드론이 움직이는... 그런 겁니다.

하는데, 드론 꿈쩍도 하지 않는다. 한참을 땀 흘리며 필립이 눈 빠지도록 집중하는데도 꿈쩍하지 않는 드론. 어플 화면의 뇌파 그래프도 불안정하다. 필립, 손으로 들었다 떨어뜨려도 보는데... 움직이지 않는다. 그러다 날개 돌아가는 드론. 아주 살짝 날아오르더니... 관객 쪽으로 떨어져버린다. 놀란 관객은 "꺄아~" 소리 지르고 엉망진창이 된 데모데이. 필립은 식은땀을 흘리고 제이는 괜히 불편해 애슐리 눈치를 살핀다.

그런데 당황한 기색이 없다. 애슐리, 별안간 속으로 "3...2...1..."
숫자를 세더니

애슐리　　　(캐롤에게) 지금!!

캐롤, 애슐리의 신호 받고 모니터 속 OFF 버튼을 누른다.
갑자기 현장이 정전이라도 된 듯 깜깜해진다. 사람들 소란스러
운 가운데.

스티브(OFF)　실패.

어디선가 말소리가 들리고 사람들 주변 두리번댄다.
무대 밑으로 떨어지는 핀조명. 한 남자가 서 있다. 스티브다.

스티브　　　실패. 그건 저의 또 다른 이름입니다.

바닥에 떨어진 드론을 줍는 스티브.

스티브　　　실패. 날지 못하고 떨어진 드론의 이름이자,
　　　　　　　우리 맥콤의 또 다른 이름이기도 합니다.

스티브, 무대에 올라온다.
핀조명이 스티브의 동선을 따라가다가 아까처럼 조명이 다시
밝아진다.

스티브	그동안 우리 맥콤이 걸어온 길엔 가시도 있었고 진흙도 있었습니다.

그럼에도 우리는 포기하지 않고 피보팅으로 꾸준히 새로운 분야를 개척해냈습니다.

"실패." 그것은 우리 모두의 또 다른 이름이기도 합니다.

차분하면서도 카리스마가 있는 스티브. 관객들 아까와는 달리 집중한 듯한.

스티브 그리고... 실패는 저에게 미래 산업에 집중할 수 있는 능력을 주기도 했습니다.

스티브, 필립이 차고 있던 뇌파 측정 헤드기어 착용한다.

그러곤 차분히 드론을 바라보는 스티브. 화면의 뇌파도 안정적으로 움직인다. 꿈틀꿈틀 조금씩 움직이던 드론. 마침내 시원한 소리를 내며 공중으로 떠오른다.

환호하는 관객들. 드론, 데모데이 현장을 활개 치며 날아다닌다. 드론에 달린 카메라가 환호하는 관객들의 모습을 비추고 있다. 그 화면은 그래프 모습을 보여주던 뒤 화면에 나타난다.

관객들의 박수 세례. 몇몇은 자리에서 일어나기도 한다.

스티브 실패가 아닌 저의 또 다른 이름을 소개드립니다.

안녕하십니까. 맥콤의 CEO 스티브입니다.

관객들 아까와는 달리 호의적으로 환호한다.

제이, 놀란 눈으로 애슐리 바라보면.

애슐리 퍼포먼스가 중요하다고 했잖아요.

스티브 우리의 뇌. 무게는 겨우 1.4kg이지만 그 잠재력은 우주를 뒤덮고도 남습니다. 이곳에도 수백 개의 우주가 존재하는 셈이죠.

이 뇌파 기술로 어떤 미래를 그릴 수 있을까요?

손을 쓰지 않고도 뇌파만으로 게임을 하는 세상?!

관중들 예!!

스티브 그 어떤 해커도 해킹할 수 없는 나만의 뇌파로 만들어진 비밀번호?!!

관중들 예!!!

스티브 운전석에 누워 생각만으로 운전을 하는 세상?!!

관중들 예!!!!!!!!

뜨겁던 관중 환호 잦아들면...

스티브 맥콤은 그 너머를 바라봅니다.

스티브 뒤 화면에 검은 배경, 흰 글씨로 "Health Care"
그리고 "by Neurofeedback" 마저 뜬다.

스티브 뇌파의 정보를 측정함으로써 원하는 방향으로 뇌파를 유도하는 기술. 뉴로피드백.

관객들은 저마다 뭔가를 적기도 하고 누군가에게 전화를 걸어 소식을 전하기도 하는 등 스티브의 피칭에 몰입해 있다.

스티브   맥콤은 상상해봅니다.
          인간이 뇌파를 유도해서 우리의 체온을 맘대로 조절할 수 있다면?

관객들 기대 가득한 눈빛.

스티브   맥콤은 꿈을 꿉니다.
          모두가 행복한 세상으로의 한걸음을!

관객들 환호할 준비.

스티브   소개합니다. 2022년 맥콤의 새로운 사업 아이템!!

관객들 침 꼴깍 삼키는.

스티브   뇌파를 이용한 남성용 다운펌 머신 챠브네!

관중들 환호하던 자세 그대로 얼어 있다.
그런 관객 반응 뒤로한 채 화면에선 챠브네 광고 영상 나오고 있다. 강아지, 외국인, 잔디밭, 푸른 바다, 행복해 보이는 가정, 광활한 자연 등의 이미지. 넓고 푸른 잔디밭에 누워 다운펌을 하고 있는 남성.

아까의 헤드기어는 액세서리일 뿐 본체는 치과 의자만큼이나 거대하다. 뉴로피드백 기술로 옆머리의 체온을 조절해 다운펌을 용이하게 해주는. 옆머리만 지나치게 차분해진 남성 여러 명이 어깨동무하고 웃고 있다. "체온 조절 기능으로 다운펌을 뜨겁지 않게~" 등의 광고 문구 나온다.

남자 모델이 기계를 착용하고 있는 마지막 모습.

모델   뇌파 조절 남성용 다운펌 머신,
                 "Hchavne(챠브네)"로 내 머리를 차분하게.
                 (귓속말하듯) H는 묵음이야.

관객들 얼어 있고 스티브는 여전히 의기양양하다.
마찬가지로 어이없는 제이의 표정.

애슐리   제이, 스타트업에 온 걸 환영해요.

애슐리의 덤덤한 얼굴에서
타이틀 인 '유니콘'

S#2.   스티브 사무실 (낮)

스티브는 출근 전. 애슐리와 제이가 스티브를 기다리고 있다. 인스타그램에 올라오는 카페들처럼 감성적인 디자인이다. 인더스트리얼한 느낌. 제이는 의자도 없는 이곳에서 뻘쭘하게 두리번 두리번대고 있다.

애슐리   스티브는 조금 늦는대요. 편히 둘러보고 있어요.
제이   개인 사무실인데 제가 보는 게...
애슐리   괜찮아요. 다 보라고 해놓은 건데 뭐.

애슐리의 말에 화답이라도 하듯 칠판엔 괜히 위세를 과시하려는 듯 이병헌, 송중기, 박보검 등의 톱스타 이름과 스케줄 확인 중이라는 애매한 문구가 적혀 있다.
사무실 둘러보는 제이. 어항을 보는 자신의 모습을 밖에 보여주려는 듯 벽면에 어항이 있고 작은 열대어들이 있다.《총, 균, 쇠》,《넛지》,《사피엔스》등 있어 보이는 책들과 넷플릭스, 디즈니 관련 경영 서적들이 책장에 꽂혀 있는데 하나같이 비닐포장이 뜯기지 않은 새 책들이다. 출신임을 뽐내듯 해질 대로 해진 카이스트 서류철도 보인다. 책상은 조금 높고 특이하게 의자가 없다. 커다란 모니터도 있다. 데모데이 때와는 달리 사이클복에 백팩, 자전거 들고 들어오는 스티브. 땀으로 조금 젖어 있다.

스티브   미안해요.. 오래 기다렸어요?

제이	안녕하세요. 아뇨, 괜찮습니다.
스티브	반가워요. 나 스티브예요. (악수하는)
	어때요? 마젠타에 비하면 좀 작죠?
제이	아뇨, 훌륭한데요. 저 레고도 멋있고...

스티브, 고가로 추정되는 큼지막한 레고를 제이에게 준다.

스티브	가져요. 물건은 가치를 알아보는 사람에게 가야죠.
제이	아... 아니에요. 괜찮습니다.
애슐리	(롤렉스 손목시계를 보며) 스티브, 시계가 참 멋지네요.
스티브	(못 들은 척) 전 레고가 좋습니다. 스타트업과 닮았달까?
	이미 완성되어 있는 장난감 피규어가 대기업이라면
	우리는 레고 조각을 맞추고 있는 걸지도.
	(위에 맥콤 후드티 입으며)
	어머니와 애인이 물에 빠졌다면 누굴 구할 건가요?
제이	네?
스티브	형식적인 거예요. 우리 면접이 없었잖아요. 당신을 알고 싶어요.
제이	어머님...
스티브	왜죠?
제이	작년에 돌아가셨습니다...

스티브, 당황하지 않은 척하지만 정적은 감출 수 없다. 능청스레 화제 돌리는.

스티브	마젠타는 좀 박빡하죠? 처음엔 안 그랬는데.
	스타트업 조금만 잘되면 그냥 대기업 출신 간부들 꽂아 넣고.
제이	아, 예... 아무래도 좀...
스티브	거기 CEO 박빡한 거 내가 잘 알지.
	여기는 다 평등해요. 우리 다 영어 이름 쓰는 거 들었죠?
제이	네, 애슐리가 어제 얘기해주셔서...
스티브	애슐리가 얘기해.줘.서.
제이	예?
스티브	애슐리가 얘기해.줘.서. 압존법. 애슐리가 나보다 밑이니까.

정적. 스티브와 애슐리가 jpg, 제이만 두리번두리번 gif 같은. 꽤 오랜 정적.

제이	아... 죄송합니다. 대표님.
스티브	아니. 대표님 아니야. 나 스티브. 제이. 애슐리.
	편하게. 우리는 다 수평이에요.

하는데, AI 스피커에서 "스티브, 스크럼할 시간이에요." 음성멘트 나온다.

스티브	자, 그럼 스크럼하러 가볼까?
	(서류 주며) 참, 애슐리. 이것 좀 제시한테 개발팀 전달해달라고 해줘.
	먼저들 가 있어.

S#3.   스티브 사무실+회의실 (낮)

제이와 애슐리, 사무실에서 나와 회의실로 이동하는. 가는 길에
힙스터스러운 차림의 세그웨이를 탄 남성이 등장한다.

제시	새로 오신 분이죠? 반가워요, 전 제시. 스티브 비서예요.
제이	아... 반갑습니다. 저는 제이라고 합니다.
제시	"아... 반갑습니다."? 뭐예요? 그 2초간의 공백?
	(손따옴표 하며) 아~ 이름이 "제시"고 직업이 "비서"니까...
	"여성"이라고 생각하셨구나?
애슐리	제시, 이거 스티브가 개발팀 직원 아무나 전해주래요.
제시	여기 계시려면 그 편견은 좀 고치셔야겠다. 갑니다~

제시, 세그웨이 타고 홀연히 퇴장하는데. 모양새가 좀 우습다.
바로 옆에 걸어가는 사람이 더 빠른. 제이는 무슨 일이 일어났
는지 싶다. 익숙한 듯 아무렇지 않은 애슐리.

S#4.   개발실 (낮)

일하고 있는 개발실 직원들. 모두 차림새가 비슷하다.
세그웨이 타고 도착한 제시. 개발자 누구에게 줘야 하나 주변을
잠깐 빙 둘러본다.
체크 셔츠, 청바지 차림의 안경 낀 인도 사람 발견한다.

41

제시	Hey!! (서류 주며) From 스티브!

또 홀연히 사라지는 제시. 서류 전달받은 남자에게 안전모 쓴 한국 인부 다가온다.

인부	아미르! 뭐 혀, 8층도 배선 깔아야 되는디. 손에 그건 뭐대?
아미르	(안전모 쓰며 능숙한 한국어) 몰라, 씨팔.

S#5. 회의실 (낮)

모두가 강강술래처럼 원 형태로 빙 둘러서 있다. 스티브, 본인의 핸드폰 화면을 미러링해 회의실 모니터에 띄워놓았다. 호명하는 인물들의 SNS를 차례대로 보여주며 이야기한다.

스티브	일론 머스크, 빌 게이츠, 저 스티브. 이들의 공통점은 뭘까요?

모두 조용하다.

스티브	생각나는 대로 뭐든 좋아요. 우리는 디지털을 다루지만 우리의 사고는 맞다 틀리다 이 진법에 갇혀 있으면 안 됩니다. 저부터 해볼까요? 음... 혁신! 도전! 융합!
필립	이혼.

스티브	이혼!
	흠... (화 누르는 듯) 이혼하면 안 되나?
필립	아무거나 말하라고 하셔서...
스티브	이혼이 흉이야? 잘못한 건가?
	(넘어가려다 다시)
	그리고 난 자식은 없었어. 머스크는 애가 일곱인데.
애슐리	우와, 청약 점수 높겠다...
스티브	(정리하는) 자, 다시.
	혁신. 도전. 융합. 우리 셋의 공통점입니다.
	차이점은 뭘까요?

모두 대답 없고...
스티브의 SNS 화면이 나온다. id @real_steve_official /
외제차 사진, 북유럽 감성의 브런치 사진, 감명 깊게 읽은 책의
한 구절 등 허세스러운 사진들이 가득하다. 프로필엔 KAIST,
Founder of Magenta, CEO of Maccom, "SNS 사진 기사화를
원하지 않습니다."

스티브	이... 파랗고 동그란 이것.
	그렇습니다.
	맥콤의 CEO 스티브의 인스타에는 공인인증마크가 없습니다.

모두 어이없는데.

스티브	마젠타를 나와 맥콤을 만든 이후부터 나는 더 이상 스티브 개인이 아닙니다. 내가 맥콤이고 맥콤이 곧 나예요.
캐롤	근데 스티브 사칭 계정도 없는데 아이디에 왜 오피셜을 붙인 거예요?
스티브	(못 들은 척) CEO 계정에 파란 마크도 없는 회사의 서비스를 사람들은 신뢰하고 구매할 수 있을까요? 맥콤의 신사업 챠브네의 홍보가 미진한 것도 이것 때문 아닐까요?
애슐리	공인 인증 받으려면 팔로워가 많아야 되는데 스티브는 지금…
스티브	0.82k야.
애슐리	820명이네요.
스티브	응. 0.82k.
필립	(손 들고) K라면…
캐롤	(제지하며) 천. 천.

하는데, 제이 길어지는 회의에 다리 아픈 듯. 다리 두드린다.

애슐리	후배님 다리 아프구나. 이게 원래 빨리 끝내고 창의력을 유발하자는 건데… 하지정맥 유발 안 하면 다행이지. 나처럼 이렇게 벽에 좀 기대고 있으면 괜찮아요.
제이	네, 고맙습니다. 선배님. (웃음)
스티브	자! 해서 TF팀을 구성합니다!

제이랑 애슐리랑 내 인스타에 인증마크 get하는 걸로.

애슐리 　(악수 건네며) 잘해봐요.

아유, 나도 언제 후임 들어오나 했는데 이제야 숨 좀 쉬겠네. 모르는 거 있으면 이 선배님한테 물어보고. (웃음)

스티브 　제이가 오늘부터 애슐리 리드 포지션으로 온 거니까 애슐리는 옆에서 잘 서포트해주고.

애슐리 　어...? 네??

제이가 상사라는 말에 농담하며 웃던 애슐리 놀라고. 제이도 마찬가지. 서로 민망한 상황. 제이, 애슐리 눈치 살핀다.

스티브 　자, 이제 챠브네 MVP(시제품) 나왔으니까 다들 조금씩만 더...

하는데, 큰 모니터 화면으로 스티브에게 dm 도착한다. 스티브, 모니터에 본인 핸드폰 켜져 있다는 사실 까먹고 dm 확인한다.

"안녕하세요. 구찌 코리아 본사입니다. ~월 ~일 고객님께서 포스팅하신 구찌 남성 토트백 협찬 게시물 관련하여 멘션 드립니다. 확인 결과 저희는 협찬 제품을 보내드린 적이 없는 것으로 파악됩니다. 최근 몇몇 셀럽 사칭 계정들이 구매 제품을 협찬으로 오기하는 경우가 있는데 이는 브랜드 가치 훼손과 연관되어 포스팅 수정을 요청드리는 바입니다. 아울러 고객님께서 올리신 제품은 imitation으로..."

굴욕스러운 dm 확인하는 스티브. 모두가 큰 모니터로 스티브의 dm 확인하고 있다.

필립	이미타티... 아이엠이타...?
스티브	(화면 보곤) 이런 씨...
캐롤	스티브. 이거예요.
스티브	뭐가?
캐롤	지금 우리한테 필요한 건 이슈잖아요!
	노이즈 마케팅하기 너무 좋은 소재예요.
스티브	뭘 어떻게 하자는 거야?
캐롤	사과 영상이요! 제가 확실히 바이럴할 수 있어요.
스티브	(코웃음) 하! 아니 그럼 지금 캐롤 말은
	내가 뭐 검은 천 앞에서 그 요새 유튜버들이 하는 것처럼
	국민 여러분 정말로

S#6. 스티브 사무실(검은 천 앞) (낮)

스티브	죄송합니다. 맥콤의 CEO 스티브입니다. 저는 지난달 7일 저의 개인 인스타그램에 구찌 남성 토트백을 협찬이라는 해시태그와 함께 올렸습니다. 하지만 구찌에선 저 맥콤의 CEO 스티브에게 협찬을 해준 사실이 없었고 저 맥콤의 CEO 스티브는 이에 진심으로 안 해 씨! (자리에서 일어나는) 이게 뭐야?!

캐롤	스티브, 창피한 거 이해해요. 사람들이 손가락질하면 부끄럽겠죠.
	하지만요? 그 사람들 바빠요. 조금만 지나면 노이즈는 잊고 우리 맥콤만 기억하게 될걸요?
스티브	애초에 마케팅팀에서 보도자료만 잘 뿌렸어도 홍보는 됐을 거 아냐. 어떻게 기사 한 줄이 안 나?
필립	한 줄도 안 난 건 아닌데... (캐롤이 제지하는)
스티브	아니 보도자료를 왜 데일리평택에 뿌리냐구? 데일리평택은 도대체 뭐하는 데야? 평택의 먼슬리도 안 궁금한데 데일리가 궁금하겠어?
제시	스티브, 그건 너무 서울 중심적인...
스티브	시끄러! 위키텐텐에서는 안 실어준대?
캐롤	아시잖아요. 위키텐텐 하루에 포스팅 10개밖에 안 하는 거. 우리 제품은 보도 가치가 없대요.
스티브	보도 가치 좋아하시네.
	MBTI로 보는 민트초코 취향은 보도 가치가 있나?
필립	(혼잣말) 그거 진짜 잘 맞던데.
스티브	위키텐텐이든 데일리평택이든 지금 보도자료 뿌리는 거 2배 이상 뿌려. 나 이거 도저히 못하겠어.
캐롤	스티브, 무작정 많이 뿌린다고 좋은 게 아니에요.
	대중은 개돼지가 아니라구요.
스티브	무슨 소리야?
캐롤	(따발총처럼 쏟아내는) 지금 이슈가 너무 많아요. 이번에 나인인원 신보 나오면 그걸로 포탈 메인 2개 이상 먹을 거고

내일 〈천 일의 왕세자〉 첫 키스신 나올 타이밍이란 말이에요. 이제부터 매주 쪽쪽댈 텐데 그거 안 볼 재간 있어요? 그리고 내일모레쯤에 배우 박정환이랑 모델 장빛나랑 열애설 뜨는데 그 이슈 틈새로 보도자료만 2배로 뿌린다고 그게 돼요?

스티브   그걸 캐롤이 어떻게 알...

캐롤   그걸 캐롤이 어떻게 아냐면, 아이고 나는 스티브가 그걸 모르는 게 더 신기하네. 둘이 사귀는 거 커뮤니티엔 이미 오백 년 전에 한 바퀴 돌았고요. 장빛나 이번에 소속사 옮기는 건 아시죠? 말로는 "서로의 앞날을 응원하기로!"라고 했지만 지금 소송 걸고 난리 났거든~ 왜 연예인들 소속사 옮길 때마다 열애설 터지는 거 알잖아요. 암튼 지금은 물량으로 승부 볼 때가 아니거든요?

지금 일단 저희 유머페이지 짤 중간중간에 몰래 챠브네 사진 넣는 거랑 당신에게 딱 맞는 헤어스타일 심리테스트 돌려서 결과물로 웬만하면 다운펌 나오게 하고는 있는데 요즘 이런 거 다 걸려요. 대중은 개돼지가 아니라니까요? 인스타 인증마크 받는 조건 아시죠? 진정성, 고유성, 완전성, 유명성. 앞에 3개는 뭐 하나 마나 한 소리고 중요한 건 유명성인데 그게 뭐냐 "다수의 기사 출처에서 다뤄지는 사람." 어때요? 다수의 기사 출처에서 다뤄지면 아이디 옆에 작고 파랗고 반짝반짝 아름다운 거 생길 텐데. 그거 달고 싶지 않아요?

캐롤의 일장연설에 스티브, 조용히 다시 않는다.

스티브   안녕하세요. 맥콤의 CEO 스티브입니다.

그러는 중 제이는 여전히 애슐리 눈치 살피고 있다.
지금까지와는 달리 어두운 애슐리 표정.

S#7.   **사무실 (밤)**

제이 캔 음료 2개 들고 애슐리에게 다가가는데... 한숨 쉬며 멍하니 하늘 바라보던 애슐리. 이내 책상으로 고개 박는다. 그 모습 보고 뒤돌아서는 제이.

AI(OFF)   저녁 6시가 되었습니다. 야근 없는 기업문화. 맥콤의 직원 여러분들 오늘 하루도 고생 많으셨습니다. 안녕히 가세요.

AI 멘트와 함께 사내의 모든 전등 꺼진다. 제이도 퇴근하려 가방 챙기려는데...
보면 주변 사람들 그대로 앉아 스탠드에 불 켜고 눈 버리며 일하고 있다.
'이런 거구나...' 퇴근 포기하고 가방 내려놓고 자리에 앉는데.

스티브   자! 스크럼합시다!!

49

앉았다가 바로 다시 일어서는 제이. 핸드폰 진동 울린다.

"종태-끝나고 쏘주 한잔 하실?"

애슐리도 스크럼하러 일어서는데 앉아 있던 자리 모니터 한편에 숨겨진 주식 프로그램 창. 오늘 종가 마이너스 12%.

S#8. 서서갈비집 (밤)

사람들로 북적북적한 식당. 간판 보면 "~~ 서서갈비"

한편에 제이, 성권, 종태가 있다. 와구와구 먹는 둘과는 달리 멍하게 서 있는 제이.

제이   하... 그만 좀 서 있자...

종태   뭐래는 거야. 야, 빨리 먹어. 여기 엄청 맛집이야.

        (성권 보고) 넌 좀 그만 처먹어라.

성권   (입에 가득) 마늘 좀 줘봐.

종태   하... 난 진짜 첨 봐. 야, 너 조금 전에 삼계탕 두 그릇 먹고
        왔어.

        무슨 뭐 씨발 맹금류냐?

성권   먹는 거 가지고 지랄이야.

종태   얼레? 한 번에 두 점씩 처먹네?

        아, 나 이 새끼 죽이고 그냥 사형받을까?

성권   사형 없어졌는데?

종태   무기징역 산다, 씨발 내가.

성권 술 먹었잖아. 주취감경 될걸.

종태 ...15년 받는다!

성권 내 친구 아버지 판사 하다가 이번에 변호사 개업했어.

　　　전관예우 쌉가능.

종태 ...5년?

제이 아, 좀 그만 좀 싸워라. 지겹지도 않냐?

종태 내가 괜히 그러냐?

　　　이 새끼 또 지갑 안 갖고 나왔어.

　　　너 새꺄, 그러니까 머리 빠지는 거야.

성권 지랄. 니네 아빠도 대머리잖어.

종태 야, 얘네 아빠 윈스턴 처칠이랑 똑같이 생겼어.

성권 어, 니네 아빠 〈한국인의 밥상〉 불법다운 받으심.

종태 어, 니네 아빠 치실 여러 번 쓰심.

제이, 둘의 대화에 뒤집어지게 웃는다.

성권 어, 니네 아빠 카톡 프사 매일 바꾸심.

종태 어, 니네 아빠 카톡 프사 김두한.

성권 어, 니네 아빠...

하는데, 제이 전화 와서 받으러 나가는. 중간에 웃어주는 관객
이 없어지자 마치 처음 만난 사람들처럼 갑자기 어색해진다.
잠시 후, 제이가 돌아오고 다시 언제 그랬냐는 듯 신나게 대화
시작하는.

종태   좀 익으면 먹으라고.

        야, 이 새끼 봐. 지 그릇에 고기 덜어놓고 계속 집어 먹잖아.

        하면, 제이 또 웃는다.

종태   해튼간에 이 새끼 욕심은 또 존나게 많아요.

        탐관오리 같은 새끼, 고부군수 조병갑 같은 새끼.

성권   조병갑이 누구야?

종태   아, 시발. 누가 이과 아니랄까 봐. 동학농민운동, 새꺄.

성권   똥 싸네, 문과 새끼. 삼투압도 모르는 게.

        대가리 1사분면 존나 깔까 보다.

        제이 또 뒤집어지게 웃는.

종태   어, 니네 아빠 신전떡볶이 순한 맛 물로 헹궈 드심.

성권   어, 니네 엄마 갈비찜에 떡 안 넣고 파만 넣으심.

종태   엄마는 건드리지 마라.

성권   어, 니네 아빠 노래방에서 1분 남았는데 간주점프 안 누르심.

종태   어, 니네 아빠 새벽에 김치찌개에서 고기 빼 먹다 걸리심.

성권   어, 니네 아빠...

        하는데, 제이 전화 와서 또 나가는. 다시 어색해진 둘. 핸드폰을
        보기도 한다.

        잠시 후 제이 돌아오고

성권	아, 씨발 자리 좀 비우지 마! 먹는데 자꾸 나가고 지랄이야.
제이	회사에서 자꾸 전화 오는데 어떡해 새꺄!
종태	마젠타 못 쓰겠네. 업무 외 시간에 전화하고.
제이	나 마젠타 안 다니는데?
종태	뭐? 왜?!!
제이	그... 새로운 도전을... 하려고 스타트업 들어갔어.
성권	그렇게 망하고 싶으면 도박을 해. 제정신이야?
종태	야, 마젠타야 말이 스타트업이지 완전 대기업인데 그걸 관뒀다고?
제이	그... 만들어진 장난감 같은 대기업보다는 레고를 조립하는 마음으로...
성권	지랄. 레고가 얼마나 대기업인데. 자산총액 5조가 넘어.
종태	스카웃당한 거야? (제이 끄덕) 어디에서? 헤드헌터한테? 링크드인?
제이	그... 클럽하우스에서... 자기네 회사 와보라고...

친구들 정적.

종태	하, 시팔 웃을 뻔했네. 이거 가만 보면 인생을 애드립으로 살라 그래.
성권	야, 아무튼 너 스톡옵션 받지 마라. 무조건 돈으로 달라 그래. 언제 망할지도 모르는데.
종태	됐고, 그래서 뭐 파는데??
제이	그... 뇌파... 뇌파 이용해서.

성권	(핸드폰 보며) 헬스케어 쪽이네. 상장했냐? 분야가 뭐야?
제이	(들어가는 목소리로) 그... 다운펌... 남자 옆머리... 차분하게...

잠시 정적.

종태	그... 큰 데서 작은 일 하느니 작은 데서 큰일 하는 게 낫지.
성권	그래, 그 대표도 너 꼭 필요하니까 불렀겠지. 너 거기서 뭐 하는데?
제이	대표... 인스타그램에 인증마크... 받아주는 거...

제이의 현 상황 파악하고 말 돌리는 친구들.

성권	야, 그건 그렇고 복숭아가 벌써 나왔드라.

S#9. 사무실 복도 (낮)

출근 중인 제이. 뒤에서 애슐리가 반갑게 인사한다.

애슐리	제이! 좋은 아침이에요!!
제이	아, 안녕하세요. 어... 그... 기분 좋아 보이시네요?
애슐리	코스피 2% 상승 쭉쭉!! 아침부터 9%! VI 발동 직전!! 유후!!!

제이	아... 괜히 걱정했네요.
애슐리	예? 왜요??
제이	전 또 어제 저 때문에...
	근데 저도 진짜 제가 애슐리 상사로 오는 거 몰랐거든요.
애슐리	아~ 걱정 노노!! 직급이 뭐가 중요해요. 전 스티브 같은 사람 밑에서도 여태 있었는데 신경 쓰지 마세요!! 괜춘괜춘!!
제이	하... 네. 감사합니다.
애슐리	회사가 제때 월급만 잘 나오면 되지! 저는요, 제 위에 어떤 머저리가 와도 1도 신경 안 써요! 캐롤, 좋은 아침!!

제이 다행이라는 듯 웃다가... 가만 생각하니 말에 뼈가 있는...

애슐리	캐롤! 대박이던데? 스티브 인스타에 진짜 인증마크 달렸더라고!
	사과 한 번 하면 될 걸 난 그동안 인스타 본사에 메일 보내고 별...
캐롤	무슨 소리야? 영상 아직 안 올렸는데?
애슐리	어...?

하는데, 제이 핸드폰 보곤.

| 제이 | 이게 뭐야...?! |

S#10. 스티브 사무실 (낮)

제이 애슐리, 캐롤 필립 다급하게 들어온다.

제이   스티브!! 지금 당장 TV 틀어봐요!!

하고 TV 켜는데 TV에선 〈속풀이쇼 동치미〉 방영 중.
다급한 제이 애슐리와는 달리 상반된 편안한 TV 속 분위기.
제이 애슐리 좀 민망하고...
채널을 급히 돌려보는데 옆 채널에선 〈알토란〉에서 브로콜리
카레를 만들고 있다. 모두 벙찌고 제이 애슐리만 다급한 가운데
필립은 눈치 없이 〈알토란〉 레시피 옮겨 적는다.

필립   (수첩에 적는) 브로콜리를 흐르는 물에...
스티브   뭐야? 무슨 일이야?!

애슐리, 유튜브를 켜 테크 유튜버의 리뷰 영상 보여준다.

다깐다TV 챠브네라고 하는 다운펌 기계. 아직 정식 출시는 아니고 리
뷰를 부탁받았는데. 이게 뇌파를 조절해서 다운펌을 해주
는 거라고 하네요? / 가격이 237만 원? 제정신입니까?! /
뜨거워요 / 태어나지 말았어야 하는 제품 / 237만 짐바브
웨달러를 주고도 안 살 거예요 / 스타트업은 할 일이 그렇
게 없나? / 이거 만든 사람 뇌파가 궁금합니다 / 맥콤? /

맥콤 / 맥콤의 스티브 / 형편없습니다 /

등 이어지는 혹평. 모두가 스티브 눈치 보는데...

필립　　스티브, 위키텐텐에도 올라왔어요!
　　　　"요즘 SNS에서 난리 난 비싼 쓰레기"...

캐롤, 필립 다그치고... 모두 스티브 눈치 살핀다. 스티브는 태연하다.

스티브　난 또 뭐라고. 그럼 시제품인데 처음부터 잘될 줄 알았어?
　　　　스타트업 처음 하는 사람들처럼 왜 그래?
　　　　캐롤 말대로 바이럴했다 치지 뭐.
애슐리　스티브 괜찮아요...?
스티브　(후드티 입으며 코웃음) 하하, 괜찮고 자시고가 어디 있어?
　　　　다들 나가서 일 봐.

S#11.　사무실 (낮)

옹기종기 모여 있는 직원들. 제이가 걱정스런 표정으로 애슐리에게 묻는다.

제이　　괜찮을까요?

애슐리	스티브가 이 자리까지 그냥 온 게 아니에요.
	자기가 만든 회사에서 쫓겨난 적도 있고
	피보팅도 수없이 했고.
제이	헉, 피보팅...
애슐리	알죠? 다 갈아엎고 업종전환 하는 거.
	스타트업에서 제일 나오면 안 되는 단어.
	그걸 7번을 한 사람이에요.
	아무튼 걱정 마요. 멘탈 하나는 우리랑 차원이 다른 사람이니까.

S#12.   스티브 사무실 (낮)

스티브 구석에서 후드 뒤집어쓰고 오열하고 있다. 갓난아이처럼 눈물, 콧물 흠뻑 빼는.

S#13.   상담실 (낮)

블라인드가 처진 멘토룸. 리클라이너에 누워 있는 스티브, 에이미에게 상담받는다.
에이미는 스티브의 손을 꼭 잡은 채 온화한 미소와 차분한 리액션으로 경청한다. 하지만 막상 듣고 보면 하나 마나 한 소리들뿐이다.

스티브	선생님... 사는 게 쉽지 않네요...
에이미	쉽지 않다는 건...
	어렵다는 뜻이죠.
스티브	언제쯤 저에게 봄이 다시 올까요?
	제 인생은 늘 겨울이에요...
에이미	겨울은...
	추운 계절이죠.
스티브	이혼한 와이프는 연락도 안 되고요...
	인스타는 사진 올릴 때마다 팔로워가 줄어요... 0.81k...
	사업도 사실... 지금 엉망이에요... 여태까지 해온 걸로 버티고 있지만...
	챠브네에 올인해서...
	이게 망하면 우리한테는 〈하우매치〉밖에 안 남는데...

스티브 핸드폰 울린다. 문자 도착.
"[web] 〈전산오류공고〉 -하우매치- 가입연령 1960년 이전 출생자로 가입연령 오기. 오류 수정 중."

스티브	흑... 소개팅 어플인데... 환갑 지난 사람만 가입할 수 있게 됐대요...
	흐아아~~!! 흑... 흑... 저 여기까진가 봐요... 망한 것 같아요...
	저 너무너무 힘들어요. 선생님... 저 어떡하죠?

59

한참을 듣던 에이미, 천천히 나긋하게 한마디한다.

에이미   힘들다는 생각을...
          하지 말아보세요.

스티브, 하나 마나 한 소리에 감동받은 듯 꺼이꺼이 에이미 손
붙잡고 운다.
에이미는 다 안다는 듯 사람 좋은 미소로 토닥토닥.

S#14.   개발실 (낮)

오류 수정으로 분주한 개발실. 개발자 한 명이 모니터 보는데...

개발자   이게 뭐야...?

S#15.   멘토룸+개발실 (낮)

눈물 흔적 닦으며 멘토룸에서 나오는 스티브.
남은 슬픔 훌쩍이며 사무실로 향하는데...
직원들이 어딘가로 뛰어가고 있다. 한 명 두 명 늘어나는 인원들
보고 의아한 스티브. 따라 향하기 시작하는데...

S#16. 개발실 (낮)

스티브   무슨 일이야?

개발자   〈하우매치〉... 가입자가 폭증하고 있어요.

보면 모니터의 가입자 수 놀라운 수치로 증가하고 있다.

스티브, 접신한 것처럼 무언가에 홀린 것처럼 멍하다.

나지막한 혼잣말.

스티브   피보팅이다.

1화 엔딩

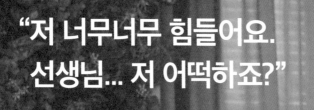

"저 너무너무 힘들어요.
선생님... 저 어떡하죠?"

"힘들다는 생각을…
하지 말아보세요."

피보팅이다.

EP.2 Pivoting

" 네 옛 인생직사가
새옷직막 크구나!"
↳ EP.11 제목

피보팅 → 스타ㅂ의 면ㄸ을 모여줄 수 있는,
　　　　새로운 시작을 의미하는
　　　　(끝없는)

〈거창하지 않게 시대 담기〉
　　• MBTI와 사주팔자 / → 허나 마나한 소리

애슐리의 욕망 → 파이어 족
　　　　　　　　　　　• 가상현실 이론　←　개발실　곽성범
　　　　　　　　　　　• 나무위키　　　　　　　　 좌낙우뇌
　　　　　　　　　　　• PC　　　　　소라게 같은 사람들
　　　　　　　　　　　• 힙지로 → 제시는 작은 스타ㅂ

제시 (이상한 사람)은
개말자들 (더 이상한사람)
이랑 물여보자.

+) 사랑의 시작

EP.02

피보팅

S#1.   을지로 길거리 (밤) / 혹은 성수 길거리

힙스터의 성지, 을지로의 으슥한 밤거리. 쓰레기 버리는 곳에 공
사 후 버려진 콘크리트 삼공벽돌 몇 줄이 쌓여 있다. 그 옆에 한
손에 커피를 든 남자가 친구와 잡담을 나누고 있다. 대화가 마무
리되고 이동하는 남자, 마시던 커피를 삼공벽돌 위에 버리고 간
다. 잠시 후, 이사하는 주민처럼 보이는 남자 둘이 나와 낡은 소
파를 벽돌 뒤에 버리고 간다.

남자1   스티커 붙였지?

남자2   어, (땀 닦으며) 가자. 위에 냉장고 넣어야 돼.

사라지는 남자 둘과 반대 방향에서 엇갈려 걸어오는 제시.
한 손에 캔맥주를 든 채 누군가와 통화를 하고 있다.

제시   나 도착했어. 먼저 자리 잡고 있을게. 어디?

       (두리번) 어디라고? 카페 이름이 뭔데?

       간판이 없어? 왜? 카페 특성상?

       (계속 두리번) 아니 무슨 간판이 없어...

하는데, 제시의 눈에 들어온 광경. 쓰레기 버리는 곳처럼 보이는
길바닥에 낡은 소파와 콘크리트 삼공벽돌 몇 개가 테이블처럼
놓여 있다. 그 옆엔 "대우전파사"라고 쓰인 낡은 간판도 버려져
있다.

제시	(통화) 찾았다.

제시, 버려진 소파에 앉아 편안한 자세로 캔맥주를 마신다. 콘크리트 벽돌 위에 맥북을 꺼내 놓는. 지나가다 그런 제시의 모습을 본 행인들(힙스터룩)이 하나둘 제시 옆에 와 앉는다.

cut to,

어느새 힙스터들로 인산인해를 이룬 제시의 주변. 자기가 들고 온 의자를 가져와 앉는 사람, 삼공벽돌 구멍에 흙을 담아 꽃을 심는 사람, 헤드폰을 쓴 채 사일런스 디스코를 즐기는 사람, 인스타 라이브를 하는 사람, 배달 치킨을 꺼내 먹는 사람 등 원래부터 존재하던 을지로의 노상 카페 같다. 저마다의 흥으로 가득 찬 이곳.

잠이 덜 깬 러닝 차림의 주민 아저씨가 그들 사이에 무심히 음식물 쓰레기를 던져 버리고 난리가 나며

타이틀 인 '유니콘'

S#2. 타운홀 (낮)

기존의 스크럼 회의처럼 직원들이 모여 있고 그 중심에서 스티브가 스피치를 시작한다. 데모데이 때처럼 멋들어진 발표를 하려고 폼 잡는 스티브.

스티브	사용자가 자신의 장소를 체크인해 사진을 올리는 위치 공

유 서비스가 있었습니다. 하지만 사람들이 복잡한 서비스보다는 사진 올리는 행위 자체를 좋아한다는 사실을 알고 과감하게 피보팅!

(한쪽 발을 두고 나머지 발 위치를 바꾸는 피보팅 액션)

직원 12명이었던 이 스타트업은 페이스북에 10억 달러에 인수되었고 지금은 전 세계 10억 명이 사용하는 인스타그램이 되었죠.

광고 매출만 연 18조를 웃도는 유튜브 역시!

처음엔 온라인 데이팅 서비스에서 피보팅한 것입니다.

한 우물만 팠다가는 우물 안의 개구리가 되고 마는 이 스타트업 전쟁터에서! 우리 맥콤은 또 다른 도전을 맞이합니다.

자, 선남선녀들의 매칭 서비스였던 우리 하우매치는

이제 실버 세대를 대상으로 한 매칭 서비스로 피보팅을 꾀하려 합니다.

반대하시는 분?

하면, 스티브를 제외한 회의실의 직원 모두가 손을 든다.

스티브 좋아요. 반대 의견이 있다는 사실은 저에게 충분한 동기부여가 됐습니다. 그만큼 더 열심히 해야겠죠?

자, 이제...

애슐리 스티브, 오해하지 말고 들어주세요.

세상엔 두 종류의 사람이 있어요.

피보팅을 하지 않는 사람.

그리고, 피보팅을 한 번만 하는 사람.

우리가 지금 몇 번째 피보팅이죠?

스티브   (헤아리며) 여덟... 번째지?

애슐리   그건 사람이 아니에요.

오해하지 말고 들어주세요.

스티브   아니 지금 데이터가 말해주잖아.

1년 가까이 제자리였던 하우매치 가입자가 2배 이상 늘어

났어.

이건 고령화 시대의 자연스러운 플로우야.

어르신들도 즐겁게 사실 권리가 있다구.

애슐리   스티브, 오해하지 말고 들어주세요.

방구가 잦으면 똥이 나온다는 말이 있잖아요.

지금까지의 피보팅은 우리에게 방구였거든요?

스티브   근데?

애슐리   이제 똥이 나올 차례라는 생각이 들어요.

오해하지 말고 들어주세요.

스티브   됐고, 이미 마음먹었으니까 그렇게들 알아.

회의 마치자고.

하는데, 애슐리가 제이에게 눈치 준다.

제이   저, 스티브! 카이스트 주변에 맛집 좀 알려주세요!

스티브	(화색) 뭐야~ 제이 대전 가? 나 카이스트 다닐 때 얘기했나? 나 수석으로 들어갔잖아. 과대표 할 때 가던 덴데 그 벌구소공원 옆에 태평소국밥이라고 있거든. 거기 육사시미 꼭 먹어야 돼. 이모님 아직 계시나 모르... (하다가 눈치채는) 이런... 스크럼 끝!
애슐리	(다급하게) 스티브!! 우리... SWOT으로 결정해요.

나가려다 "SWOT"이라는 말에 돌아서는 스티브.

스티브	(씨익 웃으며) SWOT?

cut to,

칠판(혹은 모니터)에 큰 글자로 "SWOT" 그 밑 사등분된 사각형 안엔 Strength(강점), Weakness(약점), Opportunity(기회), Threat(위협)라고 적혀 있다.

스티브	SWOT. 할 때마다 짜릿해... 최고야. (뒤돌아 직원들에게) 나부터 할까? **강점**. 실버산업의 성장세는 그야말로 무서워. 시장규모가 10년 만에 2배 이상 증가했다고.
애슐리	**위협**. 스티브의 변덕이 위협적이에요. 왜 전에 〈섹스 앤 더 시티〉 본 다음 날 회사에 필라테스룸 만들고 몇 번 가셨죠?
스티브	(딴청)

73

애슐리	폼롤러에 곰팡이 슬었어요. 그리고 〈옥자〉 본 다음 날은 이
	제부터 채식만 하겠다고 사내에 비건 카페테리어 만들어
	놓고...
	그날 저녁 뭐 드셨죠?
스티브	이바로... 가자다...
애슐리	뭐라구요?!
스티브	이바돔 감자탕...
애슐리	이게 무슨 쿠팡에 단순변심으로 환불 요청하는 것도 아니고.
	스티브는 이번에도 안 되면 또 피보팅하자고 할걸요?
	다음엔 뭐죠? 스님 전용 매칭 서비스?
제시	애슐리, 특정 종교인도 사랑할 권리가 있다는 거 모르는 거
	아니지?
캐롤	(손 들고) **약점**. 마케팅은 어떻게 해요?
	전 어르신들 상대로 홍보해본 적 없어요.
	폰트는 얼마나 크게 해야 해요? 〈미스트롯〉보다 크게?
	보도자료는 어디에 뿌리고요? 종이신문?
	팝업 스토어는요? 탑골공원?
제시	No... Stop hating old people... plz~
애슐리	스티브, 우리 주력은 챠브네잖아요.
	챠브네 개발에 1년 투자했는데 겨우 유튜브에 영상 하나
	올라온 거 때문에 접겠다구요?
	그리고 쳐다도 안 보던 하우매치를 주력으로 밀겠다구요?
	이건 손으로 똥 닦고 휴지로 손 닦는 격이에요.
스티브	왜 자꾸 똥 얘길 하는 거야?

애슐리 오해하지 말고 들어주세요.

만약, 말씀하신 대로 피보팅을 했는데 또 실패한다면...

그건 정말 큰 **위협**일 거예요.

스티브 아니, 그건 **기회**야. 실패는 언제나 날 강하게 만들어.

이번 피보팅으로 우리 서비스는 더 풍성해지고 더 강해질

거야.

하우매치가 〈배트맨 비긴즈〉라면 이건 〈다크 나이트〉야.

원래 뭐든 2편이 더 재밌잖아.

캐롤 〈타짜〉 2.

애슐리 〈타짜〉 3.

제이 (눈치 보다) 〈쏘우〉 투... 쓰리... 포, 파이브, 식스, 세븐.

제시 〈서든어택〉 2.

필립 양양 A, 양양 B. (캐롤이 그거 아니라고 제지하는)

스티브, 밀리는 듯하더니... 뭔가 생각난 듯.

스티브 **강점**. 맥콤은 내 지분이 제일 많아. 그게 내 강점이지.

캐롤 스티브, SWOT은 그런 식으로 하는 게...

스티브 시끄러. 그럼 스톡옵션 준다고 할 때 받지 그랬어?

그러고 보니까 진짜 왜 다들 스톡옵션을 안 받는 거야?

일동 딴짓...

스티브 자, 그럼 계획대로 피보팅 준비해주시고.

이걸로 오늘 스크럼은 마치...

곽성범   **위협**.

사람들 뒤에 손만 빼꼼 나와 있는데... 나와서 보면 개발자 곽성범이다.

곽성범   이렇게 습관처럼 피보팅을 하다간 개발팀이 집단 퇴사할 수 있다.
            위협.

스티브, 당황한다.

스티브   성범 씨... 언제 왔어?

곽성범   이바돔 감자탕 때부터 있었는데요.
            제가 그렇게 존재감이 없었습니까?

스티브   성범 씨... 흥분하지 말고...

제이   (애슐리에게) 저분은 왜 성범 씨예요? 영어 이름 안 쓰고...

애슐리   이 회사에서 스티브가 유일하게 눈치 보는 사람.
            영어 이름 쓰기 싫대요.
            요즘은 개발자가 귀해서 꼭 붙잡아 놔야 되거든요.

곽성범은 나름 결의에 찬 눈빛, 스티브는 시선을 피하는데...

S#3.　사무실 밖 (낮)

사무실 안 애슐리 제이 캐롤 제시 필립이 사무실 밖 타운홀의
스티브와 곽성범을 지켜보고 있다. 곽성범이 뭔가를 피력하고
스티브는 다독이는 것 같은. 잠시 동안의 대화가 오고 가고 서
로 악수를 청하는 것으로 마무리된다. 자리로 돌아가는 곽성범.

애슐리　　어떻게 됐어요?

스티브　　일단 개발팀 담당 케어 직원 붙여주는 걸로 합의 봤어.

캐롤　　　헐, 퇴사각~ 저 너드들하고 24시간 붙어 있는다고?

　　　　　나 저 사람 음성언어 오늘 처음 들어봤잖아.

제시　　　나 오늘 캐롤 너무 불편해~ 내가 이상한 건가?

　　　　　모든 직업은 차별받지 않을 권리가 있잖아. 맞지?

　　　　　캐롤 트위터 좀 시작해야겠다~

　　　　　스티브, 그럼 링크드인에 테크 HR 채용 낼까요?

스티브　　아냐.

제시　　　아, 기존 직원이 하는구나. 업무 공백이 적어야 할 텐데...

　　　　　(웃으며) 하는 거 없이 노는 사람이어야겠네.

　　　　　(핸드폰에 적는) 누가 가는지 말씀해주시면 인사이동 공고

　　　　　낼게요.

스티브, 제시를 지긋이 바라본다.

제시　　　누구예요?

스티브, 제시를 지긋이 바라본다.

제시   ...누구예요...

분위기를 알겠다는 듯 제시를 향하는 모두의 시선.

제시   (약간 울먹) 누구예요......
스티브   수고해.

망연자실한 제시 어깨 두들기며 스티브 이동하는데 애슐리와
제이 뒤따라 이동한다.
걸으며 대화하는.

애슐리   스티브, 귀찮게 하고 싶진 않지만 마지막으로 말씀드릴게요.
한 번만 더 진지하게 생각해봐주세요.
스티브   그러고 있어.
애슐리   한 번만이라도!

걸음 멈추는 스티브와 애슐리 제이.

애슐리   장난처럼 말고요. 단 한 번만이라도...
이 회사에 스티브만 미래를 건 게 아니잖아요...

스티브, 다소 격한 애슐리의 반응에 잠시 놀라더니.

스티브   아까 지분 얘기할 때 좀 섭섭했지?

맥콤에게 나는 30%짜리 인간이지만 내 인생에서 맥콤은 100%야.

최대한 합리적으로 선택할 거야.

대기업들이 중요한 결정을 할 때마다 찾아가는 곳이 있거든.

S#4.   점술원 (낮)

현판엔 "사주, 궁합, 사업, 택일, 관상, 천기누설! 백련산 보살"

스티브   원래 사주만큼 객관적인 데이터에 의존하는 게 없어. 진짜야...

문 앞의 스티브와 제이 애슐리 함께 들어가면

무당   왜 이제 왔어?!

무당, 호통을 치는데 제이는 놀라고 애슐리는 여전히 불만.
스티브, 무당의 기세에 쫄지 않는다. 그런 스티브 노려보는 무당.

무당   뭐 하고 서 있어! 사업하기 싫어?!

제이와 애슐리는 놀라는데...

79

스티브도 잠깐 혹했다가 제이의 목에 걸린 사원증 보고 코웃음
치며 자리에 앉는다.

무당   이름, 생년월일!

스티브 묵묵부답인 채 무당 노려본다.

스티브   맞혀보시죠.

무당   흥, 잡것이 들어왔구만. 부정타게스리...

무당, 스티브 계속 노려본다.

무당   네놈 상판을 보니 이리 까칠하게 구는 이유를 알겠구나.
           낮을 가리는 게야.
           처음엔 낮을 가리지만 일단 마음을 열면 간이고 쓸개고 다
           내주는 편이지?

스티브, 살짝 동요하지만 이내 여유 있게 비웃는 표정.

무당   혼자 있고 싶을 때가 많지만~
           막상 혼자 있으면 외로움을 좀 타는 편이고?

스티브, 동요...

80

무당	(쌀알 던지며) 보자...
	좋아하는 사람과 싫어하는 사람의 구분이 명확하겠고
	겉으론 웃고 있어도 속으론 울고 있을 때가 많아 보이네?
	게으~른 완벽주의자에다가 얼씨구? 사람들이 아는 내 성
	격이랑 혼자 있을 때랑 조금 다르지?

애슐리	(작게) 저게 점쟁이야, MBTI야...
제이	(작게) 한국 사람 다 저렇지 않아요?

무당	사람들이랑 있을 때 어색한 거 질색하는 놈이니 내가 말을
	계속해야겠구만.
	큰일엔 똑 부러지는데 막상 점심 메뉴 고를 땐 한평생이
	겠어?
	관심 있는 일에는~ 관심이 있겠고...
	관심 없는 일엔... 영~ 관심이 없구만?

포커페이스 유지한 채 듣고 있던 스티브.

스티브	(거의 울먹) 선생님, 제가 피보팅을 하려고 하는데요...
	저희가 원래 다운펌 기계를 팔았거든요? 근데...
애슐리	스티브! 아니 저런 하나 마나 한 소리에 속을 거예요?
무당	어디 잡것들이 입을 열어!!
	저런 것들을 달고 다니니 사업이 잘될 리가 있나!
	네놈!

동네에서 천재 났다 카이스트 들어가고 닷컴버블 때까진 잘나갔잖아!

아뿔싸 버블이 붕괴되고 집에서 펀펀~ 놀다가 심심풀이로 페이스북에 유머페이지를 만들었는데 이게 대박이 났네? 그걸 자본으로 창업을 했는데 오호통재라 하늘도 무심하시지 믿었던 동업자 놈한테 배신을 당했구나! 와신상담 절치부심 이제 자리 좀 잡으려는데 안 좋은 소문들이 끼었어?

네놈 인생지사가 **새옹지마**로구나!

지금 하려는 그것! 네 뜻대로 밀어붙이거라!

네놈이 입버릇처럼 말하지 않느냐!

우리는 디지털을 다루지만 사고는 이진법에 갇혀 있으면 안 된다!

무당의 족집게 같은 일장연설에 제이와 애슐리마저도 놀라고... 스티브는 간이라도 내줄 듯 감복한 얼굴로 크게 고개를 끄덕인다.

스티브	선생님, 감사합니다! 여기 복채... (5만 원 내미는)
무당	떼끼!! 평소엔 알뜰하다는 소리를 듣지만
	가치가 있는 일엔 시원하게 쏘는 놈이 어디 감히!!

스티브 10만 원 꺼내서 주는.

S#5.　점술원 밖 (낮)

점술원 밖을 나서는 셋. 스티브는 남은 감격 추스르며 결의에 찬
표정.
애슐리가 뒤쫓아 온다.

애슐리　스티브! 이런 MBTI 같은 거에 진짜 회사 운명을 맡길 거예
요?!

스티브, 뒤돌아보지 않고 가던 길 가는.

애슐리　제 말 안 들려요?

스티브, 못 들은 척 가던 길 간다.

애슐리　지겹지도 않아요?! 또 망하고 싶냐구요!

스티브, 걸음 멈추고 뒤돌아보는데. 표정을 보면 화난 듯 분노
가득하다.

스티브　애슐리. 말 조심해.
　　　회사 밖이지만 나 이 회사 CEO야.

애슐리, 자기 말이 심했나 한발 물러서는데...

스티브	누가 ESTJ 아니랄까 봐.
	(뒤돌아 가며) ESTJ가 고집이 세고 의심이 많아.
	진~짜 엄격한 관리자야...

S#6.　복도 (낮)

곽성범, 제시와 함께 복도를 걷고 있다. 개발실의 담당 케어 직원이 생긴 곽성범은 표정이 사뭇 신나 있다. 시선은 바닥을 보지만 새어 나오는 미소를 숨길 수 없는. 제시는 죽을상. 표정도 다르고 살짝 어색한 둘이지만 성범이 용기 내 먼저 말을 건다. 시선은 여전히 바닥을 향한 채.

곽성범	오다가다 몇 번 봤는데... 제시? 이름이 제시 맞나?
제시	네...
곽성범	(웃음 참으며) 제씨는 어디 제씨야?
	제갈공명 제씨야, 제일제당 제씨야?
	(제시에게 다가가며) ㅎㅎㅎ CJ라는 거냐~!

성범, 본인의 썰렁한 농담을 본인 스스로 리액션하고 크큭 혼자 웃는다.
제시는 태어나 처음 보는 광경에 어안이 벙벙.

곽성범	그냥 우리 애들이랑 친구 된다 생각하면 돼. 같이 밥도 먹

어주고. 필요한 거 있으면 챙겨주고. 괜히 너드니 뭐니 해서
선입견들 있는데 개발자들도 다 똑같아요. 〈빅뱅이론〉이
사람 다 버려놨다니까?

나 봐, 인싸잖아. 나 MBTI E로 시작하는 사람이야.

제시   아, 네...

곽성범   왜 새로운 데 가려니까 막 가슴이 두근두근대?

두 근 두 근이면 2.4kg이네?

(제시에게 다가가며) 정육점이냐~! ㅎㅎㅎ...

한 근에 600그램이니까. ㅎㅎ...

하는데, 화장실이 소란스럽다.

사람들이 모여 있는. 성범과 제시 무슨 일인가 들어가 보면.

S#7.   화장실 (낮)

변기 한 칸에 심각한 표정으로 모여 있는 개발자들. 차림새와
외양이 비슷하다.

제시, 무슨 일인가 싶은데... 그들의 앞엔 뚜껑이 덮인 변기가 있다.

제시   (성범에게) 변기가 막혔으면 뚫어야지 왜 그냥 보고들...

개발자1   저 안엔 똥이 있을 수도 있고 없을 수도 있어.

개발자2   슈뢰딩거의 변기. 뚜껑을 열기 전까진 50% 확률로 똥이
존재하지.

85

	지금 이 변기 안엔 똥이 있거나 없거나 중첩인 상태로 존재해.
제시	아니 똥 냄새가 진동을 하는데 무슨... 그냥 뚜껑을 열면...
개발자1	저 변기를 열었을 때 똥이 있다면 그건 이 사람이 만든 똥이야.
제시	네? 그게 무슨...
개발자2	저 사람이 뚜껑을 열기 전까진 50%의 확률로 존재하니까. 뚜껑을 열었을 때 똥이 있다면 그건 저 사람이 만든 똥이야. 간단한 양자역학.
제시	하... 그럼 사람 부르면 되잖아요.
개발자1	사람 불러서 뚜껑을 열었을 때 똥이 있다면 그것도 이 사람이 만든 똥이야. 간단한 코펜하겐 해석.

제시, 깊은 한숨 몰아쉬고 변기 레버 내린다.

개발자1	어어...?!

그러자 뚜껑이 부글부글... 움직이더니... 대참사.
모여 있던 개발자들은 "이 사람이 똥을 만들더니 바닥에 흐르게 했어!" "이 사람이 만든 고약한 똥이야!" "뭘 먹은 거야?!" 등 비난을 쏟으며 도망간다. 혼자 남은 제시.

곽성범	(코를 막으며) 뒤처리 잘 부탁해요~
	ㅎㅎㅎ 이덕화냐~!!

S#8.   카페테리아 (낮)

사내 카페테리아. 패널에 이모티콘으로 웃는 표정을 한 로봇 바리스타가 로봇 팔을 요란하게 움직인다. 여느 로봇 카페처럼 직접 커피라도 만들 것처럼 하더니 로봇 팔을 이용해 옆의 직원을 콕콕 찌른다. 그러자 지쳐 보이는 인간 직원이 졸음을 쫓으며 직접 커피를 만든다. 패널의 로봇 표정이 악덕사장 같기도, 뻔뻔해 보이기도 한다.

cut to,

테이블에 앉아 커피를 마시는 제이와 애슐리.

애슐리   제이는 왜 맥콤에 왔어요?

제이   네? (놀라는)

애슐리   스타트업에 왜 왔냐구요.

제이   아... 저는 꿈과 도전을...

애슐리   (말 끊고) 있죠, 내가 여기 있는 이유는 단 하나예요. 한 방. 나 파이어족이 목표거든요?

한 살이라도 젊을 때 30억 벌어서 바로 은퇴할 거예요.

10억으로 지방에 집 산 다음에

15억으론 꼬마빌딩 사서 월세 받아먹고

남은 5억은 미국 배당주에 장기투자해서 배당금으로 생활할 거예요. 가까운 거리도 택시를 타고 배달최소금액이 모자라면 콜라로 채울 생각이에요. 30억만 모으면요.

제이	(웃는) 멋진데요? 잘되어가고 있어요?
애슐리	31억만 더 모으면 돼요.

제가 일반 직장에 다니면서 그 돈을 모으려면...

월드컵을 15번 하는 동안 월드컵도 못 보고 일만 해야 되거든요?

이 회사에 스톡옵션 받고 들어온 건 나밖에 없어요.

나는 한 방이 목표니까.

근데 스티브가 이럴 때마다 내가 보지 못할 월드컵이 하나씩 늘어나는 기분이에요. 그래서 말인데, 제이.

애슐리, 제이의 손을 꼭 잡는다. 제이는 흠칫 놀란다.

애슐리	우리 이번 피보팅은 꼭 막아요.

제 나이 90에 증손주가 "할미는 왜 아직도 출근해요?"

라고 물었을 때 그 점쟁이 때문이라고 할 순 없잖아요.

S#9. 개발실 (낮)

제시가 개발자들과 함께 앉아 있다. 분위기가 낯선 듯 눈치 보며 있는데...

제시 반대편 한 개발자가 페트병 뚜껑을 따지 못해 낑낑대다 옆사람에게 넘기면 그 개발자도 힘이 약해 따지 못하고 옆 사람에게 넘긴다. 4~5명의 개발자가 페트병 하나 따지 못하는. 제시가 병을 넘겨받으려 하면 그 릴레이가 제시 앞에서 멈추고 만다. 이 이상한 상황에서마저 소외된 제시. 어떻게든 말을 걸어본다.

제시   이번에 맥북에어 새로 나오는 거에 M2칩 들어간다던데 보셨어요?

개발자들 대답 없이 묵묵부답이다. 옆의 개발자 옷을 보며 다시 대화 시도한다.

제시   우와~ 이거 너드룩 어디서 사셨어요?
           무신사랑 발란 아무리 뒤져봐도 이렇게 리얼한 건 못 본 거 같은데.

개발자1   엄마요.

제시   ...

다시 한동안 침묵이 이어지는데.

제시   ㅎㅎ... 이거 제가 얼마 전에 인터넷에서 봤는데
           초코파이의 초코 함유량이 얼마나,

개발자2   (보지도 않고) 31.4%. 초코파이 분의 초코 곱하기 백. 초코 지워지고 파이 분의 백. 파이는 원주율이니까 31.4%.

제시   ...어느 날 아내가 남편한테 마트 가서 우유 사오라고 했는데,

개발자2   계란 있길래 우유 6개 사왔어.

제시   0과 1로만 이루어진 기차는 뭘,

89

개발자2   Binary는 호남선. 바이너리가 이진법이니까.

다시금 침묵 이어지는데 개발자 중 1명이 제시의 핸드폰 케이스 본다. 만화 〈원피스〉의 루피 밀짚모자가 그려진 핸드폰 케이스. 말없이 핸드폰 케이스 유심히 바라보는 개발자.

제시   아! 이거 저도 재패니메이션 좋아하거든요. 1권부터 봤죠. 제가 원래 나만 아는 만화 좋아하는데 〈원피스〉는 못 놓겠 더라구요. 정상결전에서 에이스 죽을 땐 솔직히 눈물도 조 금 흘렸어요. 조이보이 떡밥 아직 안 풀렸죠?

개발자들 겨우 시선 1명씩 제시에게 주고...
마침내 제시에게 페트병을 건네주고 기분 좋게 따주는 제시.
개발자들은 본인들끼리의 대화 이어간다.

개발자2   샹크스, 루피.

개발자1   루피. 샹크스는 팔이 한쪽 없어서 물리학적으로 균형이 맞 을 수가 없음. 애초에 해왕류 따위에게 팔 한쪽을 잃었다는 것부터 설정 붕괴.
루피한테 기어 2 정도로 개발림.

개발자3   샹크스. 고무가 아무리 가해진 응력에 따라 달라지는 비선 형 탄성계수를 가진 물질이어도 루피의 고무는 이미 그 능 력을 다했음.

개발자1   루피. 그 설정은 이미 기어 3에서 허용 용인됨. 뼈 안쪽에

바람을 집어넣어 표면은 단단한 뼈 풍선이 됨. 샹크스 정도
는 패왕색만 써도 정리 쌉가능.

개발자2 　샹크스가 원조인 그 패왕색?

　　　　작중에서 패왕색 개념을 처음 쓴 해적이 샹크스임.

제시 　　애초에 해적이라는 존재 자체가 국제사회에 끼치는 영향
　　　　을 봤을 때 강함의 문제는 의미가 없죠. 만화를 보고 자랄
　　　　아이들이 약탈에 대한 로망을 갖게 된다면... 아뿔싸 끔찍
　　　　하네요.

분위기 짜게 식고 개발자들은 제시를 경멸의 눈빛으로 바라본
다. 개발자들 모두 자리에서 일어나며 "카이도우, 흰수염" "흰수
염이 쌉바름" 등의 논쟁 이어가는데.
제시는 다시 또 외로이 남겨진. 인상 밝아 보이는 다른 개발자가
다가온다.

태주 　　안녕하세요. 제시님 맞죠? 저 박태주라고 해요.

제시 　　아, 네. 안녕하세요.

태주 　　(옆에 앉으며) 반가워요. 이번에 새로 오셨다고...
　　　　미안한데 난감해하시는 게 너무 재미있어서 옆에서 보고
　　　　있었어요.

제시 　　아... 네...

태주 　　저 사람들 좀 이상하죠? 나도 개발자지만 가만 보면 좀
　　　　과해.
　　　　근데 오해하지 마세요! 성향이 나쁜 사람들이 아니라 이게

원래 좌뇌가 너무 발달되면 우뇌를 쓸 필요가 없어지니까.

자연스러운 현상?

하하. 저 같은 사람도 있으니까 너무 걱정 마세요.

제시   하, 네. 감사합니다. 아니 무슨 만화 하나 가지고 저렇게까지...

태주   그러니까요~ 뭘 그렇게들 화들 내시나 그래~ 어차피 가상현실인데.

제시   ...네?

태주   뭐야~ 알면서. 이 세상이 진짜일 리가 없잖아요.

들어봐요. 2차원 갤러그에서 지금 VR 나오는 데 40년밖에 안 걸렸는데 우리 우주의 역사 137억 년 중에서 그게 반복 안 됐으려고요?

우리가 눈치채지 못할 정도로 정교할 뿐이지

이미 이거 다 가상이잖아요.

가상현실인데 망하면 어떻고 죽으면 어떻습니까? 하하하~

이젠 지칠 대로 지친 제시. 태주의 말을 죽어가는 눈빛으로 듣고 있다.

S#10.   카페테리아 (낮)

카페테리아 테이블. 캐롤까지 참석해 대화 이어간다.

캐롤	그러니까... 점쟁이한테 갔다 이거지...
	하긴 스티브 대기업 총수들 따라 하는 거 좋아하니까.
애슐리	이게 말이 돼? 우리 어떻게든 막아야 돼, 캐롤.
캐롤	(뜨거운 커피를 후후 불며)
	메시지를 부정할 수 없다면... 메신저를 부정하면 되지.
	(랩톱 여는) 그 무당 이름이 뭐라고요?
제이	백련산 보살이라고 그랬어요.
캐롤	여기 나오네. 보자...

캐롤, 뭔가를 찾고 있고...

애슐리	근데 이상해. 처음엔 하나 마나 한 소리를 하다가...
	나중엔 진짜 신들린 것처럼 하나하나 다 맞히더라고.
캐롤	진짜?
애슐리	그렇다니까? 스티브 카이스트 나온 것부터 해서 버블 때
	망한 거, 마젠타에서 쫓겨난 거까지 다 맞히는 거야!
	나중에 스티브한테 "우리는 디지털을 다루지만 사고는 이
	진법에 갇혀 있으면 안 된다!" 할 때 나도 종목 몇 개 물어
	보고 싶더라니까. 바이오 하나 봐둔 게 지금 임상 2차 들어
	갔는데,
제이	잠깐, 지금 뭐라고 그랬어요?
애슐리	바이오? 제이도 관심 있어요?
제이	아뇨! 그 전에...
애슐리	우리는 디지털을 다루지만...

| 제이 | 사고는 이진법에 갇히면 안 된다. |

제이, 캐롤의 랩톱 빼앗아서 뭔가 검색한다.

| 제이 | 애슐리가 그랬죠? 스티브는 자기 나무위키 다 직접 썼다고. |
| 애슐리 | 네. 누가 안 써주니까 남이 써준 것처럼... |

제이, 랩톱 화면 애슐리와 캐롤에게 보여주는데 스티브의 나무위키. 무당이 했던 말들이 상세하게 적혀 있다.

| 제이 | 잡았다. |

S#11.   상담실 (낮)

리클라이너에 누워 에이미에게 상담받고 있는 제시.

| 제시 | 선생님... 저는 타인을 얼마나 이해할 수 있는 사람일까요?
다른 건 틀린 게 아니다, 타인은 또 다른 나 자신이다...
항상 소수자를 대변하고 나보다 타인을 이해하려고 노력했어요...
그 마음 잊지 않으려 내 몸에 새기기까지 했는데... |

에이미, 제시 손목에 "tolerance" 레터링 어루만지는데...

지워진다.

제시   헤나예요... 저야말로 편견에 사로잡힌 사람이었나 봐요...

그들을 이해하고 싶은데... (흐느끼는)

그들은 너무 이상해요... 흑... 그 사람들을 이해하고 싶어

요... 흑......

에이미, 제시 다독이며 차분한 목소리로 느릿느릿 말한다.

에이미   그들을 이해하려고...

노력해보세요.

S#12.   점술원 (낮)

스티브   이거 실례인 건 알고 있지?

신이 노하면 그 불경죄를 누구도 감당 못해.

제이   아뇨. 저희 말 믿으세요.

이 사람 순 사기꾼이에요. 검색해보고 맞히는 척하는 거

예요.

애슐리   우리가 스티브 나무위키 수정해놓고 왔거든요?

한번 보세요. 뭐라고 하는지.

스티브   뭐?! 남의 나무위키를 왜 마음대로 수정해?!!

애슐리   그거 원래 남이 수정하는 거예요.

스티브   그...

스티브, 말문 막히는데 무당 들어오는.

무당   흥, 조언 듣는 건 좋아하지만 지시받는 건 싫어하는 편이라
         내 다시 올 줄 알았지.
스티브   아, 선생님 그게...
무당   보자... 오늘은 이혼 이야기를 물으러 오셨나?
         갈라선 지 5년 넘었지?

         이혼 사실을 맞힌 무당을 보고 이것 보라며 애슐리 제이에게
         눈짓 주는 스티브.

무당   대외적으론 성격 차이라고 되어 있지만...
         실상은 네놈의 고집 때문이렷다?!
         인류를 화성에 보내겠다는 고집을 꺾기만 했어도
         둘이 갈라서는 일은 없었을 것을...!!

         스티브 이상한...

무당   추가합격으로 들어간 카이스트 시절부터 꿔온 꿈이었건만
         무리한 사업 확장으로 파산에 이르렀으니!!
         완전히 망한 인생 부활이 가능할까?
         ~~그런데 그것이 실제로 일어났습니다?!~~

세미누드 웹화보 "스티브 in paradise"가 대박이 났다 카더라.

애슐리 도대체 누구 걸 써놓은 거예요...

제이 시간 없어서 아무거나 가져다 섞었어요...

무당 하지만 세미누드는 아무리 Fun하고 Sexy하고 Cool해도 수위가 검열 삭제라 네 고향 와칸다에선 상상할 수도 없는 일이라는 게 함정.
고향에서 쫓겨났는데 죽으란 법은 없다고 비브라늄을 훔쳐왔구나!
웹화보 수익과 고향의 자원 비브라늄이 만났으니 그 사업이 어찌 되었겠느냐! 어찌 되었겠느냐?! 아시는 분 수정 바람??

무당의 헛소리를 듣던 스티브 자리에서 일어나 나간다.
그러다 다시 무당에게 다가가는데.

스티브 (분노를 삭이며...) 나... 추가합격 아니야... 물리 1개 틀렸어.

S#13.   개발실 (낮)

제시, 개발자에게 1:1로 말을 하고 있다.

제시   난 남들과 다르다고 생각했어요.

다양성을 존중하고 모두를 이해할 수 있는...

그런 사람이라고 생각했어요.

근데 있잖아요? 아니었어요. 나야말로 꽉 꽉 막힌 사람이었어요.

나 이제 달라질게요. 정말 진심으로 다가갈게요. 앞으로 잘 부탁해요!

제시, 앞의 상대에게 악수 청하고 홀연히 떠나는데

이야기 듣고 있던 사람 보면, 1화의 아미르이다.

아미르   날마다 지랄이네, 저 개새끼가. (안전모 쓰고 나가는)

S#14.   회의실 (낮)

스티브와 애슐리 제이 캐롤 등 직원들 테이블에 앉아 있고 맞은편에 양복 입은 컨설턴트 직원 3~4명 앉아 있다. 서류 더미와 패드로 세심히 관찰 중인.

스티브   저... 애슐리.

애슐리   네?

스티브   아까는 미안해. 내가 좀 말도 거칠게 하고... 예민했나 봐.

애슐리   아닙니다. 괜찮아요.

스티브   고마워. (생각하다가 웃는) 하, 생각해보면 웃기지.

　　　　이 큰 회사를 점쟁이에 의존한다는 게...

　　　　실버 세대 매칭 서비스라는 것도 웃겨.

　　　　그런 걸 누가 하겠어. 뭐에 홀렸는지.

애슐리   (따라 웃는) 누가 아니래요.

　　　　그 엉터리 사기꾼 한마디로 피보팅 결정하는 게 말이 돼요?

　　　　전문 컨설턴트분들 오셨으니까 말씀 들어보자구요.

컨설턴트 자료를 쭉 훑어봤는데... 지난 1년간 주력했던 뇌파 제어 남
　　　　성용 다운펌 머신 프로젝트를 폐기하고 기존에 있었던 매
　　　　칭 서비스를 실버 세대 전용 매칭 서비스로 피보팅하는 게
　　　　어떻냐는 거죠?

스티브   네.

컨설턴트 하시죠.

스티브   예?

컨설턴트 피보팅하시죠. 좋을 것 같은데요. 아니 이거밖에 방법이 없
　　　　는데요?

　　　　지금 투자 단계에선 제품 판매보다 서비스업이 훨씬 적합
　　　　합니다.

　　　　시장성도 좋고요. 무엇보다 다운펌 머신으로 적자가 너무

큰 상황이라 단기간에 메꾸기엔 서비스업, 그중에서도 시장 반응이 빠른 매칭 서비스가 좋구요.

컨설턴트의 예상 못 한 분석에 스티브와 애슐리 어안이 벙벙한데...

스티브	(애슐리 눈치 보며) 그...그럼...
애슐리	(스티브 눈치 보며) 아... 그럼...
스티브	...그렇게...?
애슐리	...그렇게... 하...?
스티브	그렇게 할까...?
애슐리	그렇게 하시죠...?

어색하고 민망한 둘 서로 헛기침하는.

S#15. 에필로그 / 점술원 (낮)

스티브	(분노를 삭이며...) 나... 추가합격 아니야... 물리 1개 틀렸어.

하며, 스티브 애슐리 제이 나가는데... 핸드폰을 두고 온 제이가 다시 들어온다.

무당	허허... 뭘 그리 찾아 헤매느냐.

제이	아, 핸드폰을 두고 가서요.
무당	먼 곳에서 찾을 필요 없다.
	평생의 사랑이 가까운 곳에 있었어.
제이	예?
무당	벌레의 모습을 한 귀인이 액자에 갇혀 있구나...
	닭과 악어에게 둘러싸인 형국이야.

알 수 없는 무당의 말에 의아해하는 제이 표정에서.

2화 엔딩

환영

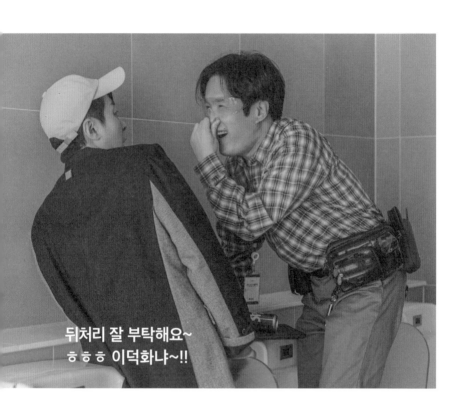

뒤처리 잘 부탁해요~
ㅎㅎㅎ 이덕화냐~!!

나...
추가합격 아니야...
물리 1개 틀렸어.

EP.3 화폐전쟁

애슐리 (랫서 팬더) *VS* 모니카 (백조)

따인에는 사람은 걷지만 마냥 귀여워

제이 : 이제 (Now on)
↓
"시작"

모니카 → 우아하게 이상한 사람

→ 영어

→ 대기업 출신 부장

→ 아마도 명문여?

사내 반말문화
문화지체현상

" Depth 있게
Develop 시켜보자, Why not? "

일론 머스크,
굿연, 투자광풍

+) 세계관 만들기
(천역의 왕세자, 나인연원,
박정환♡장윗나 , 위커텐텐, 데일러평택)

개룡(토끼)와
필럼(나무늘보) 사랑시작

EP.03
화폐전쟁

S#1. 플래시포워드 / 사무실, 복사기 앞 (낮)

21신의 모니카와 애슐리의 신경전.

S#2. 길거리 (낮)

화창한 아침 길거리. 바삐 움직이는 도시인들의 출근길.
제이, 그 사이로 다급히 뛰어간다. 시계를 보면 9시 12분.

S#3. 회사 로비 (낮)

땀에 흠뻑 젖은 채 현관에 도착한 제이. 아뿔싸! 사원증을 두고
왔다.

제이	저 저 여기 하아... 맥콤 직원인데요... 17층... 사원증을 두고 와서요.
직원	네. 성함이 어떻게 되시죠?
제이	제이요. 아! 이제요.
	아니 회사에선 제이라고 하는데 본명은 이제.
직원	네. 이제 말씀하세요.
제이	아뇨. 이름이 이제요.
직원	이재요라는 이름은 등록이 안 되어 있는데요.

제이	아뇨. 성이 이 이름이 제.
직원	이이제... 없는데요.
제이	(조급) 외자예요. 외자. 퍼스트 네임 제, 라스트 네임 이.
직원	미들 네임이?
제이	미들 네임이 어디 있어요! 존. F. 케네디도 아니고!
직원	(한참을 타이핑하다가) ... 확인되셨습니다.

직원, 출입문을 열어주는데 자꾸 다른 쪽 문이 열린다. 몇 차례의 시행착오 끝에 겨우 들어가는. 엘리베이터를 기다리는 제이. 시계를 보면 9시 17분. 더 조급해지는데... 엘리베이터 하나 도착하는데 만원이다. 어쩔 수 없이 다음 엘리베이터 기다리는데 남자와 여자 둘만 타 있다. 엘리베이터에 탑승하는 제이.

S#4.   엘리베이터 (낮)

제이, 17층을 누르는데 별안간 남직원이 여직원에게 말을 건다.

남직원	지은 씨, 우리 내일 같이 밥 먹을까?
여직원	아뇨. 대리님 이러시는 거 불편해요.
남직원	아... 어... 오키.

끝도 없이 이어지는 어색한 침묵. 가운데의 제이는 죽을 맛이다. 30초가 30시간처럼 느껴지는 고요한 적막. 시계를 보는데 9시

20분. 어떻게든 버텨보려 하지만 오늘따라 엘리베이터도 느리게 가는 듯. 5층에서 6층... 6층에서 7층... 계기판의 숫자도 멈춘 듯 느릿느릿 움직인다. 제이, 결국 8층 버튼을 누른다.

S#5. 계단 (낮)

헉헉대며 계단을 오르는 제이. 재킷도 벗어던지고 만신창이 행색이다.

S#6. 타운홀 (낮)

한참 회의가 진행되고 있는 타운홀. 제이 헉헉대며 들어온다.

제이　　죄송합니다... 하아... 제가... 버스를 잘못 타서...

스티브　제이, 입사한 지 얼마나 됐다고 지각이나 하고, 지각이 없구만?

하하. (혼자 웃는)

참, 모니카는 연수 갔다 오느라 초면이겠네.

이쪽은 모니카. 우리 인사팀 치프. 저쪽은 제이.

제이　　안녕하세요.

모니카　제이? 반가워~

제이, 초면부터 반말인 모니카에게 뭔가 이상한 표정.

제시	스티브, 곽성범한테 개발팀 비품 요청 들어왔는데
	전에 하던 업체랑 진행해도 되지? 거기 내 팔로워 있는 데
	라 잘해줘.
스티브	지난번에 픽시 탈 때 같이 본 친군가?
제시	맞아. 스티브 너 보고 싶대~
제이	(애슐리에게) 어떻게 된 거예요...?

애슐리, 지끈거리는 머리 누르며 제이 질문에 대답도 하지 않고

애슐리	스티브... 이 바보 같은 거 진짜 할 거예요?
	우리 회사에 반말문화가 맞는다고 보세요?
스티브	히딩크가 국대 맡고 제일 먼저 한 게 뭔지 알아?
	형 소리 없앤 거야. 명보 형, 죄송하지만 실례가 안 된다면
	패스 좀... 할 시간에 명보! 공! 결과가 어땠지?
	우리는 앞으로 일에 방해가 되는 모든 걸 없앨 거야.
	그 첫 번째가 바로 존댓말이지.
애슐리	이게 정말 안 어색하다구요? 유교문화에서?
	저는 이황 선생님 뵐 면목이 없는데요?
캐롤	왜? 난 좋은데? 모니카가 하잔 것 중에 하나라도 이상한
	게 있었나?
	1도 안 친한데 같은 색 옷 입은 사람들끼리 같이 밥 먹어야
	되는 문화도 너무 좋았고,

[ins – 식당, 맥콤 직원들이 모여 색깔별로 나뉘어 밥 먹고 있는]

캐롤   쓰레기 줄인다고 회사에 쓰레기통 다 버린 거 나 너무 만족했어.

[ins – 사무실, 쓰레기통 없는 사무실. 바닥에 쓰레기들이 널브러져 있다]

캐롤   잘나가는 스타트업들 하는 거 고대로 따라 하는 느낌도 전혀 안 들고 다른 회사랑은 다르게 인사팀 할 일 없는 거 티도 안 나 보여서 나는 너무 좋은데? 모니카 맞지?

캐롤, 칼이 담긴 말로 쏟아붓고 나면 모니카와 둘 사이의 묘한 눈빛 교환 신경전.
입가엔 미소를 띠고 있지만 요것 봐라 하는 표정의 모니카.

모니카   고마워, 캐롤. 인사이트* 좋은데? 반말문화의 롱텀골*이 바로 그거야. 캐롤처럼 대기업 출신이 아닌 사람들도 자신 있게 말할 수 있는 거.
[자막-인사이트: 통찰력, 롱텀골: 장기목표]
/ 모니카의 무차별 영단어에는 자막으로 해석이 붙는다.

모니카의 도발에 캐롤도 모니카 노려본다. 이어지는 신경전.

113

| 모니카 | 이번 연수를 다녀오면서 나 자신에 대해 그리고 맥콤에 대해 카테고라이징* 해봤어. |

[자막-카테고라이징: 분류화 작업]

우리 맥콤은 무엇을 향해 가고 있는 걸까?

내가 과연 무엇을 메이드*하기 위해 잘 다니던 대기업을 리자인*하고 이곳에 왔을까? 단순히 돈 때문에?

[자막-메이드: make의 과거분사, 리자인: 사직하다]

No, We will make the future.

No! We are the future.*

[자막-아니, 우리는 미래를 만들 거야. 아니! 우리가 곧 미래야.]

반말문화는 우리가 좀 더 린(lean)*하게 움직이는 데 도움...
아, 미안. 빠르고 유연하게 움직이는 데? 도움이 될 거야.

모니카의 자체 설명에는 lean의 설명이 자막으로 써지다가 지워진다.

| 모니카 | 뎁쓰 있게 디벨롭해 보자구. 와이 낫?* |

[자막-심도 있게 발전시켜 보자구. 안 될 게 뭐야?]

스티브, 감탄해 혼자 박수 치는 와중에

| 모니카 | (스티브 보며) 우리 CEO가 스티브가 아니었다면 트라이하지 못했을 거예요. 그거 알아요? 스티브에겐 대기업 CEO들에겐 없는 그 뭔가가 oops! 나 존댓말하고 있네. |

sorry my fault.*

[자막-앗 나의 실수.]

항상 괄시받던 스티브. 알랑방귀 뀌는 모니카의 등장에 신난 기색이 역력하다.

스티브　　자, 우리의 휴먼 리소스 앰플리파이어* 모니카가 야심 차게 준비한 아젠다*가 또 있는데... 필립, 가지고 왔지?

[자막-휴먼 리소스 앰플리파이어: 인력자원 증폭기, 아젠다: 안건]

필립　　(스티브에게 usb 주며) 가지고 왔지, 짜식아~~
이 새끼, 이거 가만 보면 은근 나를 무시...

필립, 주변 반응 보고 헛기침하며 들어간다.

모니카　　고마워, 필립. 나도 유선으로 전달받아서 팔로우업*이 좀 늦었는데 다들 아시다시피 이번 피보팅*으로 우리 버짓*을 좀 타이트하게* 운용해야 할 것 같아. 그래서 준비한 게...

[자막-팔로우업: 후속조치, 피보팅: 사업목표전환, 버짓: 예산, 타이트하게: 빠듯하게]

필립에게 건네받은 usb 꽂아 넣으면 화면에 ppt 내용 뜬다. 서양식의 지폐 디자인. 인물은 스티브의 얼굴이 들어가 있다.

모니카　　사내 화폐 시스템을 만들려고 해. 우리 맥콤 안에서만 쓸 수 있는 사내 화폐. 이름하여 스티브 머니.

스티브는 당장이라도 울 것처럼 감동... 다른 직원들은 한심하게 바라보는.

스티브   모니카... 난 이렇게 세심하게 신경 썼을 줄은...

모니카   전 숟가락만 얹었을 뿐이에요. oops I did it again. sorry! 자, 이제 회사 안에서 발생하는 모든 경제활동은 이 스티브 머니로 이뤄질 거야. 갑작스럽긴 하지만 우리 직원들 모두 캐파*가 되니까 애자일하게* 받아들일 수 있지? 제너럴한* 문화가 될 수 있도록 뎁쓰 있게 디벨롭시켜 보자구. 와이 낫?*

[자막-캐파: 능력·역량, 애자일하게: 기민하게, 제너럴한: 보편적인, 심도 있게 발전시켜 보자구. 안 될 게 뭐야?]

애슐리   취지는 좋은데 돈을 만든다는 게 말처럼 쉽겠어요? 일만 벌려놓고 벗캔낫* 현상 일어나지 않을까요?

[자막-벗캔낫 현상: but cannot. 하고 싶지만 현실적으로 할 수 없을 때 쓰는 말. 애슐리가 장난으로 만든 말인데 모두가 사용하고 있다.]

모니카   좋은 지적이야. 확실히 벗캔낫 현상의 위험 부담이 있긴 해.

스티브   하지만 벗캔낫하지 않게 만들어야지.

모니카와 스티브가 벗캔낫이라는 말을 진지하게 사용할 때마다 장난꾸러기처럼 큭큭 웃는 애슐리.

스티브	그래서 이번 명절 선물은!
	한우 대신 10만 스티브 머니로 지급하기로 했어.
애슐리	이런 씨발!!

타이틀 인 '유니콘'

S#7. 사무실 (낮)

경위서 쓰고 있는 애슐리. "~월 ~일 본인은 사내 평어 제도라는 진취적인 제도 안에서 개인의 감정을 억제하지 못하고 비속어를 남발하였습니다." 등의 내용.

캐롤	잘 쓴다. 진짜 반성하는 거 같아.
애슐리	하... 모니카 진짜 왜 그러는 거야?
	스티브 옆에 딱 붙어서 무슨 고려 후기 권문세족처럼...
	반말은 뭐고 스티브 머니는 또 뭐야?

애슐리, 스티브 머니가 들어 있는 명절 보너스 봉투 든다.

애슐리	이게 말이 된다고 생각해?
	난 말이 안 된다고 생각해.
캐롤	모니카가 하자는 것 중에 말 같지 않지 않은 게 있었나?
	말도 안 되지, 진짜...

휴... 저것도 말도 안 되고...

캐롤의 시선이 필립을 향해 있다. 원래도 잘생겼지만 창밖 조명
도 받고 새삼 잘생겨 보이는 필립의 모습.
보면, 누군가와 통화를 하고 있다. 뭔가 안 좋은 일이 생긴 것 같
은 난감한 모습이다.

필립	목소리만, 목소리만 들어보면 안 될까요?
	네? 제발요...!!
캐롤	왜 그래? 무슨 일이야?
필립	(수화기 막고 캐롤에게. 울먹...) 검찰인데... 저희 이모부가
	금융 사기에 연루되셨대요. 지금 조사 중이래요. 흑...
캐롤	뭐? 잠깐, 필립 어머님 외동이시라지 않았어?
필립	흑... 네... 형제도 없으신 분이 이제 이모부마저 없으면...
	흑... 우리 엄마 어떡해요...
캐롤	(깊은 한숨) 하아... 줘봐.

캐롤, 필립의 전화 대신 끊어준다.

필립	에? (전화기 다시 들고) 이모부!! 이모부!!!

하는데, 아까 필립의 모습처럼 또 꽃미남처럼 보이는 필립의 모습.

캐롤	(그런 필립 넋 나간 채 보다가 정신 차리곤)

하... 말도 안 된다, 진짜. 필립!

필립 네?

캐롤 금요일에 밥 먹을래? 둘이.

필립, 눈 끔벅끔벅하는데.

S#8. 라디오부스 (밤)

라디오부스. DJ가 사연을 읽고 있다. 깊은 밤 감성에 어울리는 조곤조곤한 목소리.

DJ 네. 닉네임 퐁당쇼콜라님의 사연과 함께 쿨의 "결혼을 할 거라면" 전해드렸습니다. 네. 결혼 준비 정말 힘든 일이죠. 특히나 혼수를 준비하면서 서로 날 선 말이 오갔던 경험 다들 있으실 텐데요. 근데 이분, 우리 티비 선물 있는 거 알고 사연 보내신 거 아닌가요?

(웃음) 좋습니다. 퐁당쇼콜라님! 스트레스 풀 땐 영화가 딱 이죠? 재미있는 영화 한 편 보시라고 저희가 티비 선물 보내드...

(스탭에게) 나갔어? 없다고...?

아... 네. 퐁당쇼콜라님. 재미있는 영화 보시면서 저희가 치킨 상품권 보내드릴 테니까요. 맛있게 드시고 스트레스 날려버리시기 바랍니다!

S#9. 애슐리의 원룸 (밤)

좁은 원룸에서 도시락 먹으며 라디오 듣고 있던 애슐리. 치킨 상품권이란 말에

애슐리 아, 안 돼!! 안 돼!!!!

한숨 깊게 쉰 애슐리. 그녀의 뒤로 도깨비방망이, 폴라로이드 카메라, 어깨 안마기, 문화상품권 등의 라디오 경품 수북이 쌓여 있다.
캐롤에게 톡 온다. "애슐리! 〈천 일의 왕세자〉 보고 있어?! 대박!! 지금 키스할 듯!!"
애슐리 티비 켜는데 화면이 왼쪽 반은 나가 있고 반대쪽도 사람 얼굴이 파랗게 나온다.

S#10. 민속촌 (밤)
/ 사극 같은 아무 공간 - 드라마 속 상황

곤룡포를 입은 세자가 보이지 않는 화면 반쪽 상대방에게 로맨틱한 명대사.

세자 내 것이라 명했다. 떠나지 말거라.

S#11. 애슐리의 원룸 (밤)

세자가 키스하려 다가가는데 화면 반쪽에 가려 보이지 않는다.
애슐리가 티비를 몇 대 치자 아예 웨이브하듯 일렁이는 화면.
춤추는 듯한 세자의 모습이 우습다.
애슐리, 다시 자리에 앉아 허공을 바라본다. 깊은 한숨을 쉰다.
그러는 동안 반려묘(덕이)가 애슐리 옆에 와 앉는다. 애슐리는
천장을 바라본다. 한참 동안을. 그러곤 혼잣말하듯, 덕이에게
푸념하듯.

애슐리 ...다영이 이번에 극단 들어갔대.
아니 원래 드라마 같은 거 보면 가난한 집의 언니가 동생
을 위해 꿈을 포기하고, 고거 받아먹은 얄미운 동생은 경
제적으로 성공해서 언니 개무시도 좀 하고, 응? 내가 거기
에 자격지심도 느끼고 그러지 않나? 안 그래, 덕아?

덕이 표정.

애슐리 하... 이 정신 나간 년이 대학원까지 보내놨더니만 연극을
하겠다네...
아니 내가 누구 때문에 지방대 갔는데?

속 모르는 덕이, 애슐리에게 애교 부린다.

애슐리	나는 서른쯤 되면 대충 모양새는 나올 줄 알았지.
	근데 뭐가 이렇게 비냐... 티비도 반밖에 안 나오고
	집도 반전세고... 이게 다 뭐 때문인지 알아?

티비 속 드라마에서 "이게 다 너 때문이야!!!" 대사 나온다.

애슐리	(티비를 보며) 그래, 너 때문이야.

애슐리의 시선 스티브 머니가 담긴 봉투로 향한다.

S#12. 출근길 (낮)

야심 찬 표정으로 출근하고 있는 애슐리.

애슐리(NA)	원래 계획은 명절 선물로 예정되어 있던 한우를 당근마켓
	에 팔고, 그 돈으로 티비를 수리하는 거였지.
	(스티브 머니 보며) 이 흉측한 종이 쪼가리가 등장하기 전
	까진.
	위기의 "기"와 기회의 "기"는 같은 한자야.
	나는 위기를 기회로 바꾼다.
	전 직원에게 일괄 지급된 이 10만 스티브.
	아이스 아메리카노 한 잔에 5천 스티브인 걸로 봤을 때 환
	율은 원화와 동일한 것으로 추정된다.

[**ins**-카페테리아의 가격표]

하지만 이 10만 스티브는 회사 안에서만 사용할 수 있고 발행량이 한정되어 있지.

마른세수하며 깊은숨 몰아쉬는 애슐리.

애슐리   (비열한 웃음 지으며) 이거 뭐... 사재기하라고 판을 깔아 주네?

S#13.   사무실 (낮)

애슐리, 쟁반에 냄비 라면을 얹어 사무실 곳곳을 한 바퀴 삥 돈다. 김이 모락모락 나는 라면에 달걀까지 알맞게 익어 있어 심히 먹음직스럽다.

애슐리   아, 이상하다. 어디다 뒀더라...

사무실 곳곳에 라면 냄새를 풍기는 애슐리. 냄새에 반응하는 직원들. 라면 냄새에 취한 직원들이 좀비처럼 하나둘 일어나 카페테리아로 향한다.

S#14.   카페테리아 (낮)

직원들이 도착해 보면 카페 옆에 아예 매대를 차려놓고 부르스타에 라면 조리할 준비가 되어 있다. 메뉴판에 틈새라면, 짜파게티, 팔도비빔면, 너구리, 짜파구리, 불닭볶음면 등 메뉴 이름과 그릇당 4,000스티브라는 가격이 적혀 있다.

애슐리   어떤 라면으로 하시겠어요?
아! 단무지는 500스티브~

cut to,
소문난 맛집처럼 사람들이 라면 삼매경에 빠져 있다. 그 앞에서 스티브 머니 세고 있는 애슐리. 야심 차게 미소 짓는다. 커피 로봇 패널에 "ㅗ"

S#15.   사무실 (낮)

걸어가고 있는 제이. 애슐리 갑자기 등장한다.

제이   어...?

애슐리, 폴라로이드 카메라로 둘이 셀카 찍는.

애슐리	자, 하나 둘 셋~!

찰칵! 사진이 나오고 갑작스러운 스킨십에 제이는 쑥스러운 듯...

애슐리	하하. 기념 기념~ 우리 같이 찍은 사진이 없더라고요.
	(사진 주며) 자! 이건 선물! 불면서 그 사람 생각하면 더 잘 나온대요.
제이	아, 네... (쑥스럽다)
애슐리	제이, 사진 찍는 거 좋아해요?
제이	네. 좋아하죠...
애슐리	어머어머! 너무 잘됐다~ 이 카메라 살 생각 있어요?
	무려 포토그래퍼 지망생이 쓰던 카메란데?
	밖에선 7만 원 하는 건데 내가 5만 스티브에 줄게요.
	오케이, 막 줘! 필름까지 5만 스티브! 어때요?

제이, 뭐에 홀린 듯 소매치기당한 듯 강매당하는데...

애슐리	땡큐! 바이바이!!

애슐리 떠나고 사진 들고 있는 제이. 생각에 잠긴다.

S#16. 플래시백 / EP.2 마지막 장면 / 점술원 (낮)

무당   벌레의 모습을 한 귀인이 액자에 갇혀 있구나...

              닭과 악어에게 둘러싸인 형국이야.

S#17. 사무실 (낮)

제이(NA)   애슐리가 투자동아리 때 닉네임이 돈벌레였잖아.

              게다가 지금 이렇게 사진에 우리가 갇혀 있고...

              내 귀인이... 애슐리...?

              제이, 혼자 부끄러운 듯 새어 나오는 미소 감추지 못한다.

              그런데 사진이 뚜렷해지고 나니... 둘의 뒤에 애매하게 얼굴이

              걸려 있는 곽성범.

제이   어...? 이거 왜 이래...

곽성범   (제이 앞을 지나가며) 뭐? 왜 또 버그가 나와?

제이   (혼잣말) 버그... 벌레... 에...??

S#18. 자판기 앞 (낮)

              제시가 자판기에서 닥터페퍼 뽑으려 하고 있다.

하지만 스티브 머니밖에 받지 않는 자판기. 제시는 주머니를 뒤져보지만 없는 눈치다.

난감해하는 제시 옆으로 애슐리 등장한다.

애슐리   뭐가 문제죠? 제가 있는데?

애슐리, 스티브 머니 돈다발 꺼낸다.

애슐리   스티브 머니 1만 원. 현금 1만 2천 원에 모시겠습니다.

제시   에? 아까까지만 해도 현금이랑 1:1 교환이었잖아.

애슐리   (사악한 미소로 상냥하게) 그럼 아까로 가서 사시겠어요?

제시, 어쩔 수 없이 현금을 꺼내 애슐리와 교환하는데.

애슐리(NA)   현재 시중에 돌고 있는 스티브 머니의 90% 이상은 내 수중에 있어.

일찍이 우리 조상 중에도 과일과 말총을 매점매석해 큰 부를 거머쥔 분이 계셨지. 샤라웃 투 허생.

짜릿해! 늘 새로워! 독과점이 최고야! 음하하하하!!

먼발치에서 모니카가 이 광경 지켜보고 있다. 알 수 없는 미소를 지으며.

S#19.   개발실 (낮)

곽성범, 모니터를 사이에 두고 제시에게 자신이 개발한 애플리케이션 보여주고 있다.

화면 보면 텍스트에 쓰인 단어의 빈도수를 체크해 결과를 도출하는 연애감정 분석 어플. 관심, 설렘, 썸, 고백 포인트 등의 단계로 나뉘어 있다.

곽성범   어때? 카톡 대화를 가지고 데이터화해서 감정 분석해주는 거야.

제시   이거 쓰기 전에 이미 내가 알지 않을까요?

곽성범   ㅎㅎ;; 제시는 연애 진짜 모르는구나.
일도 좋은데 사람은 연애도 하면서 살아야 돼.
내가 나중에 연애 상담 제대로 한번 해줄게.

제시 어이없는데 그런 둘 뒤로 스티브 등장한다.

스티브   뭐 해?

제시   아... 성범님이 개발 중인 어플 보여주셨는데요.
대화한 걸 넣으면 서로 연애감정을 알려준대요.

스티브   하이고 성범 씨, 현실 연애는 그렇게 글로 하는 게 아니에요.
직감으로 하는 거지.

곽성범   풉...

스티브   뭐야...?

곽성범	아니... 전 와이프 보라고 카톡 상태 메시지 바꾸시는 분이 그런 말씀을 하니까. ㅎㅎ 초성으로 쓴다면서요? 풉...
스티브	...누가 그래?
곽성범	아...
스티브	누구한테 들었어?
곽성범	어... 나는 제시한테 들었는데...

스티브, 제시 노려보는데.

제시	아, 그... 전 캐롤한테 들었는데 캐롤은 누구한테 들었는지 절대 비밀이라고 힌트만 준다고 그랬어요. 주로 상담실에 있는 사람이라고...
	에이로 시작하고 미로 끝난다고...
	나중에 카톡으로 에이미라고 말해줬어요.
스티브	상담 내용을... 소문냈다고...?

분노한 스티브 표정.

S#20. 카페테리아 (낮)

◆

다음 날. 카페테리아에서 무언가를 사려 하는 필립. 그런 필립 발견한 애슐리가 반가운 얼굴로 스티브 머니 팔아먹으려 뛰어 가는데... 지갑에서 스티브 머니 꺼내 계산하는 필립.

애슐리	어...? 스티브 머니... 어디서 났어?
필립	모니카한테요. 천 원 주고 1만 스티브 머니 샀어요.
애슐리	처...천 원?!

애슐리, 놀라 카페테리아의 가격표 보면 아이스 아메리카노 한 잔에 5만 스티브.

애슐리	...인플레이션...!!!

S#21. 사무실, 복사기 앞 (낮)

모니카가 복사기로 스티브 머니를 다량으로 발행하고 있다. 그런 모니카 발견한 애슐리. 둘의 눈싸움. 신경전. 퓨즈가 나갔는지 형광등 조명도 켜졌다 꺼졌다를 반복하며 긴장감이 고조된다.

S#22. 스티브 사무실 (낮)

애슐리가 스티브 노려보고 있고. 스티브는 그런 애슐리 시선 애써 피하는데...

스티브	아, 왜 그래? 또 뭐가 문제야?

애슐리	모니카요. 스티브 머니를 지금 추가 발행하고 있잖아요.
스티브	그게 뭐 어때서 그래?
애슐리	그게 뭐 어떠냐니요. 아니 카이스트에선 맨큐의 경제학도 안 배워요? 화폐량이 늘어나면 화폐가치는 떨어지고 물가는 오르고 서민들은 죽어나죠. 스티브 이렇게 약속 하나 못 지키는 사람이에요? 이렇게 주먹구구식으로 진행하는 게 어디 있어요?
스티브	에이... 알았어. 내가 얘기해서 그만 뽑으라고 얘기할게. 됐지?
애슐리	지금 저 좋자고 이러는 게 아니라 스티브 걱정돼서 그러는 거예요. 살 좀 빠졌죠?
스티브	...나? 빠졌나...? 아닌데...
애슐리	아냐, 확실해. 체중은 그대로여도 체지방이 분명 빠졌어요. (인바디 체중계 꺼내며) 어플이랑 연동되는 건데 헬스장에 그 큼지막한 거 말고 되게 가벼워요. 여기 잡으시고... 그렇지, 체지방이랑 근육량 다 나오죠? 연예인들 집에 이거 다 있잖아요~

S#23. 복도→사무실 (낮)

애슐리가 스티브 사무실을 나서며 스티브에게 받은 스티브 머니 세고 있다. 뒤에선 스티브가 인바디 측정하고 있다. 본인 자리에 앉는 애슐리.

애슐리(NA)　　그래. 이건 아름다운 조정이야.

세일할 때 사야지. 추가 매수해서 따상 한번 찍어보자.

애슐리, 어디에선가 네네치킨 꺼낸다. 상자를 열고 냄새 풍기며 13신의 라면처럼 사무실 곳곳을 돌아다닌다.

애슐리　　어디다 뒀더라...? 분명 여기 됐는데...

어느샌가 애슐리 주위로 좀비처럼 모인 사람들.

직원들 앞에서 치킨을 맛깔나게 한입 먹는 애슐리. 군침 삼키는 사람들.

애슐리, 능청스레 품에서 상품권 다발 꺼낸다.

애슐리　　만 오천 원짜리 네네치킨 상품권이 단돈 만 스티브~

혹한 사람들 하나둘 애슐리와 거래하는데.

그 모습 지켜보고 있는 제이.

S#24.　플래시백 / EP.2 마지막 장면 / 점술원 (낮)

무당　　벌레의 모습을 한 귀인이 액자에 갇혀 있구나...

닭과 악어에게 둘러싸인 형국이야.

S#25. 사무실 (낮)

제이(NA)	벌레가 닭에게 둘러싸여 있다...
	닭... 치킨... 네네치킨...

제이, 씨익 웃는데 옆에서 통화하고 있는 곽성범.

곽성범	네...네네... 네네... 네? 네... 네네. 네네!!

"네네" 연발하는 곽성범 보고 경악하는 제이.

곽성범, 그런 제이와 눈 마주치곤 씨익 미소 보낸다.

한편 거래 완료된 필립에게 다가오는 모니카. 애슐리 경계하며

쳐다본다.

모니카	(애슐리 바라보며) 필립, 토너 좀 구할 수 있을까?
	복사기에 토너가 다 떨어졌네?
애슐리	(모니카 노려보며) 토너는 왜요?
모니카	인쇄할 게 많아서?

둘의 신경전. 다시 조명 꺼졌다 켜졌다 하고 "아, 오늘 형광등 왜

이래~" 짜증 내는 직원들 사이로 서로 노려보는 모니카와 애슐리.

S#26. 카페테리아 (낮)

애슐리가 다급히 달려와 직원에게 묻는다.

애슐리	아이스 아메리카노! 아이스 아메리카노 한 잔에 얼마예요?
직원	네. 한 잔에 7만 스티브입니다.
애슐리	에? 아까까지 5만 스티브였는데...
직원	아까로 가서 사시겠어요?
애슐리	아니 무슨...
직원	(한숨) 하아... 아니 애슐리, 아이스 아메리카노 한 잔에 8만 스티브면 절대 비싼 게 아니에요. 지금 시중에 스티브 머니가 넘쳐나서 어쩔 수가 없어요. 커피 한 잔에 10만 스티브면 거의 거저라니까요? 우리도 한 잔 팔아서 인건비랑 충전비 빼면 12만 스티브 받아도 남는 게 없어요.
애슐리	하이퍼... 인플레이션...!!

놀란 애슐리 옆으로 커피 로봇 패널의 쌤통이라는 듯 비웃는 표정.

S#27. 상담실 (낮)

차분한 클래식 음악이 흘러나오는 멘토룸. 에이미가 따뜻한 차 한 잔을 마시며 휴식을 취하고 있다. 평안을 깨는 문소리! 스티

브가 분노 가득한 표정으로 들어온다. 뚜벅뚜벅... 에이미를 향해 느리지만 무거운 발걸음으로 다가선다.

스티브   에이미...

에이미   ...무슨 일이세요?

에이미는 당황하고... 스티브, 자리에 앉는다.

스티브   이 자리에서 일어난 모든 상담 대화는 비밀이라고 믿어요.

에이미   ... (침 꿀꺽)

스티브   ... 사실 저는 스페인 왕족 혈통입니다.

콤플렉스였죠...

인기가 되게 많았는데 저만 그걸 몰랐어요.

발렌타인데이만 되면 사물함엔 초콜릿이 넘쳐났습니다.

한번은 17 대 1로 싸움이 붙었는데...

S#28. 스티브 사무실 (낮)

만족한 듯한 옅은 미소로 업무 보고 있는 스티브. 한참 일하다가

스티브   애슐리 일 안 해?

보면, 아까처럼 애슐리가 스티브 노려보고 있다.

애슐리	너무하는 거 아니에요? 지금 저기 좀 보세요!!

스티브, 사무실 밖 보면 모니카가 미친 듯 스티브 머니 뽑아내고 있다.

스티브	아, 저... 얘기해봤는데 애초에 계획된 발행량이 있어서 어쩔 수 없대.
애슐리	그게 얼만데요?
스티브	보자... 하루에 천만 스티브 머니씩 일주일 동안 풀기로 했으니까. 아니, 하루가 아니구나. 시간당... 업무 외 시간도 포함이네. 아, H가 아워고 M이면 미닛이지? 분당...

스티브, 핸드폰 계산기로 두들기다가... 애슐리에게 보여주는데 백억대를 넘는 어마어마한 숫자다.

애슐리	(핸드폰 보고) 이런 씨,

애슐리의 입 모양이 "씨" 다음 나머지 "발"을 외치려는 듯 바뀌는 데서.

S#29. 사무실 (낮)

"~월 ~일 본인은 개인적인 감정을 억누르지 못하고..."

경위서 쓰고 있는 애슐리. 하루 종일 시달려 폐인의 모습 같기도 하다. 눈 밑이 퀭하고 광기가 도는. 떨리는 손으로 마시던 커피를 책상에 흘리는데 스티브 머니로 닦아낸다. 모든 것을 포기하려는 무기력한 표정. 그런데 갑자기 시끌벅적한 분위기.

사무실 한편에서 모니카와 태주가 뭔가 하고 있다. 가서 지켜보는데 현수막에 "사내 가상화폐 크로코인 협약식"이라는 문구와 코인의 상징인 크로커다일 캐릭터가 그려져 있다. 둘이 테이프 커팅식을 마치고...

모니카   감사합니다. 개발팀과 콜라보를 통해 사내에서 사용될 가상화폐 크로코인을 메이드*하게 되었습니다. 사내에서 베타버전*으로 테스팅될 우리 크로코인은 곧 세계 무대로 나가 악어처럼 끝까지 살아남을 것입니다. 클리어하게 디파인된* 미래가 보이네요.

     [자막-메이드: make의 과거분사, 베타버전: 시험용 소프트웨어, 클리어하게 디파인된: 확실히 정의된]

태주   (실실 웃으며) 재미있네요. 가상현실에서 가상화폐를 만들다니.

     더블 가상이네. 흐흐.

애슐리, 코인 협약식 보고 무기력했던 표정이 생기를 되찾는다. 〈타짜〉의 교수가 다시 도박할 결심을 하듯.

한편 그런 애슐리의 모습과 협약식의 크로커다일 캐릭터를 보는 제이.

S#30.   플래시백 / EP.2 마지막 장면 / 점술원 (낮)

무당   닭과 악어에게 둘러싸인 형국이야.

S#31.   사무실 (낮)

제이(NA)   악어... 악어... 확실해... 이건 빼박이야...

제시와 대화 나누던 성범 재킷 벗는데, 속에 악어가 드글드글대는 라코스테 티셔츠.

제이   으아악~!!!!

소리 지르며 뛰쳐나가는 제이를 이상하게 바라보는 직원들.

S#32.   환전소 (낮) / 개발실 한편

개발실 내 스티브 머니 환전소. 애슐리, 무거운 스포츠 가방 하나를 턱 하고 올려놓는다.

애슐리   크로코인으로 환전해주세요.
직원   ...얼마나요?

| 애슐리 | 전액이요. |

직원, 고물 취급하듯 저울에 가방을 올려 무게로 가치를 측정해 준다.

| 직원 | 네. 됐습니다. 전액 해서 17만 2천 크로코인. |

광인처럼 씨익 웃는 애슐리. 그때 핸드폰 울리는. 사내 메신저의 새 글 알림.
일론 머스크를 연상케 하는 모니카의 멘션.
"내가 만들었지만 크로코인 가격 너무 고평가되어 있는 듯. lol"
바로 뒤돌아서 다시 환전하려 하는데 떡락해 있는 코인의 가격.

S#33.　계단 (낮)

계단에서 고개 푹 숙이고 낙담해 있는 애슐리.

S#34.　회사 앞 (밤)

퇴근하는 직원들. 캐롤, 필립과 함께 엘리베이터에서 내린다.

| 캐롤 | 뭐 먹으러 갈래? 한식, 일식, 양... |

하는데, 멀리서 화려한 차림의 여성이 필립에게 손 흔들며 다가 온다.

초희   자기야!

필립   어, 자기야!!

캐롤   어...?

필립   아, 저 그날 여자친구 만난다고 톡 보냈는데.

           (핸드폰 보곤) 아, 쓰기만 하고 안 보냈네. 죄송해요.

           다음에 제가 저녁에 맛있는 브런치 쏠게요! 들어가세요~

필립과 필립 여친 사라지고. 홀로 남은 캐롤. 어이없기도 하고 쓸쓸하기도 하다.

S#35. 타운홀 (낮)

다음 날 타운홀. 직원들 모여 있다.

애슐리   네...?

모니카   응? 애슐리 못 들었어요?

           크로코인도 스티브 머니도 모두 폐지할 거예요.

           훗, 난 다 눈치챌 줄 알았는데. 커먼센스*에 전혀 안 맞잖아.

           회사에 돈이 없는데 돈 만드느라 돈을 쓴다?

           I don't think so~*

[자막-커먼센스: 일반상식, 자막-나는 그렇게 생각하지 않아.]

애슐리   그럼 그동안 왜...

모니카   창립 5주년 기념해서 인사팀에서 준비한 이벤트였는데

좀 시시하게 끝나버렸네. 내가 좀 더 make sure*하게 했어

야 하는데 인정. my fault!*

[자막-make sure: 확실하게, my fault: 나의 잘못]

모니카   원래 계획대로 명절 선물은 한우로 나갈 거예요.

자, 그럼 우리 1키로에 1시간씩 연차 주는 마라톤 행사 얘기

해볼까요?

뎁쓰 있게 디벨롭해 봅시다. 와이 낫?*

[자막-심도 있게 발전시켜 봅시다. 안 될 게 뭐야?]

애슐리, 다행스럽긴 하지만 잘 믿기지 않는 표정.

그 뒤로 모니카와 제이가 서로 의문스러운 눈빛 교환한다.

S#36. 플래시백-지난밤 / 모니카의 책상 (밤)

[자막-어젯밤]

모두가 퇴장한 저녁. 모니카의 책상에 제이가 찾아왔다.

모니카   스티브 머니랑 크로코인 전면 폐지해라...

내가 제대로 이해한 거 맞아요?

제이   (끄덕)

모니카	이유는?
제이	(대답 없는)
모니카	좋아. 이유야 어쨌든 안 될 일이니까…
	출근한 지 일주일 겨우 넘은 신입이.
	나 이거 인사팀에 대한 도발로 생각되는데 자신 있어요?

제이, 숨 깊게 쉬더니 주머니에서 핸드폰을 꺼낸다.

제이	제가 자신은 없고…
	전주에 에어비앤비 하는 친구가 있죠.

흠칫 놀라는 모니카.

제이	그 친구가 재미있는 얘기를 하던데…
	지난주에 어떤 손님이 술을 먹고 난동을 피우래요.
	기물 파손 때문에 증거 영상을 찍어뒀는데…
	여기 제 친구 말고 익숙한 얼굴이 보이네요?

[ins - 제이의 핸드폰 속 영상 보면 모니카가 술에 취해 난동을 피우고 있다. 경찰까지 동원된 듯. "매콤한 거 먹고 싶대매!! 내가~ 시켜준다니까? 딸꾹. 맥콤은 내 거야! 스티브는 내 밑이라니까?! 걘 바지라고!!!"]
영상 확인한 모니카 바들바들 떠는데…

제이	여기서 말하는 스티브가 제가 아는 스티브 맞죠?
	근데 더 이상한 게... 이 영상이 찍힌 날짜가...
	지지난 주 금요일이네요?
	참 이상하죠? 지지난 주 금요일은 아직 연수 기간일 텐데...
	연수 날짜를 고의적으로 늘려서 남은 기간 동안 휴가를 즐
	기고 왔을 리는 없고... 더군다나 지지난 주면 데모데이 준
	비로 다들 정신없이 바쁠 때였는데...
모니카	...원하는 게 뭐야...?

S#37. 플래시백 / 계단 (낮)

33신 계단에서 낙담하고 있는 애슐리.
제이가 그런 애슐리의 모습 지켜보고 있다.

S#38. 모니카의 책상 (밤)

제이	말했잖아요.
모니카	(못마땅한) ...알겠어.

S#39. 사무실 (낮)

여느 때와 같은 사무실. 평화로운 가운데 애슐리가 인터넷 기사를 보고 있다.

애슐리   어? 〈천 일의 왕세자〉 조기 종영하네?

연장한다고 하지 않았나?

캐롤   (시큰둥) 몰랐어?

애슐리   엥? 캐롤, 어떻게 알아? 단독 기사 1분 전에 난 건데...?

캐롤   커뮤에 백년 전에 돌았지.

(제대로 돌아앉으며) 불편한 진실을 원해? 속 편한 거짓을 원해?

애슐리   (신나는) 앞에 거!

캐롤   시즌 1 대박 나서 필리핀으로 포상휴가 보내준 거 알지? 세자가 거기에서 도박하다 딱 걸린 거야. 근데 뭐 시청률이 워낙 잘 나오니까 회사랑 제작사랑 힘 모아서 겨우겨우 기사 막고 있었는데...

세자가 여주랑 무수리랑 양다리 걸치다 들켜버렸네?

여주 회사에서 열받아서 싹 다 까발려버림.

애슐리   헐~ 대박. 아니 캐롤은 그런 걸 어떻게 다...

(하다가 풉... 웃는)

캐롤   뭐야, 왜 웃어?

애슐리   세자... 캐롤 최애였지?

캐롤   (허탈한 웃음) 아유~ 내 최애들은 왜 다 마약하고 도박하나 몰라.

아니 나인인원 랩하는 애 걔도...

캐롤과 애슐리의 수다가 이어지고... 애슐리는 밝게 웃는다. 그런 애슐리의 모습 바라보며 미소 짓는 제이.

3화 엔딩

뎁쓰 있게 디벨롭해 보자구.
와이 낫?

위기의 '기'와
기회의 '기'는
같은 한자야.

나는 위기를
기회로 바꾼다.

EP.4 Meme

- <u>스티브</u> 허세의 원인 → 인정욕구 / 가족
  → <u>스스로</u> 밈이 된 스티브
  (우스꽝스럽게, 그러나 만족)

- 제이 → 애슐리 살짝쿵...♡ // 비유전쟁 너무 좋아.. 문과감성

스티브 "대시 시작하기엔 늦지 않았나?"
한글학교
의 르신 "우느라면 우서라."

시작

애슐리 제이

캐론필립

+) 카메오의 입을 통해
주제 녹이기 "유니콘"

<u>스티브</u>
제이 - 애슐리 ⎞
캐론 - 필립   ⎠ — 플롯들이 만나는 엔딩. 좋아♡

+) 신하균 → 아부바부
→ 조커

EP.04

meme

S#1.　개발실 (낮)

열일하고 있는 개발실. 태주 옆자리 개발실 직원이 태주에게 커피를 쏟는다.

개발자1　어... 죄송해요. 괜찮으세요?

태주　(커피 닦으며) 괜찮아, 괜찮아.

개발자1　옷 다 젖으셨는데... 죄송해요.

태주　(사람 좋은 미소) 괜찮아. 신경 쓰지 마. 어차피 가상현실인데. 일해.

개발자는 미안해하고 태주는 사람 좋은 미소로 오히려 개발자를 토닥여주는데...
이 광경 보고 있던 제시와 성범.

제시　저 전부터 궁금했는데...

곽성범　응?

제시　태주 씨는 왜 여기가 가상현실이라고 생각하는 거예요?

곽성범　음... 한 10년 됐나? 아직 블록체인이 뭔지 아무도 모르던 시절에 우리 태주 씨는 누구보다 빠르게 남들과는 다르게 비트코인을 샀지.

제시　헐, 10년 전에요? 얼마에요?

곽성범　7만 원. 누구보다 빠르게.

제시　(손가락으로 계산) 우와, 그게 얼마야. 일십백천만...

아직도 갖고 있어요?

곽성범   8만 원에 팔았지. 남들과는 다르게.

제시   아...

곽성범   누구보다 빠르게 8천만 원 때 다시 들어갔어.

제시   아...

곽성범   그래서 남들과는 다르게 현실을 부정하는 거야...

제시   아...

항상 온화한 미소의 태주. 얼굴이 심각해진다.

보면, (가상의) 코인이 떡상 중... 1500%를 넘어 2000%를 향

해가고 있다.

태주   어... 어...!! 어!!!!!!!!

개발실의 모두가 심상치 않게 태주를 향해 시선 보내는데...

하늘 높은 줄 모르고 끝없이 상승하는 코인 시세. 태주, 자리를

박차고 일어난다.

태주   간다...간다... 간다!!!!!!!

        (일어나서) 나는 부자다!!!! 이 씨팔 것들아!!! 하하하!!!!!!!

        내 이 그지 같은 회사 때려치운다!!! 하하하하하!!!!!

        뭘 쳐다봐, 이 가난한 새끼들아!!!

하고 개발실 나가버리는 태주.

제시는 이 상황이 놀랍지만... 개발자들은 큰 리액션도 없다. 몇 몇은 하던 일을 계속하는.

제시 어...? 성범님, 안 말려요?

곽성범 뭘 말려?

잠시 후, 아무렇지 않게 개발실로 돌아와 자리에 앉는 태주.

보면, 코인 시세 마이너스 200%...

태주 하... 이런 일이 있었다고 하네...

영국에... 미네소타주에서...

하는데, 코인 시세 다시 치솟는다. 200%, 500%를 뚫어버리 는...

태주 어...? 어?!!

개발자2 태주 씨, JSON에 URL 빠져 있다고 수정해달래요.

태주 (보지도 않고) 못 해.

개발자2 네?

태주 못 한다고. 나는 때려치울 거니까. 하하하!!

이 새끼들 평생 어두운 데에서 코딩이나 하며 살아라!!!

가는 거야, 달까지!!!!!

하며 자리 박차고 나가는데 이번엔 문까지 가기 전에 돌아오는.

155

곽성범	(제시에게) 남들과는 다르지?
태주	(혼잣말) 현실이 아니야... 가짜야. 이건 다...

타이틀 인 '유니콘'

S#2. 스티브 사무실 (낮)

스티브에게 모르는 번호로 전화가 온다. 받지 않는 스티브. 신호가 끊기자 전화번호를 "누구"라는 이름으로 저장한다. 그러곤 카카오톡 친구관리를 새로고침해 프로필 사진을 확인하는데 "누구"라고 저장된 수십 개의 전화번호. 프로필 사진에 "장기하의 네바시" "네바시 대본", 촬영장 사진 등으로 강연 프로그램의 작가 사진임을 확인하곤... 깜짝 놀라 핸드폰을 집어던지고 웃는 얼굴로 몇 번 핸드폰을 다시 확인하더니 자리에서 일어나 호들갑을 떤다.

스티브	오...!! 오!!! 대박!!!!! 오야르!!!!!

S#3. 복도 (낮)

홀로 우스꽝스럽게 기뻐하는 스티브의 모습이 사무실 유리 밖으로 직원들에게 보인다.

사무실을 나서는 스티브. 서둘러 나간다. 신이 나서 급하다.

제시   어디 가세요?

스티브   (나가며) 밖에!

제시   밖에 어디요?

스티브   집!!

제시   업무 시간인데요?

스티브   미팅! 미팅!!

제시   누구요?

스티브   엄마! 아빠! 간다!

스티브 급하게 사라지고...

제시   하... 무슨 대표가 근무 시간에 엄마 아빠 보러 집엘 가?

필립   스티브네 집 진짜 부자라던데...

제시   진짜? 필립이 어떻게 알아?

필립   전에 캐롤이 얘기해줬어요.

필립이 신경 쓰이는 캐롤 표정 잠시. 필립은 아무렇지 않게 말
이어간다.

필립   스티브가 우스워 보여도 집에 돈은 진짜 많다고...
        엔젤 투자를 거의 시리즈 A급으로 받았다던데.

제시   하긴... 우리 매출도 별론데 유지되는 거 보면 신기할 때 있어.

필립	왜 보통 잘사는 집들은 화장실이 2개잖아요. 스티브네는 (귓속말) 화장실 하나에 변기가 2개래요.

귀 기울여 듣던 제시. 필립의 헛소리에 그럼 그렇지 하며 자리 뜨고...
캐롤, 헛기침하며 필립에게 다가간다.

캐롤	필립, 얘기 좀 할까?
필립	넵!
캐롤	아니 다른 게 아니고... 뭐 이런 거 말하는 거 자체가 웃기긴 하지만 그 내가 왜 저번에 밥 먹자고 그랬던 거 그거 전혀 신경 쓸 거 아닌 거야. 알아. 신경 쓰지 말라는 말 자체가 신경 쓰일 수 있다는 거. 코끼리를 생각하지 말라고 하면 코끼리 생각이 나잖아?

쿨한 척 횡설수설 떠드는 캐롤. 정작 필립은 무슨 말인가 싶어 뚱하게 눈만 껌벅인다.

캐롤	내가 평생 연애를 쉰 적이 거의 없었거든? 근데 또 최근에 헤어져서 약간 외로웠나? (코웃음) 하 참 나, 별 얘길 다 하네. 암튼 그래서 나도 밥 먹자고 그런 게 무슨 그냥 끼니나 때우려고 그런 게 아닌 거는 맞지. 알잖아, 단둘이 먹는 밥이랑 다 같이 먹는 밥이랑은 아예 다른 거. 근데? 나는 전혀 몰랐지? 필립이 만나는 사람 있는 거. 하지만 그게 지

금 나한테 전혀 상처가 되지 않았고? 않을 거고? 않고 있고? 그리고 지금 2022년인데 좀 그 있지, 쿨하게? 거기다가 여긴 직장이잖아? 뿐만 아니라 난 다음 주에 소개팅도 예정되어 있고? 그니까...

막상 필립은 순수한 건지 멍청한 건지 눈 깜박이는 기능만 있는 고장 난 로봇처럼 듣고 있다.

| 캐롤 | 일하자고. 쿨하게. 오케이? |
| 필립 | (한참 있다가) 넵! |

캐롤, 대답을 듣고 멋지게 뒤돌아 어딘가로 걸어가는데 앞의 표정은 후회로 썩어 있다.

S#4.   한글학교 교실 (낮)

문화센터의 한 교실. 현수막엔 "○○구 시니어 한글 배움학교-맥콤 성인 문해교육 지원사업"이라고 쓰여 있다. 10명 정도 되는 어르신들이 책상에 앉아 공부를 하고 있다. 제이와 애슐리, 어르신들에게 돌아다니며 한글을 가르쳐드리고 있다. 제이, 한 할머님 앞에 쪼그려 앉아 글씨 봐드리고 있다. 할머님 공책엔 삐뚤빼뚤한 글씨로 "정양분"이라고 쓰여 있다.

제이	어머님 글씨 너무 예쁘시다! 정 양짜 분짜 맞으시죠?
영분	아이, 정영부이. 내 아부지가 니는 난중에 영부인이 되라꼬 정영분이라 지었다. 영부이 이쁘제?
제이	(웃는) 네. 성함 너무 예쁘세요. 근데 어머님 영자는 이게 아니고... 동그라미 이응 2개에... 음... 칫솔 한번 그려볼까요?

할머님 삐뚤빼뚤한 글씨로 "ㅇ" "ㅇ" 그 사이에 "ㅛ"를 그린다.

제이	그... 영감님 할 때 영.

할머님 삐뚤빼뚤한 글씨로 "엉"이라 쓰는.

제이	임영웅 할 때 영.

할머님 확고한 필체로 "영"이라 쓰는.
교실의 한편, 애슐리도 돌아다니며 할머님들 글을 보고 있다.
고운 필체로 "내 남편."이라고 쓴 글씨를 발견한 애슐리.

애슐리	어머, 어머님 너무 잘 쓰셨...

보는데 밑줄에 "내 남편. 지금 주그면 딱 조타."까지 보곤 못 본 척 지나간다.
하는데 교탁의 애슐리 전화 울리고, 가까이 있던 제이가 핸드폰

보는데 전화 건 사람 이름이 "수제버거"라고 되어 있다.

제이	애슐리, 전화 왔어요.
애슐리	고마워요. (전화 보곤) 어머님, 우리 10분만 쉬었다 할까요?

S#5. 한글학교 자판기 앞 (낮)

제이, 한 손엔 본인 커피, 다른 손으론 애슐리 커피를 뽑아주고
옆의 애슐리는 통화 중이다.

애슐리	네, 스티브. 어머님들 다들 너무 좋으시고요.
	스마트폰 쓰는 법도 계속 가르쳐드리고 있어요.
	네. 퇴근하고 연락드릴게요. (끊고 커피 받는) 고마워요.
제이	뭐 하나 물어봐도 돼요?
애슐리	어떤 거요?
제이	어... 보려고 한 게 아닌 거는 아닌데 보여서...
	스티브가 왜 수제버거예요?
애슐리	(장난스런 표정) 스티브는 꼭 일을 이만~큼 벌려놓고 쓰러지기 직전에 나한테 넘기거든요? 이거 무너지면 너 책임이야. 알아서 잘해.
	꼭 수제버거처럼요.
제이	(웃는) 그래도 이렇게 나오니까 좋네요. 사무실 답답했는데.

제이, 슬쩍 애슐리 보며 웃는다.

애슐리   아유~ 난 모르겠어요. 내가 왜 IT회사 다니면서 문학강좌

                선생님을 섭외해야 되는지...

제이   어...? 문학 선생님 제가 섭외했는데...?

애슐리   제이가요? 스티브가 디테일한 건 저보고 준비하라고 그랬

                는데?

제이   저한테는 숲보다는 나무에 집중하라고...

둘 어이없는데.

애슐리   하... 수제버거...

S#6.   법무법인 "가름" 대표변호사 사무실 (낮)

화려하고 거대한 로펌. 넓은 사무실.

큰 현판에 〈이혼전문 법무법인 "가름"-품격 있게 갈라드립니다.〉라고 쓰여 있다.

나이 지긋한 남녀 고문변호사가 젊은 변호사들 몇을 데리고 프레젠테이션하고 있다.

사무실의 큰 모니터에는 클라이언트 임광근에 대한 자료들. 젊은 변호사가 화면을 넘기면 나이 많은 변호사들이 뒤에서 멘트를 하는 식이다.

여변	도철그룹 전략실장 임광근. 말이 전략실장이지 5년 안에 아버지 회사 물려받는 건 기정사실이고... 클라이언트 요구사항도 심플해.

상속세도 내기 전에 위자료로 뺏길 순 없다.

물려받은 재산은 민법상 특유재산이니까 원칙적으로는 재산 분할 대상에 해당하지 않지만... 요즘 혼인 기간에 따라 재산 기여도 인정하는 판례가 있는 거 다들 알고 있지?

남변	요는 우리 클라이언트의 불륜인데...

배도 박도 못할 사진이 한 장 있어.

들리는 정보에 의하면 상대방도 외도의 정황이 있다는 것 같은데...

무슨 수를 써서라도 우리 쪽에서 먼저 찾아내서 보도자료 뿌려야 돼.

다들 알겠지만 이번 클라이언트는 선친께서 이혼하실 때도 우리 가름을 찾아주셨던 만큼 정신들 똑바로 차려.

받아 적는 젊은 변호사들.

남변	뭣들 하고 있어? 빨리 움직여!

나이 많은 남변의 호통에 젊은 변호사들 우르르 빠져나가고... 1명만 자리를 지키고 앉아 있는데... 스티브다.

스티브	(해맑게) 아빠!

나이 지긋한 고문변호사들, 스티브의 부모였다.

(이하 남변→아빠, 여변→엄마)

아빠는 스티브를 본체만체. 하던 서류 정리 계속하고 있다.

엄마	사업은 잘되니?

엄마
:　사업은 잘되니?

스티브
:　네, 엄마! 이번에 저희 시니어 매칭 서비스가 대박 나서요.

엄마
:　시니어 매칭 서비스가 뭐야?

스티브
:　어르신들이 반쪽을 만나실 수 있게 연결해드리는 거예요.

　　아, 생각해보니까 재밌네요. 하하.

　　아들은 붙이고? 부모님은 갈라놓고~ 헤헤.

스티브의 농담에 들은 체 만 체 관심도 없는 부모님.

아빠
:　어쩐 일이야?

스티브
:　아... 그게 아빠 요즘 티비 보세요?

　　(설레는) 헤헤. 사실은 제가 이번에 방송 출연을 하게...

하는데, 큰형 들어온다. 드라마 〈슈츠〉의 주인공이 연상될 만큼
훤칠한 미남.

아빠
:　오! 남변!! 스타 되더니 얼굴 보기 힘들어?

말 끊긴 스티브 어색하게 웃는다.

스티브　　형 왔어...?

큰형　　　오랜만이다. 스타라니 무슨 말씀이세요, 아버지?

아빠　　　젊은 친구가 이리 소식에 늦어.

　　　　　지금 너 가지고 사람들이 밈 만들고 난리가 났어요.

큰형에게 보여주는 아빠의 핸드폰 화면. 영화배우처럼 나온 큰형의 법원 앞 뉴스 인터뷰 장면. 〈원본〉 큰형의 발언-"결혼이 선행이 아니듯, 이혼 역시 죄가 아닙니다."

영화의 한 장면 같은 뉴스의 한 장면을 사람들이 슈퍼맨, 아이언맨, 할리우드 영화처럼 자막을 입히거나 "반도의 변호사 외모 수준.jpg" 같은 식으로 밈을 만들고 있다.

큰형　　　요즘 젊은 친구들은 이렇게 노는군요. 좀 창피한데요?

아빠　　　이 친구야! 밈의 주인공이 됐다는 건 네가 스타라는 반증이에요!

　　　　　밈의 어원이 거울을 뜻하는 미메시스라는 건 알고 있지?

　　　　　사람들이 널 모방하고 싶어 하는 거라고.

큰형　　　밈이 뭔지는 알고 있죠. 그렇긴 하지만 문화적 유전자의 최소단위인 밈의 당사자가 된다는 건 생각보다 부끄러운 일이에요. 하하.

스티브　　리차드 도킨...

엄마　　　리차드 도킨스가 그랬잖니. 밈은 세대나 계층을 초월해 존재한다고.

　　　　　네가 우리 가문의 흔적을 영원히 세상에 남긴 거야.

스티브, 대화에 끼지 못하고 꿔다 놓은 보릿자루처럼 소외되는데... 큰형이 말 걸어준다.

큰형 넌 요새 잘 지내? 사업은 좀 어때?

스티브 그게 아버지, 말씀드리다 말았는데...
(대단한 고백하듯) 저 이번에 〈장기하의 네바시〉에 나가게 됐어요!

스티브의 가족들은 '그게 뭔데...?' 하는 반응이다.

스티브 아시죠...? 그 명사들 나가서 강연하는 티비 프로그램...
〈장기하의 네바시〉.

엄마 장기알?

스티브 장기하요. 장기하.

아빠 이혼한 놈이 〈자기야〉에 왜 나가?

스티브 아뇨, 장기하. 있잖아요. 부럽지가 않어.

엄마 뭐가?

스티브 하... 아니 그게...
암튼 저 티비 나온다구요. 그거 말씀드리려고 왔어요.

아빠 네가 티비에 뭐로 나가는 거야?

스티브 저 스타트업 CEO잖아요. 맥콤.

아빠 배꼽?

스티브 맥콤이요.

엄마 메스꺼워?

스티브	맥콤이요. 맥콤. 맥시멈 컴퍼니, 맥콤.
	언제나 생각나는 매콤한 서비스로 찾아가겠다. 스타트업 맥콤!
엄마	아... 그래 근호가 하는 거 마젠타도 스타트업이었잖아.

스티브, 근호와 마젠타라는 말에 반응하는...

엄마	기억난다. 그... 옆머리 눌러주는 기계 만든댔지?
스티브	아뇨. 지금은 피보팅해서 시니어 매칭 서비스로 다시 시작했어요.

대화 듣고 있던 아버지 스티브에게 말한다.

아빠	다시 시작하기엔... 늦지 않았니?

스티브 말문 막히는...

S#7.　한글학교 교실 (낮)

정선생, 칠판에 글 써가며 어르신들에게 시 수업 하고 있다.
직유법, 은유법 등 고등학교 수업 같은 판서. 한편에는 나태주의
〈풀꽃〉 해석.

정선생	그래서 그... 나태주의 〈풀꽃〉. 유사한 시구와 동일한 음절
	야, 다의 반복으로 운율감을 형성하고... 풀꽃은 예쁘다. 뭐
	지요?
	(대답 없는) A는 B다... 은유법. 내 마음은 호수요.
	마음이 원관념... 호수가 보조관념...
	형식상으로는 정형시, 서정시... 에 또...

정선생의 딱딱한 강의에 어르신들 별 흥미 없으신 표정들.
교실문 앞에서 본인들끼리 대화 나누는 제이 애슐리.

제이	저분이 애슐리가 섭외한 분이에요?
애슐리	네. (하품하는) 하~암.
제이	좀... 지루하네요.
애슐리	문학강의가 다 그렇죠 뭐. 하~암. 이과 갈걸...

하는데, 제이 친구 종태 등장한다.

종태	야!
제이	어, 왔어? 너 오늘은 강의라 못 온다며?
종태	원장 나갔길래 자습시키고 그냥 왔지.
	근데 이분은 누구...
애슐리	안녕하세요. 제이랑 맥콤 다니고 있는 애슐리예요.
종태	아... 반갑습니다. 영어 이름 쓰시는구나.
	(느끼하게 악수 청하는) 테디예요. 하하.

애슐리   (악수 받아주는) 아... 네...

종태   (애슐리 느끼하게 바라보다가) 바로 하면 돼?

제이   어, 근데 지금 강의가 겹쳐서...

하는데, 종태 벌써 교실로 들어가는.

종태   (넉살 좋게) 아이고 누부요~ 내 노인학교라 해서 한참을 찾았네?

누-가 노인학교라 캐써? 으이? 여 다 내 또래들뿐이 없구만!

아니 거기 맨 뒷줄에 거... 나보다 동생 아이요?

하면, 어르신들 꺄르르 좋아하시는. 정선생은 놀람 & 불쾌.

종태   인사가 늦었심미더~

내 누나들한테 시 가르쳐드리러 온 동생입니더~

(칠판 보고) 나태주? 나태주??

에~이 나태주는 풀꽃이 아이고~ "무조건" 아이가~

종태, 무반주로 노래 시작하면 어르신들 일어나서 춤춘다.

종태   (노래 부르는) 짜짜라짜라짜라 짠짠짠~

내가 필요할 때 나를 불러줘~ 언제라도 달려갈게~

낮에도 좋아~ 밤에도 좋아~ 이건 바로 열거법이야~

짜짜라 짜라짜라 운율감!

당신을 향한 나의 사랑은 무조건 무조건이야~

당신을 향한 나의 사랑은 은유법이야~

태평양을 건너 대서양을 건너 인도양을 건너서라도~

점층법!!

어르신들 일어나서 춤추고... 정선생은 불쾌한 기색이 역력한 채
뒤에서 노려보는.

S#8.   대기실 (낮)

방송국 대기실. 스티브가 진지한 얼굴로 누군가에게 문자하고
있다. 보면 "마누라♡"로 저장되어 있는 전 부인.

"바쁜가봐. 전화 안 되네. 다른 게 아니고 나 방송 출연해. 시간
되면"

까지 썼다가 "시간 되면 같이 밥 먹으면서"

까지 썼다가 "시간 되면 챙겨봐. 화요일 열시..."

계속 썼다 지웠다를 반복하는데...

작가   (노크) 들어갈게요!

작가, 장기하와 함께 대기실에 들어온다. 스티브, 벌떡 일어나
둘을 맞는다.

스티브	안녕하세요! 스티브입니다.
	와, 기하 씨, 저 너무 팬이에요.
기하	반갑습니다. 장기하입니다.
스티브	서울대 나오셨죠??
기하	네? 아, 네...
스티브	(해맑은) 저희 엄마, 아빠, 형 다 서울대 나왔어요!
	저도 카이스트 나왔는데~ 서카포 서카포! 하하하~
기하	(어쩌라는 건지 모르겠어서 작가 쳐다보는)
작가	네. 지금은 인사드리러 왔고요.
	저희 10분 뒤에 리허설 들어갈 건데 그때 다시 모시러 올 게요.

작가와 장기하, 인사하고 가려는데.

| 스티브 | 저, 잠깐만요! |

작가와 스티브 멈추는.

| 스티브 | 날 맥콤의 CEO라고 소개시켜줄래요? |

S#9. 스튜디오 (낮)

스탠바이. 카메라 돌아가고 MC인 장기하가 멘트 시작한다.

기하	네. 장기하의 네바시. 네 마음을 바꾸는 시간. MC 장기하입니다.

유니콘. 뿔이 달린 상상 속의 동물. 때문에 절대로 만날 수는 없는 존재죠. 혹은 기업가치 10억 달러 이상의 비상장 스타트업을 뜻하는 단어이기도 합니다. 네. 오늘의 게스트는요. 어쩌면 뿔이 달린 말보다 더 상상 속 존재처럼 느껴지는 유니콘 스타트업을 꿈꾸는 분을 모셨습니다. 스타트업 맥콤의 CEO 스티브! 여러분 큰 박수로 맞아주시기 바랍니다.

기하 퇴장하고 관객의 박수 소리와 함께 긴장한 기색이 역력한 스티브 등장한다.
수많은 관객과 자신만을 비추는 카메라와 조명 때문인지 땀이 송골송골 맺혀 있고...
마른 입에서 침을 쥐어짜 삼키기도 한다. 눈동자도 초점을 잃어가는데...

S#10. 플래시백 / 상담실 (낮)

에이미의 멘토룸.

에이미	스티브가 아무리 좋은 내용을 준비해도 관객이 마음을 열지 않으면 아무런 의미가 없어요. 강연 시작 전에 관객과

벽을 허무는 게 가장 중요해요. 아이스 브레이킹.

스티브   아이스 브레이킹...

에이미   따라 하세요.

여러분 세상에 가장 소중한 3가지 금이 있다고 합니다.

스티브   여러분 세상에 가장 소중한 3가지 금이 있다고 합니다.

에이미   (손가락 하나씩 펼치며) 황금, 소금.

스티브   (손가락 하나씩 펼치며) 황금, 소금.

에이미   그리고 여러분들과 함께하고 있는 바로 지금.

이건 느끼할수록 좋아요.

스티브   그리고 여러분들과 함께하고 있는 바로 지금.

오케이. 황금, 소금, 지금. 황금, 소금, 지금. 황소지, 황소지...

S#11.   스튜디오 (낮)

스티브   (꼴딱... 침 삼키고) 안녕하세요. 맥콤의 CEO 스티브입니다.

본격적으로 시작하기 전에 뭐 하나 말씀드리고 싶은데...

세상엔 가장 소중한 3가지 금이 있다고 합니다.

그게 뭔지 아세요?

관객들 별 반응 없는.

스티브   (손가락 하나씩 펼치며) 소금, 지금. 그리고...

(아차 싶다) 아...

'뭐지...' 하는 관객들 표정. 몇몇은 핸드폰을 하거나 옆 사람과 대화를 한다.

스티브   ...황금.

'어쩌라는 거야..' 하는 관객들 표정.
스티브 진땀 흘린다. 깊은 한숨 몰아쉬는 스티브에게 스탭이 시간 없다는 수신호 보낸다. 스티브, 어쩔 수 없이 시작하는.

스티브   하... 네... 시작하겠습니다.

어쩔 수 없이 녹화 시작하는 스티브와 그를 비추는 밝은 조명에서
cut to,

S#12.   **차 안 (밤)**

＊

스티브의 차 안. 알 수 없는 미소를 띤 채 운전하고 있는 스티브.
"네바시 작가"에게 전화가 온다. 거만한 손짓으로 통화를 누르는 스티브.

스티브   여보세요?
작가(E)   여보세요? 스티브 님 통화 가능하세요?
스티브   네~ 말씀하세요.

작가(E)	혹시 오늘 녹화 어떠셨어요?
스티브	(능청) 뭐... 아쉬운 부분도 있고 보람찬 부분도 있고 그렇네요?
작가(E)	아, 사실... 방금까지 내부 회의를 해봤는데... 저희 방송 2주분으로 내도 될까요?

스티브, 수화기 건너편에선 들리지 않게 소리 없이 환호를 지른다.

스티브	(침착하게) 왜... 그러시죠?
작가(E)	몰라서 물으시는 거 아니죠? 지금 내부 반응 장난 아니에요. 저희 제작진 5년 넘게 방송하면서 이런 반응 처음이었어요. 아니 어떻게 무대를 그렇게 잘하세요? 웃다가 울다가...
스티브	제가요...? 글쎄요. 방송 쪽은 칭찬이 후한가 보네요.
작가(E)	그럼 괜찮으신 거죠? 그리고 다음에 꼭 또 나와주셔야 돼요?
스티브	하하. 무슨 이야기를 또 해야 할지 모르겠네요. 저도 1인분의 인생밖에는 살아본 적이 없는 사람이라. 하하.
작가(E)	꼭이요!! 꼭!!! 지금 청중단 반응도 역대급으로... 어? 이게 뭐야...?
스티브	네?

S#13. 졸음쉼터 (밤)

————◆————

졸음쉼터에 차를 대고 쪼그려 앉아 있는 스티브. 핸드폰으로 기사를 보는데.

"[단독] 장기하 〈그러게 내가 뭐랬어〉 알고 보니 표절?!" "전문가, 장르적 유사성으로 보기 어려워" "장기하의 네바시 폐지 수순 밟나?!" "다시금 불붙는 가요계 표절논란" 등 MC 장기하의 표절 기사.

작가(E)   기사 보셨겠지만... 잠잠해질 것 같진 않아요.
          문제가 좀 커져서 지금 다시보기 회차도 다 삭제한다고 하고...

스티브, 전 부인에게 보낸 메시지 보는데 1이 사라져 있지만 답은 없다.

작가(E)   출연하신 회차는 통으로 날리자고 조금 전에 결정이 됐구요... 저희 프로그램은 이름까지 걸려 있다 보니까 지금 폐지하냐 마냐 얘기도 나오고 있어서... 어렵게 나와주셨는데 정말 죄송해요...

S#14. ◆ 사무실 (낮)

다음 날. 개인 사무실에서 처져 있는 스티브의 모습. 그런 스티브의 모습 바라보는 직원들.

176

모니카	무슨 일이야? 스티브 왜 저래?
제시	모르겠어요. 오늘 스크럼도 안 하고...
모니카	No, No... CEO가 이래선 안돼.

안 그래도 오너리스크*가 큰 스타트업이

경영에 이렇게 나이브한 어프로치*라니...

[자막-오너리스크: 기업 대표의 개인 판단으로 기업 경영에 악영향을 미치는 것, 나이브한 어프로치: 순진한 접근방식]

제시. 오늘 안으로 스티브에게 무슨 일이 있었는지 알아내.

제시	제가 왜 모니카가 시키는 대로 해요?
모니카	나이스 퀘스천!* 바로 그런 어프로치*로!

[자막-나이스 퀘스천!: 좋은 질문이야!, 어프로치: 접근방식]

모니카 퇴장하고 제시 어이없는데...

캐롤	(모니터 보며) 이거 때문인 것 같은데?

제시가 보면 장기하의 표절 기사와 〈네바시〉 폐지 기사다.

S#15. 스티브 사무실 (낮)

————————◆————————

망연자실 암울한 스티브. 캐롤이 스티브 사무실로 들어온다.

캐롤	스티브. 제가 해결해드려요?

스티브, 캐롤 보면

캐롤   대신 조건이 있어요.

S#16.   한글학교 사무실, 사무실 밖 (낮)

한글학교의 사무실. 정선생은 무언가 일을 하고 있고 문 쪽에서 제이 애슐리 종태가 인사를 나누고 있다.

제이   수업은 좀 할 만해?

종태   야, 말 안 듣는 고딩들 상대하다가 어르신들 뵈니까 너~무 좋다.

제이   끝나고 밥이나 먹을래?

종태   아냐, 나 약속 있어서. 수업 준비하려면 할 일도 많고.

제이   그래. 그럼 먼저 갈게.

제이와 애슐리 나가고 종태는 잔업 하려는데...

정선생   박선생님, 정리는 이따 하고 이리 와서 커피 한잔하세요.

종태   아, 네. 그럴까요?

종태, 정선생이 있는 테이블에 와 앉고.

정선생	(커피 따라주는) 박선생님 강의 잘하시네요?
종태	감사합니다. 에이, 뭘요. 그냥 하는 거죠.
정선생	아니에요, 아니에요~ 확실히 젊은 분들은 기운이 달라요. 저 같은 늙은이도 좀 배워야지요.
종태	아유, 과찬이십니다. 선생님.
정선생	아니래두요. 어르신들 앞에서 사흘은 굶은 강아지처럼 촐랑촐랑~ 꼬리 흔드는 모습이 아주 인상 깊던데 내가 어떻게 배울 수 없겠어요?
종태	네?

정선생의 날 선 도발에 종태 표정.
정선생의 말을 듣고 문밖에서 나가던 발걸음 멈추는 애슐리.

애슐리	직유법...?
제이	네?
애슐리	종태 씨라는 원관념을 사흘 굶은 강아지라는 보조관념으로 직접적으로 빗대어 직유법으로 조롱하고 있어요.
제이	??

정선생, 대화 이어나간다.

정선생	박선생님은 문단 데뷔는 하셨습니까?
종태	저... 그냥 블로그에 시 몇 편 쓰고 있습니다.
정선생	(온화하게) 누구나 쓸 수 있다는 게 시의 매력 아니겠습니까?

어린아이의 낙서도 시가 될 수 있고 사랑에 빠진 이의 노랫말도 시가 될 수 있지요!

종태, 끄덕.

정선생   문단 데뷔도 못한 애송이들도 개나 소나 시인이랍시고 껍죽거리니 이 얼마나 아름다운 세상입니까?

제이   (문밖에 숨으며) 반어법! 속마음과 반대되는 말을 함으로써 본뜻의 의미를 강화하고 있어요!!

애슐리   (강하게 끄덕끄덕)

종태   아... 선생님께서는 시집 많이 내셨나 봐요.

정선생   많이는 아니고 〈모란꽃 지기까지〉랑 〈먼발치 그 이름〉 오십 평생 두 작품 겨우 세상에 내놓았네요.
(긁적) 등단했을 적에 문예지에서 괴물이 나타났다고 한 것치곤 초라한 성적이지요.

종태   와! 저 〈모란꽃 지기까지〉 진짜 좋아했는데...
대박! 선생님 저 시인 실제로 처음 봐요.
근데 이렇게 대단하신 분이 왜 문화센터에 계세요?

제이   설의법!!

애슐리   누구나 아는 사실을 의문형으로 제시하여 본인의 주장을 확고히 하고 있어!!

커피잔을 들고 서로를 노려보는 둘의 모습에서.

S#17. 산속 (낮)

고요한 산속의 암자. 캐롤 스티브 장기하가 땀 흘리며 어딘가를
향해 걷고 있다.

스티브   캐롤, 이게 진짜 효과가 있을까?

캐롤   제 말 들어요. 이런 사건은 원작자랑 합의하는 게 가장 확
        실하고 유일한 방법이에요. 두고 봐요. 어깨동무하고 찍은
        사진 한 장이 얼마의 가치가 있는지... 아, 근데 대체 어디라
        는 거야...

기하   저기... 아닌가요...?

장기하 손가락 가리킨 곳 보면 산속에 자연인이 살 법한 집 한
채, 그리고 그 옆에서 풀을 뜯고 있는 원작자 토니.

스티브   선생님!!!

토니, 스티브 일행을 바라본다.

S#18. 산속 집 (낮)

토니, 스티브 일행에게 밥을 차려준다. 상에는 상추와 고추, 푸성귀 등의 유기농 찬들.

토니 드시게. 차린 건 없지만 다 유기농이야.

그러니까 지금 자네들 말은...

(돈 가방을 가리키며) 이 돈 받고 표절 건은 모른 척해달라는 건가?

이게... 내 양심의 값인가?

스티브 저... 선생님 그렇게 생각하지 마시고...

캐롤 네. 맞아요. 소송까지 간다고 해도 이 금액 이상은 어려울 것 같고 저희가 원하는 건 딱 하나예요. 함께 웃으면서 찍은 셀카 한 장.

토니 (가벼운 한숨) 여기서 나는 상추, 당근, 고추... 전부 내가 농사지었네.

서울에선 천 원, 이천 원일지 몰라도 나에겐 억만금보다 귀한 것들이야. 왜? 내 손으로 직접 키웠으니까...

내 음표들도 마찬가지네. 내가 키웠어. 그것들로 지은 내 곡을 어째서 자네들이 값을 매기나? 돈이 그렇게 좋아? 지금 날 모욕할 셈인가! 나를 돈으로 사려고 하는 겐가!

장기하와 어깨동무하고 환하게 웃으며 사진 찍는 토니.

토니(NA)	...라고 거절하기엔 너무나도 많은 돈이었다.

돈 가방의 돈을 세어보며 좋아하는 토니의 모습.

S#19. 한글학교 사무실, 사무실 밖 (낮)

비유전쟁이 이어지고 있는 한글학교의 사무실.
제이와 애슐리는 여전히 문밖에서 그들의 다툼을 흥미롭게 몰래 지켜보고 있다.

종태	후배가 많이 부족해서 그러는데 혹시 괜찮으시다면 선생님 수업을 녹음해가도 될까요?
정선생	아니 제 수업을 왜...?
종태	제가 요즘 밤에 잠을 통 못 자서요. 잘 때 틀어놓으려고요. 선생님 수업은 너무 지루해서 녹음기도 잠들 것 같거든요. 어라? 커피도 잠들었나요? 하하하.

제이	활유법! 생명이 없는 녹음기, 커피를 생명이 있는 것처럼 표현했어요! 게다가 잠을 깨게 하는 커피가 잠들었다는 건 역설법으로 볼 수도 있겠는데요?
애슐리	(끄덕끄덕) "너무 뭐뭐해서 뭐뭐하다" Too to 용법으로 볼 수도 있어요!

제이   (끄덕끄덕 강하게 수긍하곤 어디선가 팝콘 꺼내 나눠 먹는)

정선생   하하. 제가 아직 많이 부족합니다.
               노래나 불러제끼는 것도 수업인 세상이라면
               똥파리도 새고 치석도 이빨이겠지요.

애슐리   풍유법! 종태 씨라는 원관념을 숨겨서 의도를 철저히 감춘
               채 상대방에게 은근한 야지를 주고 있어요! 비유의 극의!

종태   역시 시인은 말씀 한마디 한마디 촌철살인이시네요.
               사람은 철들면 죽는다더니... 장수하시겠어요? 선생님은?

제이   인용법! 사람은 철들면 죽는다는 상용구를 활용해 청자의
               이해를 도왔어요! 거기에 도치법! 정상적인 어순을 바꾸
               어 강한 인상을 주고 있어! 대단하다 내 친구! 놀랍다 너의
               재치!

정선생   오래 사는 게 무슨 소용입니까? 내일 죽어도 시인으로 죽
               어야지요.
               시팔아 밥 벌어먹는 인생.
               시팔지 않으면 살아 무엇하겠습니까.
               하루를 살아도 시팔아야지요. 안 그렇습니까? 시팔아?

애슐리   대구법! 비슷한 어조나 비슷한 어세를 가진 어구를 짝지어

운율감을 형성했어요!

제이   마지막 시팔아는 문맥상 어색하지만 시적허용으로 봐야겠 죠?

애슐리   (끄덕) 이건 타격이 좀 크겠는데요...?

하는데, 애슐리 핸드폰이 울리고... 정선생과 종태, 소리 난 곳을 보는데...

정선생   거기 누구 있어요?

제이, 몸을 숨기려 애슐리와 더욱 밀착한다.
갑작스런 스킨십에 놀란 듯 심쿵한 애슐리 표정.

정선생   잘못 들었나...?

종태   저, 정선생님!

정선생   네?

종태   정선생님은 너무 본인의 머리에서
헤어나지 못하시는 것 아닙니까?

제이   ...엥? 뭐야? 저게 끝이야?
에이... 새끼, 좀 재밌어지나 했더니. 가죠. (일어나는)

애슐리   (여운) 아... 네...

애슐리와 제이, 자리에서 일어나 나가려는데...

무언가 깨닫고 멈추는 애슐리의 발걸음. "띠링!!" 뭔가 떠오르는 듯한.

애슐리	...!! 아니에요... 평범한 문장이라면 머리가 아니라 생각에서 헤어나지 못한다는 표현이 자연스러워요.
제이	??
애슐리	그런데 생각이라고 하지 않고 머리에서 헤어나지 못한다... 머리에서 헤어나지 못한다...? (제이와 마주 보는)
제이	...!!! 머리카락을 뜻하는 영단어 Hair와 헤어나지 못하다의 헤어가 동음인 것을 활용한...
애슐리	중의법?! (다시 앉는)
제이	상대방의 탈모 상태를 중의법으로 조롱하고 있어요!! (다시 앉아 흥미진진) 과연 정선생의 대응은 무엇일까?!

전운이 감도는 사무실 안. 옅은 미소를 띤 종태와 울그락불그락하는 정선생의 얼굴.

정선생	...야, 이 씨발새끼야!! 너 말 다 했어?! 어린 상놈의 새끼가... 어디 으른한테, 야, 이 개새꺄!!

정선생, 종태 머리끄덩이 잡고 덮치며.

S#20.   돌아오는 차 안 (낮)

스티브가 운전하고 있는 차 안. 기하와 토니가 어색하게 친한 척 어깨동무하고 있는 사진 보는 캐롤. 뒷좌석의 기하는 눈치 보며 앉아 있다.

캐롤   이거면 된 것 같아요. 법보다도 여론 문제였으니까.

기하 씨, 이거 보내드릴 테니까 기자들 퇴근 시간 전에 SNS에...

이건 또 뭐야??

스티브   왜?? 무슨 일이야?!!

급정거하는 스티브. 캐롤, 핸드폰 화면 스티브에게 보여주면 인터넷 기사.

"장기하 표절곡 원작자 따로 있나?" "원작자 토니도 표절? 몸살 앓는 가요계" 등의 기사. 원작자로 알려진 토니의 곡 역시 표절곡이었던 것.

기하   내가 이럴 줄 알았어! 이 새끼 가수라는 게 표절이나 하...

(스티브 캐롤 눈치 보고 말 멈추는)

스티브   (천장 보고 한숨) 하...

캐롤   스티브.

스티브   응...

캐롤   차 돌려요.

스티브   응...

어딘가로 출발하는 차.

S#21. 한글학교 자판기 앞 (낮)

自판기 앞 테이블에 앉아 있는 애슐리와 종태. 종태는 정선생에게 맞았는지 머리가 산발이고 이마에 밴드도 붙였다. 제이는 커피를 뽑고 있다.

제이   뭐 마실래?

종태   고급 블랙. 500원짜리. 아야야... (밴드 떼며)

애슐리   괜찮아요? 풉... 웃으면 안 되는데...

종태   진짜 다 보신 거예요? 저 자식 저거...

            더 빨리 말렸어야지, 짜식아. 아우, 아퍼...

애슐리   좀 봐요.

애슐리, 종태 상처 봐주면 묘한 눈빛으로 애슐리 바라보는 종태.

종태   아니 근데 우리가 이럴 게 아니라 앞으로 계속 볼 텐데

            애슐리 번호 좀 줄래요?

애슐리   아, 네.

애슐리와 번호 교환하는데 그런 둘의 모습 지켜보는 제이. 고급 블랙 500원짜리를 누르려던 손. 200원 일반 커피로 향한다.

종태   애슐리는 어디 살아요?

우리 회식은 한번 해야 되지 않겠어요?

주말 괜찮아요? 야, 너 안 되는 시간 언제냐? 하하.

제이   (커피 주는) 자.

종태   (마시곤) 아니 애슐리 산 타는 건 좋아해요?

저기 가평에 가면 가마솥 뚜껑에 닭볶음탕 해주는 데가 있는데.

제이   여자친구 잘 지내냐?

종태   아유, 원장 올 시간이네. 나 먼저 간다? 나오지 마요, 나오지 마.

종태 빠른 발걸음으로 빠져나가고 미소 짓는 제이와 무슨 일인가 멍한 애슐리.

S#22. 스티브 사무실 (낮)

며칠 뒤, 스티브의 사무실. 큰 모니터에선 장기하의 오프닝 멘트 나오고 있고...

스티브 핸드폰으로 기사 보고 있는데 18신, 20신의 토니 장기하의 사진과 유사한 구도에 가상의 원작자가 가운데에 추가된

사진이 보인다. (합성이 아닌 재촬영된 사진)

기사 헤드라인 "장기하 표절논란 일단락" "장르 유사성이 만들어낸 해프닝" "장기하 남몰래 기부선행 밝혀져" 등의 장기하 옹호 기사들.

화면 속 스티브 강연 시작한다. "안녕하세요. 맥콤의 CEO 스티브입니다."

S#23. 사무실 (낮)

사무실 이곳저곳 전역에 〈네바시〉 방송되고 있다.

개발실에서도 화면 속 스티브.

"저 역시 유니콘의 꿈을 품고 벤처 사업의 길로 뛰어들었습니다."

멘토룸에서도

"예상치 못했던 닷컴버블이 터지고 말았죠."

카페테리아에서도

"하지만 저는 포기하지 않고 마젠타를 만들어냈습니다."

캐롤의 자리. 핸드폰 화면에서도

"그러다가... 그러다가...? 제가... (눈물 훔치고) 제가 쫓겨났거든요...? 흑..."

울먹이는 스티브 바라보는 캐롤의 표정. 캐롤, 유리벽 너머 사무실의 스티브 바라보면.

S#24. 스티브 사무실 (낮)

스티브 사무실의 모니터에서 울먹이고 있는 스티브.

"제가요...? 흑... 하아... 제가 징짜 엄청 힘드러썬는데요...? 흑..."

개그프로그램의 한 장면처럼 꺼이꺼이 우스꽝스럽게 울고 있는
스티브.

정작 본인은 그런 화면 속 자신을 바라보며 흡족해한다.

S#25. 사무실 (낮)

캐롤	(핸드폰 화면과 사무실의 스티브 번갈아 보며)
	내가 이런 거 방송 나가게 하려고 그 쌩 고생을... 하...

하는데 필립, 캐롤에게 다가온다.

필립	캐롤, 점심 안 먹어요?
캐롤	어? (조금 놀라더니 시계 보곤) 그래, 가자.
	다들 어디 있어?
필립	몰라요.
캐롤	우리 둘만?
필립	네!
캐롤	(필립 빤히 보더니) 필립, 지난번에 내가 한 말 기억 안 나?
	다 같이 먹는 밥이랑 단둘이 먹는 밥이랑은 아예 다른 거야.

필립	그러니까요.
캐롤	어…?
필립	빨리 와요. 엘리베이터 잡고 있을게요. (나가는)
캐롤	…어?

S#26. 한글학교 교실 (낮)

제이와 애슐리가 교탁에, 어르신들은 자리에 앉아 있다.
한 어르신이 본인이 쓴 글 발표를 마치고 자리에 앉는다.

인범	큰아들아, 며느리야! 나도 이제 글자 쓸 수 있다! 이상이올시다.

어르신, 박수를 받으며 앉는다.

제이	네. 다음 발표하실 분 누구세요?
영분	(일어나며) 저요.
제이	네. 한번 읽어보실까요?

하면, 정영분 할머님 발표 시작하는.

영분	제목. 한글공부. 지은이. 정영분.

오라버니는 장남이라 핵교가고

막내는 막내라고 핵교 가고

나만 글을 못배아따.

서방 이름도 몬쓰는 까막눈이라고

시누이 망할 게 깔바도

자식 마이 노코 잘만 키아따.

S#27.   스티브 사무실 (낮)

스티브, 조롱거리가 되고 있는 본인의 밈을 보고 있다.

영분(NA)   내 나이 팔십 너머가 연필깍고 기역니은 배우니

사람드리 비운는다.

"ㅋㅋㅋㅋㅋㅋㅋ누구냐이거 ㅋㅋㅋ" "맥콤??ㅋㅋㅋ" "지난번 다운
펌 기계 만든데인 듯ㅋㅋㅋ" "반도 스타트업 클라슬ㅋㅋㅋㅋㅋㅋㅋ
ㅋ" "밈 스타 탄생이욕ㅋㅋㅋ" "어머 이건 저장해야돼!ㅋㅋㅋ" 등의
반응들. 밈이 된 자신을 보며 재밌는 듯, 만족한 듯 웃고 있는 스
티브.

영분(NA)   우슬라믄 우서라 을매나 신나는지 너거는 모르제.

스티브 핸드폰에 캐롤의 톡 도착한다.
"스티브, 저 그냥 계속 일할게요! 부서 이전 못 들은 걸로 해주세요!"

S#28. 서브웨이 (낮)

필립과 서브웨이 샌드위치 먹고 있는 캐롤.
본인 생각처럼 마주 보고 먹는 저녁은 아니라 나란히 앉아 창밖을 보며 먹는 점심이지만 캐롤 얼굴엔 미소가 새어 나온다.

영분(NA)	소녀맹큼 가슴이 콩닥콩닥 뛰는 기
	다시 태어난 거 가따.

S#29. 한글학교 교실 (낮)

영분	"멕시카나" "형제전기" 간판 읽는기 와이리 재밌노.
	암만캐도 글공부랑 사랑에 빠짓는갑다.

몰래 애슐리 슬쩍 바라보는 제이.
애슐리와 시선이 마주치자 황급히 할머님 쪽으로 시선을 돌린다.

영분   겨울 지나쓰이 내 인생 봄이다.

인제 시작이다.

4화 엔딩

스타트업
맥콤의 CEO
스티브!

"다 같이
먹는 밥이랑
단둘이
먹는 밥이랑은
아예 다른 거야."

"그러니까요."

겨울 지나쓰이 내 인생 봄이다.

EP.5 VC

이르호 (Root Lee, Ignite)의 등장 // 하이에나

찰스 ; 맥거핀이자 중후반 이야기 중심이 되어줄
"영국의 찰스 왕세자도 70이 넘었는데 아직 인턴이잖아요?"
↳ 방송 날 엘리자베스 여왕 서거 .. 너무 놀람...

제이 → 애슐리 였던 감정선은
　　　휘트니의 등장으로 애슐리 → 제이로.
　　얄미워..귀여워..

캐릭터소로서
발른용

늘 그렇듯 소 뒷발에 쥐 잡는 스티브
　　　　→ 끝까지 멋있으면 안돼

　　　　　　♡ 스티브의 영화취향 ♡

　캐롤 (정캐롤) : 크리스챤인데 우쳐넝 오신날에 태어남.
　♡　　　　　　 영어 이름안여라도 크리스마스 분위기 내고싶어서.
　필립 (정필립) : 영어 이름인 줄 알았는데 본명. 근데 한자.

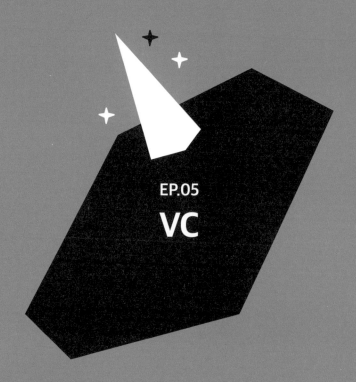

EP.05

VC

S#1.　　마젠타 이근호의 사무실 (낮)

유튜브 화면 속 이근호가 인터뷰를 하고 있다.

"이근호, Root Lee.

Founder and CEO of MAGENTA,

Techno King,

Master of Metaverse,

(주)마젠타 이사회 의장,

사단법인 〈지속가능한 미래혁신창조 스타트업 경영 협회〉 회장,

대한 자전거폴로 협회 부회장,

Diamond (lol)"

직함 자막으로만 화면이 거의 가득 차는.

사람 좋은 표정과 목소리로 인터뷰를 하는 이근호.

이근호　　버블 붕괴. 참 잘 만든 말이에요? 거품이 무너진다.

닷컴버블 붕괴로 하루아침에 회사가 망하고 거리로 나앉았죠.

그 이후론 스타트업 클리셰였어요. (웃음)

차고에 사무실을 만들어서 카이스트 동기들과 함께 사업을 시작했죠. 첫해 매출이... 7만 원이었을 거예요. 하루에 200원을 못 번 거죠.

닥치는 대로 일을 했어요.

낮에는 아르바이트를 했고 밤에는 개발을 하고.

화면 속 이근호의 모습에서 촬영장 현장으로 바뀌는.

이근호 　제 이름이 근호잖아요. 루트. 우리가 하는 일이 어떤 일인
지 뿌리를 잊지 않는 것이 가장 중요하다고 생각해요.
/ 돈만 좇는 동료들과는 마음 아픈 이별을 하기도 했죠.
/ 가장 중요한 건 사람이니까.
돈 버는 거? 쉬워요. 수익 좇는 건 가장 쉬운 선택지입니다.
하지만 꿈을 함께 꿀 사람이 없다면 얼마나 공허할까요?
지금 스타트업을 시작하려는 분들에게 무엇보다도 사람이
가장 중요하다는 말씀을 꼭 씨발!! 이 개새끼가 뭐만 하려
고 하면 꼭 어딜 돌아다녀?!

화면 뒤에 걸린 비서 상훈, 바짝 쫄아 화면에서 나가려는데.

이근호 　어딜 가, 이 씨발놈아! 야!! 다 이리 와!!!

하면, 촬영 스탭들 모두 이근호 앞에 모여 고개 숙인다.

이근호 　미쳤어? 미친 거야?! 가난하게 죽게 해줄까?
판교 바닥에 발도 못 붙이게 해줘? 어?!
니들 인생 망칠 아이디어 공모전을 하면 난 대상도 받을 수
있어!
(카메라 보며) 뭘 찍고 앉았어, 씨발새ㄲ...

S#2.   스티브 사무실 (낮)

유튜브 화면 속 이근호의 인터뷰. 사람 좋은 미소다. 재생바를
뒤로 돌려 "돈만 좇는 동료들과는 마음 아픈 이별을 하기도 했
죠." 부분을 반복해 보는.

화면 속 마우스 커서, 신고버튼을 누른다. 신고사유 "증오 또는
악의적인 콘텐츠." 보면, 신고버튼을 누르는 것은 스티브다.

타이틀 인 '유니콘'

S#3.   창섭의 집 (낮)

정갈하고 안정적인 분위기의 집. 나무 책상 위에는 어제부터 준
비해놓은 듯한 넥타이와 넥타이핀, 안경 등이 보기 좋게 정리되
어 있다. 오늘 도착한 종이신문을 책상에 내려놓으며 넥타이와
안경 등을 챙기는 창섭.

현관, 낡았지만 깨끗한 구두를 신는 창섭. 거울을 보며 차림새
를 단정하게 한다.

창섭   (거울 보며 의지 다지는) 김창섭. 할 수 있어. 완전 새롭게...

창섭, 현관문 열고 출근하는.

S#4. 회의실 (낮)

사무실. 중간의 넓은 테이블을 사이에 두고 한쪽엔 애슐리 스티브 제이, 맞은편엔 인턴 1명이 앉아 있다.

스티브 자, 인턴 여러분들. 면접이 아니니까... 긴장하지 마시고. 이미 우리는 식구니까?

이력서와 인물을 대조해보는 스티브. 전홍빈, 89년생, 서울대 조소과 졸.

애슐리 전홍빈 씨? 맞죠?

홍빈 네!

애슐리 OTT업체랑 웹툰회사에서 마케팅하셨네요? 만화영화 좋아하나 봐요.
음, 서울대 조소과를 나오셨고...

홍빈 으... 역시 물어보시는구나.
(한숨) 네. 빈지노 형이랑 친구예요.

애슐리 네?

홍빈 과에서 성빈이 형이, 아, 죄송합니다. 전 성빈이 형이라고 하거든요. (손따옴표) "빈지노" 형이 과에서 유일하게 말 통하는 사람이었거든요. (당찬) 그치만 오늘은! 인간 전홍빈으로 인정받고 싶습니다!

벙찐 스티브와 애슐리 제이의 표정. 물색없이 당찬 홍빈의 표정.
cut to, 미연과의 인터뷰.

스티브   미연 씨, 사람들이 인터넷에 나를 검색했을 때 연관검색어
               로 떴으면 하는 3가지가 있을까요?

미연   음... "성공", "사랑"... "사내연애?" 막이래. 하하.

미연의 농담에 스티브와 미연 웃는데... 미연, 제이에게 아주 슬
쩍 의미심장한 눈빛 보낸다. 당황한 제이와 그런 미연을 바라보
는 애슐리.
cut to, 창섭과의 인터뷰. 창섭 여유로운 표정으로 자리에 앉아
있고... 스티브는 이력서와 창섭을 번갈아 보며 의아해하는.

스티브   어... (애슐리 보고) 어...?

애슐리   스티브가 만들었던 시니어 프로그램으로 지원하셨어요.

스티브   시니어... 뭐?

애슐리   로버트 드 니로 나오는 영화 보신 다음 날이요.

스티브   내가...?

애슐리   (한숨 쉬곤) 지난번 무비데이에 스티브가 〈금발이 너무해〉
               보자고 한 건 기억나죠? 사람들은 다 일하러 돌아갔는데
               스티브만 알고리즘의 늪에 빠졌잖아요. 〈금발이 너무해〉에
               서 시작해서 〈퀸카로 살아남는 법〉, 〈맘마미아〉.
               메릴 스트립 보고 눈물 흘리면서 저 사람이 미국의 박해미
               라고 했던 거 기억나요? 다시, 〈맘마미아〉, 〈악마는 프라다

를 입는다〉, 〈인턴〉.

로버트 드 니로 나온 영화 보고 "저거다!" 하고 만든 게 바로...?

스티브   시니어 프로그램... 아...

(창섭 보고) 저희가 사실 영어 이름을 쓰거든요. 영어 이름 있으세요?

cut to,

미연   휘트니. 휘트니라고 불러주세요.

cut to,

홍빈   빈지? 되나요? 빈지로 할게요.

제가 이름 끝에 빈자가 들어가서.

cut to,

창섭   찰스로 할까요?

영국의 찰스 왕세자도 70이 넘었는데 아직 인턴이잖아요?

스티브   하하... 말 되네요.

(이력서 보곤) 음, 투자회사에 근무하셨었네요? 꽤 오래...

창섭   네. 평생을 남 눈치 주면서 살았죠.

이제 새로운 경험을 해보고 싶습니다.

208

스티브, 창섭을 의미심장하게 바라본다.

스티브 음... 혹시 저희에게 궁금하신 건...?

cut to,

홍빈 복장은 캐주얼하게 입어도 되나요? 전 직장에선 다 됐는데.

홍빈, 재킷 벗으면 "IAB STUDIO" 티셔츠를 입고 있다.
cut to,

미연 온보딩 기간에 담당 멘토는 1:1로 정해지나요? (제이 슬쩍 보는)

cut to,

창섭 얼마 전 다소 무리한 피보팅을 진행하신 걸로 알고 있는 데... 시리즈 B로 가기 위한 맥콤만의 전략이 있을까요?

창섭의 질문을 들은 스티브. 생각에 빠진 듯한 표정이다.

스티브 잠시만... (애슐리 제이를 보고) 나 좀...

스티브, 애슐리와 제이를 끌고 스티브의 사무실로 향한다.

S#5.　스티브 사무실 (낮)

스티브, 문을 잠그고 바깥을 살핀다.

애슐리　　스티브, 무슨 일이에...

스티브　　(바깥 보곤) 조용!

　　　　　그 얘기 들었어?

제이　　　무슨 얘기요?

스티브　　〈매의 눈〉이라고 알지?

제이　　　네. 데일리룩 올리면 AI가 착장 파악해서 구매 사이트로
　　　　　자동 연결해주던 서비스잖아요.

애슐리　　베타 서비스 대박 나서 데모데이 표를 못 구한다고...

스티브　　거기 대표 얼마 전에 우리 개발직 지원서 냈어.

제이　　　예? 왜요?

스티브　　VC한테 말실수해서 소문이 안 좋게 났거든. 걔들 서로 커
　　　　　뮤니티 짱짱한 거 알지? 투자금 싹 끊겨서 바로 파산했어.

제이　　　아니 아무리 그래도...

애슐리　　거기 대표님 엄청 젠틀하잖아요.

　　　　　투자자 앞에서 말실수할 스타일이 아니던데.

스티브　　젠틀하지. 점잖고.

　　　　　근데... VC가 인턴으로 위장취업을 했거든.

제이　　　예?

스티브　　요즘 트렌드라나 봐. 워낙 겉으론 번지르르하면서 실속 없
　　　　　는 스타트업이 많으니까. 몰래 인턴인 척 들어가서 그 기업

을 속속들이 살펴보는 거지... 그리고 뭔가 하나 걸리면? 가차 없이!

애슐리　하... 그게 말이 돼요? 무슨 삼류 코미디도 아니고.

스티브　(애슐리 노려보며) 내 촉 몰라? 확실하다니까?

제이　근데 시니어 프로그램은 스티브가 만든 건데 VC에서 그걸 어떻게 알고 어르신을 보내요?

스티브　하... 너희 둘 진짜 모른다. 어떡해?

경계심을 늦추기 위해서 일부러 인턴으로 온 거지.

때마침 우리 회사에는 시니어 프로그램이 있었던 거고.

70 넘은 노인 인턴? 누가 의심하겠어?

김창섭 아니, 찰스... 내가 볼 땐 100% VC야.

영 못 미더워하는 애슐리와 제이의 반응에는 무관심한 스티브의 고집스런 눈빛에서.

S#6.　카페 (낮)

◆

캐롤과 친구들(민지, 수경, 채연)의 모임. 친구들이 시끌벅적 대화를 하고 있다.

채연　(팔뚝 보며) 야, 나 탄 거 봐. 티 많이 나지?

수경　그러니까. 아니 왜 날을 잡아도 그렇게 찌는 날을 잡아서.

그늘집에서 나가기가 너무 싫더라니까?

211

채연	그 날도 라운딩 겨우 잡은 거야.
	거기 원래 1년 전부터 예약하는 데라잖아.
캐롤	라운딩 갔었어? 언제? 나 왜 연락 못 받았어?
민지	아~ 미안. 우리 대학 동기 모임이라서.

코웃음 섞인 날 선 말에 캐롤, 민지 노려본다.

수경	야! 말을 왜 그렇게 해? 초록아, 그런 게 아니라.
캐롤	내가 공부는 더 잘했는데?
민지	그러게 누가 수능 날 상한 잡채 먹으래?

캐롤과 민지 서로 노려보는.

수경	애 오늘 왜 이래? 초록아, 오해하지 마.
	동기 모임이 아니라 서래마을 사는 사람들끼리 잠깐 만난
	거야.
	비강남 포함 모임 할 때 꼭 부를 거야. 오해하는 거 아니지?

캐롤, 수경도 노려본다.

캐롤	(진정하고) 그래. 다음부턴 얘기 좀 해줘. 오해할 뻔했잖아.
민지	그래? 그럼 내일모레 나올 수 있어?
	남.자.친.구. 동반 모임인데...?
캐롤	아... 그... 나 그... 모레? 아... 정수기 점검 때문에 안 돼.

| 민지 | 아, 맞다~ 너 남자친구 지금... 못 나오지...? |

민지의 도발에 반응하는 캐롤.

S#7. 플래시백 / 공원 (낮)

햇살 좋은 날. 잔디밭에 누워 데이트하고 있는 캐롤과 남친. 행복해 보이는 둘의 표정. 캐롤의 남친이 자신의 에어팟을 꺼내 캐롤과 나눠 낀다.

핸드폰에 뜨는 에어팟 이름이 "훔쳐간 새끼 평생 빌어먹어라"

캐롤, 살짝 이상하게 보는.

| 남친 | 이 노래 진짜 좋다? |

아름다운 음악이 흘러나오고... 다시 분위기에 젖는 둘.

cut to,

자전거 데이트를 하는 둘. 남친이 앞서가고 캐롤은 뒤따라간다. 서로를 바라보며 미소 짓는 행복한 데이트. 캐롤의 눈에 들어오는 남친의 자전거. 주기표가 달려 있다.

"6학년 3반 정이든. 010-xxxx-xxxx" 캐롤, 살짝 이상하게 보는.

하지만 남친의 미소에 다시 데이트를 즐기는.

| 경찰 | 저 자식 잡아!! |

213

경찰 2명이 남친을 뒤따라온다.

캐롤   어...? 어?!!

남친   밟아!!!!!!!

캐롤   자기야!!! 자기야!!!!!!!

캐롤, 당황한 채 자신을 앞지른 경찰에 남친이 잡혀가는 모습을 바라보고만 있다.

남친   (잡혀가며) 기다려줄 거지?!! 사랑해, 초록아!! 사랑해!!!!!!!

S#8.   카페 (낮)

캐롤   (이를 갈며) 그 얘기 흐지 믈르그... 흔느드...

수경   너 그만해, 진짜! 그 자전거 도둑이랑은 진작에 헤어졌댔어.
       그리고 모범수래. 오해하지 마, 초록아.

캐롤   넌 말리는 거야, 뭐야?
       (핸드폰은 들고 보지 않은 채 민지를 노려보며)
       정수기 점검이 취소됐다네? 똥물 마시지 뭐.
       나도 그날 가야겠다. 남·자·친·구랑.

서로 노려보는 둘의 모습에서.

S#9. 사무실 (낮)

일하는 사람들. 30대 후반가량의 남자 1명이 씩씩거리며 등장한다. 자신의 핸드폰에 〈어게인〉 맥콤의 로고와 사내의 맥콤 로고를 번갈아가며 확인한다.

남자   여기네!! 야!!!!!!!

직원들 놀라 바라보면

남자   뭘 쳐다봐, 이 씨발 것들아. 사장 어디 있어?!!
       너야?! 너야?!!

남자, 주변의 집기를 마구 집어던지며 난동을 부린다. 직원들 제지하려 하는데...
스티브와 제시 인턴 무리가 등장한다.

스티브   무슨 일이시죠?

남자   니가 사장이야?! 그래, 니가 이거 만든 놈이라 이거지? (핸드폰 보며) 뭐? 실버 세대 전용 매칭 서비스, 청춘을 다시 한 번 "어게인"?!

스티브   네. 제가 대표 맞습니다. 무슨 일이시죠, 고객님?

남자   뭐, 고객님? 이 개새끼가 근데...!!

남자, 스티브의 뺨을 세게 후려친다.

제시   이봐요!!

하는데, 제시 막는 스티브.

스티브   아니, 괜찮아.
남자   (멱살 잡으며) 야, 이 새끼야!! 너 때문에 우리 엄마 집 나
        갔어!
        어떻게 할 거야?!!
        노친네들 정분나게 해 가지고 틀니 살 돈 빨아먹으니 좋으
        냐? 어?!!
스티브   말씀이 지나치시네요.
        저희 〈어게인〉은 실버 세대들을 위한 매칭 서비스일 뿐입
        니다.
남자   웃기고 있네. 이 미친 새끼.
        다 늙어서 죽을 날만 기다리는 노인네들이 사랑은 무슨 사
        랑이야?!
스티브   고객님!!!

스티브의 사자후에 일동 정적이 도는 공간. 스티브 연극이라도
하듯 어느새 비워진 중앙 공간에 들어가 모놀로그처럼 말한다.

스티브   사랑에는 국경도 성별도 그리고 나이도 없습니다.

우리 역시 그 사랑으로 만들어진 존재들이구요.

제 회사에서 제 멱살을 잡고 저에게 침을 뱉으셔도 좋지만...

그들의 사랑마저 무시하는 것은 참기 힘들군요.

남자   그럴 거면 그냥 대충 할 것이지. 타사 제품 대비 매칭률 1위에 UI도 깔끔하고 RAM도 별로 안 잡아먹으니까 노인네들이 붙들고 아주 날밤을 새는데 내가 열 안 받게 생겼어?

서버는 또 왜 이렇게 빠른 거야? 니들은 뭐 땅 파서 장사하냐?

스티브   고객님. 저희는 당장의 수익보다는 더욱 다양한 고객님들과 만나고 싶은 열망이 큽니다. 무리한 인앱결제는 없지만 배너광고 노출로 수익구조도 튼튼하니 (미소) 걱정 안 하셔도 됩니다.

남자   알겠습니다. 내가 말이 좀 심했군요. 실례 많았습니다.

남자, 엉망이 된 집기들을 제자리로 돌려놓으며 돌아간다. 슬쩍 창섭의 눈치를 살피는 스티브와 제시. 사무실 한편 애슐리의 모니터에는 방금의 상황이 대본으로 적힌 워드파일 화면.

"(납득) 알겠습니다. 내가 말이 좀 심했군요. (인사 후 퇴장) 실례 많았습니다."

애슐리   하... 이게 회사야, 동아리야...

자리로 돌아가던 스티브, 애슐리에게 창섭 몰래 귓속말한다.

217

| 스티브 | (돌아가는 남자 배우 뒷모습 가리키며) 5만 원 넣어줘, 애슐리. |
| | 배우가 연기 잘하네. |

| 필립(E) | 네? 저보고 연기를 하라고요? |

S#10. 건물 옥상 (낮)

◆

캐롤	그래, 연기. 왜? 자신 없어?
필립	제가 어떻게 캐롤 남자친구인 척을...
캐롤	아이고 그냥 연기야, 필립. 아까 스티브랑 제시 열연하는 거
	봤지?
	그렇게만 하면 돼. 그 기집애들 코를 납작하게 해줘야 한다
	니까?
필립	어... 네...
캐롤	(빈정 상한) 왜...? 너무 하기 싫어? 너 그 여자랑은 헤어졌
	다며?
필립	하기 싫은 게 아니라 자신이 없는,
캐롤	(말 끊고) 그래? 괜찮아. 안 해도 돼. 스트레스 좀 받고 말
	지 뭐.

필립, 다행이라는 듯 안도하는데.

| 캐롤 | 아유, 나도 나이 먹나 봐. 스트레스 받으니까 면역력이 떨 |

어지고... 잔병치레가 많네? 계속 이러면 이제 일도 못 하겠지? 근데 또 돈은 벌어야 되니까... 에이~ 남의 돈을 훔치지 뭐. 나는 달리기가 느리니까 분명히 잡힐 거야. 괜찮아. 다큐멘터리 보니까 요새 여자교도소 잘되어 있더라.

필립   그러면 안 돼요!!

캐롤   (이때다 싶은) 그래!! 안 되지!!! 내가 이 나이에 법무부의 자식이 되어야 쓰겠어? 그리고 내가 빠져봐. 이 회사 같지도 않은 회사 금방 망할걸? 이건 우리 개인의 문제가 아니라 회사의 명운이 걸린 대의의 문제야.

필립   대의...

캐롤   그래, 대의! 좋아! 그럼 이렇게 하자. 필립도 언젠가 내가 필요한 순간이 있을 거 아냐? 이번에 내 부탁 들어주면 내가 묻지도 않고 따지지도 않고 뭐든 무조건 도와준다!

필립   뭐든?

캐롤   뭐든!

S#11.   와인바 (밤)

고급스러운 와인바, 민지와 수경, 채연이 각자의 남자친구들과 자리하고 있다.

수경   (시계 보곤) 초록이 안 오네?

민지   흥, 내가 뭐랬어? 여기가 어디라고 와.

하는데, 문 열리고... 슬로 모션, 위풍당당한 표정으로 등장하는 캐롤. 뒤이어 한층 더 훤칠하게 꾸민 필립 등장한다. 놀라는 민지와 친구들.

캐롤	내가 좀 늦었지? 미안.
수경	아, 아냐. 우리도 막 왔어.
캐롤	인사해. 이쪽은 필립. 내 남자친구.

민지와 친구들, 필립에게 인사하는데... 어려 보이는 나이와 잘 생긴 외모에 놀란다.
본인 남자친구 모습과 비교해 괜히 번갈아 보는 민지 일행들.
cut to,

남친1	테이퍼링 여파가 이렇게 클 거라곤 생각도 못 했어. 아니 미국이 기침을 하면 우리는 감기에 걸린다는데 이건 기침 정도가 아니라 똥을 부려대니 원...
남친2	누가 아니래. 아니 웨스트팩에서 분명 달러인덱스 상승세에 실질금리 스프레드 확대 가능성이 반영되지 않았다고 했는데 말야.
남친1	클라이언트들은 매일 전화해서 에셋 관리 문제없냐고 닦달하는데 미칠 노릇이야 정말. 세계 금융이 이런데 에셋 관리를 어떻게 하냐구.
필립	와, 애 셋은 진짜... 저희 누나도 애가 둘인데 밥 먹이는 데만 몇 시간...

| 캐롤 | (말 막는) 와, 와인 너무 좋다. 부르고뉴 건가? |

필립의 발언에 다들 당황하는데... 민지, 둘에게 다가간다.

민지	둘은 어떻게 만난 거예요?
캐롤	아, 우리는 회사에서.
민지	(말 끊는) 아니, 나. 필립 씨한테 물었는데.
필립	아... 저희 회사에서요.
민지	초록이 어디 보고 반했어요? 초록이 어디가 제일 마음에 들어요?
필립	초로기? 초로기가 누구...
캐롤	(말 막는) 여기요! 이모! 아니, 사장님!!

민지, 캐롤의 이름조차 모르는 필립을 이상하게 보는 데서.

S#12. 건물 옥상 (낮)

필립의 손에 건네지는 A4용지 서류 파일. 또는 종이 뭉치. **C.U**

| 필립 | 이게 뭐예요? |
| 캐롤 | 대본. |

필립, 의아한 표정으로 넘겨본다. 빡빡하게 채워진 캐롤의 신상.

221

캐롤	내 패착이 컸어. 제대로 된 배우면 대본 숙지는 기본인데. 세상에 여자친구 이름도 모르는 남자친구가 어디 있어?
필립	아... 그거 계속해요...?
캐롤	그것들이 냄새 맡은 거 같아. 내일 또 보자고 그러더라고. 이제 와서 빠질 건 아니지?
필립	(난감한)
캐롤	일단 내 이름은 초록이야. 정초록.
	아니 남친이 아니라도 솔직히 매일 보는 직장 동료 이름 정도는 알아야 되는 거 아냐? 우리가 아무리 영어 이름만 쓴다고 해도 나는 필립 본명... 어... 필립 본명 뭐지?
필립	필립이요.
캐롤	(놀라는) 필립이 본명이야? 필립 외국 살았어?
필립	아뇨. 반드시 필에... 무슨 립이었는데... 무슨 립이지...
캐롤	설 립이겠지. 제트플립은 아닐 거 아냐.
	여튼, 나는 정초록이고 나이는 스물일곱이야.
	외동이고 MBTI는 ENTP야.
	매운 건 좋아하는데 잘 못 먹어. 아, 그리고 나 운전하는 건 좋아하는데 주차 잘 못해. 어, 그리고... 뭐야, 듣고 있는 거야?

캐롤 말 이어가는 데서.

S#13.   회사 복도 (낮)

회사 복도. 모니카가 인턴들을 데리고 걷고 있다.

모니카   이 정도면 회사는 다 둘러본 것 같고.

스타트업에 들어온 이상 여기 계신 누구나 커리어 하이*에

대한 디자이어*가 있을 거예요.

그러기 위해선 뭐다? 예스, 포지티브한 인사이트!* 댓츠 코

렉트!*

[자막-커리어 하이: 전성기, 디자이어: 열정, 포지티브한 인사이트: 긍정

적인 통찰력, 댓츠 코렉트: 그것이 정확해]

어디선가 큰 소리가 나서 가보면 스티브가 회의실 안에서 제시

를 야단치고 있다. 소리는 들리지 않지만 크게 화가 난 스티브

가 종이 한 장을 손에 쥔 채 제시를 몰아세우고 있다. 제시는 고

개를 숙인 채 교무실에 끌려온 학생마냥 혼나고 있는.

스티브, 모니카와 인턴들을 보고는 들어오라 손짓한다.

S#14.   타운홀 (낮)

스티브   (호흡 고르는) 미안합니다. 많이 놀랐죠?

(종이 보이며) 제시가 이면지를 사용하지 않고 새 종이를

사용했어요.

고개 숙인 제시.

스티브   맥콤은 ESG경영을 합니다.

          이 업계는, 우리의 Environment는 우리가 지킵니다.

          게다가 우리가 투자자들의 돈을 함부로 쓴다는 건!!!

          (창섭 눈치 슬쩍)

          절대 있을 수 없는 일입니다...

          자, 그러면 ESG의 S는 무엇일까요?

캐롤   소셜.

스티브   모니카, 캐롤에게 휴가 주세요.

캐롤, 갑작스런 스티브의 휴가에 놀라는.

스티브   소셜. 사회. 맞습니다.

          고용, 인권, 노동, 직원복지. 우리는 이런 것들을 중요하게
          생각합니다.

          그렇다면 G는?

캐롤   (필립에게 귓속말) 가버넌스. 가버넌스.

필립   가버넌...?

스티브   ...맞습니다. 가버넌스. 모니카, 필립한테도 휴가 주세요.

          윤리경영. 제 윤리경영철학에 따르면 오늘은 쉬는 날이라
          고 하네요?

          자, 오늘은 단축근무입니다. 모두 퇴근하세요.

직원들 모두 기뻐하는데.

스티브   잠시 그 전에! 오늘은 여러분들께 우리 맥콤의 앞날에 대
         해 이야기 나눈 뜻깊은 날입니다.
         (카드 꺼내며) 원하시는 분에 한해 함께 회식하시기 바랍
         니다.
         법카 아니고 제 개인카드입니다. 늘상 있던 일이잖아요? 하
         하하.

직원들 환호하면 스티브, 제시 토닥인다.

스티브   제시, 미안해요. 좀 서운했죠?
제시   (훌쩍이며) 아닙니다! 괜찮아요!
         스티브, 오늘 스티브 포르쉐 좀 빌려도 될까요?
스티브   응?
제시   스티브 포르쉐요. 늘상 있던 일이잖아요?
스티브   아... 응...

스티브, 창섭 눈치 보며 억지로 차키 꺼내는데... 꽉 쥐고 놓치지
않는다.

스티브   편하게 타, 제시. 편하게...
         계기판에 비닐 붙어 있는 거 다 떼도 되고...
         신발 안 털고 타도 돼. 편하게...

제시   (힘으로 뺏어가는) 네!!!

모두 환호하는 가운데 홍빈, 제이에게 다가온다.

홍빈   저... 제이, 혹시 저희 어디서 본 적 있지 않아요?

제이   저요? 글쎄요. 잘...

홍빈   (생각하다가) 아... 일리네어 공연 온 적 있죠?
                 빈지노 형 대기실에서!

제이   아뇨. 저 음악은 잘 몰라서...

휘트니(미연)도 제이에게 은근슬쩍 다가온다.

휘트니   우와, 우리 회식하는 거예요?
                 (제이 팔 터치하며) 신난다!! 이게 스티브 카드예요?

애슐리, 휘트니 슬쩍 보는데.

휘트니   잠깐, 근데 제이 손 진짜 크다.
                 (손 대보는) 난 손 작아서 피아노도 못 치는데.
                 어머, 애슐리도 손 진짜 크네요? 와, 진짜 짱 커!

애슐리, '하...' 하는 표정으로 휘트니 보는.

S#15. 카페로 이동하는 길 (낮) / 길거리 or 계단 통로

캐롤과 필립, 약속 장소로 걸어가며 과외 내용을 점검하고 있다. 캐롤은 마음이 급하고 호전적인 표정. 필립은 그런 캐롤 눈치 보며 따라 걸어가는.

캐롤	이름.
필립	정초록.
캐롤	MBTI.
필립	E...P...I.......K?
캐롤	에픽하이야? 이엔티피! 하... 별자리는?
필립	사수자리!
캐롤	(표정 찡그리자)
필립	사...사자자리!
캐롤	사수자리야. 제대로 외운 거 맞아? 이래 갖고 남자친구라고 할 수 있겠어? 아니 이럴 게 아니고 그냥 나에 대해 아는 걸 말해봐.
필립	캐롤... 이름은 정초록.
캐롤	(혼잣말) 그놈의 이름만 외웠네.
필립	나이는 스물일곱. 그리고 이름이 초록이라 그런가 캐롤은 식물을 참 좋아해요.
캐롤	(뭐야 하고 보면)

[ins] 몽타주

종이컵으로 화분에 물 주는 캐롤.

필립(E)   스티브가 사놓고 그냥 둔 화분에 물을 주는 것도
            캐롤이고.

점심 시간이나 퇴근 시간. 무리들 우르르 가는데 혼자 멈춰 서
서 길가 화단 같은 데 피어 있는 꽃을 폰카로 찍는 캐롤.

필립(E)   예쁜 꽃이나 나무를 보면 멈춰 서서 사진을 찍는
            유일한 사람도 캐롤이에요.

캐롤   (미간 찌푸리며 생각에 잠기는) 내가? 내가 그렇다고?
필립   캐롤은 집중하면 미간을 찌푸려요.
        (자신의 핸드폰 액정 들어 비춰주며) 봐요. 지금도.

캐롤 '엥?' 하고 보면 필립의 말대로 미간 찌푸려져 있다.
'헉...!' 하는 캐롤.

필립   그리고 캐롤은 당황하면 딸꾹질을 해요.

[ins] 회의실. 캐롤이 직원들 앞에서 무언가 보고를 하고 발표를
해야 하는 상황.

필립(E)   지난번 회의 때도 ppt 파일이 아니라, 다른 걸 잘
            못 열었을 때도...

자신 있게 발표하는 캐롤 뒤 스크린에 ppt 슬라이드가 넘어가
고 셀카 사진이 열린다. 자기도 모르게 딸꾹질하는 캐롤.

캐롤	(말 막으며) 야! 내...내가 언제!!!
필립	(웃는)
캐롤	시끄러! 외우라는 건 안 외우고 이상한 것만 외우고 있어.
	꼬, 꼭 시험범위 아닌데 공부하고 그러더라.
	됐고, 늦었으니까 내가 준 것만 달달 외우고 있어. 알겠지?

캐롤, 문 열고 들어가는데 살짝 딸꾹...

S#16. 카페 (낮)

카페 안에는 민지와 일행들이 고상한 차림에 원형으로 둘러앉아 독서모임을 하고 있다.

캐롤	어...?
민지	초록이 왔다! 어서 와. 초록아, 북클럽에 온 걸 환영해!

얄미운 미소 짓고 있는 민지.

캐롤(NA)	기출 변형... 이런 요망한...

cut to, 자리에 앉아 독서모임에 참여한 캐롤과 필립.

민지	자, 오늘은 올더스 헉슬리의 《멋진 신세계》로 독서모임을

가져볼 거예요. 미리 말씀 못 드려서 미안해요. 그래도 워
낙 유명한 책이니까 읽어봤죠?

캐롤, 민지 노려보는데.

필립	(캐롤에게 귓속말) 그... 황정민 나오...
캐롤	(말 막는) 으니야...
남친1	흥미로운 건 1932년에 발표된 이 허무맹랑한 디스토피아 가 지금 우리 코앞에 닥쳐왔다는 거겠죠.
민지	유토피아 자체가 곧 파멸이라는 아이러니가 가슴 깊이 다 가왔어요. 헉슬리의 유머센스는 알아줘야 해요.
남친2	멀리는 조지 오웰의 《1984》, 가까이로는 〈기생충〉이 떠올 라요. 상승과 하강으로 명징하게 직조해낸 처연한 계급우화랄 까요?

앉은 순서대로 한마디씩 하고 필립 순서가 되자 모두 필립을 바라보는데...

필립	신세계... 그 배송이 쓱... 쓱...
캐롤	(말 막는) 쓱 마음에 안 들었지? 필립은 책보다 영화 쪽이거든. 맞지, 필립?
필립	어, 네. 아니 어, 맞아.
남친2	영화 이야기로 갈 수도 있죠. 《멋진 신세계》를 이야기하면

	서 〈가타카〉를 빼놓는다면 말이 안 되잖아요?
남친1	에단 호크가 자연의 섭리로 태어난 빈센트를 연기했잖아요.
	훗, 너무 다른 이야기라 죄송하지만 얼마 전 빈센트 반 고
	흐에 대해 재미있는 이야기를 들었어요.
민지	뭔데요?
남친1	별이 빛나는 밤에를 두고 과학자들이 연구를 했대요.
	과연 저 그림이 그려진 시점이 언제냐.
	우선 고흐가 귀를 자른 뒤고.
민지	그 얘기 나도 들었어요.
	테오의 편지를 통해 추정했을 때 계절은 여름이다!
남친2	거기에 그믐달이 떴으니 월말일 것이고 천문학자들이 별
	자리를 유추해서 봤을 때 별이 빛나는 밤에는...

또 모두가 필립을 바라보자

필립	김이나...
캐롤	(열받은 듯 머리 묶는)
필립	아, 마마무다.

민지와 일행들 풉... 풉... 하더니 뒤집어지게 필립을 비웃는다.
특히나 민지는 사악할 정도로 조롱하며 비웃는다. 모두가 필립을
비웃는다.
그러다 남친1이 호흡 곤란으로 쓰러진다.

남친1	커억...컥...
민지	자기야!! 자기야!!!!!

모두가 우왕좌왕하는데.

필립	(남친1의 어깨를 가볍게 두드리며) 저기요! 저기요! 괜찮으세요?
	(반응이 없자 민지에게) 거기 빨간 옷 입은 여자분! 119에 신고해주세요! 어서요!
민지	아... 네!!!
필립	그리고 주변에 자동제세동기가 있다면 찾아봐주세요!

필립, 능숙하게 깍지 낀 두 손바닥 뒤꿈치로 "하나 둘 셋!" "하나 둘 셋!" 하며 30회, 인공호흡 2회까지 시행한다.

남친1	(의식을 찾는) 하...하악...!!
민지	자기야!!!

구급대원들 들어와 남친1 들것에 싣는다.

캐롤	필립, 이런 건 어떻게...
필립	(땀 닦으며) 예비군에서 배웠어요.

캐롤, 구급대원과 들것 멈춘 채 민지와 일행들 향해 돌아선다.

캐롤	봤니? 봤어요? 사는 데 정말 필요한 건 이런 거예요.
	사람을 살리는. 부끄러운 줄 아세요.

모두들 시선 피하고 부끄러워하는데...

캐롤	책 한 줄, 그림 한 장 모르면 어때요?
	(남친1 제발 놔달라는)
	우리의 삶을 채우는 건 마음이지 지식이 아니니까.
	(남친1 죽어가는) 제 말 아시겠어요?

캐롤, 필립 보고 씨익 웃는다.

S#17. 대회의실 (낮)

[자막-"맥콤 IR(Investor Relations) 투자설명회"]

애슐리가 단상에 서 진행을 하고 있고, 스티브 제이 모니카 인턴
들과 투자자 주주들이 자리에 앉아 있다.

스티브	네. 이상입니다. 질의응답 시간 갖도록 하겠습니다.
애슐리	질의사항 있으신 분 손 들고 질문해주시기 바랍니다.
재문	(호들갑 떨며) 여기!! 여기!!!

다소 추레한 차림의 재문이 호들갑 떨며 발언권 얻는다.

재문	에... 그 한국 고령화 속도가 OECD 국가 중 가장 빠르다는 건 아시죠?

재문   에... 그 한국 고령화 속도가 OECD 국가 중 가장 빠르다는 건 아시죠?

실버 산업의 전망성은 납득이 되지만 과연 디지털 시장으로까지 확대가 될 수 있을까요? 노인분들이 스마트폰으로 어플을 사용한다? 그 복잡한 걸? 나 그거 의문이에요?

스티브   (사람 좋은 미소 지으며) 네. 의문 가지시는 것 당연합니다.

그런데 요즘 어르신들 보청기가 스마트폰으로 연동되는 것 알고 계시나요? 최근 웨어러블 헬스케어 시장 규모가 2016년 기준 672억 원에서 21년 4,688억으로 무려 7배가량 성장했습니다.

우리가 머릿속에 그리는 노인분들의 모습,

더 이상 〈전원일기〉 속 모습만은 아닙니다.

우리보다 더욱 지혜롭게 새로운 것들을 받아들이고 계신단 말씀 드리구요.

그리고, 우리 〈어게인〉은 한국에 머무르지 않고 세계를 목표로 하고 있다는 말씀 마저 드립니다.

감사합니다.

스티브, 무언가 적는 창섭 눈치 한 번 보곤 재문을 향해 웃으며 엄지 날린다.

애슐리   네. 그럼 다음 분 질문으로...

재문   잠깐!! 나 아직 안 끝났습니다.

근데 맥콤은 왜 주주총회를 3층에서 하죠?

스티브	네...?
재문	(손가락 3개 펼치며) 아니~~ 내가 여기까지 오려면 택시비만 해도 3만 원이 넘는데~ 3층까지 올라와야겠어요?
스티브	아... 네... 그럼 다음엔 5층에서 하도록 하겠습니다. 감사합니다.
애슐리	네. 그럼 다음 분...
재문	아니 그게 아니고!! 왜 자꾸 말을 끝내려고 하지? 나 1주 가지고 있다고 무시하는 거야? 1주도 주주야!! 나 말 안 끝났어요.

스티브, 머리 싸매며 진행하라는 손짓.

재문	에... 그 뭐냐... 전 세계적으로 기후위기가 심각합니다. 해수면이 상승하고 북극곰이 죽고 나도 쪄 죽겠는데 3층까지 올라오려니까 데미소다라도 하나 사 먹으면 참 좋겠다, 이런 생각이 들면서.
스티브	네, 주주님. 저희 다음엔 7층에서 모시도록 하겠습니다.
재문	(싱긋 웃는) 나 만족해요.
애슐리	네. 그럼 이상으로 맥콤 IR 마치도록...

하는데, 시끌벅적한 투자자 등장한다.

민규	아, 미안합니다. 미안해요! 쏘리 쏘리 죄송!!

235

아직 안 끝났죠?

애슐리, 어떻게 해야 하나 스티브 눈치 살피는데 별 반응 없는
스티브.

스티브 네. 자리에 앉으시죠.

민규 (정신없다. 물 마시랴 서류 넘기랴) 보자... 여긴가?
맥콤. 챠브네 개발 전면 중단, 〈하우매치〉를 노인 대상으로
피보팅해서 〈어게인〉. 내 정신 좀 봐. 디깅팩토리입니다.

디깅팩토리라는 말에 애슐리 놀라는.

애슐리 (제이에게 작게) 우리 최대 주주.

스티브 아, 네. 오늘은 왜 박팀장님이 안 오시고.

민규 (눈은 여전히 서류를 본 채) 그 양반은 횡령하다 가셨고.
보자... 유저도 많고 리텐션도 좋은 편이고...
흠... 근데 돈 나올 구멍이 안 보이네?

스티브 헛기침하는.

민규 오케이. 이렇게 하죠.
우리도 어차피 당장 수익 보자는 게 아니니까.
파트너십 한번 맺어보는 거 어때요?

스티브 파트너십이요?

민규   (스티브에게 명함 넘기며)

거기도 우리가 투자한 곳인데. 나 여기 갔다 오느라 늦었
잖아.

다시 한 번 미안하단 말씀을 드리면서~

스티브, 명함 보면 "가시는 길 편안히 찔레꽃상조"

민규   어때요? 서로 윈윈이 될 것 같은데.

스티브   여기... 상조회사요...?

민규   거기는 또 맥콤이랑 반대야. 수익구조는 튼튼한데 홍보가
안 되네?

왜 상조 하면 딱 떠오르는 회사들 있잖아요. 대일밴드처럼.

그걸 비집고 들어가기가 너~무 힘들어.

〈어게인〉 유저 수 많으니까 홍보는 확실할 거고.

(웃는) 노인네들도 가시기 전에 즐기다 가니까 호상이고,
응?

스티브, 민규 노려본다.

민규   아니 어떻게 이런 애드립이 생각나지? 나 재즈 했어야 되
나 봐.

그렇게만 해주면?! 내가 회사 들어가서 추가 투자 건의해
볼게요.

말만 잘하면... 10억?

민규 제안을 들은 스티브, 시선을 떨군다.

민규   (핸드폰으로 〈어게인〉 화면 보며) 여기 빈 데 많네.

             상단이랑 하단에 배너 태우고 앞으로 쭉 마케팅 파트너십

             가면 추가 투자금에 광고 수익까지. 어때요?

             솔직히 말이 피보팅이지 원래 쓰던 거 갈아 끼운 거고

             어차피 여기 들어 있는 거 별거 아니잖아.

스티브   (아주 작은 목소리로) 사람...

민규   엉?

스티브   아, 아뇨. 뭐라고 그러셨죠?

민규   광고. 상조 광고 넣으라고 여기다가.

스티브   아... 근데 빈 데가 없습니다. 어르신들 보려면 글씨가 커야

             돼서요. 광고 태울 공간이 거의 없어요.

             그리고... 새로운 사람 만나서 시작하려는 분들한테

             당신 끝은 여기입니다. 여기 묻히실 거예요. 하는 짓은 못

             하겠네요.

             그러면... 행복하지 않잖아요.

             추가 투자 받지 않겠습니다.

             우리는 끝을 팔지 않거든요.

             우리는 시작을 팝니다.

             그리고, 아까 여기에 뭐가 있냐고 물었죠?

저자세일 줄 알았던 스티브의 태도에 민규 말을 잇지 못하는데.

스티브   사람이요.

민규를 비롯한 대회의실의 모두들 스티브를 바라보고 있다.
민규, 당황한 표정으로 대회의실을 도망치듯 나선다.

민규   망할려고 작정을 하셨구만...

이때, 스티브 핸드폰에 문자 도착한다.
"보낸이: 제이스 벤쳐캐피털(VC)
내용: 투자 심의 합격!"
어디선가 짝! 짝! 짝! 박수 소리 들린다. 사람들 창섭 쪽으로 고
개 돌리는데... 멀뚱멀뚱 앉아 있는 창섭. 보면, 박수 소리의 주인
공, 전홍빈이다.

홍빈   축하합니다. 맥콤. 투자 심의 합격하셨습니다.

스티브를 비롯한 직원들 어안이 벙벙한데...

애슐리   어...? 어......?

스티브   어...?

홍빈   실례가 많았습니다. 제이스 벤쳐캐피털의 전홍빈 팀장입
니다.
원래 이런 거 안 좋아하는데... 팀에서 동안이라고 꼭 저를
시켜서.

머리 잘랐는데도 어려 보이나?

여튼. 맥콤. 감동이었어요. 진심이 느껴졌습니다.

스티브　　(애슐리에게) 내, 내 말이 맞지? 내가 뭐랬어...

애슐리　　헐...

홍빈, 스티브와 악수 나눈다.

홍빈　　맥콤의 전 직원 여러분! 집중해주십시오!
축하드립니다!
저희 제이스에서 맥콤에게 500만 원 투자하도록 하겠습니다!

스티브, 웃어야 할지 울어야 할지 모르겠는 표정으로 악수하는...

S#18.　카페 앞 주차장 차 안 (낮)

캐롤의 차 안. 캐롤, 핸드폰을 보는데 필립 이름이 "내 사랑"으로 저장되어 있다. 이름을 다시 "필립"으로 바꾸는. 짧은 한숨한 번 쉬고 차를 빼려는데... 주차 난이도가 헬이다. 어떻게 못하고 있는데... 창문 노크 소리. 보면, 필립이다.

캐롤　　(창문 열고) 어? 필립 약속 있다며?

필립	제가 빼드릴게요.
캐롤	어...?

cut to, 필립, 캐롤의 차를 빼주는... 필립에게 전화 온다. 어린 아이의 목소리다.

보라(OFF)	오빠, 어디야?
필립	어, 오빠 지금 여자친구랑 있어.

여자친구라는 말에 캐롤의 표정.

보라(OFF)	알아써. 올 때 투게더.
필립	응. 이따 봐, 보라야~ (전화 끊고)
캐롤	필립, 이제 그만해도 돼. 다 끝났어.

필립, 대답 없이 마저 차를 뺀다. 한 번에 능숙하게 빼는.
기어를 '중립'으로 놓고 차를 세우더니 몸을 돌려 캐롤을 바라본다.

필립	뭐가 끝나요?
캐롤	이제 남자친구인 척 그만해도 돼. 다 끝났어.
필립	전 이제 시작인데요?
캐롤	어?

캐롤, 놀라 필립 바라보고... 자신도 모르는 새 "딸꾹!" 한다.

필립	당황하면 딸꾹질한다. 거봐.
캐롤	야...야!
필립	좋아해요.
캐롤	(딸꾹)

둘의 대화가 오가는데... 기어를 중립에 놓은 차는 조금씩 아래로 밀려가는...

필립	나랑 만나봐요. 캐롤.
캐롤	(딸꾹)

마주 보는 두 사람. 사랑스러운 음악이 나오며 아름다운 엔딩 분위기가 연출되나 했는데 밀리던 둘의 차가 다른 차를 콕! 박는. 둘은 놀라고 차량 경고음이 요란하게 울리는 데에서.

애슐리(E)	아니 연출이 너무 좋던데요?

S#19.   대회의실 (낮)

◆

대회의실 정리하는 직원들.

애슐리	스티브, 솔직히 인정이에요. 나도 속을 뻔했어요.
	근데 아무리 연기여도 저렇게 사칭해도 되나?
	저 사람은 얼마 보내주면 돼요?
스티브	배우 아닌데?
애슐리	네?
스티브	아이씨... 10억 날리고 500 벌었네... (퇴장하며) 하...

스티브의 퇴장하는 뒷모습 보고 한참 멍한 애슐리.

이제야 상황 파악이 된다. 스티브의 진심이 감동스럽기도 하면

서... 바보 같은.

애슐리	후... 이게 말이 돼?? 제이, 이게 말이 돼요?
제이	하하. 그러니까요. 보고도 안 믿기네요.
애슐리	무슨 스파이 영화에나 있는 일 아니에요?
	어떻게 저렇게 감쪽같이... 으~ 소름 돋아.

제이의 전화 울리고... 화면을 본 제이.

제이	먼저 올라가세요. 이거 반납하고 제가 다시 와서 정리할게요.
애슐리	네~~

휘트니, 제이 뒤따라 나가려는데.

애슐리	휘트니?

휘트니	네?
애슐리	어디 가요? 이거 정리해야지. 나는 일이 있어서 먼저 올라 갈게요.

휘트니, 보면 서류 뭉치와 다과, 방송 장비 등 치워야 할 것들이 한가득이다.

S#20. 홍빈의 차 안 (낮)

차 뒷자리에 앉아 있는 홍빈. 아까와는 다른 다소 거만한 자세.

홍빈	아... 제이 그 사람 진짜 어디서 봤는데... 미치겠네... 나 이러면 잠 못 자는데.

S#21. 건물 복도 (낮)

어디론가 뚜벅뚜벅 걸어가는 제이.

S#22. 홍빈의 차 안 (낮)

기사	팀장님, 식사는 회사 들어가서 하시겠어요?

사랑에는
국경도 성별도
그리고 나이도
없습니다.

우리 역시
그 사랑으로
만들어진
존재들이구요.

EP.6 로봇펭귄 🐦 가장 좋아하는 에피소드

"세대" 이야기 ─
┌ 스티브와 찰스
│ 강휘와 개발자들
│ 강휘와 스티브, 모카
│ 강휘와 찰스
│ 캐롤과 보라
└ 애슐리 제어 제시와 어르신들

초록(캐롤)과 보라는
보색관계 (가장 멀리 떨어져 있는)

┌─────────────────┐
│ 귀여운 밀면을   │
│ 톡닥여 주어 끝내자. │
└─────────────────┘

"사랑에 어떻게 값을 매겨?"
"안 매기는 거여요, 값이 없으니까!"

            "너 몇 살인데?"

"함께 긴 추위를 견뎌야 하니까요."
                        "리운여요."

        "우리는 뭘 잘못해서 늙은 게 아니에요."

EP.06

로봇 펭귄

S#1.   개발실 (낮)

빈 책상에 누군가 와서 앉는다. 맥북과 빈티지 메트로놈을 책상 위에 꺼내놓는다. 메트로놈의 추를 움직이고 헤드폰을 착용한다. 속 시끄러운 록음악과 함께 코딩을 시작하는 손.

그런 그를 멀찍이서 노려보는 태주.

제시가 둘의 모습을 보곤 개발자 병준에게 묻는다.

제시   누구예요?

병준   병역특례, 대체복무, 산업기능요원.

제시   아, 이번에 새로 들어온 병특이구나.

자율주행 제어 시스템 만든 회사 대표 맞죠?

근데 생각보다 어리네요?

병준   스물넷이래.

제시   병역특례가 좋긴 좋네. 우리보다 큰 회사 CEO가 직원으로 들어오고.

근데 태주 씨는 왜 저러고 있어요?

병준   쟤네가 만든 암호화폐 무블캐시 최고점에 들어가서 물렸어.

제시   가만 보면 태주 씨는 가상세계 믿는 거치고는 참 재테크 열심히 해.

병준 씨는 표정이 왜 그래요?

병준   ...같이 물렸어.

태주가 강휘에게 다가가 헤드폰을 톡톡 건드린다.

| 태주 | 소리 좀 줄이지? |

강휘, 태주를 한참 멀뚱멀뚱 바라보더니 대답 없이 맥북의 "노이즈 캔슬링" 누른다.

음악 소리가 커지고 태주 소리 없이 난동 부리는 데서

타이틀 인 '유니콘'

S#2. 사무실 (낮)

애슐리와 제이의 자리 앞에 스티브가 서 있다.

애슐리	또요? 제가요?
스티브	애슐리가 제일 믿음직하니까 시키는 거잖아.
	이거 진짜 심각한 문제라니까?
	젊은 우리가 어르신들한테 필요한 게 뭔지도 모르면서 서비스를 만드는 게 말이 되겠어? (캠코더 주며) 자, 이걸로 어르신들의 사랑을 담아와. 휴먼다큐 형식으로.

하지만 애슐리는 말없이 스티브를 노려보고 있다. 정신없이 떠넘기려던 스티브.

| 스티브 | 에이, 왜 또~ 제시 보내놨더니 혼자 하기 버겁다잖아. |
| 애슐리 | 저요, 분명히 지원할 때에는 사무직으로 보고 들어왔거든 |

요? 그런데 어떻게 한 달의 반을 밖으로 보내요? 제가 현장 직인지 사무직인지 아니면 이 회사 자체가 아예 개꿀잼 몰카인지 모르겠어요.

스티브   에이... 참... 좋아. 알았어.

그럼 제이가 다녀와. 됐지?

제이   네. 알겠습니다. (캠코더 잡아 들려는데)

애슐리   (캠코더 잡아 들며) 이번만이에요.

스티브   (뒷모습에) 다큐멘터리는 친해져야 돼! 어?

어르신들하고 친해져!! 알겠지?!

(애슐리 제이 나가면) 자, 그럼 이제 내 문제를 해결해야 되는데...

스티브의 시선 따라가면 멀리 본인 자리에 앉아 있는 찰스(창섭)의 모습.

S#3.   회의실 (낮)

화상회의 줌(Zoom) 화면. 맥콤 직원들이 타사 직원들과 화상회의를 마치고 있다.
찰스의 화면만 상하 반전이 되어 있다.

모니카   오케이, 넥스트 미팅 투어클락 씨유댄~*

[자막-좋아, 내일 회의는 2시야. 그때 봐~]

줌 화면 속 직원들 하나둘씩 모두 나가는데 찰스만 홀로 캠이 켜져 있다.

화면 속 종료하는 법을 몰라 헤매는 찰스.

스티브가 나타나 줌을 종료해준다.

찰스	감사합니다.
스티브	회사생활은 좀 할 만하세요?
찰스	네. 좋습니다. 근데 이게 영 익숙질 않아서...
스티브	저도 어려워요. 잘 못해요. 저도.
찰스	컴퓨터를 보면 스무 살에 봉제공장 시다 일 할 때가 생각나요.
	그때도 미싱을 어찌나 못했는지... 매일같이 혼나고 울고.

경청하는 스티브.

찰스	그래도 평생의 벗을 그때 다 사귀었어요.
스티브	아유, 대단하십니다. 저는 같이 일한 사람하고 철천지원순데.
	요즘도 친구분들 보세요?
찰스	(웃으며) 다 죽었어요.

적막... 어색한 분위기. 스티브 어떻게든 대화를 이어가본다.

스티브	그... 출퇴근하기 멀지 않으세요?
찰스	괜찮습니다. 체력 하나는 쓸 만해서 새벽에 조깅하고 오면

딱 좋아요.

스티브   운동하시는구나. 대단하세요. 정말 배워야 돼.

찰스   거리는 괜찮은데 서울이 좀 낯설긴 하네요.

        평생을 경기도에서 살다가 서울은 예전에 미국 대통령 방

        한했을 때 와보곤 처음이라...

스티브   맞아, 예전에 오바마 방한했었죠. 그게 벌써 몇 년 전이야.

찰스   (웃으며) 아뇨.

스티브   아... 조지 부시 내한했을 때...

        찰스, 고개 가로젓는.

스티브   ...아빠 부시...?

        찰스, 고개 가로젓는.

스티브   (한숨 쉬곤) 닉슨...

찰스   예전에 아이젠하워 대통령이.

스티브   하...

        한숨 쉬는 스티브 모습에서.

필립(E)   캐롤, 도착했어요?

S#4.   건물 로비 (낮) / 다음 날

건물 로비에서 필립과 통화하며 어딘가를 찾아가는 캐롤.

캐롤	어, 나 도착~ 이거 무슨 백일장대회 같은 건가?
	동생 대회 끝나면 픽업해서 필립 올 때까지 같이 있으면 되는 거지?
필립	네. 나 예비군 끝나는 대로 바로 갈게요. 미안해요. 귀찮게 해서.
캐롤	(웃으며) 미안은 무슨~ 애인 사이끼리.
	그리고 내가 무조건 부탁 들어주기로 했잖아.
	동생 어떻게 생겼어? 나 본 적이 없네?
필립	내가 아침에 보라색 머리핀 해줬어요.
	근데 내 동생. (지지직)
캐롤	응? 뭐라구?
필립	아니, 내 동생 조금. (지지직) / 선배님, 이동하시지 말입니다~

전화 끊기는.

캐롤	뭐야... 근데... 여기 맞아?

보면, 법정이다. "제~회 어린이 모의재판 경연대회"

S#5.　법정 (낮)

의문 가득한 표정으로 법정에 들어서는 캐롤.

뭔가 이상한 공간이다. 5학년쯤 되어 보이는 아이들이 법복을 입고 재판을 진행 중인데 과하게 진지하다. 캐롤, 보라 찾는데 보라색 머리핀을 한 보라는 피고 측 변호인으로 앉아 있다. 검사 하준이 증인을 심문한다. 어른들의 재판과 다를 바 없는 진지한 톤으로.

하준	증인은 사건 당일 무엇을 하고 있었나요?
증인	예준이와 급식도우미를 하고 있었습니다.
하준	정확히 말해주시기 바랍니다. 각자 어떤 일을 하고 있었나요?
증인	저는 탕수육을 나눠주었고 예준이는 틱톡젤리를 나눠주었습니다.
하준	그렇다면 피고 최예준군은 충~분히 아~무도 모르게 틱톡젤리를 2개 이상 가져갈 수 있는 상황이었겠군요?
보라	존경하는 재판장님. 지금 검사 측은 유도심문을 하고 있습니다.
판사	인정합니다. 검사 측 계속하세요.
하준	(얄밉게 웃으며) 이상입니다.

검사 하준, 판사를 향해 공손히 인사한다.

방청석의 캐롤은 이게 무슨 일인가… 싶다.

괜히 주변을 두리번거리며 '나만 이상한가…?'

피고 측 변호인 보라, 심호흡 크게 하고 앞으로 나와 증인 심문한다.

보라   증인, 증인은 학교에서 불리는 별명이 있죠?
증인   네.
보라   무엇인가요?
증인   (부끄러운) 똥싸개입니다.
캐롤   풉...!!

방청석의 캐롤 웃음 터진다. '누가 감히...!!' 하는 표정의 보라와 눈이 마주치고 캐롤은 쫄아서 눈치 보는.

보라   좋습니다. 똥싸개라는 그 별명. 누가 지어줬죠?

망설이던 증인, 손가락으로 피고석의 예준을 가리킨다.

증인   최예준이요.
       제가 수업 중에요, 너무 급해서요, 저는 분명히 저는 화장실에서 오줌만 눴는데요, 쟤가요, 나 보고 똥 싸고 왔다고 놀렸어요.
보라   어떤 기분이었나요?
증인   억울했고요, 화가 났어요! 저 자식 순 나쁜 놈이에요!

보라, 의미심장한 미소 짓는.

| 보라 | 존경하는 재판장님. 이와 같이 증인은 현재 피고에 대해 객관적인 진술을 할 수 없는 상황입니다. 이 점 감안해주시길 바랍니다. |
| 판사 | 인정합니다. (시계 보곤) 잠시 휴정하겠습니다. |

검사 측 하준과 증인 분해하는 와중에 휴정한다.
캐롤, 보라에게 다가가 인사한다.

캐롤	안녕. 너가 보라구나! (손 내밀며) 반가워. 언니는,
보라	법정모욕죄가 얼마나 무서운지 어른이 그런 것도 몰라요?
캐롤	어...? (손이 민망한)
보라	누가 신성한 법정에서 웃어요? 무슨 어른이 그런 거 하나 못 참아요?

| 복순(E) | 어떻게 참아. 이렇게 좋은데. |

S#6. ◆ 인왕산 약수터 (낮) / 산 장소 무관

캠코더 화면. 등산복을 입은 할머니 복순과 할아버지 국환이
손을 꼭 잡은 채 벤치에 앉아 인터뷰하고 있다. 소녀처럼 해맑은
복순과 사람 좋은 미소 짓는 국환.

| 복순 | 참을 수가 없어. 너무 좋아~ |

아저씨를 여 인왕산 와가, 보자, 우리가.

국환   경칩 날!

복순   맞다. 경칩 날 처음 만났다.

애슐리(E)   그러면 그때부터 썸타신 거예요?

복순   섬은 무신 놈의 섬~ 섬타다 임종이다. 바로 오늘부터 1일
이제.

　　　　남편 여의고 애들 시집 장개 보내고 나이 여가 막 뻥 뚫린
거 같대.

　　　　경청하는 제이와 애슐리의 표정. 훈훈하다.

　　　　다시, 캠코더 화면.

복순   고때 찾아왔십니더. 내 사랑 우리 아저씨 맞지요?

국환   (맞장구치는) 맞지요. 허허.

복순   사랑합니데이~

국환   사랑합니다~

복순   천생연분이다. 천.생.연.분!

국환   천.생.연.분!

복순   죽을 때까지 안 떨어질기다!

국환   …

복순   우리 이거 반지도 해쓰요~

국환   (맞장구치는) 반지도 했어요.

복순   같이 있으면 너~무 좋고 떨어지면 보고 싶고.

국환   떨어지면 보고 싶지.

복순	내 인생 끝 사랑이다. 끝 사랑!
국환	...
복순	(국환 노려보는)
국환	(안 들린다는 듯) 뭐라고?
복순	이 노인네 또 안 들리는 척하네. 아니 내가 뭐 말만 하면.

캠코더 화면 황급히 다른 곳으로 옮겨지는.

다툼이 깊어지자 제이와 애슐리 성급히 인사드리고 자리를 뜬다.

S#7. 인왕산 벤치 (낮)

제이와 애슐리 벤치에 앉아 있다. 애슐리, 보온병의 차를 제이에게 건넨다.

애슐리	되게 보기 좋다, 그쵸?
제이	하하. 네. 그러네요.
애슐리	우리 엄마 아빠는 서로 소 닭 보듯 하셔서 나이 먹으면 연애감정도 다 사라지는구나 했는데. 아닌가 봐요.
제이	그러니까요. 저런 인연 한 명 만나는 것도 참 복인 것 같아요.
애슐리	(눈치 슬쩍) 제이는 이상형이 어떻게 돼요?
제이	네?
애슐리	아니, 인연. 그 인연 얘기 나왔으니까.

애슐리, 아닌 척하며 제이 대답 귀 기울이는데.

제이　어... 글쎄요... 음... 아, 저는 그.

제시　(말 끊고) 제이, 나 사진 좀 찍어줘!

제이의 말 끊고 사진 찍어달라고 하는 제시. 애슐리는 눈치 없이 끼어드는 제시 때문에 김이 샌다. 아이젠부터 폴, 고가의 백팩, 얼음도끼까지 풀착장이다. 제이, 제시의 인스타 업로드용 허세 사진 찍어주고 다시 앉는데.

애슐리　하... 저 허세 어떡할 거야...

　　　둘레길 오면서 얼음도끼가 웬 말이야...

제이　하하. 왜요. 귀엽잖아요, 제시.

애슐리　아뇨? 하나도 안 귀여운데요?

　　　제시가 왜 제신 줄 알아요?

제이　프랑스 유학할 때 쓰던 이름이라고 하던데요.

애슐리　프랑스는 무슨. 파리바게뜨나 갔겠지.

　　　본명이 함재식이라서 제시예요.

제이　(웃는)

애슐리　왜 저래, 정말? "인생이 거짓말"이잖아요.

　　　난 저런 "거짓말쟁이" 딱 질색이에요.

제이, "인생이 거짓말", "거짓말쟁이"라는 말에 웃다가 표정 굳어지는.

S#8.   플래시백 / EP.5 28신 다음 상황
/ 건물 밖 (낮)

이근호   나중 같은 소리 하네.

제이   (두리번거리며) 여기가 어디라고 찾아와요? 제정신이에요?!

이근호   (제이에게 다가가며) 제정신...? 제정신...

이근호, 제이의 머리채를 잡는다. 제이는 반항하지 못한 채 눈만
근호를 노려보는.

이근호   하, 이 새끼 눈빛 봐라. 하여튼 시팔 영화가 애들 다 버려놔요.
니가 무슨 〈무간도〉 찍는 줄 알아?
넌 그냥 산업 스파이야, 이 새끼야.
그냥 개처럼 내가 시키는 것만 하면 돼. 알아들어?

제이   ...알겠습니다.

이근호, 제이 머리 놔주는.

이근호   길거리로 나앉게 생긴 거 들여다 밥 맥여줬더니...
마젠타에 남아 있는 니 직원들, 아니 니 친구들 빈 책상에
서 벽만 보면서 일하게 해줄까? 어? 내가 지금이라도 들어
가서 여기 내가 심어놓은 쁘락치 새끼 있다~ 사발 한번 풀
어줘?!

어찌할 도리가 없는 본인 처지에 시선 떨구는 제이.

이근호   일주일 준다.

너 그 안에 "내가 알아오라고 시킨 거" 꼭 갖고 와.

이근호 노려보는 제이 눈빛에서.

애슐리(E)   제이! 제이!!

S#9.   인왕산 벤치 (낮)

제이, 수심 가득한 눈빛으로 애슐리 바라보는.

애슐리(E)   제이!!!

제이   아, 네...

애슐리   괜찮아요? 왜 불러도 대답도 없고...

제이   아, 네. 아무것도 아니에요.

애슐리   (시계 보곤) 빨리 가요. 오늘 갈 데가 많네.

(일어나며) 제시! 사진 그만 찍고 이동합시다!!

복잡한 표정으로 애슐리 바라보는 제이.

S#10. 패밀리 레스토랑 (낮)

시끄럽게 뛰어다니는 아이들. 그런 아이들 한심한 표정으로 바라보는 보라. 보라 앞에는 캐롤과 필립이 앉아 있다.

보라   에이, 정말. 이래서 노키즈존으로 가야 된다니까.

캐롤   저... 보라야. 다시 인사할게. 반가워. 언니는 초록이 언니야. 정초록.

캐롤을 마냥 바라보는 보라. 뭔가 꿰뚫어 보는 듯한 눈빛에 캐롤은 민망하고 불안하다.
어떻게든 어색한 분위기를 풀어보려는 캐롤. 준비해온 핸드폰의 메모를 본다.

캐롤   그... 보라는 〈신비아파트〉에서 누구 제일 좋아해?

보라, 여전히 대답 없이 캐롤 바라만 본다.

캐롤   하하... 언니는 강림이 제일 좋아하는데. "마방진 구속!!" (반응 없자) 하하... 크크루빙뽕... 어쩔티비...

보라   우리 오빠 어디가 좋아요?

캐롤   어?

보라   얼굴이겠지 뭐. 다들 그러던데.

캐롤   아니 그게,

보라	결혼할 거예요?

마시던 물 뿜는 캐롤, 딸꾹질하기 시작한다.

필립	캐롤, 숨 깊게 들이마시고 참아봐요.

캐롤, 숨 깊게 들이마신다.

필립	(시계 보며) 그리고 5분만 있어봐요.
캐롤	(시키는 대로 하다가 째려보는)
	아무튼 보라야. 우리는 그런 게 아니라,
보라	아니라? 결혼은 안 하고 연애만?
캐롤	아... 그러니까 마냥 아닌 건 또 아닌데 뭐냐면.
보라	괜찮아요. 뭐 결혼이 사랑의 완성은 아니니까.
	무슨 정씨예요? 동성동본은 시대착오적인 제도지만 사람
	들 시선이라는 게 있잖아요.
캐롤	...필립, 정씨였어?
보라	휴...
필립	(어린이 대하듯) 보라야, 오빠랑 언니는 남자 여자야. 동성
	이 아니라.
캐롤	보라는 남자친구 있니?
보라	(코웃음) 아뇨~? 남자친구 사귈 시간이 어디 있어요?
	중학교 입시가 코앞인데?
	저희 선생님이 그랬는데 5학년이 인생에서 제일 중요한 시

기랬어요.

캐롤	(혼잣말) 그 소리 매년 들을 텐데...
보라	뭐라구요?
캐롤	아, 아냐...

여전히 어색하고 차가운 분위기에서.

S#11. 개발실 (낮)

1신과 같은 구도. 헤드폰을 쓴 강휘가 코딩을 하고 있고 맞은편엔 태주와 성범이 함께 노려보고 있다. 스티브와 모니카, 그 모습을 보곤 병준에게 묻는다.

스티브	무슨 일이에요?
병준	성범 씨가 전에 만들었던 어플. 〈리멤버유〉.
모니카	그 축의금 낸 사람들 이름이랑 금액 정리해주던 가계부 어플이요?
병준	(끄덕) 그게 망한 이유.
스티브	그거... "중학생"이라는 해커가 해킹해서 다 풀지 않았나? 실명 공개돼서 연예인들도 겨우 이거밖에 안 냈냐고 한참 시끄러웠던 걸로 아는데.
모니카	그리고 얼마 안 가서 망했잖아요. 아까웠어요. 블루오션 찾는 인사이트*가 좋았는데...

병준   (강휘 가리키며) 그 중학생.

스티브   아... 근데 병준 씨는 표정이 왜 그래요?

병준   (자신 가리키며) ...그 동업자.

스티브   아...

cut to, 성범 태주와 강휘의 대화.

곽성범   (노려보며) 왜 그랬어?

강휘   (심드렁) 뚫리길래요.

곽성범   뭐 때문에...?

강휘   (심드렁) 심심해서요.

태주   닉네임은 왜 중학생이야? 사람 더 열받게?

강휘   닉네임 아닌데? 저 그때 중학생이었어요.

곽성범   하...하... (화 삭이는)

태주   있잖아... 나는... 니가 싫어...

           아니, 니들이 싫어.

           사람들이 서로 모셔가려고 굽신굽신대니까 니가 뭐 대단
           한 엔지니어라도 된 줄 알지? 워즈니악이라도 된 것 같아?

           아니? 넌 그냥 시대 한번 잘 만났을 뿐이야.

           코딩 좀 한다고 군대도 안 가고 여기에서 꿀 빨잖아.

           니들 코딩에는 낭만이 없어 알아? 그저 돈, 돈, 돈!!!

           게임이 좋아서? 아니! 코딩이 좋아서? 아니!! 그저 돈, 돈, 돈!!!

태주의 독백에 가까운 가열 찬 일침이 끝나고...

강휘　　(심드렁) 이제 일해도 되죠? 버그 수정할 게 산더미던데.

　　　　(헤드폰 쓰는)

태주　　(뒤돌아 앉은 강휘에게) 으아아!!

사태를 진정시키러 온 스티브와 모니카.

스티브　어어, 태주 씨 진정해요. 릴렉스, 릴렉스...

　　　　병준 씨, 태주 씨 좀 모시고 가요.

　　　　하... 참... 이게 무슨 일인지. 우리 도와주러 오신 분한테.

모니카　하하... 그러니까요.

　　　　세대는 달라도 우리의 롱텀골*은 결국 베러플레이스 댄 나

　　　　우*잖아요?

　　　　[자막-롱텀골: 장기목표, 베러플레이스 댄 나우: 지금보다 나은 세상]

　　　　MZ 세대라는 것도 결국 뤠거시미디어*가 만들어낸 라벨

　　　　링*일 뿐인데.

　　　　[자막-뤠거시미디어: 정보 시대 이전 지배적인 대중매체, 라벨링: 낙인]

강휘, 헤드폰 벗고 뒤돌아 모니카에게.

강휘　　레거시 미디어.

모니카　네?

강휘　　l.e.g.a.c.y. R이 아니라 L이니까 뤠거시가 아니라 레거시.

(다시 헤드폰 쓰고 돌아앉는)

모니카   너 몇 살인데? 얘! 얘! 너 몇 살이니?

스티브   (모니카 말리는) 워워, 모니카... 모니카... 릴렉스...

미안해요. 우리 직원들이 좀 날이 서 있네요.

(악수 청하는) 반가워요. 나 맥콤 CEO 스티브예요. 잘 부탁

해요.

강휘, 스티브 가만히 바라보더니 악수 받아준다.

강휘   저는 예전에 한 번 뵌 적 있는데.

스티브   정말요? 제가 왜 기억을 못 했지?

이야, 우리 인연이네. 어디서 뵀었죠?

강휘   몇 년 전에 포카전에 기부금 전달하러 오셨을 때 봤어요.

반갑게 웃던 스티브, 표정 차갑게 변하는.

스티브   ...카포전?

강휘   포카전.

스티브   음... 포항공대... 나오셨구나. 공부 잘하셨나 보네.

강휘   네. 둘 다 붙었는데 포스텍 갔어요.

대전공대는 원래 많이 뽑잖아요.

스티브   대전...... (화 삭이는) 공대...?

...좋아요... 여튼 앞으로 잘 부탁합니다.

강휘, 모니터를 가리키며 '이제 일해도…?'라는 듯한 표정.

스티브	(돌아앉은 강휘에게) 우리가 이제 엑싯을 목전에 두고 있는 중차대한 시기니까.
강휘	나는 엑싯 했는데.
스티브	후… 네. 그러니까 더욱 잘 부탁…
강휘	마젠타한테 투자받아서.
스티브	너 몇 살인데? 어? 너 몇 살이니?

종환(E)	일흔두 살이올시다.

S#12. 탑골공원 (낮)

캠코더 인터뷰 화면.
장기 두는 할아버지 인터뷰. (점잖고 교양 있는)

종환	우리는 늙어간다고 하지를 않고 익어간다고 말을 해요. 사랑을 하는 짝도 중요하지만 이렇게 저녁 강물 같은 벗 하나 있으면 그 인생 잘 산 인생이에요.

경청하는 애슐리와 제이 표정.

친구	장군!

종환	어... 포가 분명 저기 있었는데 어떻게 이리 오니?
친구	뭔 쉰소리야. 장군 받어!
종환	하, 나 이런 시부럴. 개버릇 남 못 준다고, 염병.
	누가 일제 앞잡이 집 자식 아니랄까 봐.
친구	그 얘기를 왜 해!
	그 얘기를 왜 또 꺼내느냐고!

캠코더 급히 녹화가 꺼지고.

cut to, 다른 인터뷰. 가운데 할아버지 한 분과 양쪽의 할머니 두 분. 가운데 할아버지는 뭔가 난감한 듯 먼 산만 바라보고. 한 할머님은 잔뜩 골이 나 있다.

금순	내가 옛날부터 이렇게 듬직한 사람 좋아했어요.
	근데 이래 내 맘을 몰라요. 데이트 좀 하자 캐도 그저 어린 여자만 좋아해 가지고.
경자	언니, 내가 뭐가 어려~ 나도 빠른 48이야.
금순	아니 어디 광복도 못 본 게 까부냐구!

이번에도 다툼이 깊어지자 캠코더 그들과 슬슬 멀어지는.

S#13. 탑골공원 정자 (낮)

제이, 핸드폰 보면 이근호에게 온 부재중 전화가 잔뜩 쌓여 있다.

난감해하고 있는데... 옆에서 그런 제이의 모습 보고 있던 제시.
의미심장한 눈빛이다.

제시   뭐 해?

제이   아, 네! 그냥 생각 좀...

제시   (옆에 와 앉는) 하이고... 오랜만에 좀 걸으니까 좋네.

제시, 괜히 먼 산 보며 뜸 들이다

제시   진짜 얘기 안 할 거야?

제이   네?

제시   이제 그만 털어놔.

제이   아... 무슨 말씀이신지...

제시   제이 표정 연기 진짜 못한다. 내가 진짜 모를 거라고 생각

        했어?

        다 티 나.

제이   아... 아니... 그게...

제시   제이, 그렇게 안 봤는데 사람 좀 지치게 하네.

        진짜 내 입으로 얘기해?

제이   제시... 그게 사실은...

제이, 어찌할 줄 몰라 식은땀 흘리는데.

제시   어제 내 인스타 스토리 확인했지?

제이	네?
제시	내가 쳇 베이커 LP 스토리에 올린 거 봤잖아.
	그거 밑에 다 떠. 근데 왜 팔로우는 안 해?
제이	아... 어... 하하... 네. 죄송해요.
제시	맞팔 안 해줄까 봐 그래? 내가 팔로잉 100명으로 맞추는 사람이라서?
	나 섭섭해. 우리 식구잖아. DJ 소다 언팔하고 제이 팔로우할게.
	나 팔로우해. 알았지?
제이	하하... 네. 알겠습니다.

애슐리가 도시락 찬합을 들고 등장한다.

애슐리	무슨 얘기를 그렇게 나눠요?
제시	아, 별거 아냐.
애슐리	제이, 아침 안 먹고 왔죠?
제이	네. 오늘 늦게 일어나서...
애슐리	늦게 일어났구나. 나는 좀 일찍 일어나서 이걸 준비했어요!
제이	(보면)
애슐리	(찬합 펼치며 주절주절) 아니 뭐 대단한 건 아니고~ 브런치 느낌으로 간단하게 해봤어요. 부담은 갖지 마시고! 제가 평소에 요리가 취미라 이런 건 눈 감고도 뚝딱인데 (찬합 텅 비어 있는) 어? 어디 갔지?
	보이질 않네?

제시	아, 그거? 나도 아침 안 먹고 와서 아까 미리 먹었어.
애슐리	우와! 근데 왜 얘기도 안 하고 드셨을까?
제시	애슐리 짜게 먹더라. 몸에 안 좋아. 나처럼 채식해.
애슐리	우와! 채식하시는구나! 근데 채끝살로 부친 육전은 왜 사라졌지?
제시	어, 나 플렉시테리언이라 경우에 따라서 육식해.
제이	(두 사람 사이 중재하며) 괜찮아요. 저는 배 안 고파요. 배고프면 이따 사 먹으면 되죠.
제시	(거봐~ 하듯 애슐리 보며) 배고픈 사람 먹으라고 싸온 거 아냐?
애슐리	그건 그런데...
제시	3단 도시락으로 여성스러움을 어필하는 거 그거 되게 구시대적인 방법이야. (얄밉게) 아, 물론 애슐리가 우리한테 그런 어필을 하려는 건 아니겠지만. (빙긋)
애슐리	(복화술 하듯 ASMR 하듯 들리지 않게 욕하는...) 스블스끄...그스끄...
제시	(시계 보고) 자, 이제 실버타운 가야 됩니다. 고고!!

S#14. 개발실 (낮)

아주 먼발치에서 강휘 노려보는 스티브와 직원들.
그런 직원들 아랑곳하지 않고 일하는 강휘. 모니터를 뚫어져라 바라보곤.

강휘   이대론 안 돼...

S#15.   법원 앞 주차장 (낮)

◆

차에서 내려 급하게 뛰는 보라와 캐롤 필립.

보라   오빠 때문에 늦었잖아!!

            판사님이 시간 약속 얼마나 중요하게 생각하는데!!

필립   미안해, 보라야!! 주차한 데를 까먹어서!!

캐롤   그러게 주차 번호 사진을 왜 셀카로 찍어!!

            걱정하지 마, 보라야. 꼭 승소할 거야!!

보라   당연히 이기죠!!!

하다가, 보라 앞에 무언가 발견하곤 달리기 멈추는.

보라   ...쟤만 없으면요.

보면, 하준과 그의 어머니, 위풍당당한 자세로 차에서 내린다.
차종(아우디)과 넘버(5257)가 크게 보인다. 차 앞에서 맞닥뜨
리는 하준과 보라 일행.

하준   강심장이네. 재판 중에 밥을 다 먹고 오고. 자신 있나 봐?

보라   배심원들은 이미 우리 쪽으로 넘어왔어. 비겁하게 증인 매

수나 하지 마. 증거재판주의 몰라?

하준 난 그런 건 몰라. 이기는 법밖에는.

서로 노려보던 하준과 보라. 묘한 긴장감이 감돈다.

S#16. 타운홀 (낮)

강휘가 단상 위에 있고 스티브, 모니카, 찰스를 비롯한 개발직원들이 자리에 앉아 있다. 직원들은 다들 뾰로통한 표정.

강휘 제가 이 회사에 온 지 반나절도 안 됐지만 다들 절 어떻게 생각하시는지 알아요. 이상할 것도 없어요. 어디서든 그랬으니까.
근데 일하러 왔으니까 일을 잘해야 될 거잖아요?
전 대체복무로 여기 왔지만 시간만 때우다 갈 생각은 없거든요.

심드렁하게 듣는 직원들.

강휘 보다 보니 〈어게인〉 될 것 같은 느낌이 들어요.
잠재력이 커요. 시장성이 있어요.
근데 그만큼 허점도 많았어요.
뭐랄까...? 돈 벌 생각이 없는 것 같아요.

우리 동호회 아니잖아요. 엑싯 안 할 거예요?

자, 솔루션 시작합니다.

여전히 심드렁한 표정의 직원들. 몇몇은 코웃음을 치기도 한다.

강휘   자, 우선 하루 2번씩 매칭 카드 시스템이 있죠?

매일 정오 12시, 자정 12시에 랜덤으로 매칭 카드를 주는데.

이거 〈하우매치〉에서 하던 거 그대로 가져온 거죠?

개발자들 시선 피하는.

강휘   하... 노인들은 일찍 자고 아침잠이 없잖아요. 실용성이 없어요.

아침 7시, 저녁 7시로 바꿔요.

곽성범   (손 들고) 어, 그게 그렇게 되면.

강휘   (말 끊고) 카드에 상대방 사진은 필터 넣어서 흐릿하게 할 거예요.

필터 제거하려면 유료 아이템.

그리고 메시지 삭제하기 기능이 없던데요?

메신저엔 이거 필수예요. 메시지 삭제하려면 유료 아이템, 삭제한 메시지 읽으려면 유료 아이템. 사람 심리를 이용하는 거예요. 지우고 싶은 수치심, 대체 뭐길래 지웠을까 하는 호기심.

스티브, 강휘의 건방진 모습에 같잖고, 화를 겨우 참아내는 듯한 표정이지만 모니터를 보면 밑줄에 별까지 치며 솔루션을 꼼꼼히 적고 있다. "매칭 카드 아침 저녁 7시, 아침잠 없음, 필터 제거 유료, 메시지 삭제하기 유료, 수치심, 호기심."

강휘   그리고 리텐션 지금보다 더 높이려면 이 서비스가 아예 어르신들의 일상이 되어야 해요. 밥 먹을 때, 약 먹을 때 할 거 없이.
"복약 시간 알리미." 약 먹는 시간까지 〈어게인〉은 붙어 있을 거예요.
제가 만든 알고리듬 있는데 그냥 드릴게요.
물론 이 많은 걸 그냥 드릴 생각은 없어요.
제 솔루션에 알고리듬까지 드릴 테니 지분 7%.
이게 내 딜이에요.

강휘의 일장연설에 장내 술렁이고...

스티브   3%.

강휘   6%.

스티브   4%.

강휘   5%.

스티브   4.9%.

강휘   콜. 4.9%.

스티브   오케이! 내가 이겼어!!!

스티브, 어린아이처럼 기뻐하는데.

강휘   아, 그리고 이게 가장 중요한 건데
        노인들한테 등급 매깁시다.

강휘의 발언에 기뻐하다가 강휘 바라보는 스티브.

스티브   ...뭐?

S#17. 실버타운 애슐리 장소 / 제이 장소 – 교차 (낮)

/애슐리 짝사랑 힘들지 않으세요?
할머니   힘이 왜 들어. 좋아. 마냥 좋지, 뭘.

/제이   그럼 더 적극적으로 다가가 보는 게 어떠세요?
할아버지 그게... 안 돼. 이 나이 먹어도 쉽지가 않아. 챙피해.

/할머니 허물 없는 사람이 어딨대. 허물까지 품어주는 게 그게 사
        랑이야.
애슐리   할머니는 언제 그분 좋아한다는 생각이 들었어요?

/할아버지 별게 있나 뭐...
제이   (웃으며) 그래도요.

[ins] 할머니 할아버지 내레이션 위로 애슐리와 제이 몽타주.
제이, 애슐리 서로 힐끗 쳐다보며 신경 쓰는 모습. (EP.5 14신 휘트니 때문에 제이 눈치 살피는 애슐리, EP.3 화폐전쟁 점쟁이의 예언으로 애슐리 살피는 제이)

할머니(E)   계속 보고 싶고

제이, 애슐리 스킨십. (EP.2 8신 애슐리, 제이의 손을 꼭 잡는다)

할아버지(E)   손끝만 스쳐도 좋고

애슐리 새벽부터 일어나서 주방 난장판 만들며 도시락 싸는 모습.

할머니(E)   맛있는 게 있으면 같이 먹고 싶고

제이, 애슐리 인왕산 공원에 나란히 앉아 있는 모습.

할아버지(E)   좋은 걸 보면 생각나고

제이, 애슐리 마주 보고 웃는 모습. (EP.1 5신 서로 농담하고 웃는)

할머니(E)   바라만 봐도 웃음이 나오면 좋아하는 거지.

/멍하니 허공을 보다 깨달은 듯한 제이의 얼굴.

할아버지   봐봐. 늙은이들 사랑 얘기 재미없지?

제이   (웃는)

/애슐리   (웃는)

S#18. 법정 (낮)

보라   저는 이곳에 단 하나의 원칙이 존재한다고 믿습니다.

무죄추정의 원칙. 우리는 비록 10명의 범인을 놓치더라도 단 1명의 억울한 사람이 생기지 않게 해야 하는 것입니다.

따라서 피고의 무죄를 강력히 주장하는 바입니다. 이상입니다.

판사   검사 측 최후 변론 하세요.

하준, 최후 변론 시작한다.

하준   피고에게 마지막으로 묻겠습니다. 피고가 유일하게 먹은 단 하나의 틱톡젤리는 보라색이었나요? 노란색이었나요?

피고   (가물가물) ...노란...색이었습니다.

하준   존경하는 재판장님. 그리고 배심원 여러분. 보시다시피 시중에 나와 있는 틱톡젤리는 포도, 딸기, 사과, 복숭아, 즉, 파랑, 빨강, 연두, 주황색뿐입니다. 노란색 틱톡젤리는 이 세상 어디에도 존재하지 않습니다. 이처럼 피고는 재판의 마지막까지 거짓 진술로 일관하고 있습니다.

보라   이의 있습니다! 복숭아는 얼마든지 노란색으로 보일 수 있습니다.

검사 측은 현재 유도심문으로 피고를 압박하고 있습니다.

판사   기각합니다. 계속하세요.

수세에 몰린 보라. 방청석의 캐롤, 하준의 엄마 발견한다.

보면, 태블릿 PC로 하준에게 실시간으로 대사 전달해주고 있는.

캐롤, 갑자기 법정을 뛰쳐나간다.

하준   배심원 여러분들께 이 재판의 의미에 대해 말씀드리고 싶습니다.

"어린이 모의재판." 이 재판은 단순히 간식 하나를 더 먹은 죄인을 벌하는 자리가 아닙니다.

우리 어린이들이 공정하지 못한 재판을 보고 배우며 자라게 된다면 이 나라의 미래는 끝도 없이 어두울 것입니다.

수긍하는 배심원들의 표정. 안절부절못하는 보라.

하준   따라서 본 검사는 피고인 최예준에게...

이때, 법정으로 급하게 뛰어 들어오는 캐롤.

캐롤   (뛰어오느라 땀 흘린) 껌정색 아우디 5257 차주분!!!

하준모   네?!

캐롤   헤... 제가 박았어요...

하준모   어머, 어떡해!!!

캐롤   나와보세요... 헤헤...

태블릿 PC 팽개치고 뛰쳐나가는 하준 엄마,

캐롤은 퇴장하며 보라에게 찡긋 윙크한다.

보라, 무슨 영문인지 모르겠는데...

하준   어... 그래서... 어... 효소 공구 3차 오픈 겨우 가져왔습니다...

하준 엄마가 두고 간 태블릿 PC에 인터넷 효소 공구 창이 켜져 있다. 어버버하는 하준을 의아하게 보는 보라.

보라, 하준 엄마 자리의 팽개쳐진 태블릿 PC를 발견한다.

cut to,

판사   무죄를 선고한다. 탕탕!

필립, 승소한 보라를 껴안고 기뻐하는데 보라는 캐롤이 나간 문 쪽을 바라보고 있다.

S#19.   타운홀 (낮)

스티브   등급을... 매기자는 거야?

강휘   네. 외모가 훌륭하면 등급 높게, 나이가 많으면 등급 낮게. 자산은 얼만지, 사는 지역은 어딘지, 가족은 있는지, 몇 번째 결혼인지, 건강 상태는 어떤지, 그래서 수명은 대략 얼마나 남았는지 등을 종합해서 유저 별점으로 등급을 매기는 거예요. 그래야 매칭 성공률도 올라가고 서비스 신뢰도도 높아져요.

스티브 이강휘 씨. 여긴 정육점이 아니야.

강휘 휴... 내가 아까 말했죠. 〈어게인〉은 돈 벌려는 생각이 없는 거 같다고. 요즘 고등학생 해커톤만 가도 수익 창출 모델 없는 건 입상도 못 해요.

스티브 사랑에 어떻게 값을 매겨?

강휘 (호통치듯) 안 매기는 거예요, 값이 없으니까!!

강휘의 큰 소리에 조용해진 장내.

강휘 답답한 소리들 좀 하지 마요. 여긴 스타트업이에요. 예? 능력은 안 되는 주제에 겁은 또 많고, 돈 되는 길은 뻔히 보이는데 사람 나쁘다 소리는 듣기 싫고. 아니, 하고 싶은 것만 할 거면 동호회를 하지 왜 사업을 하고 앉았냐고?!

강휘의 팩폭 비스무리한 것에... 모두들 아무 말 못 한다.

강휘 지금 유저 수 늘어나니까 마냥 좋은 줄 알죠? 돈 되는 노인네들만 남겨놔야 한다니까요? 그러려면 고급화가 되어야 한다구! 잘한 사람은 등급으로 어드밴티지 주고! 잘못한 사람은 페널티 주고!

찰스, 조용히 손 들고 한마디한다. 모두 찰스를 바라본다.

285

찰스   우린... 뭘 잘못해서 늙은 게 아니에요.

찰스의 발언에 찰스를 바라보던 모두의 시선. 천천히 강휘를 향한다. 강휘, 수세에 몰린... 당황한 표정. 태연한 척하지만 겁에 질린 것 같기도 하다.

S#20. 차 안 (낮)

재판이 끝나고 돌아가는 캐롤의 차 안. 차 범퍼가 다 나가 있다. 캐롤이 운전, 조수석의 보라, 필립은 뒷좌석에서 코를 골며 자고 있다. 대화는 없이 다소 어색한 분위기. 캐롤이 어색함을 깨려 먼저 말을 건다.

캐롤   오늘 너무 멋있더라, 보라야. 언니 진짜 놀랐어.

보라   ......

캐롤   보라는 그럼 나중에 변호사가 꿈이야?

창밖을 보며 대답 없는 보라. '쉽지 않구나...' 마음 접는 캐롤.

보라   리온이요.

캐롤   응?

보라   〈신비아파트〉에서 전 리온이 제일 좋아요.
　　　　　왜냐면요, 리온이는 원래는 최강림 라이벌이었거든요?

내 친구 하은별이라고 있는데요. 걔는 강림이가 제일 좋대
요. 아무튼 얘는 최연소 퇴마산데요, 아빠가 외국인이고
요. 얘가 세피르 카드라는 걸 쓰거든요?

어린아이처럼 재잘재잘 떠드는 보라와 흐뭇한 미소 짓는 캐롤.

S#21. 실버타운 방 안 (낮)

캠코더 인터뷰 화면. 귀여운 할머니.

계옥   콩닥~콩닥 가슴이 뛰어요. 호호.
내 나이 팔십에 이제야 내 짝을 찾았어요.
그동안 어디 있었는지.
그 사람 만나고, 나는 내가 좋아지기 시작했어요. 사랑이
얼마나 좋은지 젊은이들 알아요? 어? 왔네?

계옥, 해맑은 얼굴로 손 흔든다. 제이 애슐리 제시, 손 흔드는 쪽
돌아보면 곱게 차려입으신 할머니. 직원들의 표정.
방 안의 TV에서 〈동물의 왕국〉, 〈디스커버리〉 같은 동물 다큐
가 방송되고 있다. 펭귄들의 모습.

성우(NA)   연구를 위해 로봇 펭귄 한 마리가 펭귄 무리로 들어갑니다.
펭귄들은 로봇 펭귄을 극도로 경계합니다.

S#22. 카페테리아 (낮)

개발진들을 포함한 직원들이 모여 식사를 한다. 와중 소외되어 샐러드 박스를 든 채 홀로 점심을 먹는 강휘. 알게 모르게 쓸쓸한 모습이다. 그런 강휘에게 찰스 다가온다.

찰스   (태블릿 PC 내밀며)
         저... 미안한데 이거 로그인을 좀 도와줄 수 있어요?
         자꾸 신호등을 고르라고 하는데 눈이 어두워서...

         놀란 듯, 겁먹은 듯한 강휘. 찰스의 로그인을 도와준다.
         찰스, 자연스럽게 강휘 옆에 앉아 자신의 도시락을 꺼내 같이 밥 먹는다. 그런 둘에게 스티브 합류해 함께 점심 먹는 셋.

성우(E)   펭귄 무리가 로봇 펭귄을 경계하는 것은 자신들과 모습이 다르기 때문입니다.

S#23. 차 안 (낮)

차 안 풍경. 이제는 캐롤이 보라처럼 재잘재잘 떠든다.

캐롤   언니는 뭐 좋아했냐면 카드캡터 체리랑 이누야샤랑 아, 천사소녀 네티, 방가방가 햄토리랑 또 뭐 있더라?

288

보라	하나도 모르겠어요...
캐롤	으이구~ 이게 얼마나 재밌는데. 또 뭐 있냐면 달빛천사도 진짜 재밌고 꼬마마법사 레미도 짱이야. 그리고 명탐정 코난도 진짜 꿀잼인데.
보라	어, 저 명탐정 코난 아는데!
캐롤	헐, 그거 아직도 해? 걔 아직도 어린이야?
보라	네!
캐롤	어우야~ 걔 아저씨야~!! 마흔 살도 넘었을걸?? (웃는)

자매처럼 웃으며 대화 나누는 캐롤과 보라. 뒷좌석의 필립은 여전히 자고 있다.

성우(E)	시간이 지나 펭귄 무리는 경계심을 풀고 로봇 펭귄을 자신들의 품에 들어오게 합니다.

S#24. 지하철 (낮)

애슐리 시선에서 제이가 들고 있는 빈 도시락통이 보인다.
무언가 부끄러워지는 애슐리. 그런 애슐리 시선 알아챈 듯 말을 건네는 제이.

제이	꼭두새벽부터 준비한 건데 못 먹어서 어떡해요?
애슐리	(당황) 어! 아니에요. 제시가 맛있게 먹었다니 됐죠. 뭐.

지하철 도착 안내음이 들린다.

애슐리   (손 내밀며) 주세요. 저는 직행 타야 돼서.

제이   (찬합 뒤로 숨기며) 제가 가져갈게요.

애슐리   (의아) 네? 왜요?

제이   저 요리 잘하거든요.

애슐리   (보면)

제이   다음엔 제가 싸올게요.

애슐리   네??

때마침 지하철이 도착하고 문이 열린다.

제이 지하철에 타고 애슐리 얼떨떨한 표정.

성우(E)   펭귄은 자신의 체온을 전달하려 로봇 펭귄을 꼭 껴안습니다.

           함께 긴 추위를 견뎌야 하니까요.

스크린 도어를 사이에 두고 웃는 제이의 모습과 놀란 애슐리 얼

굴에서 **O.L**

6화 엔딩

우리는 늙어간다고 하지를 않고 익어간다고 말을 해요. 사랑을 하는 짝도 중요하지만

이렇게 저녁 강물 같은 벗 하나 있으면 그 인생 잘 산 인생이에요.

EP. 7 FLASHBACK 심리학용어 시나리오 용어

과거를 퐁당퐁당

산업스파이를 손병호 게임으로 잡으려는 스티브

긴하균   야외그림 보여주고 싶다.

이근호 앞에서 보우동 빠진 아기같은 스티브

강휘도 이제 자연스러운 맥콩의 일원

〈원래 제목 후보〉

• GAME → 훈민정음, 손병호게임, 이미지 게임, TRPG

• "해리"가 "샐리"를 만났을 때

• Membership Traing

"우리가 한국의 아마존이 되는 거야."

♡스티브의 게임취향♡
(포켓몬스터 좋아함)

EP.07
FLASHBACK

S#1.   가정집 컴퓨터 방 (밤)

불 꺼진 방. 30대 중반쯤 되어 보이는 남자가 걸그룹 직캠을 보고 있다. 책상엔 걸그룹 굿즈도 보이고 작은 목소리로 노래를 따라 부르기도 하는.

헤벌쭉한 표정으로 과몰입... 노크 없이 부인이 들어온다.

남편, 능숙한 손놀림으로 황급히 음소거 버튼과 alt + tab 키를 눌러 인터넷 창을 작업전환 하는데.

부인	뭐 해?
남편	(정색) 뭘 뭐 해.
부인	뭐 하냐구.
남편	뭐 하긴. 기사 보잖아.
	(딴청) 아유, 하여튼 사업하는 놈들...

PC 화면 보면, 작업전환 된 새 창의 인터넷 기사.

[단독] 마젠타 "고객 음성 데이터 수집은 사실무근" 법적대응 검토

기사의 내용은 유니콘 규모의 커머스 스타트업 마젠타가 고객들의 음성 데이터를 무단으로 수집해 광고에 활용한다는 의혹과 이를 부정하는 CEO 이근호의 반박.

부인	설거지 냄새나게 저거 며칠째 그냥 쌓아둘 거야?
	인간적으로 니가 먹은 건 니가 치워라. 응?
남편	나만 먹었냐? 같이 먹어놓고 난리야.

부인	야, 젓가락 2개 썼다.
	빨리해!
	저거 기름때 시간 지나면 "주방세제" 써도 안 닦인단 말이야!!

**(인터넷 기사 하단의 배너광고 "주방세제"로 바뀐다.
배너광고-뽀드득 레몬향 베이킹소다 주방세제)**

남편	아, 쫌 알아서 할게. 잔소리 좀 하지 마.
부인	누군 잔소리하고 싶어서 해?
	(젖은 허리띠 꺼내며) 그리고 너 내가 "세탁기"에 이거 넣지 말라고 그랬지? "세탁기" 망가진다고!

(배너광고-내구성 최고! 전자동 통돌이형 세탁기)

남편	빨래 내가 한 거 아니거든?
부인	야, 니가 안 했으면 누가...
남편	...
부인	(한숨) 또 니네 엄마 왔구나.
남편	너 내가 니네 엄마라고 하지 말라고 그랬지.
부인	하... 이거 "자물쇠"라도 달아놔야지.

(배너광고-도둑 제로! 휴대가 간편한 비밀번호 자물쇠)

남편	너 뭐가 그렇게 잘났어? 뭐가 그렇게 잘났냐고?
부인	됐고, 너랑 더 이상은 못 살겠다. "도장" 찍자.
남편	그래. 찍자, "도장". "도장" 찍어!!
부인	그래. 찍어, "도장!!!"

(배너광고-가정의 행운을 가져오는 대추나무 인감도장)

키워드에 따라 시시각각 바뀌는 배너광고와 그 위의 이근호의

단호한 표정에서

타이틀 인 '유니콘'

S#2. 회사 앞 도로 (낮)

맥콤 건물 앞 도로. 대형 버스가 한 대 정차되어 있다.

버스엔 "킹왕짱 실화냐? 2018 ㅇㄱㄹㅇ ㅂㅂㅂㄱ 맥~콤한 멤버

십 트레이닝" 따위의 철 지난 MT 현수막이 걸려 있다.

S#3. 버스 안 (낮)

직원들로 가득 찬 버스 안. 자리에 앉아 있는 필립과 캐롤의

대화.

캐롤	이 차 썬팅 되어 있나? 쪽팔려 죽겠네.

현수막 저거 나 입사할 때 쓰던 거야.

필립   근데 왜 갑자기 MT를 가요?

캐롤   내 말이. 또 뭔 바람이 불어 가지고.

제이는 홀로 자리에 앉아 창밖을 보며 생각 중이다.

애슐리가 버스에 오른다. 애슐리 시선에 제이가 닿고...

S#4.   플래시백 / EP.6 24신 / 지하철 (낮)

지하철 도착 안내음이 들린다.

애슐리   (손 내밀며) 주세요. 저는 직행 타야 돼서.

제이   (찬합 뒤로 숨기며) 제가 가져갈게요.

애슐리   (의아) 네? 왜요?

제이   저 요리 잘하거든요.

애슐리   (보면)

제이   다음엔 제가 싸올게요.

애슐리   네??

때마침 지하철이 도착하고 문이 열린다.

제이 지하철에 타고 애슐리 얼떨떨한 표정.

스크린 도어를 사이에 두고 웃는 제이의 모습과 놀란 애슐리 얼굴에서 **O.L**

S#5. ◆ 버스 안(낮)

애슐리, 살짝 상기된 얼굴로 제이의 옆 빈자리 앉으려 하는데…
제이 옆자리에서 허리 굽힌 채 뭔가 줍던 곽성범이 일어난다.
아주 자연스럽게 아닌 척 자리를 지나치는 애슐리.
애슐리가 지나가고 잠시 후 애슐리 쪽으로 시선을 돌리는 제이.
스티브, 버스 앞에 서서 마이크 잡고 진행한다.

스티브   자, 안 온 사람 손 들어보세요!

썰렁한 아재 개그에 스티브와 찰스만 웃고 나머지 직원들은 냉
랭한.

스티브   왜 갑자기 MT를 가는 건지 궁금해하시는 분들 계실 겁니다.
더군다나 시리즈 B 투자 승인을 목전에 둔 이 중차대한 시
기에.
하지만! 마이클 조던은 이렇게 말했습니다.
재능은 게임을 이기게 하지만 팀워크는 우승을 가져온다.

캐롤   (필립에게 작게) 저거 찾는다고 또 밤샜겠네.

스티브   시리즈 B 투자를 받더라도, 우리가 하나로 뭉치지 못한다
면 무슨 의미가 있을까요? 그렇기에 우리는 오늘 하나가
되어야 합니다.
제가 올포원! 하면 원포올! 해볼까요?
올포원!!

스티브가 마이크를 넘겨도 모두 조용한데...

스티브	아무래도 오늘 빨간 날이라 다들 기분이 다르신 것 같은데...
	오늘... 휴일근로 인정입니다~!!!
모두	예!!!!!
스티브	거기에다가~~ 유급휴가!!!
모두	예!!!!!
스티브	올포원!!!!!
모두	원포올!!!!!

S#6.   고속도로 (낮)

신나는 음악과 함께 떠나는 버스 전경.

S#7.   버스 안 (낮)

시끌벅적한 분위기의 버스 안. 스티브는 인솔 선생님처럼 앞자리에 앉아 있다.

핸드폰으로 기사를 보는데 1신의 마젠타 기사. 생각에 잠기는 스티브.

S#8. 마젠타 복도 (낮)

마젠타 복도. 이근호와 스티브가 걸어가고 있다.

지나치는 모든 직원들이 둘에게 인사하고 있다. 둘의 모습이 사 못 웅장하고 멋있다.

엘리베이터에 타는데 문이 닫히면 문에 "7년 전" CG.

S#9. 엘리베이터 (낮)

이근호	펜 챙겼어?
스티브	아, 펜.
이근호	(펜 주는)
스티브	땡큐.
이근호	야, 최고경영자가 이사회 갈 때는 펜 정도는 챙겨라.

스티브, 멋쩍은 듯 웃다가... 조심스레 말을 꺼낸다.

스티브	형, 그... 있잖아.
이근호	뭐?
스티브	형이 말했던 거... 고객 음성 데이터 수집하는 거 말인데... 내가 생각 많이 해봤거든? ...안 될 것 같아.
이근호	(스티브 보는)

스티브	화내기 전에 내 얘기 끝까지 들어봐!
	나도 이해 못 하는 거 아냐. 그걸 해야 고객의 니즈를 정확
	히 알 수 있고 또 수익으로 바로 연결된다는 거.
	근데... 내가 어제 오랜만에 포켓몬스터를 했거든?
	치코리타까지 다 잡아서 도감 완성했는데 기분 째지지.
	근데 세이브를 안 해서 다 날아가버렸어. 이제 다시는 어제
	로 돌아갈 수가 없어. 그러니까 내 말은...

이근호, 스티브 빤히 노려본다. 표정이 오묘하다.

스티브	다시 돌아올 수 없는 선택도 있다는 거야.
	데이터 수집하는 거... 다시 되돌릴 수 없잖아.
	나쁜 일이고...

이근호, 스티브 여전히 빤히 노려본다.

눈치 보는 스티브.

이근호, 별안간 피식 웃음이 터진다.

이근호	하... 하하... 하하하!!!
스티브	미안해. 형.
이근호	아이구 답답아. 여태 그거 걱정하느라 죽상이었니?

엘리베이터 도착하고...

이근호   걱정하지 마. 괜찮아. 이제 그런 건 하나도 안 중요해.

근호, 뒤에서 스티브 어깨 밀며 엘리베이터에서 내린다.

S#10. 이사회 사무실 (낮)

10여 명의 이사회 구성원들이 자리하고 있는 이사회 회의실.
이근호와 스티브 입장한다.

스티브   죄송합니다~ 늦었습니다.

스티브, 긴 테이블 상석에 앉으려는데 근호에게 자리 뺏긴다.
살짝 이상하지만... 그 옆자리에 앉는 스티브.
자리 앞의 서류 보면 "이사회 안건: (주)마젠타 최고경영자 해임
의 건"

스티브   형... 이게 뭐야...?

스티브, 어리둥절한 표정으로 이근호 보는데... 사악한 미소 짓
는 이근호.

S#11.   버스 안 (낮)

현재. 쓴웃음 짓는 스티브.

S#12.   숙소 앞 (낮)

버스에서 내리는 사람들, 짐 옮기는 사람들, 냉장고에 음식 채우는 사람들 모습 등 스케치.

S#13.   마당 (낮)

숙소 앞마당에서 피구 하고 있는 직원들 스케치.
제시의 공격 찬스, 정면에 모니카가 꼼짝없이 아웃당할 상황.

모니카   엄마야!!!

제시, 사악해 보일 정도의 자신만만한 표정으로 모니카 공격하려다가...

제시(NA)   잠깐... 이게 과연 성평등인가? 그렇다고 봐주는 건 성평등일까?
제시, 정신 차려. 넌 성차별주의자가 아니잖아.

아니, 이런 고민 자체가 나는 이미 모니카를 여성으로서 대상화하는 것은 아닐까?

멘붕 온 사람처럼 공 잡은 채 멍한 제시. 모니카 안전한 곳으로 피하는데...
애슐리, 제시에게 공 빼앗아 공격한다. 캐롤의 아웃 위기.

캐롤 꺄악!!!

하는데... 먼지바람만 일고 멀쩡한 캐롤. 눈 떠서 보면.
슬로 모션으로 필립이 과한 멋짐으로 캐롤의 공격 대신 막아주는.
철 지난 로맨스 영화처럼 서로 눈빛 교환하는 캐롤과 필립.

애슐리 필립!! 뭐 해?! 필립 우리 편이잖아!!
필립 에? 아니죠. 애슐리가 우리 편이잖아요?
    어? 제시는 왜 거기 있어요?
    우리 편 왜 다 거기 있지?

S#14. 숙소 안 (낮)

마당에서 숙소로 들어오는 휘트니(미연), 피구를 하고 온 뒤라 땀 흘리는.
냉장고에서 시원한 물 꺼내 마시는데...

| (E) | 말도 안 돼!!! 젠장!! 빌어먹을!!! |

휘트니, 무슨 일인가 싶어 문 열린 방을 몰래 **빼꼼** 들여다보는

데... 어두운 방 안에 스티브와 개발자들이 심각한 분위기로 둘

러앉아 있다.

마치 싸우는 듯한... 삿대질하고 소리치고... 집어던지고...

그런 휘트니 뒤에 제시 조용히 나타난다.

제시	뭐 봐?
휘트니	깜짝이야!!
제시	왜 그래? 방에 뭐 있어?
휘트니	쉿!! (방 눈치 보곤) 스티브랑 개발팀이랑 싸우나 봐요...
제시	연초에 연봉협상 때부터 삐그덕대더니... 결국 일이 나네.
	우리가 나선다고 될 일이 아냐. 모른 척하자.

제시와 휘트니 자리 뜨는데...

S#15. 방 안 (낮)

⬥

어두운 방 안. 스티브와 성범, 태주, 강휘가 빙 둘러앉아 있다.

살벌한 서로의 시선 교환.

태주	용의 계승자 드래곤 나이트는
	흑염룡 드라커스의 동굴로 무거운 발걸음을 옮긴다.
	보면, 그들의 가운데에는 게임북과 카드, 주사위.
	TRPG(말로 하는 롤플레잉 게임)를 하고 있던 것.
	게임 마스터 태주의 해설이 이어진다.
태주	동굴의 초입, 드래곤 나이트는 드라커스의 흔적을 발견한다.
	그것의 정체는... (주사위 던지곤) 저주받은 용의 발톱.
	드래곤 나이트는 공격력 10을 얻었다.
곽성범	버림받은 왕국의 부활을 위하여!
	나 드래곤 나이트 빌헬름 3세가 간다!!
태주	드래곤 나이트는 드라커스의 소굴에 도착했다.
	조용...
태주	드라커스의 소굴에 도착했다.
	드라커스의 소굴에... 스티브!! 뭐 해요?!
스티브	우리 그냥 고스톱 같은 거 치면 안 돼?
태주	단합하자면서요!!
	정 하기 싫으면 당장 나가요!
스티브	알았어...
	(하기 싫은) 나는 파멸의 흑염룡 드라커스다!!!
	왕국을 불태울 폭염을 받아라!

(카드 내밀며) 드라커스 인페르노!!!

태주   드래곤 나이트는 (주사위 던지고) 체력이 반으로 깎였다.

이럴 수가! 고블린 궁수가 드래곤 나이트를 기습한다!

강휘   헤헤헤~~ 고블린 대장장이가 만든

떡갈나무 화살 맛이 어떻냐, 요놈아!!

강휘의 어색한 연기에 일동 정적.

스티브   하... 쟨 좀 다른 줄 알았더니...

태주   (주사위 던지고) 드래곤 나이트의 체력이 100 깎였다.

곽성범   홋... 내 턴을 시작하지. 전갈의 맹독!

성범이 내민 카드에 전갈이 그려져 있다.

전갈 카드 가만히 바라보는 스티브.

태주   (주사위 던지고) 크리티컬 히트! 드라커스는 재가 되었다.

곽성범   홋... 진정한 승부사는 타이밍을 아는 법이지.

의기양양한 성범과 고개 숙인 강휘.

스티브는 카드의 전갈 그림을 빤히 바라보는데...

스티브(E)   형! 형은 전갈자리라니까?

S#16. 빈 가게 (낮)

가게의 외경. "10년 전"이라고 써 있는 간판을 내리고 있는 인부들.

안을 보면 이전의 흔적 없이 리모델링 중인 텅 빈 가게.

인부들과 함께 공사에 참여하는지 작업복을 입고 있는 이근호.

현재의 멀끔한 사업가 이미지와는 다르게 다소 초라한 행색.

스티브	내 말 안 들려?
이근호	(듣지 않는) 거기 선반 들어갈 자리 빼주시고요.
	바닥에 나중에 타일 깔 거예요.
스티브	아니 잘 다니던 회사 때려치우고 갑자기 무슨 식당을 한다고 그래?
이근호	(보지도 않고) 디저트 레스토랑이다~
스티브	(막아서는) 형, 형은 빌 게이츠랑 생일이 똑같아.
	전갈자리는 승부사라구. 타이밍을 아는 진정한 승부사.
	지금 밥집 할 타이밍이야?
이근호	밥집이 아니라 디저트 레스트...
	하, 이 씨... 야, 이리 와봐.

주변의 공사 자재를 의자 삼아 대충 앉는 스티브와 이근호.

이근호	봐, 이것도 사업이야. 너 내가 뭐든 그냥 시작하는 거 봤냐?
	다 철저히 사전조사 하고 들어가는 거라구.
	나 저번에 홍콩 출장 갔다 왔잖아? 일정이 빨리 끝나서 하

루가 비는 거야. 그냥 올 수 있나? 올 때 대만 찍고 왔지. 너 대만이 간식문화는 세계 최고인 거 알지? 거기서 운명을 만났다.

내가 뭘 만들려고 그러냐면... 이거 너만 알고 있어.

스티브, 심드렁한 표정이다.

이근호   카스테라를 이따만 하게 만들 거야.

대왕만 하게. 너 같으면 그거 안 사 먹을래?

한숨 쉬는 스티브.

이근호   그리고 나 이제 술상무 노릇 지겹다.

몸 버리고 맘 버리고 사람 할 짓이 못 돼.

스티브   하~ 형은 어떻게 그릇이 요만해?

우리가 졸업하기도 전에 들어갈 대기업 골라가면서 떵떵거리고 살 때 그 버블 무너질 거라고 누가 알았어?

이근호   ...

스티브   형은 알았어? 몰랐지? 그러니까 집 사고 차 사고 했을 거 아냐.

그다음에 어떻게 됐어? 빚 갚으려고 집 팔았는데.

집값 그렇게 오를 줄 알았어? 몰랐잖아. 나도 몰랐어.

이근호, 아픈 과거에 듣기 싫어하는 표정.

스티브 　　근데... 우리가 모르는 일이 또 일어나고 있어.

이근호 　　(솔깃)

스티브 　　형 페이스북 하지?

내가 심심풀이로 페이지 몇 개 만들어서 웃긴 영상 몇 개 잘라서 올리고 그랬거든?

왜 그 라면 먹는 비둘기나 1 더하기 1은 귀요미 이런 거 있 잖아.

근데 이게 팔로워가 하루에 몇만 명씩 늘더라...?

그랬더니 어떻게 됐는 줄 알아?

이근호 　　(집중)

스티브 　　사업하는 놈들이 이걸 지들한테 팔라고 연락이 와요.

이상하지? 이거 어차피 다 불펌이고 내가 한 게 없는데 돈 이 벌리잖아. 애들이 이걸 왜 돈 주면서까지 살려고 하지? 궁금했지.

근데 더 신기한 게 뭔지 알아?

내 팔로워들은... 광고 보는 걸 안 싫어해.

그냥 웃는다니까? 친구 소환하고 난리야.

이근호, 스티브의 말에 푹 빠져들었다.

스티브 　　비디오커머스. 이게 내 제안이야.

내가 지금 시제품 몇 개 떼다가 팔아보고 있는데...

매출 증가량 보면~ 형 눈 돌아간다.

형, 우리가 한국의 아마존이 되는 거야.

이근호	근데 그걸 왜 나한테 가져오냐?
스티브	(웃는) 내가 다~ 가졌는데 인맥이 없네?
	형 술상무 할 때 사람들 아직 연락하지?
	돈 댈 사람 좀 끌어와줘.
	같이 하자.

솔깃한 이근호 표정에서.

S#17. 마당 (낮)

마당의 그릴에서 고기 구워 먹는 맥콤 직원들.
개발자는 개발자들끼리 즐겁고, 캐롤과 필립도 정답게 그러나 적
당히 사람들 눈치도 봐가며, 찰스와 강휘도 사이좋게 먹고 있다.
애슐리가 고기 굽고 있다.

모니카	어머, 자기 어디서 배웠어?
	육즙이 어떻게 다 살아 있지?
애슐리	마포갈매기에서 1년, 하남돼지집에서 2년.
	실력 하나로 점장까지 달았슴다!
모니카	와, 진짜 예술이다. 돼지고긴데 마블링이 느껴져. 앗...
애슐리	뭐가 느껴진다고요? (술 주며) 드세요.
모니카	훈민정음 나한테 너무 불리해. (마시고)
	크~ 포.도.주랑 마시고 싶다.

드라이한 거랑 페어링 딱일 것 같은... 에이씨!

(또 마시는) 뭐야, 나만 취해.

애슐리, 아직 한 잔도... 에이!

애슐리	누구요? 드세요~
모니카	(곰곰) ...근데 자기 본명이 뭐더라?
애슐리	네. 선생님 제 이름은요~

하는데... 스티브, 그릴의 애슐리에게 다가간다.

스티브	줘. 이제 내가 구울게. 좀 먹어.
애슐리	괜찮아요. 먹으면서 굽고 있어요.
	그나저나... 이제 얘기해주세요.
스티브	뭐?
애슐리	지금 시리즈... 아니, 엄청 큰 투자를 받느냐 마느냐 하는 중요한 때잖아요. 갑자기 단.합.대.회.를 온 진짜 이유요.

뭔가 숨기는 듯한 스티브 표정에서.

S#18. 골프장 (낮)

이근호의 시선. 태양 빛과 골프공을 일직선에 놓는다.
개기일식처럼 보이기도 한다. 골프공이 태양을 완벽히 가리면
골프공에 "일주일 전"이라고 쓰여 있다.

본인 의상과 장비에 있는 브랜드 마크마다 가벼운 키스를 하는 이근호. 그런 이근호를 바라보는 지점장과 상훈.

지점장　　　그러니까 저게 매번 하는 루틴이라는 거지?

상훈　　　아뇨. 저건 본격적인 루틴 가기 전의 프리루틴입니다.

이근호　　　야!! 이리 와!

상훈　　　(근호에게 황급히 달려가며) 이게 루틴이에요.

근호, 주머니의 동전을 꺼내 상훈의 손바닥에 내려놓는다.

상훈　　　하나, 둘, 셋, 넷, 다서, 여서... 아홉 개입니다.

근호, 다시 주머니에 동전 넣고 동전 꺼내 상훈 손바닥에 놓는다.

상훈　　　하나, 둘, 셋, 넷, 다, 여... 여덟 개입니다. 짝수.

동전이 짝수 개로 나오자 어드레스 시작하는 근호.

지점장　　　이대표! 해 져!!

근호, 발 하나하나 무릎 하나하나 손가락 하나하나 천천히 어드레스 잡고 치려는데...

캐디　　　저, 사장님.

이근호	아, 이씨!!! 뭐야?!
캐디	(겁먹은) 앞 팀 좀 딜레이됐다고 잠시 대기하시라고...
이근호	(깊은 빡침) 또?!! 하... 시팔 한두 번도 아니고...

야!! 시동 걸어!!

상훈, 카트 운전하고 근호와 이동하는.

cut to,

이근호, 도착해서 내리는데.

이근호	어이!! 아저씨!! 아니 시팔 올해 안에는 치시는 건가?

골프장을 무슨 전세를...

보면, 스티브다.

이근호	어?
스티브	어...?

S#19. 그늘집 (낮)

어색한 둘. 스티브는 다른 곳을 보고 있고 근호는 스티브 눈치
보며 대화를 시도한다.

이근호	오랜만이다. 그치?

317

스티브	그러게. 형이 나 쫓아내고 처음이지?
이근호	아, 이 새끼 아직도 이러네. 그게 벌써 몇 년 전인데.
	잘 지내냐? 너 방송 나온 건 잘 봤다.
스티브	(비웃는) 고맙네.

근호, 그런 스티브 지긋이 바라보다가

이근호	니가 왜 이러는지 아는데... 진짜 나도 어쩔 수 없었어.
	이사회에서 너 안 내보내면 다 갈아엎고 중국에 팔아버리
	겠다는데 어떡해. 회사는 살려야 될 거 아냐.
	너 카바 치다가 나도 잘릴 뻔한 거 들었지?
스티브	(말없이 듣고 있는)
이근호	그리고... 그때 니가 조금 비협조적이었잖아.
스티브	비협조적? 협조를 해야 되는 건 형이지. 내가 만든 내 회산데!
이근호	아, 새끼. 됐다, 뭔 말을 못 하게 하네.

다시 어색해진 분위기.
이근호의 핸드폰에 텔레그램 메시지가 온다.
"샐리♡님에게 메시지가 도착했습니다."

스티브	(알림 보곤) 살 만한가 보네. 연애도 하고.
이근호	아, 이거...?

스티브의 말을 듣곤 의미심장한 미소 짓는 이근호.

이근호	뭐 노인네들 소개팅 어플 만든다며? 잘돼가?
스티브	(가라앉는) 뭐... 그냥 재밌어.
	나한테 관심 많나 보네.
이근호	(웃는) 니가 임마 방송에서 얘기했잖아. 질질 짜면서.
	노인네들 등급 매기는 거 그거 잘해야 돼. 요즘 같은 때 기사 잘못 났다간...
스티브	그걸 어떻게 알아?
이근호	뭐?
스티브	등급 매기는 거. 내부에서만 나온 얘긴데...
이근호	...니가 그때 방송에서... 아니 잡지에서... 아닌가... 그...

얼버무리는 근호. 그때 상훈, 문 앞에서 근호 부른다.

상훈	대표님!! 이제 출발하셔야 됩니다!
이근호	야, 암튼 그래... 그럼 다음에 보자...!

근호, 황급히 자리 뜬다. 스티브, 그런 근호의 뒷모습 바라본다.

S#20. 플래시백 / 스티브 사무실 앞 (낮)

스티브(NA)	그러고 보니... 이상한 일들이 많았어.

출근한 스티브. 카드키로 사무실 문을 열려고 하는데 이미 열려

있는 문.

의아해하는 스티브 표정.

S#21. 플래시백 / 스티브 사무실 (낮)

PC로 업무 보고 있는 스티브. 메일이 도착한다.

"연결된 Google 계정에서 의심스러운 로그인 시도가 차단됨.

누군가 방금 귀하의 비밀번호를 사용하여..."

의심스러운 표정으로 주변을 둘러보는 스티브.

S#22. 숙소 (밤)

결연한 표정의 스티브.

스티브(NA) 회원 등급제 얘기는 맥콤에서도 소수의 인원만 공유하고
있었어.

그런데 밖으로 나가기도 전에 드롭된 아이템을 이근호가
알고 있다?

내 결론은 단 하나.

직원들의 얼굴을 하나하나 훑는 스티브.

스티브(NA)   이 안에 스파이가 있다.

홋... 감히 내 회사에 스파이를 심었다 이거지.

스파이... 이번 MT가 널 찾아내기 위한 함정이란 걸 모르겠지.

지옥 끝까지라도 널 찾아내고 말겠어.

탐정이셨던 외할아버지의 명예를 걸고!

cut to,

스티브   자... 나한테 비밀 있는 사람.

스티브 얼굴에서 멀어지면... 다섯 손가락 편 채 손 들고 있는 스티브.

스티브   접어.

손병호게임 하고 있는 스티브. 직원 대부분 하나씩 접고...
스티브는 살짝 당황... 하다가 다시 결연한 표정.

스티브   좋아. 그럼 그게 이 회사에서...

캐롤   스티브! 한 사람에 한 번씩이에요.

나지? 블라인드에 회사 욕 써본 적 있다 접어.

전 직원 다 접는. 당황하는 스티브.

스티브	에?! 아니 욕할 게 뭐가 있다고...
	(손가락 접은 찰스 보고)
	아니 찰스... 제가 인터넷 알려드렸잖아요!
찰스	(시선 외면하는)
애슐리	자, 그 대상이 이 방 안에 있다 접어.

다 접는. 스티브로 그 대상이 좁혀지자 당황하는 스티브.
다들 조금씩 취했는지 별거 아닌 일에 환호한다.
모두는 스티브를 놀리며 즐거운 가운데 성범이 질문을 이어간다.

곽성범	자, 그럼 여기에서...
	파동함수 아는 사람 접어.

달아오른 분위기 싸해지는... 그 와중에 개발자들은 전부 접는다.

애슐리	그렇게 하는 거 아닌데요...
모니카	됐어, 내가 할게. 자, 이제 무드 체인지~ 뜨겁게 간다?
	나는 여기에 좋아하는 사람이 있다 접어.

슬쩍 손가락 접는 캐롤. 보면 필립은 그대로다. 캐롤 실망하는
듯하다가...
재채기하는 척하면서 손가락 접는 필립. 캐롤을 보며 윙크한다.
서로 장난스러운 미소 짓는.
둘의 모습 뒤로 애슐리는 제이 손가락 보는데... 3개다.

애슐리(NA) 아...씨... 뭐지... 아까 2개였나... 3개였나...? 파동함수 배웠나...?

휘트니 내 차례지? 나 세게 가요?
(술 한 잔 마시고) 그 사람하고 키스하고 싶다 접어.

직원들 "오오~~" 하며 분위기 오르고.
애슐리, 제이 보는데. 손가락이 2개다.

애슐리(NA) 접었다! 분명 3개였어!!

모니카 왓?! 왓?!! 쏘 하린 히얼~!!*
접은 사람 있지?! 더 가자 더 !!
[자막-What? What? So hot in here~: 뭐야, 뭐야, 여기 수위 진짜 세다~]

잔뜩 달아오른 분위기. 다들 집중하는데.

강휘 저죠? 더 세게 가야죠? (사람들 환호)
그 사람의...
나이를 소인수분해 하면 7을 포함한다. 접어.

다시 싸해지는 분위기. 그 와중에 개발자들은 예리하다며 "이율~" 하는.

323

cut to, 둘러앉은 직원들. 박수 치며 이미지게임 하고 있다.

애슐리   허세 둘!

제시   허세 허세! 꼰대 셋!

모니카와 스티브, 서로 눈치 보면서 박수만 치다가

모니카   꼰대 꼰대 꼰대! 싸가지 셋!

캐롤   싸가지 싸가지 싸가지! 탈모 둘!

성범과 태주 서로 눈치 주며 대답하라고 하는데... 박수는 계속 길어지고...

태주   탈모 탈모! 멋쟁이 셋!

곽성범   멋쟁이 멋쟁이 멋쟁이! 내 여자친구 넷!

아무도 응하지 않고 리듬 타는 박수 소리만 계속되는 가운데... 쓴웃음 짓는 성범.
다시 시작되는 게임.

태주   아저씨 셋!

스티브   아저씨 아저씨 아저씨! 스파이 둘!

스티브만 집중하고... 사람들 저게 뭐지...? 싶은데...

필립   스파이 스파이!

스티브, 필립이 대답하자 갸우뚱하는...

필립   코딱지 셋!
스티브   코딱지 코딱지 코딱지! 첩자 둘!

이번에도 사람들 뭐지 싶은데...

필립   첩자 첩자! 똥냄새 셋!
스티브   똥냄새 똥냄새 똥냄새! 끄나풀 넷!
필립   끄나풀 끄나풀 끄나풀 끄나풀...

뭔가 노리는 스티브와 뭔지도 모르고 호응하는 필립, 둘의 호명만 계속되는 가운데...

cut to,

방 한가운데, 핸드폰 여러 대가 놓여 있다. 그 옆에는 꽤 큰 소맥한 잔.

스티브   자, 가장 먼저 연락 오는 사람이 진실게임.
대답 못 하면 이거 마시는 거야. 알았지?

고요한 가운데 긴장감 감돌고...
제시 알림 울리는데... "업비트 지정가 알림 무블캐시 270KRW"

제시	이런! 태주님! 이제 반등한다면서요?! 강휘님?!
강휘	전 이제 상관없는데요.
제시	아, 씨... 천 원에 샀는데...

스티브(NA)	함재식... 사람 됨됨이로 따지면 가장 못 믿을 인간이지.
	제시가 스파이였다고 해도 놀라기보단 그럼 그렇지 싶어.

스티브	제시. 아까 분명 비밀 있는 사람 접으라고 했을 때 접었는데.
	그거... 나하고 관련된 거야?
제시	네? 아...

긴장감 도는데...

제시	...네.
스티브	(심호흡) 말해봐.
제시	저... 그게...
	스티브 인스타 언팔했어요.
스티브	응?
제시	죄송해요. 근데 저번에 스토리 너무 많이 올리시긴 했잖아요.
스티브	너... 나빠...

휘트니 핸드폰에 쇼핑몰 알림 "오버사이즈 트위드 가디건 신상
입고"

모니카   어, 휘트니 왔다!

스티브(NA)   그래... 생각해보면 미연 씨는 전 직장 얘기를 한 번도 한 적

이 없어.

강휘 씨가 등급제 피티할 때도 분명 있었고...

[ins] EP.6 16신

스티브   좋아. 내 질문은...

태주   (말 끊고) 여기 좋아하는 사람 있어요?!

휘트니   네? 아, 뭐예요!! 헐, 대답해야 돼요? 우와...

어... 네...

태주 괜히 볼 발그레해지고... 옆에 있던 성범도 괜히 볼 발그레

해지는데... 애슐리는 '저거 봐라...?' 하는 표정.

제이 핸드폰의 텔레그램 알림 "해리♡님에게 메시지가 도착했

습니다."

스티브가 보고 있는데 모니카가 핸드폰 낚아채는.

모니카   제이! 뭐야? 여자친구야? 해리가 누구야?

제이   아... 그게...

제이, 난감한 듯... 고민하다가 결국 술 마신다.

모니카   뭐야~ 싱겁게...

            모두의 야유. 어두워진 애슐리 표정.
            스티브 핸드폰 알림 오고... 제시가 스티브 핸드폰 집는다.

제시   오~~ 스티브 걸렸어요!
            나 진짜 독한 거 물어볼 거 있는데.
            어? 이게 뭐야. 새로운 추억이 있습니다. 2015년 내 사랑...

            핸드폰 보면 "새로운 추억이 있습니다. 2015년-내 사랑"
            스티브와 전 부인의 사진첩 아이폰 알림.

필립   대박! 스티브 연애하세요? 어, 근데 2015년이면.

            캐롤, 필립 꼬집어서 눈치 주고...

필립   아...

            뒷모습만 보이던 스티브 얼굴. 식은땀 흘리며 호흡 불안정하다.
            조용히 핸드폰을 들고 밖으로 나가는 스티브.
            그런 스티브 조용히 바라만 보는 모두들.

S#23. 마당 (밤)

가쁜 숨 몰아쉬며 밖으로 나와 앉는 스티브. 공황장애가 온 듯하다. 식은땀 흘리며 괴로워하는.

S#24. 법무법인 가름 대표변호사 사무실 (낮)

스티브의 큰형, 법률 서류를 한 장 한 장 넘기는데 마지막 장에 "6년 전"이라 쓰여 있다.

스티브   지금 뭐라고 그랬어?

큰형   (보지도 않고 일하며)
뭘 물어. 제대로 들었잖아.

스티브   아니 그러니까... 형 말은 지금 나보고...
(헛웃음) 이혼을 하라고?

큰형   그냥 이혼이 아니라 위장이혼.
서류상으로만 이혼이고 나머진 똑같아.

스티브   (머리 싸매는... 짜증...) 아, 씨... 지금 무슨 개소리야...
돈 좀 빌리러 온 동생한테...

큰형, 스티브에게 다가와 얼굴 보며 말한다.

큰형   그러니까. 너 그 돈 왜 필요한데?

너 그동안 회사 말아먹고 대출받아서 투자하고 그러다 결국 니 회사에서 쫓겨나서 나한테 온 거잖아.

너 그 채권 혼자 다 감당할 수 있어?

스티브 그래서 좀 도와달라는 거잖아!

큰형   도와주는 거야. 사업하는 사람들 위장이혼 많이들 해.

나 이게 주력 분야야.

위장이혼, 제수씨한테 재산 분할, 너는 파산 신청. 쉽지?

스티브 (빤히 바라보는)

큰형   왜? 제수씨 못 믿어서 그래?

스티브 아니. 믿어서 그래.

하... 다음에 올게. 괜한 소리 해서 미안하다.

S#25. 사무실 밖 (낮)

쓸쓸한 표정으로 사무실 나서는 스티브.

멈춰 서더니... 본인 처지에 헛웃음이 난다.

(E)   문자 도착음.

보면... 부인에게 온 문자.

"미안해. 더 이상 못 버티겠어. 우리 이혼해."

S#26. 마당 (밤)

마당 벤치. 스티브가 홀로 앉아 있다. 제이 등장.

제이   괜찮으세요?

스티브   어. 안에 공기가 좀... 답답해서.

제이, 옆에 와 앉는다.

제이   그런 걸 플래시백이라고 한대요.

스티브   플래시백?

제이   네. 안 좋았던 기억이 다시 생각나는 거.

평소엔 아무렇지도 않는데 예고도 없이 갑자기.

잊고 지냈던 트라우마가 털끝 하나, 숨소리 하나까지 프레

임 단위로 생생하게 떠오르는... 거라고 의사가 그랬어요.

스티브   제이는 그런 걸 어떻게 알아?

제이 표정에서.

S#27. 이지스 복도 (낮)

복도 바닥에 "1년 전"이라고 쓰여 있는 얼룩. 청소부가 얼룩을

지우면 그 사이로 제이와 상훈 등장한다. 걸으면서 대화하는 제

이와 상훈. 직원들 자리가 거의 비어 있다.

제이	엔지니어들 출근 안 했어?
상훈	밀린 월급 주기 전까진 안 나오겠대...
제이	하... 일단 내 사비로 몇 명만 데려오자.
상훈	네 사비는 서버비 내야 돼서...
제이	후... 미치겠다. 근데... 누가 찾아왔다고?

S#28.　제이의 사무실 (낮)

제이의 사무실. 누군가 제이를 기다리고 있다.

다리부터 올라가서 보면... 이근호다.

제이와 상훈 입장.

이근호	반가워요. 마젠타 CEO 루트리입니다.
제이	안녕하세요. 이지스 CEO 이제입니다. 반갑습니다.

자리에 앉으면

제이	바쁘실 텐데 어떻게 여기까지...
이근호	맞아요. 시간 없으니까 본론부터 얘기할게요.
	이지스 사고 싶어요.
제이	아, 네... 감사하지만 혹시 왜...

이근호　보안 서비스 만드는 회사 왜 인수하겠습니까.

　　　　고객 보안 튼튼히 하려고 하죠.

　　　　제이, 상훈 바라보는데 상훈 고개 가로젓는다.

이근호　선택지는 2개입니다.

　　　　1번. 최대 투자자인 우리가 추가 지분 구매해서 "이지스"는
　　　　마젠타의 완전한 자회사가 된다.

상훈　　(귓속말) 우리 걸 개발하려는 게 아니라 죽이려는 거야.

이근호　2번. 최대 투자자인 우리가 투자금을 회수해서 "이지스"는
　　　　모래처럼 사라진다.

　　　　1분 드리죠. 시간이 없어서.

　　　　근호, 본인의 손목시계 꺼내놓으면 신경질적인 초침 소리 째깍
　　　　째깍 흐르고...

　　　　상훈과 근호의 대화가 점점 제이를 압박해온다. 대화가 진행될
　　　　수록 제이에겐 둘의 말이 나쁜 꿈처럼 들려온다.

상훈　　마젠타 예전부터 고객 데이터 수집 이슈가 있었어.

　　　　자기들한테 방해가 될까 봐 우리 없애려는 거야.

이근호　회사가 휑하던데요? 다들 출근을 안 하시나...?

　　　　프로토타입 나온 지 한참 됐는데 아직 정시 출시일도 없죠?

상훈　　우리가 만들기로 한 것들. 다 물거품이 될 거야.

이근호　듣기론 소송도 진행 중이시라고...?

상훈	이제야, 정신 차려야 돼!
이근호	직원 한 스무 명 되죠? 우리가 투자금 빼면 망하는 건 순식간인데 다 길거리로 나앉게 생겼네.
상훈	우리 걱정은 하지 마.
이근호	직원들 처우는 걱정 안 하셔도 됩니다.
	우리 마젠타에서 일하시게 될 거예요. 물론 대표님도요.
상훈	후회할 선택 하지 마.
이근호	망하면 되니까.
상훈	결정해야 돼!
이근호	똑딱 똑딱.
상훈	이제야!!
이근호	오... 사... 삼...

근호와 상훈의 말들에 싸인 제이, 땀범벅에 멘붕. 쓰러지기 직전이다. 스톱워치의 1분이 다 흐르고... 근호, 시계 가져가려는데... 근호 손 막는 제이. 땀범벅에 바보 같은 표정으로...

제이	(호흡 가쁜) 후... 후...
	하... 하, 하고 싶으신 대로...

S#29. 마당 (밤)

제이	그냥... 책에서 봤어요. (웃는)

스티브   (보는)

제이   뭔가 결정해야 되는데 주변에 아무도 없으면... 너무 외롭

            잖아요.

            저라도 도울게요.

            오늘이 또 플래시백 되면 안 되니까.

스티브   (웃는)

            스티브 핸드폰 문자가 도착하고...

            문자를 보더니 고개 숙여 흐느끼듯 몸 떠는 스티브.

제이   괜찮아요? 스티브...!!

            스티브, 눈물 닦으며 고개 든다.

스티브   응. 괜찮아. 얘네는 결정했나 봐.

            스티브, 핸드폰 화면 제이에게 보여주는데... "맥콤 시리즈 B 투

            자의 건 승인 완료"

제이   헐, 대박!!!!!!!

            스티브와 제이 부둥켜안고 소리 지르는.

            cut to,

            모닥불 피워놓고 소리 지르고 노래 부르며 맥콤 직원들의 시끌

시끌한 축제 분위기.

애슐리는 살짝 멀찌감치 앉아 있다.

제이가 다가와 옆에 앉는다. 애슐리는 아까 "해리♡" 때문에 살짝 기분 상하고 어색한.

제이	뭐 해요?
애슐리	아... 네. 그냥... 뭐...
제이	이야, 그 큰 투자를 이렇게 밤중에 얘기해주냐? 진짜 잘됐다, 그쵸?
애슐리	네. 뭐 그렇죠...

둘의 대화 이어지지 못하고 어색한 분위기.

제이	(문득) 여자친구 아니에요.
애슐리	(보며) 네?
제이	아까 해리라고 온 문자요.
애슐리	(마음을 들킨 것 같아 뜨끔) 누...누가 뭐래요?
제이	친하지도 않고 좋아하지도 않는 그런 사람이에요. 오해하지 마세요.
애슐리	누가 오해한다고 그래요. 그리고 왜 그걸 저한테 말하는지...
제이	그냥요. 애슐리한테 말해주고 싶었어요. 신경 쓰고 있을까 봐.
애슐리	(대답을 찾지 못하는)

336

애슐리, 제 마음을 들킨 것 같다. 괜히 맨땅에 애꿎은 발만 탁탁 굴러본다.

둘 사이에 어색한 침묵이 또 한 차례 흐르다가

제이 (동시에) 저기...

애슐리 (동시에) 저기...

둘이 앗 하고 머쓱하니 눈이 마주친다.

애슐리 얘기하세요.

제이 아뇨. 애슐리 먼저 얘기해요.

애슐리 (망설이다가 쭈뼛) 도시락... 그거...

제이 네?

애슐리 (마음먹은 듯) 도시락 언제 싸줄 거예요?

제이 (무슨 소린가 보면)

애슐리 (횡설수설) 제... 제이가! 다음에 싸온다고 했잖아요... 그... 지난번에 지하철에서... 저한테... 제 도시락통 막 가져가서...

제이, 그제야 무슨 말인지 알아채곤 기분 좋게 웃는다.

애슐리, 제이가 환히 웃는 모습 보고 일순간 마음이 사르르 녹는데 한편으론 뭐지? 비웃는 건가 싶어 그 짧은 시간 안에 혼자서 갈피를 못 잡는 와중에

제이	(불쑥) 애슐리, 내일 뭐 해요?
애슐리	...네?
제이	데이트할래요?
애슐리	네??

그 순간 누군가 쏘아 올린 폭죽이 하늘에 팡팡 터진다.

밤하늘에 터지는 아름다운 불빛이 애슐리와 제이의 얼굴에 밝게 드리운다.

시끌시끌한 직원들 축하파티 뒤 서로 바라보는 둘의 모습에서.

S#30. 숙소 (낮)

다음 날 아침. 축제 분위기가 밤새 길어졌는지 모두들 뻗어 있다.

S#31. 마당 (낮)

부스스한 머리로 밖에 나와 커피 마시는 제이.

스티브가 뒤이어 나온다.

제이	잘 주무셨어요?
스티브	아우... 머리 아파 죽겠어.
	나이 먹고 술 줄은 게 제일 서러워.

제이　　　(웃는) 커피 한 잔 드릴까요?

스티브　　아냐. 가만... 내가 핸드폰 어디다 뒀더라?

제이　　　전화 걸어드려요?

스티브　　어디 뒀지... 응. 전화해봐.

제이, 전화번호부에서 스티브 이름 찾는데.

스티브　　아니, 그거 말고. 나 세컨폰.

　　　　　번호 불러줄게. 010-xxxx-4273.

제이　　　xxxx에 42..73.

제이, 번호 받아 적는데...

제이 핸드폰에 이미 저장된 번호다.

"해리♡ - 010-xxxx-4273"

놀라는 제이. 스티브 바라보는데.

스티브 본인 핸드폰에 저장된 번호 보여주는데...

"이근호 - 010-xxxx-4273"

스티브　　(미소) 잡았다. 샐리.

7화 엔딩

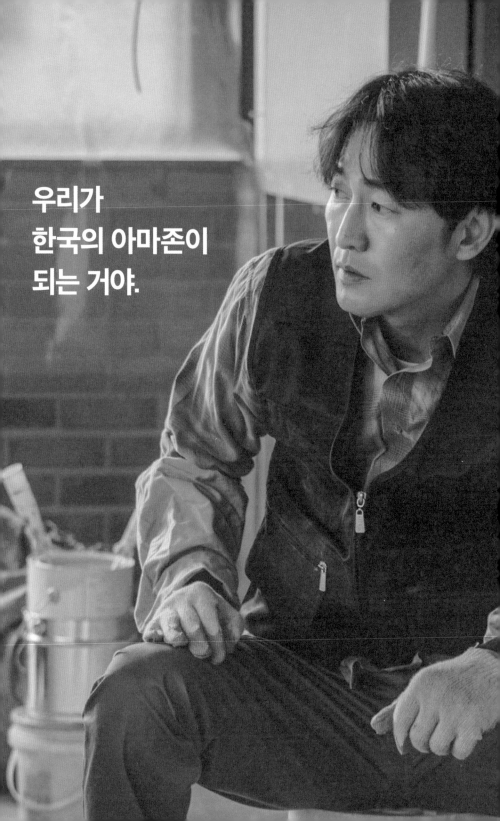

우리가
한국의 아마존이
되는 거야.

EP. 8 콩국수

- 비트코인 암호찾기 대소동
- 애슐리 ♡ 제이
- 체리피커 검거 대작전

찬스의 여야가가 시작되는 ...

굿갑 배드갑 → 굿캅 배더캅

고백 시키는 애슐리. 멋지구 귀여워...

"남궁 ... 뭔가 시작하다 만 것 같은 이름이네요."

멱룸은 다 착한 사람들이니까

체리피커 / 지우는 맥북 받아갔겠지.

젓가락 놓는 사람이 없어서 밥 못 먹는.. - 너무좋아

비트코인 시세 5천만원 예상하고
썼는데 ...

Moonriver

"넌 그냥 터미널 김밥집에 있는
콩국수 같은 거야. 개수 채우기"

EP.08

콩국수

S#1.　사무실 (낮)

이른 아침 사무실. 싱글벙글한 표정의 애슐리. 발걸음 가볍게
출근한다.

애슐리	캐롤! 좋은 아침!!
캐롤	어, 좋은 아침.
	(애슐리 보곤) 뭐야. 왜 이렇게 웃어?
애슐리	(웃으며) 내가? 웃어? 아닌데?
캐롤	(시큰둥) 별일이네.
	금요일에도 죽상인 사람이 월요일 아침부터 쌩긋쌩긋 웃고.
애슐리	(커피 주며) 자, 모닝 아아 한잔하시고~
캐롤	(커피 받고 본격 정색) 진짜 이상하네. 무슨 일 있어?

애슐리, 자리에 앉으며. 여전히 웃는 얼굴로 캐롤에게 대답한다.

애슐리	아니라니까~ 캐롤이 이상하네.
	마카롱도 먹을래?
캐롤	아니. 됐어.
	(뒤돌아 작게) 요새 살찌는 거 같아서...

애슐리, 캐롤의 살쪘다는 혼잣말에 "!!" 귀가 번뜩인다.

| 애슐리(NA) | 직장 동료의 살쪘다는 말에 보통은 이렇게 대답한다. |

[ins-애슐리의 상상]

애슐리   글쎄... 잘 모르겠는데?

애슐리(NA)   혹은.

애슐리   (호들갑) 지금 딱 좋다! 캐롤 원래 너무 말랐었어~

다시 현실.

애슐리(NA)   하지만! 난 보통 사람이 아니지.
나는 북경 나비의 날갯짓에서 허리케인을 읽어내는 경이로
운 인사이트의 소유자이자 수익률 193%의 전설!
투자귀신 돈벌레니까.

애슐리의 투자 특강이 모놀로그 형식으로 이어진다.

애슐리(NA)   캐롤은 원래 살이 잘 안 찌는 체질이야.
그런 캐롤마저 살쪘다고 걱정을 한다는 건
현대인의 비만율에 대한 재고가 필요한 시점이라는 것!

[ins-구글에 비만 관련 자료를 서칭하는 애슐리]

애슐리(NA)   동료의 지나가는 말 한마디에 내가 이렇게까지 확신하는

건... (비장한 표정 두둥!)

나도 이번에 2키로 쪘으니까.

[**ins** - 비만율 증가 수치에 대한 자료들]

애슐리(NA) 역시! 지구는 살찌고 있었어.

자본주의의 역사는 곧 비만의 역사니까.

그렇다면 이 타이밍에 어떤 종목에 투자해야 할까?

"어? 다이어트할 때 닭가슴살 많이 먹으니까... 하림??"

[**ins** - 닭가슴살 업체 서칭 화면]

애슐리(NA) 이렇게 단순하니까 당신은 평생 개미 팔자인 것이다.

인간은 살이 찌면 스트레스를 받고 그 스트레스를 풀기 위해 여행을 가기 마련이지. 실제로 현대인의 비만율과 주요 여행사의 주가 차트가 완만한 우상향의 비슷한 경향성을 지닌다는 걸 확인할 수 있어.

[**ins** - 차트 자료]

애슐리(NA) 이 타이밍에 "오케이! 여행사 풀매수!"를 외친 당신.

미안하지만 아직 개미일 뿐이다.

투자는 생물! 죽은 자료보다 살아 숨 쉬는 인간 심연을 꿰 뚫어 봐야 하는 법.

정작 여행보다 더 많은 소비가 이루어지는 곳...

(눈 뜨며) "공항 면세점!"

갑갑한 일상과 늘어난 체중의 스트레스를 세금과 함께 날려버리는 그곳! 보복소비의 향연! 땅에 있는 천국! 면세점!!!

[ins - 면세점 주식 매수 버튼. 커서만 대고 클릭하지 않는]

애슐리(NA)   면세점 풀매수?

아니지, 여기까지 따라왔다면 당신은 이제 여왕개미쯤 된 것이다.

하지만 (급발진) 우리는 인간이지 개미가 아니야!

투자귀신 "돈벌레"는 그 너머를 바라본다.

애석하게도 우리의 인생은 면세점에서 끝나지 않는다.

집으로 돌아오는 버스에서도

칙칙한 직장에서도 우리의 삶은 계속되지.

[ins - 애슐리의 집. 면세점 쇼핑백 뒤로하고 라면 끓여 먹는 애슐리]

애슐리(NA)   텅 빈 통장처럼 텅 빈 우리의 배를 위로해주는 서민의 이웃. "라면."

[ins - 애슐리 집의 라면 멀티팩들]

애슐리 오늘의 강의 여기서 끝.

2022 3/4분기 돈벌레의 투자선택. "라면회사." (가상의 라면회사)

애슐리, 가상의 라면회사 주식 풀매수한다.

긴장된 애슐리의 표정. 똑딱똑딱 시간 흐르고...

시계 분침이 오전 9시를 가리키면... 거짓말처럼 장이 열리자마자 10% 상승!!!

환호하는 애슐리. 뒤로 폭죽과 꽃가루가 흩날린다. 장엄한 클래식 음악마저 흐른다.

한참을 기뻐하던 애슐리. 핸드폰 알림 울린다. 무료 리딩방 정보 메시지.

"(web 발신) 오늘 ~라면 10%상승 저력 보셨죠. 믿음과 증명으로 가는 ~~리딩방. 특급재료 갑니다. 성양전기 무상증자, 인수합병 공시예정. 단기 30%이상 상승 보장합니다."

애슐리, 문자를 보고 반신반의하는데... 30%라는 숫자가 눈앞에 아른아른...

애슐리의 시선과 문자 메시지가 빠르게 교차한다.

결국 ~라면 주식 풀매도 후 전액을 성양전기 풀매수하는데...

매수하자마자 하한가 때리는 성양전기.

바로 내부자 횡령과 전환사채 발행 등의 악재 뉴스 떠오른다.

하한가 맞는.

허탈한 애슐리 표정. 책상에 고개 박고 쓰러진다.

뒤에 꽃가루 치우는 청소 어머님.

애슐리 고개 숙이고 낙담하는데... 지나가던 제시.

제시   아우... 뭐 이렇게 더워? 날씨가 왜 이러냐? 지구가 미쳤나?

제시의 지나가는 말에 팔랑귀 발동하는 애슐리.

애슐리 ...기후변화?

타이틀 인 '유니콘'

S#2.   **카페 (낮)**

나란히 앉아 있는 스티브와 제이. 스티브는 뒷모습만. 제이의 얼
굴만 보인다.
스티브를 제대로 쳐다보지도 못하는 제이. 겨우 입을 뗀다.

제이   죄송합니다...

스티브 대답 없는.

제이   동기들하고 창업을 했는데... 잘 안됐어요.
마젠타가 회사 통째로 넘기지 않으면 투자금 빼서 망하게
하겠다고 협박을 했어요.

어차피 망할 거 그렇게라도 해보려고 했는데...

바보 같았죠...

우리 기술은 다 폐기하고 동료들은 그만두지도 못하게...

그러다가 이근호가 이번엔 동료들을 담보로 저한테 제안을 했어요.

맥콤에 들어가서 자기가 시키는 대로 하라고...

스티브 눈치 보는데 반응 없는 뒷모습. 제이, 말 이어간다.

제이 네. 이상하시죠... 전 정식으로 지원한 것도 아니고 스티브한테 스카웃된 건데... 전부 이근호가 시킨 대로 했어요.
(눈치 보다가) 클럽하우스에 "대한민국 스타트업 CEO와의 대담" 방 만들어놓으면 스티브가 알아서 들어올 거라고...
그럼 스피커로 올리고 기분 좀 맞춰주라고...

[ins - 플래시백. 클럽하우스 화면. 프로필 사진에 음성]

제이 어? 혹시 맥콤의 스티브님 아니세요? 우와... 스피커로 올라오실래요??

스티브 아유, 안녕하세요~ 하하.

제이 우와, 진짜... 와, 진짜 대박이다. 영광이에요!!

스티브 아유, 무슨~ 하하하. 무슨 이야기들 나누셨어요?

제이 믿으실지 모르겠지만... 여기 들어와서 정작 한 건 없어요.
그럴 재주도 없고...

해리, 아니, 이근호 연락을 그냥 피하기만 했어요.

이근호가 빨리 정보 가져오라고. 하루에도 몇 번씩 닦달했거든요.

마치 마젠타 일보다 맥콤이 더 중요한 것처럼...

제이, 독백 계속 이어가다가... 이상한 듯 스티브 보며

제이   저, 근데...

지금 웃으시는 거예요?

보면, 스티브 활짝 웃고 있다. 기분이 너무 좋은.

스티브   내가? 아니? 너무 화나는데?

(웃음 참는) 자, 다시!

그러니까... 이근호가 날 그~렇게 신경 썼다 이거잖아?

흠... (새어 나오는 웃음) 도대체 왜?? 뭐가 그렇게 알고 싶었을까?

제이   그건...

스티브   (말 끊는) 아니! 내가 직접 알아내지.

S#3. 사무실 (낮)

필립을 꿀 떨어지는 눈빛으로 바라보는 캐롤.

하지만 시선을 받는 필립의 표정은 왠지 모르게 좌불안석이다.

캐롤	내가 필립 사랑하는 거 알지?
필립	네...
캐롤	진심인 거 알지?
필립	네...
캐롤	하지만... 내가 필립 상사인 것도 알지?
필립	네...
캐롤	그래... 그럼 내가 상사로서 필립한테 이번 〈어게인〉 독서왕 이벤트 1등 상품 뭐라고 했는지 기억나?
필립	빅맥 세트....요...
캐롤	근데 이게 뭘까?

보면, 둘의 책상 위에 맥북 세트(PC, 마우스, 에어팟)가 놓여 있다.

PC 화면엔 "1등-맥북 세트"라고 쓰여 있는.

필립	미안... 아니, 죄송합니다...

대역죄를 지은 듯한 필립 표정에 마음 약해진 캐롤. 한숨 크게 한 번 쉰다.

캐롤	휴... 괜찮아.
	이거 환불 처리하고 드롭박스에서 사과문 양식 좀 보내줘.
	최신 버전 말고 저번에 부처님오신날 스님들한테 육포 보
	냈을 때 썼던 거. 그때 글발이 좋았어.
	(종이박스 뒤지고 있는 필립 보고)
	그 박스 말고 드롭박스! 클라우드!!
	휴, 정말... 어...? 필립.
필립	네??
캐롤	이거 이벤트 언제 시작한 거지?
필립	어... 지난달이요.
캐롤	(의심스러운 눈빛으로 팔짱 끼며)
	흠... 그래...?
	니가 한 달 동안 책을 이만큼 읽었다 이거지...?

캐롤의 시선 따라가 PC 화면 보면, 1등 당첨자의 독서량이 372권으로 되어 있다.

S#4.　이근호 집 앞 (낮)

─────────────◆─────────────────────────

평창동 st의 이근호 집 앞. 이른 아침, 조깅을 마친 이근호가 집에 도착한다.
보면, 집 앞에 제이가 기다리고 있다.

이근호	(땀 닦으며) 니가 이제 정신이 나갔구나.
	연애하냐? 나랑?
제이	...
이근호	아침부터 재수가 없을라니까...
	아유, 이걸 그냥 진짜 씨발 확.

근호 손 올라가는데 뒤에서 스티브 등장한다.

스티브	연애하는 거 맞잖아.
이근호	(뒤돌아보면)
스티브	(씨익 웃는) 안녕? 해리가 샐리를 만났네?

이근호, 예상 못 한 스티브의 등장에 놀라다가

| 이근호 | (제이 보고) 하... 씨팔... |

S#5.　이근호 집 거실 (낮)

화려한 이근호의 집 거실. 이근호, 제이, 스티브가 어색하게 함
께 있다.
화난 이근호, 어쩔 줄 모르는 제이와 달리 소풍이라도 온 것처
럼 신난 스티브의 표정.
어색한 공기를 깨고 이근호가 먼저 입을 연다.

이근호	그래서 뭐...
	뭐 씨발 아침부터 구몬학습 왔니? 뭐 어쩌자고?
스티브	(깐족) 아니 왜 화를 내고 그래~
	설명을 들어야 하는 건 나 아닌가?
	왜 그랬어?
이근호	...
스티브	응? 왜 우리 맥콤에 이렇게 잘생긴 스파이를 심어놨어, 형?
이근호	(시선 외면하는)
스티브	말하기 싫어? 내가 얘기해줄까? 오케이, 그러지 뭐.
	형은...
	내가 무서운 거야.

이근호, 스티브 보는데.

스티브	아무리 생각해도 그것밖에는 답이 안 나와.
	말이 안 되잖아? 마젠타가 십분의 일, 아니 백분의 일도 안
	되는 우리 맥콤에 뭐하러 스파이를 심어놓겠어.
	왜? 내가 무.서.우.니.까.
	그래서 애초에 이사회 꼬드겨서 날 쫓아낸 거야.
	근데~ 내가 왜 무섭지?
	형은 애초에 열등감 덩어리였거든.

듣고 있던 이근호... 갑자기 웃음이 새어 나온다. 쿡쿡대며 웃는
다. 한참을 웃다가

| 이근호 | (제이 보고) 이야~ 이 새끼 이거 진짜 아무 얘기도 안 했네? 아... 눈물 나. 하하... |

스티브, 이근호의 반응에 웃음기 사라지는데.

이근호	하이고, 우리 남궁이 아직도 꿈에 사는구나.
	내가 무서워서 널 쫓아냈다고?
	너는 홈런을 쳐놓고 삼루로 뛰는 놈이야.
	다 해놓고도 막판에 조지는 새끼라구.
	하루에도 12번씩 피보팅하자는 놈하고 무슨 사업을 하니?

당황하는 스티브.

이근호	내가 이사회를 꼬셔?
	이사회가 나한테 부탁한 거야!
스티브	웃기지 마...
이근호	참 나. 니가 뭐라고 생각해? 도대체?
	너는... 넌 그냥...
	터미널 김밥집에 있는 콩국수 같은 거야!
	그냥 개수 채우기라고.
	너 하나로는 아무것도 완성할 수가 없어!
	한겨울에도 남아 있는 콩국수 같은 거라고. 아무도 찾지 않아!
	분명히 존재하지만 그 누구도 널 원하지 않아. 그냥 너는!!

이근호의 감정 격해지고...

이근호   ...넌 거기 있을 뿐이야.

스티브   ...

이근호   (코웃음) 내가 너 같은 걸 겁내서 저 새끼를 보냈다고?

              씨발 이러니까 개콘이 망하지.

스티브   그럼... 왜...

이근호 호흡 정리하곤.

이근호   비트코인.

스티브   ...뭐?

S#6.   동태찌개 식당 (낮)

사람들로 북적이는 찌갯집. "예약석" 팻말에 "9년 전"이라고 쓰여 있다. 아주머니가 팻말을 치우고 상을 세팅한다.

이근호, 겔포스를 능숙한 손놀림으로 짜 먹는다. 숙취가 덜 풀린 듯 괴로워하는.

스티브   어제 많이 마셨어?

이근호   말도 마라. 텐텐주 10개 깔고 시작했어. 으... 속이야.

스티브   해장해, 형. 여기 찌개 죽여.

사장님 여기 동태 2개요!

그래서 대금은 받았어?

| 이근호 | 야... 남궁아. 형 이제 몸이 예전 같지가 않다. 죽을 때 됐나 봐. |

| 스티브 | 아유, 우리 형 고생하는 거 내가 잘 알지. |

사장님, 여기 고니 많이 주세요!!

대금은?

| 이근호 | 아우... 머리야... 아니 김사장 그 새끼 빠꼼이잖아. |

돈 받으러 온 줄 알고 술로 조질라고 그러더라고.

| 스티브 | 그래서? |

| 이근호 | 내가 한두 번 속냐? 쪼니워커 3병 까고 받아냈쓰! |

| 스티브 | 잘~했쓰! |

1,000만 원 다 받은 거지? 현금으로?

| 이근호 | 아니, 무슨 코인으로 주던데. |

| 스티브 | 코인? |

| 이근호 | 비토코인인가... 뭐지... 아! 비트코인. |

| 스티브 | (머리 싸매는) 하... 그게 도대체 뭔데... |

| 이근호 | 그... 무슨... 블록으로 뭘 캐서... |

사이버머니 같은 건데 뭐 암호 넣고 어떻게 하는 거라고 그러던데...

(식사 나오고) 감사합니다~ 암튼 그게 지금 하나에 한 만 원? 좀 넘는대. 1,000코인 받았어.

이근호, 수저통에서 수저 꺼내려는데.

359

스티브	형. 진짜 그렇게 계속 위에 보고 안 하고 행동할 거야?

이근호, 수저를 꺼내려는 손을 멈춘다.

이근호	위...?

표정 싸늘해진 이근호, 수저통을 다시 덮어버리는.
둘 사이의 묘한 신경전.
스티브, 한발 물러선다.

스티브	아니 위야 당연히 형이 위지. 연륜으로 보나 능력으로 보나. 그래서 나도 뭐 할 때 형한테 항상 얘기하잖아. 근데 아무리 그래도 여기 회산데 최소한의 룰은 따라줘야지. 내가 CEO잖아. 안 그래?

스티브, 수저 꺼내려는데.

이근호	(코웃음) 하... CEO...?
	(다 들리는 혼잣말) 코딱지만 한 회사 내가 투자금 다 끌어왔더니...

스티브, 이근호의 혼잣말에 수저 꺼냈다가 다시 집어넣는.
수저통 다시 덮는다. 다시 둘 사이의 묘한 신경전.
동태찌개가 팔팔 끓는데 누구 하나 수저통에서 수저를 놓지 않는다. 배가 고파오지만 음식과 수저통을 번갈아 봐가며...

수저 놓는 사람이 없어서 밥을 못 먹는 둘. 그 와중에 동태찌개는 맛깔나게 끓어간다.

S#7.   이근호 집 거실 (낮)

스티브	비트코인... 그게... 지금 얼만데?
제이	5,000만...
스티브	5,000... 5,000만 원?
	하... 아니 진짜야? 겨우 그거 때문에...
	그래, 5000만 원 당연히 큰돈이지. 누군가에겐 정말 소중한 돈일 거야. 그래도 우리 맥콤 입장에서는,
이근호	달라.
스티브	그래- 달라- 우리 맥콤 입장에서는 달라- 5,000만 원은 우리 1분기 예산도 안 되는 금액이라고. 지금 겨우 그 정도 돈 때문에,
제이	아뇨... 5,000만... 달라...요...
스티브	...5,000만 딸러... (생각하는) 1,000원 잡고... 공 3개니까... 5억, 50억, 500...

딸꾹질하는 스티브. 결국 휴지통에 구토한다.

이근호	에이 씨팔, 아침부터 남의 집에 와 가지고.

이근호, 스티브에게 휴지 준다.

이근호   야. 잘 들어. 그게 지금 대략 500억이야.
그때 우리 지분구조로 따지면 정확히 5 대 5로 나누는 거고.
근데 이게 지랄 맞게도 로그인을 해야 찾을 수 있는 건데...
비밀번호는 니가 만들었잖아.

정신 차려가는 스티브.

이근호   그래. 기왕 모양 빠진 거 내가 솔직히 혼자 먹으려고 그랬다.
그래서 저 새끼 보내서 비밀번호 알아오라고 한 거고.

스티브, 정신 차리고 이근호의 말 듣고 있다.
저 말이 사실이냐며 제이 보는데, 동의하듯 시선 피하는 제이.

이근호   더 지랄 맞은 거 얘기해줄까?
비번을 10번 틀리면 이게 그냥 다 날아가버려요~
근데 내가 7번을 틀려버렸네?
3번만 더 틀리면 500억이 공중에서 분해되는 거야.

스티브, 여전히 믿기지 않는 상황에 적응 못 하는데...
이근호, 맥북 들고 스티브에게 다가간다.

이근호   이제 정신 차리고 고맙다고 해야 하는 거 아냐?

내 덕에 잊고 살았던 꽁돈 몇백 억이 생기는데?

(맥북 주며) 빨리 로그인하고 꺼져버려.

이근호, 스티브에게 로그인 창 들이미는데.

스티브	...
이근호	... 뭐 해?
스티브	... (이근호 눈치 보는)
이근호	... 너 설마... 까먹었...
스티브	(시선 떨구는)
이근호	에이, 씨발.

S#8. 이근호 집 앞 (낮)

스티브와 제이, 이근호의 집을 나선다. 멘붕 온 듯한 스티브의
표정과 여전히 어쩔 줄 모르는 제이. 제이, 어색하게 말 꺼낸다.

제이	저... 들어가 보겠습니다.
스티브	(보는)
제이	(인사하는) 죄송합니다.

죄인처럼 처량히 돌아가는 제이. 그런 제이의 초라한 뒷모습 바
라보는 스티브. 마음이 복잡하다.

S#9.　사무실 (낮)

애슐리의 모니터 화면. 사진학원 클래스 신청 페이지를 보고 있다. "직장인 주말반 월 58만 원." 높은 가격에 신청 버튼을 누를지 말지 망설이는 애슐리.

그때 도착한 문자. "[Web 발신] 한국장학재단 – ~월 ~일 기준으로 학자금 대출이 연체 중입니다. 빠른 확인 후 납입 바랍니다."

문자 확인한 애슐리, 한숨 쉬곤 모니터 바라본다.

애슐리　후... 됐네요.
　　　　하려면 진작에 했어야지.

애슐리, 신청 페이지 닫아버린다. 다시 핸드폰 보는데 몇 차례의 발신에도 받지 않았던 제이와의 통화기록.

문자 보내는 애슐리. "제이 괜찮아요? 출근도 안 하고... 어디 아픈 건 아니죠?"

"읽음" 알림이 뜨고 답장 작성 중임을 뜻하는 점 3개가 나타나다가... 답장 없이 사라지는 점들. 걱정스러운 애슐리의 표정.

S#10.　상담실 밖 (낮)

상담실 밖, 캐롤이 직원들과 함께 모여 있다.

(캐롤, 필립, 모니카, 제시, 성범, 태주, 찰스)

캐롤	제 말 다 이해하셨죠?

캐롤 제 말 다 이해하셨죠?

이거 밖에 새나가기라도 하면 아는 사람끼리 상품 돌려먹기 했다고 시끄러울 거예요. 그러니까 제 말은,

모니카 저 사람이 liar*라는 걸 proof*하라 이거잖아?

[자막-liar: 거짓말쟁이·사기꾼, proof: 증명하다]

캐롤 댓츠 롸잇!

제시 근데... 왜 저렇게 어려?

보면, 상담실 안에 홀로 앉아 있는 당첨자. 10대 후반의 소녀다. 해진 후드재킷에 상처투성이 얼굴. 뭔가 거친 인상.

모니카 딱 봐도 체리피커*네. 나한테 맡겨.

[자막-체리피커: 케이크의 체리만 집어 먹는 사람이란 뜻으로 이벤트의 혜택만 챙겨가는 알미운 소비자를 가리킨다]

모니카 퇴장하면, 애슐리 등장한다.

애슐리 저... 혹시 제이 오늘 출근 안 했어? 전화도 안 받고...

캐롤 뭐야, 애슐리 아직 얘기 못 들었어?

애슐리 무슨 얘기?

제시 우와, 애슐리 소식 진짜 늦는다. 어떡해?

제이. 마젠타에서 보낸 스파이였대.

애슐리 네??

캐롤 이근호가 스티브한테 보낸 스파이였다는 거야.

	나 진짜 처음 듣고 얼마나 놀랐는지. 소름 돋은 거 봐.
제시	내가 처음부터 관상이 뭔가 음흉한 게 이상하다 싶었어.
	어떻게 그렇게 감쪽같이 속이고...
태주	그래. 뭐 말 걸어도 딱딱하고 나도 처음부터 기분이 쌔하더라고.
캐롤	근데 왜...
	애슐리 설마 돈 빌려준 거 아니지??
애슐리	아... 네... 그건 아닌데...
제시	에헤이~ 잘했어! 그런 인간은 상종도 하지 말아야 돼!
	내 말 들어! 알았지?

S#11. 플래시백 / EP.7 29신 / 마당 (밤)

제이	(불쑥) 애슐리, 내일 뭐 해요?
애슐리	...네?
제이	데이트할래요?
애슐리	네??

S#12. 멘토룸 밖 (낮)

애슐리 충격받은 가운데... 울리는 핸드폰 알림.

"비스트로 보헴 금일 2인 예약 완료되었습니다!"

S#13. 멘토룸 (낮)

모니카, 지우(당첨자)가 있는 멘토룸으로 들어간다. 조명 세팅이 흡사 증인보호프로그램 혹은 취조실을 연상케 한다. 지우는 소매치기 같은 차림에 시종일관 시크한.

모니카   안녕하세요? 고객님.

지우   (대답 없이 노려만 보는)

모니카   간단하게 인적사항 확인 좀 할게요.

성함이... 정금분 씨?

지우   할머니 대신 제가 왔는데요.

건강이 안 좋으셔서요.

모니카   음... 저희 앱에서 전자책을 372권 읽으셨네요?

한 달 동안? 하루에 12권씩?

지우   네. 계정은 할머니 건데 책은 제가 다 읽었어요.

여기가 공짜 책 좋은 거 많아서.

그러면 안 된다는 얘기는 없던데?

모니카   뭐 안 되는 건 아니고.

하루에 12권이면... 권당 1시간 잡아도 밥 먹고 책만?

지우   문제 있어요?

모니카   (요거 봐라) 아뇨~ 그냥 저희가 확인 차 몇 가지만 좀 여쭤볼게요.

《벌거벗은 임금님》,《콩쥐팥쥐》,《브레멘 음악대》...

주로 동화책 위주로 읽으셨네요?

빨리 읽을 수 있는...

지우   (까칠) 동화 작가가 꿈이라서요.

모니카   《총, 균, 쇠》도 읽으셨네요?

지우   "문명 발달 수준의 차이는 선천적 능력의 차이가 아니라
환경적 요인에 의한 것이다."

모니카   《코스모스》도 읽으신 걸로 되어 있는데.

지우   "우리는 코스모스의 일부다. 이것은 결코 시적 수사가 아
니다."

제가 어려운 책을 좋아해서요.

모니카   《아가페 쉬운 성경》.

지우   주일에 교회 다녀요.

모니카   《우리말 금강경》.

지우   평일엔 절 가구요.

모니카   《치매 예방에 도움을 주는 뇌 건강 노트》.

지우   미리미리 준비해야죠.

따박따박 대답에 모니카 딥빡... 한숨 한 번 크게 쉬고

모니카   후... (애써 괜찮은 척) 네. 잠시만 기다려주시겠어요?

S#14.   상담실 밖 (낮)

모니카를 기다리고 있는 직원들. 모니카 씩씩거리며 나온다.

캐롤	어떻게 됐어요?
모니카	보통내기가 아닌데. 흔들림이 없어.
	나 예전 대기업 다닐 때 이벤트할 때마다 싹쓸이해가는 유명한 경품왕 있었거든? 나중에 경찰에 잡혔는데 집에 경품만 2톤 있었대.
	그런 부류 같아.
캐롤	하... 어떡하지? 진짜 다 읽은 건가?
모니카	아냐. 그럴 리가 없어. 사람이 취향이라는 게 있잖아.
	이건 뭐 **동화책**부터 시작해서 총균쇠며 코스모스에
	저 꼬맹이가 무슨 **치매 노인을 위한 뇌 건강 노트**까지 다 읽었다는 거야. 상품 타 가려고 아예 작정을 한 거지.

모니카의 말을 들은 찰스의 표정.

S#15.　제이의 집 (낮)

불 꺼진 제이의 방.

냉장고에서 물을 꺼내 마시는 제이.

냉장고 한가운데 애슐리의 도시락통 보인다.

[**ins** - EP.6 24신 제이가 애슐리의 도시락통을 가져가는 장면]

애슐리와의 기억들과 이근호와의 기억들이 뒤엉켜 제이를 괴롭힌다.

S#16. 최면센터 (낮)

───────◆───────

어둡고 붉은 톤의 최면센터. 분위기가 뭔가 음산하고 조용하다.

스티브는 편한 의자에 누워 눈을 감고 있다.

스티브 옆 테이블에는 최면센터 팸플릿.

"김도연 최면심리상담센터-잊었던 기억을 찾아드립니다."

도연   무엇이 보이시나요?

스티브   (눈을 감은 채) 사람들이 모여 있어요...

도연   사람들은 무엇을 하고 있나요?

스티브   태극기를 들고 소리치고 있어요...

도연   당신은 무엇을 하고 있나요?

스티브   가장 앞에 나서서 사람들을 이끌고 있어요...

        대한독립만세... 대한독립만세...!!

        (눈물 흘리며) 우리는 식민지가 아니에요...

        도연, 스티브의 손을 들어 세운다. 도연이 손을 놓으면 떨어지는

        스티브의 손.

도연   카탈렙시. 근육의 긴장 상태를 뜻하는 단어죠.

        최면에 걸린 사람은 이게 그대로 서 있습니다.

        스티브, 은근슬쩍 손을 다시 드는데...

도연	자, 일어나세요.
스티브	(깊은 잠에서 깬 듯 눈치 보는) 아우... 제가 전생에...
도연	(한숨) 지금 전생 체험하러 오신 게 아니잖아요? 맞죠?
스티브	...
도연	잊고 지냈던 기억을 찾으시는 경우는 제 말에 더 집중해주셔야 해요. 비밀번호 찾으셔야 한다면서요?
스티브	네...
도연	보통 비밀번호는 가장 평범하거나... 아니면 가장 소중한 것으로 정하기 마련이죠. 다시 해봅시다. 자, 가장 편안한 상태에서 본인에게 집중하세요. 심호흡 깊게 하시고...
스티브	(심호흡하는)
도연	눈을 감습니다...
스티브	(눈 감는)
도연	본인의 성별은 무엇인가요?
스티브	남자입니다.
도연	키는 몇이죠?
스티브	175.
도연	이름은요?
스티브	남궁.
도연	남궁... 남궁 뭐죠?
스티브	남궁이요. 남씨. 이름이 궁.
도연	남궁... 음... **뭔가 시작하다 만 것 같은 이름**이네요.

스티브, 도연의 말에 무언가 생각난 듯 눈 뜬다.

윤영(E) 당신 이름도 싫어! 남궁! 뭔가 시작하다 만 것 같잖아.

S#17. 길거리 (낮)

이른 아침 출근길. 신호등의 빨간불이 초록불로 바뀐다.

신호등 도보 신호에 초록 글씨로 "6년 전"이라고 불 들어오는.

(한 방향으로) 바쁘게 출근하는 사람들.

그 속에서 홀로 반대 방향으로 퇴근하는 스티브.

며칠 밤을 새웠는지 후줄근한 차림이다.

S#18. 스티브 집 앞 (낮)

집에 도착한 스티브.

비번을 누르려는데... 손이 멈칫한다.

하도 오랜만에 들어와 기억이 나지 않는 모양.

초인종을 누르는데 답이 없고...

부인에게 전화를 거는. 받지 않는다.

귀 기울여 들어보면 미세하게 집 안에서 들려오는 전화벨 소리.

스티브 (문 두드리며) 여보! 여보, 안에 있어? 여보!!

하는데, 대답 없고... 찰칵! 전화받는 소리.

스티브	여보세요? 윤영아, 어디야? 집에 있어?
	잘 거 같아서 조용히 들어갈랬는데, 하하. 미안. 문 좀 열어줘.
윤영	비번 까먹었어?
스티브	응?
윤영	우리 결혼기념일이잖아.

스티브 웃음기 가시는.

스티브	하... 왜 또 이래? 일단 문 좀 열어봐.
윤영	모르지?
스티브	...
윤영	당신 이번 달에 집에 몇 번 들어왔는지 알아?
스티브	미안해...
윤영	(대답 없는)

스티브, 현관문 등지고 걸터앉아 윤영과 통화한다.

스티브	요즘 많이 힘들지. 미안해...
	이번에 시리즈 A 투자만 받으면 진짜 좀 나아질 거야.
	지금 우리한테 정말 중요한 때거든.
윤영	우리...? 우리가 누군데?
	당신이 말하는 우리에 내가 들어가기는 해?

나는 당신한테 뭐야? 내 생일은 알아?

우리 결혼기념일은? 우리 처음 만났을 때 듣던 음악은 기억해?

아니... 내 얼굴은 기억나?

스티브　　미안해, 윤영아. 이번 시즌만 넘기면... 진짜야.

내 이름 걸고 약속할게.

윤영　　당신 이름도 싫어! 남궁! 뭔가 시작하다 만 것 같잖아.

당신이 딱 그래! 뭐든 벌려놓기만 하고 제대로 끝내는 게 있기나 해?

스티브　　하... 내가 나 혼자 잘 살자고 그래?!

다 너 때문에 하는 거 아냐!!!

윤영　　내 핑계 대지 마.

당신은 자기 잘난 맛에만 사는 인간이야.

스티브　　윤영아... 우리 다시 얘기 시작해보자.

윤영　　뭘 다시 시작해! 당신은 항상 이런 식이야. (전화 끊는)

스티브　　여보세요? 윤영아... 윤영아!!!

S#19.　상담실 밖 (낮)

상담실 밖. 의지를 다지는 성범과 태주. 형사 영화라도 찍는 듯 결연하다.

곽성범　　후... 태주 씨, 준비됐지? 굿캅 배드캅 작전이야.

태주	(끄덕) 〈리쎌 웨폰〉, 〈더티 해리〉, 〈투캅스〉.
곽성범	한 사람이 착한 경찰, 한 사람이 나쁜 경찰.
	자백을 받아내자고. 장형사!

성범과 태주, 요란하게 파이팅하며.

S#20. 상담실 (낮)

태주, 상냥한 얼굴로 따뜻한 커피를 들고 들어온다.

태주	안녕하세요? 오래 기다리셨죠?
	아유, 편하게 앉으셔야지. 이게 다 사람 살자고 하는 짓인데.
	(커피 주며) 커피도 한잔하시고.
	어때요? 좀 지낼 만해요?
지우	네?
태주	절차 때문에 그런 거니까 너무 겁먹지 마시고...
	흠... 근데 어쩌죠?
	조금 이따 들어오실 저희 팀장님이 조금 무서운 분이거든요.
	별명이 호랑이야...
지우	(무슨 말인지 모르겠는)

cut to, 성범, 다과상을 들고 환히 웃는 얼굴로 들어온다.

곽성범	아이구 안녕하세요. 고객님~
	(앉는) 앞에 친구 때문에 너무 놀라셨죠? 그 친구 별명이 미친 개라...

지우, 어이없는 표정.

곽성범	아유, 무겁게 가방을 들고 계세요~
	내려놓으세요~
지우	(안 뺏기려)
곽성범	괜찮아요~ 이리 주세요~
지우	괜찮아요!!

성범과 실랑이하다 가방 엎질러지는.
보면 이어폰, 성인용 기저귀, 화투, 과자 등의 물건들.
서로 민망한 상황. 지우는 황급히 내용물을 가방에 담는다.

곽성범	죄, 죄송합니다...

S#21.   계단 (낮)

애슐리, 전화를 받으며 계단실로 들어온다.

애슐리	여보세요? 어, 엄마 들린다.

엄마(E)	야, 다영이 왜 연락이 안 되니? 김치 보내줘야 되는데.
애슐리	아... 어... 그... 회사에서 일하고 있겠지.
엄마(E)	회사? 무슨 소리야. 얘 공연 중인가?
애슐리	어...? 엄마 알고 있었어?
엄마(E)	뭐? 다영이 극단 들어간 거?
	그럼~ 나한테 제일 먼저 자랑했는데.
애슐리	근데... 왜 뭐라고 안 해?
엄마(E)	뭘 뭐라고 해?
	지 하고 싶은 거 한다는데.

애슐리, 엄마의 말에 놀라는.

애슐리	...나한테 다영이 서울 가야 되니까
	니가 전문대 가서 빨리 졸업하라고 그랬잖아.
엄마(E)	그럼 빤한 살림에 둘을 어떻게 서울로 보내니?
	다영이한테도 전문대 가라고 얘기했어.
	걘 싫다고 그랬고.
	하여튼 그눔의 기집애 지 주관 있어 가지고...
	넌 주관 없이 시키는 대로 잘하잖아.
애슐리	...
엄마(E)	야, 오이소배기 담갔는데 보내줄게. 주소 불...

엄마의 말에 말문이 막힌 애슐리. 전화 끊어버린다.
생각에 잠기는.

엄마의 **"넌 주관 없이 시키는 대로 잘하잖아."**라는 말이 귓가에 맴돈다.

S#22. 상담실 밖 (낮)

캐롤   둘 다 착한 경찰을 하면 어떡해요?

태주   아니 누가 봐도 제가 굿캅이잖아요!

곽성범   난 싫은 소리 못 해... 무서워...

캐롤   하... 미치겠네.

곽성범   근데 캐롤.

              뭔가 좀 이상해...

캐롤   뭐가요?

곽성범   아니 아까부터 가방을 계속 메고 있길래

              내가 좀 내려놓으라고 하다가 가방이 엎어졌거든?

              근데 그 안에 **화투**부터 해서 **성인용 기저귀, 군것질거리**며

              들어 있는 거야.

              성범의 말을 들은 찰스의 표정.

캐롤   그래서요?

곽성범   내가 히가시노 게이고 추리소설 진짜 많이 보거든?

              내가 볼 때 저 사람...

              타짜야.

캐롤	(어이없는)

캐롤 (어이없는)

곽성범 아니 정확히는 하우스에서 심부름하는 애 같애.

그렇지 않고서 어린 애가 화투를 왜 들고 다녀.

그리고 영화 봤지?

타짜들 한번 하우스 들어가면 거기에서 일 다 본단 말이야.

기저귀 필요하지? 또 과자나 담배 같은 거 거기서 10배 가

격으로 팔기도 하고.

캐롤 (지끈) 아니... 거짓말 잡아내라니까 무슨...

됐어요. 제가 들어가 볼게요.

찰스 저...

캐롤 (보면)

찰스 제가 들어가 봐도 될까요?

S#23. 이근호 집 주방 (낮)

식탁에 앉아 있는 스티브.

앞에는 로그인 창이 띄워진 맥북이 있다.

이근호가 간단한 요깃거리를 내온다.

이근호 씨발, 자주 보니까 가족 같다 야. 먹어.

스티브, 키보드에 손 갖다 대는데.

이근호	잠깐... 3번 남았다.
	1번 틀릴 때마다 200억 가까이 날아가는 거야. 확실한 거 맞아...?

스티브, 이근호의 걱정을 비웃기라도 하는 듯 코웃음 치며 차분하게 이야기한다.

스티브	사람들은 보통...
	너무 평범해서 하찮거나 가장 소중한 걸 비밀번호로 설정하지.
	그날은 가장 평범하고도 가장 소중한 날이었어.

스티브의 말 듣고 있는 이근호.

스티브	2012년 9월 22일.
	형이랑 내가 마젠타를 처음 만든 날이야.

스티브, 자신만만하게 PASSWORD-"20120922" 입력하고 멋있게 엔터키 누르는데...
"Wrong Password-Remaining Chance: 2" 경고창.
놀란 이근호와 태연한 척하는 스티브.

이근호	뭐야...? 어...? 꿈인가...?
	(꼬집어보고) 아니네?

이 씨팔. 야, 이 개새꺄!!!

너 지금 뭐 한 거야? 어? 하... 이런 씨...

스티브   (태연한 척) 형이랑 나의 가장 큰 차이점이 뭔지 알아?

난 항상 플랜 B를 준비해.

그 시절 나에게 진정 소중했던 것.

스티브, magenta 입력하는데... 다시 지우고는.

스티브   아... 대문자...

M을 입력하고 시프트키 누르는데...

태연한 척하는 말투와는 달리 손과 팔다리를 심하게 떨고 있는

스티브.

떨리는 손 때문에 엔터키를 함께 눌러버린.

"Wrong Password-Remaining Chance: 1" 경고창.

이근호   야!!!!!!! 이 개새꺄!!!!!!!!

니가 지금 무슨 짓을 한 줄 알아?!!

1번 남았어. 이 씨발놈아!!!!!

스티브 역시 어쩔 줄 몰라 하는데...

이근호   아우, 씨발 씨발!!!!!!! 내가 씨발 이딴 새끼를 씨발 믿은 게

씨발 잘못이지 씨발.

이 머저리 같은 새끼, 콩국수 같은 새끼.

뭐든 벌려놓고 수습도 못 하는 새끼.

아우... 나 진짜 이 씨발... 씨발...!!!!!!!

이근호의 말에 무언가 번뜩인 스티브.

[ins]윤영(E) 뭐든 벌려놓기만 하고 제대로 끝내는 게 있기나

해?

스티브, 뭔가 떠오른 듯... 의미심장한 말투.

스티브   겨울에 먹는 콩국수가 얼마나 맛있는지 알아?

이근호   뭐?!

S#24.   플래시백 / 18신

윤영   우리...? 우리가 누군데?

당신이 말하는 우리에 내가 들어가기는 해?

S#25.   이근호 집 주방 (낮)

스티브   콩국수...

진짜 마시써...

Password 난에 "moon..." 입력한다. 고조되는 음악.

S#26.   플래시백 / 18신

윤영   나는 당신한테 뭐야? 내 생일은 알아?

            우리 결혼기념일은?

S#27.   이근호 집 주방 (낮)

비번 입력 창.

"moonriv"

S#28.   플래시백 / 18신

윤영   우리 처음 만났을 때 듣던 음악은 기억해?

S#29.   이근호 집 주방 (낮)

비번 입력 창.

"moonriver" 로그인 성공 알림 창 뜬다.

이근호	어...? 어!! 됐다!!! 됐다, 씨발!!!!!!!
	야, 축하한다. 이 새끼야!!!

이근호, 스티브 부둥켜안고 기뻐하는데...
복잡미묘한 스티브의 표정.

S#30. 상담실 (낮)

상담실에 찰스와 지우가 마주 앉아 있다.

찰스	미안해요. 저희가 너무 오래 잡아두죠?
지우	뭐 하시는 거예요?
	지금 사람 취조해요?
찰스	그게 아니고 지우 씨가 미성년자셔서 저희가 상품 보내드리려면 보호자하고 연락이 되어야 하는데.
지우	...
찰스	연락 가능해요?
지우	... 안 받을게요. 저 갈래요.

지우, 일어서서 나가려는데.

찰스	햇볕... 많이 쐬어야 해요.
지우	(멈칫) ...네??

| 찰스 | 책 읽어주는 것만큼 운동하는 게 중요하거든요. |
| | 치매 환자한테는. |

발걸음 멈춘 지우, 눈에 눈물 고인다.

| 찰스 | 색칠공부도 좋고 화투 그림 맞추기도 좋지만 |
| | 그래도 가장 중요한 건, |

찰스, 지우 팔목 가리키면 지우 팔목에 이빨 자국 상처.

| 찰스 | 가족이 지치면 안 돼요. |

지우, 눈물 흐르는.
지우 전화 울리는데 발신자 이름 "내 전부"
받아보면 할머니 목소리다.

| 할머니(E) | 아빠~ 아빠 어디야~ 나 배고파~ |
| 지우 | (울며) 할머니... 할머니. 나 금방 갈게. 조금만 기다려, 할머니... |

S#31. **제이의 집 (밤)**

方에 홀로 있는 제이. 밖에서 문을 두드리는 소리 들린다.

제이 나가보는데.

S#32.   제이 집 앞 (밤)

────────◆────────

제이, 문 열고 나가보면. 애슐리다.

놀라는 제이. 말문이 막히는데...

제이   애슐리...

애슐리, 대답 없이 한참을 제이 노려본다.

제이의 얼굴에서 제이가 아닌 다른 것들을 보는 것처럼.

[**ins** - 10신 직원들의 제이 험담, 1신 리딩방 종목 추천, 21신

엄마와의 통화]

애슐리   지긋지긋해.

제이   ...네?

애슐리   미안하다고 해요.

제이   ...

제이, 말을 잇지 못하고 땅바닥만 보다가...

제이   미안해요...

애슐리   처음부터 거짓말한 거, 끝까지 나 속인 거,

데이트하기로 해놓고 비겁하게 도망친 거.

미안하다고 해요.

제이 처음부터 거짓말하고...

비겁하게 도망쳐서 미안해요...

애슐리 좋아한다고 해요.

제이 (놀라는)

애슐리 나 좋아하잖아요. 좋아한다고 해요.

제이 좋아해요. 애슐리...

애슐리, 숨 깊게 들이마시고

애슐리 사귀자고 해요.

제이 ...

애슐리 빨리! 사귀자고 해요.

제이 나랑... 사귀어요.

애슐리 (성난 얼굴로 노려보다가)

좋아요.

서로의 마음을 확인한 것치곤 딱딱한 표정과 어색한 분위기에
음악 흐른다.

BGM. Carla Bruni-Moonriver

S#33. 에필로그 / 카페 (낮)

Carla Bruni의 "Moonriver" 이어지는데…

스티브와 윤영의 과거 첫 카페 만남. 윤영의 얼굴은 보이지 않는

다. 서로 마주 보고 웃는 둘. 이어폰 나눠 끼면 "Moonriver" 음

악 커지면서.

8화 엔딩

"좋아한다고 해요."
"사귀자고 해요."
"빨리! 사귀자고 해요."

EP.9 스티브의 50가지 그림자

쓰면서 가장 웃겼던 대본

스티브 ← 스필버그
워즈니악
시걸
제라드
잡스

맑게 개인 하늘을 보며 ♬
크게 한번 숨을 쉬어봐 ♪
두 눈을 감으면 바람이 느껴져 ♬
마음을 여는 거야 ♬

따뜻한 크리스마스 가족 영화 같은 엔딩

찰스랑 제이브 너무 슬프구..
스티브는 너무 귀엽구...

목돈 생기니까 자기 동상 만드는 스티브

"사과 안의 씨는 셀 수 있어도
씨 안의 사과는 셀 수 없다."

스티브한테 노래 시키고 싶다...

"내가 뭐랬어~!!"

복수는 나의 것을 스티브 입으로 듣고싶다...

EP.09
스티브의
50가지 그림자

S#1.   스티브 사무실 (낮)

[자막-2023년도 맥콤 연봉협상 기간]

스티브가 보고 있는 제시의 "연봉조정 신청서"

부서명: Tech, 직위: Manager, 날짜와 서명 등 공란이 채워져

있지만 희망연봉란만 비워져 있다.

스티브	희망연봉란이... 비어 있네?
	음... 제시는 부서 이동도 있었는데 업무 성과가 좋아서 8%
	인상이면 괜찮을 거라고 생각했는데... 좀 작았나?

보면, 제시는 스티브의 반대편에서 문밖을 바라보고 있다.

아련한 눈빛으로 괜히 폼 잡고 있는 제시.

제시	스티브는 왜 스타트업을 하죠?
스티브	응??
제시	질문을 바꿔볼게요. 스타트업 맥콤의 목표는 뭘까요?

스티브, 생뚱맞은 질문에 잠시 고민하다가...

스티브	(갑작스러운 질문에 생각하다가) 음... 모두가 행,
제시	(말 끊고) 모두가 행복한 세상으로의 한 걸음.
	저 역시 마찬가지예요. 모두가 행복한 세상.
	그러기 위해선 없어져야 할 것들이 있어요.

스티브, 도대체 무슨 말인가 싶은데...

제시, 뒤돌아 의미심장한 표정으로

제시   성별 임금 격차. 젠더 페이 갭.

제시, 스티브의 앞으로 와서 마주 보고

제시   동일한 일을 하는데 동일한 임금을 받지 못하는 세상이 모
       두가 행복한 세상일까요? 게다가 그 이유가 단순히 성별
       때문이라면?

스티브   음...

제시   저와 함께 입사한 캐롤은 왜 저와 다른 임금을 받아야 하죠?
       같은 시간, 같은 일을 하고 같은 임금을 받지 못하는 회사
       라면...
       스티브, 미안하지만 난 이 회사에 더 이상 있을 수 없어요.

스티브, 가만히 제시의 말을 듣고 있다.

제시   저의 연봉협상 조건은 8%, 10%... 이런 숫자가 아니에요.
       저는 자본의 노예가 아니거든요.
       성별 동일 임금! 이게 제 조건이에요.

제시의 말을 듣고 생각에 잠긴 스티브... 조심스럽게 입을 연다.

스티브	직원들 연봉은 기밀사항이지만
	대충 알고 있는 것 같으니 편하게 말할게.
제시	(끄덕)
스티브	캐롤이 제시보다 더 많이 받는데?
제시	(알고 있다는 듯 끄덕)
스티브	제시가 캐롤이랑 같은 연봉을 받으려면...
	한 15%는 인상해야 되는데?
제시	(받아들인다는 듯 끄덕)

정적...

스티브	뭐야~ 올려달라는 거지?
	근데 15%는 현실적으로 너무...
제시	(말 끊고) 그깟 숫자로!!
	저를 모욕하지 마세요.
	저는요. 자본의 노예가 아닙니다.
스티브	...그럼 도대체 원하는 게 뭐야?

다시 어항 바라보며 폼 잡는 제시. 아련한 눈빛으로 천천히 말한다.

제시	성별 동일 임금...

타이틀 인 '유니콘'

S#2. 스튜디오 (낮)

고급져 보이는 사진 스튜디오. 플래시 터뜨리며 프로필 사진 찍고 있는 스티브.

팔짱 낀 포즈는 유지한 채 각도와 표정으로만 변화를 주고 있다.

포토그래퍼 좋습니다! 인물 잘 받으시네!

자, 이번엔... 이 레퍼런스로 가볼까요?

보면, 모니터 옆 수많은 레퍼런스 사진들도 모두 팔짱을 끼고 있는 스타트업 CEO들의 사진들이다. 그 모습을 지켜보고 있는 캐롤과 필립.

캐롤 큰돈 벌고 제일 먼저 한 게 프로필 사진 촬영이라...

스티브다워.

필립도 소문 들었지?

필립 (똘똘) 네! 스티브가 갑자기 부자 됐다고요!

캐롤 그래서 내가 뭐랬지?

필립 (똘똘) 스티브는 맥콤밖에 모르는 바보라

그 돈 다 회사에 투자할 거라고요!

캐롤 그리고?

필립 어... 우리는 마케팅팀으로 최대한 많은 예산을 가져와야

되고...

어, 또... 그 돈으로 초특급 광고모델 섭외할 거라고.

캐롤	누구를?
필립	그... 티... 티 뭐지? 아! 티모시... 티모시...?
캐롤	샬라메. 티모시 샬라메.

포토그래퍼	자, 백 바꾸고 잠깐만 쉬어갈까요?

캐롤	됐다! 가자!

하는데, 촬영 장소에서 나서는 스티브에게 모니카가 먼저 다가
간다. 놀라는 캐롤.

모니카	(호들갑) 스티브!! 아이 얼모스트 디든 노유!!* [자막-나는 너를 거의 못 알아볼 뻔했어.] 못 알아볼 뻔했어요!! 아니 스티브는 어디 가고 브래드 피트가 있어~?
스티브	(웃는) 하하하. 브래드 피트는 무슨~ 근데 웬일이야? 오늘 바쁘지 않아?
모니카	아유~ 우리 회사 얼굴 찍는 날인데 그것보다 중요한 일이 있나요~

화기애애한 스티브와 모니카. 걸으며 대화 나눈다.
사라지는 둘 바라보는 캐롤의 부글부글한 표정.

모니카	하긴... 요즘 좀 바쁘긴 하죠.

시리즈 B에 회사는 커지는데 사람은 없고~

아유, 진짜 몸이 10개라도 낫 이넢~*

[자막-충분하지 않다]

스티브	(동의하는)
모니카	인사가 만사라는데 인재 찾기가 여간 어려운 게 아니에요.
	그래서 말인데 스티브...
	맥콤을 위해서 "인재 채용을 위한 인재 채용"을 제안할까
	해요.
스티브	그게 뭐야?
모니카	차근차근 설명드릴게요. 더 포인트 이즈...*
	[자막-요점은...]

캐롤과 필립 등장한다.

캐롤	스티브!!
스티브	뭐야? 둘은 또 웬일이야?

캐롤, 모니카와 살짝 신경전 눈빛 교환 하고는.

캐롤	스티브!
	맥콤이 이제 혁신적으로 성장할 타이밍이라고 생각하지
	않으세요?
	우리 〈어게인〉 좋은 거 사람들이 너무 모르잖아요?
스티브	그렇긴... 하지?

398

캐롤	그렇죠? 저변을 넓혀야겠죠?
	그럴 때 가장 필요한 게 뭐다? 모델이다~
	무신사 유아인, 마켓컬리 전지현.
	우리는...

캐롤 말 중간에 제시 등장한다.

제시	스티브!!
스티브	...아니 지금 회사엔 누가 있는 거야?
제시	우리 성수동으로 이사 가요!
	지금 잘나가고 힙한 스타트업 다 성수동에 있어요!

제시까지 등장하고 나니 뭔가 이상함을 감지한 스티브.

스티브	잠깐 잠깐...
	아무래도 다들 뭔가 알고 온 것 같은데...
	천천히 한 명씩 말해봐.
캐롤	(나서며) 스티브! 우리 티모시 샬라메 모델로 써요. 네?
	지금 퀀텀점프 하려면 최우선 과제는 탑모델이에요!
모니카	아뇨, 최우선 과제는 인재 채용이죠!
	사람 뽑을 때 지금처럼 서류랑 면접만으론 안 돼요.
	인적성, 에니어그램, MBTI, 혈액형, 타로카드.
	거기에 길거리 캐스팅까지? 디스 이즈 퍼펙트 하이어링 시스템!*

물론 이 많은 걸 저 혼자는 못 하고 이 인재 채용을 도와줄 인재를 채용해야 하거든요? 그건 어떻게 하냐면...

스티브　　어...? 성범 씨?

모두, 스티브 시선 따라 보면 우뚝하니 서 있는 곽성범이다.
곽성범, 뚜벅뚜벅 걸어온다.

곽성범　　〈어게인〉 런칭파티 합시다. 개발자가 주최하는.

캐롤　　　하... 지난번 〈하우매치〉 런칭파티 때 기억 안 나요?

[ins－성범과 태주 등 개발자들이 큰 무대에서 신나게 엉거주춤 춤추는 파티 모습]

제시　　　진짜 답답하네. 지금 스타트업 중에 성수동 아닌 데 우리 밖에 없어.

　　　　　내가 철물점 옆에 부지 다 봐놨다니까?

캐롤　　　아이고 샷시 자르는 소리에 일이나 할 수 있나?

　　　　　지금 우리한테 필요한 건 티모시 샬라메예요. 내 안목 못 믿어요?

모니카　　챠브네 광고 찍을 때 캐롤이 추천한 아이돌로 촬영한 거 어떻게 됐지? 결국 다 버렸던 것 같은데?

캐롤　　　내가 그 새끼들이 마약하고 음주할 줄 알았어요?

곽성범　　런칭파티 안 해주면 우리 팀 다 회사 나갈...

400

제시	아, 거 협박 좀 고만해요! 팀에 성범님 말 듣는 사람 한 명이 없구만.
	자, 이번만 내 말 듣고...

직원들끼리의 격해지는 난상토론이 오가는 가운데...
스티브는 이미 사진 촬영 중이다. 먼발치에서 이 광경을 지켜보던 애슐리.
또각또각... 조용히 모두에게 다가온다.

애슐리	(두 손 모으며 나지막이) 여러분...

모두, 애슐리 바라보면

애슐리	다 같이 살길이 있는데
	왜... 다 같이 죽으려고 하죠?

S#3. 마젠타 (낮)

마젠타 화장실 앞. 부둥켜안고 우는 제이와 상훈의 얼굴.
cut to,
상훈은 화장실 앞 책상에 걸터앉아 있고, 제이는 마주 보고 서 있다.

상훈	언제부터 출근했어?
제이	어제부터...
상훈	잘 지냈어...?
제이	그냥... 애쓰고 있어.

잠깐의 정적.

제이	미안하다... 연락 못 해서.
상훈	아냐, 이해해.
	(애써 웃는) 복직 축하해, 이제야.
제이	(말없이 쓴웃음)
상훈	자리는 어디야? 구경 좀 시켜줘.
제이	...
상훈	??
제이	거기...

상훈, 놀라서 일어나보면 화장실 바로 앞에 제이의 책상 덩그러니 놓여 있다.

책상 앞을 지나가며 화장실을 오가는 사람들이 잔인하게 보이기도 한다. 슬픈 음악.

서로 말없이 침묵...

제이 핸드폰 알림 울린다. "애슐리 – 출근 잘했어요??"

S#4. 스튜디오 밖 (낮)

3신에 이어 제이와 톡 나누는 애슐리.

"제이 - 네! 애슐리 밥 잘 챙겨 먹어요! 나 회의 가봐야 해서"

"보고 싶어요"

제이 톡 보고 살짝 웃음 짓는 애슐리.

캐롤	애슐리!! 뭐 해?!

애슐리, 캐롤의 부름에 뭔가 들킨 듯 놀라고...

모두가 모여 있는 스튜디오 밖 으슥한 곳으로 간다. 사뭇 진지한 표정으로 브리핑 시작하는 애슐리. 모두 쪼그려 앉아 있고 애슐리만 서 있는. 흡사 야학을 듣는 학생들과 선생님 같은.

애슐리	자, 일단 팩트 체크부터 하자구요.
	스티브가 갑자기 일확천금을 얻었다는 소문은 다 들었죠?
모두	(끄덕)
애슐리	근데 그 돈의 출처부터 액수까지 뜬소문들이 판을 치고 있어요.
	각자 아는 걸 말해줄래요?
제시	내가 듣기론 집에서 물려받은 선산이 있는데 개발지역으로 지정되면서 50억 넘게 벌게 됐다고.
애슐리	(절레절레)
캐롤	예전에 투자했던 비상장주식이 따상상 치면서 갑자기 100

억 정도 벌었다던데?

애슐리　(절레절레)

모니카　100억 주고 산 빌딩에 스타벅스 입점하면서 시세차익으로 70억...

애슐리　(절레절레)

필립　9년 전에 마젠타에 있을 때 받았던 비트코인을 뒤늦게 발견해서 250억 정도 벌었다고 들었어요.

애슐리　(필립 가리키며) 정답.

필립 혼자 정답을 맞힌 상황에 모두 당황하는데...
필립은 이마저도 뭔지 모르겠다는 마냥 순수한 표정.

애슐리　필립 말이 정확해요.
그리고 알다시피 스티브는 개인 돈은 모조리 맥콤에 쏟아붓는 사람이잖아요?
그래서 다들 원하는 걸 얻기 위해 스티브 설득하러 이 먼 곳까지 나온 거고. 저처럼요.
여기서 질문! 스티브는 논리적인 사람인가요?

모두 "그건 아니지..." "꼭 그렇진 않지...?" "노노 절대!!" 등 아니라는 반응.

애슐리　아니죠? 기분파도 이런 기분파가 없단 말이에요!
그런 사람한테 논리적으로 설득을 하려 한다?

이거 방법이 틀려먹었다!

감기에 걸렸으면 감기약을 먹어야지 마데카솔 바르면 되겠어요?

아니 머리가 아픈데 왜 까스활명수를 먹냐 이거야~

제시	(캐롤에게 작게) 애슐리 지금 신났지?
캐롤	애슐리, 그래서 결론이 뭐야?!
애슐리	스티브에게 원하는 것을 얻어내려면!
	논리가 아니라, 감정으로 접근해야 한다.
	설득이 아니라! 기분을 좋게 해줘야 한다!

애슐리의 일장연설에 모두 묘하게 동의하는데...

모니카	(손 들고) 근데... 어떻게?
애슐리	훗... 어렵죠? 어려울 거예요. 머리가 아플 겁니다.
	두통을 앓고 있는 여러분들을 위해...
	(뭔가 꺼내며) 타이레놀을 준비했어요.

애슐리, 논문 같은 두꺼운 서류 뭉치를 꺼내 보인다.

맨 앞 장 큰 제목으로 "스티브의 50가지 그림자"라고 쓰여 있다.

모니카	스티브의 50가지 그림자?
애슐리	(아련) 맥콤에서의 5년...
	그 시간은 저를 스티브학 학자, 스티브 권위자로 만들었죠.
	때로는 오은영의 마음으로.

405

때로는 강형욱의 마음으로.

이 책은 가장 가까운 곳에서 스티브를 보고 기록한 보고서 이자 저의 생존일기이며,

스티브라는 재난 상황에서 살아남을 수 있는 행동지침 매 뉴얼이죠.

S#5.   카페테리아 (낮)

다음 날, 스티브를 비롯한 직원들이 모여 간식 혹은 커피를 마 시고 있다.

애슐리의 내레이션이 나오는 동안 직원들은 서로 조심스레 눈 빛을 교환하고 있다.

그런 직원들의 모습과 "스티브의 50가지 그림자" 문서가 번갈 아 보인다.

애슐리(NA) 스티브라는 한 인간에 대해 본격적으로 분석하기에 앞서 간단한 농담으로 서론을 대신하려 한다.

스티브와 목도리도마뱀의 차이점은?

둘 중 하나는 자신을 크게 부풀려 허세를 부리는 동물이고 다른 하나는... 파충류다.

이렇게 말해도 과장이 아닐 만큼 스티브는 허세로 시작해

허세로 끝나는 인간인 것이다.

세상모르고 해맑게 웃는 스티브와 따라 웃는 가운데 서로 눈빛 교환하는 직원들.

애슐리(NA) 스티브의 첫 번째 그림자. "문화적 허세."
그의 기분을 맞춰주고 싶다면 순진한 표정으로 영화 추천 을 부탁해보도록 하자.

한참 대화 중이던 테이블. 애슐리, 제시에게 눈빛 보낸다.

제시 아우~ 요즘 볼 만한 영화가 없네~
스티브! 영화 추천 좀 해주세요!

"영화 추천"이라는 말에 귀가 번쩍한 스티브. 씨익- 미소 짓는다.

스티브 이야, 이거 이거... 오늘 또 강의 한번 들어가야 되나?
제시, 어떤 장르 좋아해?

제시 어... 저는...

스티브 아니! 내가 맞혀볼게.
제시는 왠지 PTA 잘 맞을 것 같은데? 하하~ 폴 토마스 앤 더슨 말야.
나는 개인적으로 〈펀치 드렁크 러브〉를 추천하는데.
아니 좀 어려우려나? 그럼 캐나다의 천재 드니 빌뇌브 어때?

407

〈듄〉으로 시작해서 〈그을린 사랑〉으로 가면 딱 좋을 것 같은데?

제시   헐. 스티브, 캐나다 영화까지 보는 거예요?

(사람들 보며 리액션 유도) 아니 나는 카이스트 나온 사람들은 공부만 하는 줄 알았는데 (웃으며) 못 당해, 진짜. 공부도 잘해, 운동도 잘해, 영화도 잘 알아. 혼자 다 해라, 다 해!! (일동 웃는)

스티브   (좋아하는) 에이, 그렇게 어려운 영화도 아닌데 뭐.

제시   또요! 또 추천해주세요!!

애슐리(NA)   당신의 열성적인 리액션에 스티브의 말이 빨라지고 많아졌다면 반은 성공이다.

이때 당신은 의외로 풍부한 그의 영화 지식에 놀랐을지도 모른다.

하지만 그럴 필요 없다.

대부분 나무위키와 이동진 영화평을 달달 외운 것이니.

스티브   웨스 앤더슨의 〈그랜드 부다페스트 호텔〉도 좋지.

지나온 적 없는 어제의 세계들에 대한 근원적 노스탤지어를 그렸거든.

[자막-이동진: 그랜드 부다페스트 호텔 ★★★★★ / 지나온 적 없는 어제의 세계들에 대한 근원적 노스탤지어]

캐롤   (애슐리 눈치 살짝 보며) 우와, 스티브 진짜 영화 박사다!

저도 추천해주세요!

408

스티브　음~ 사랑 이야기 좋아하면 〈화양연화〉 어때? 스쳐가는 순간들로 사랑의 시간을 완전 인수분해한 작품이지.

[자막-이동진: 화양연화 ★★★★★ / 스쳐가는 순간들로 사랑의 시간을 인수분해하다]

얼굴에 웃음꽃이 핀 스티브와 적당히 리액션하며 서로 눈치 보내는 직원들.

애슐리(NA)　이때 주의사항. 스티브의 발언 중 사실과 어긋나는 말이 있더라도 절대로! 그것을 지적하면 안 된다. 절.대.로.

스티브　이야, 이거 오늘 그냥 대방출 해버려? 어? 좋아!
모니카는 음... 의외로 취향이 세니까 이 감독 어때?
기예르모 토토로.

[자막-기예르모 델 토로: 멕시코의 영화감독이자 소설가]

모니카　토토로...요?

스티브　응! 기예르모 토토로!

모니카　아... 음...

애슐리, 모니카에게 눈치 주는.

애슐리　스티브! 저도요!!

스티브　애슐리는 예술영화 좋아하잖아? 〈킬링 디어〉!
인간의 굴레에 대한 요로결석 란티모스의 경이롭고도 몸

409

서리쳐지는 신화지.

[자막-이동진: 킬링 디어 ★★★★★ / 인간의 굴레에 대한 요르고스 란티모스의 경이롭고도 몸서리쳐지는 신화]

애슐리 (능숙하게 적는) 킬링 디어... 요로결석... 란티모스... 적어놓을게요!

오늘 꼭 봐야지!! 헤헤~

스티브 이거 내가 너무 외국 영화만 얘기했나?

나 진짜 전문은 한국 영화거든. 한국 영화는 누가 뭐래도 봉준호지.

난 봉준호 거 중엔 〈복수는 나의 것〉이 제일 좋았어.

[자막-복수는 나의 것: 박찬욱 감독의 복수 3부작 중 첫 번째 영화]

모두 근질거리는 입을 겨우 참는. 스티브는 그것도 모르고 밝은 표정이다.

애슐리(NA) 그의 문화적 허세를 충족시켜줬다면 당신은 스티브의 첫 번째 그림자를 무사통과한 것이다. 지금 스티브의 기분은 오스카 트로피를 들어 올린 스티븐 스필버그의 그것과 크게 다르지 않을 것이다.

스티브의 밝은 표정에서.

S#6.   마젠타 앞 (밤)

늦은 밤. 애슐리, 마젠타 앞에서 제이를 기다리고 있다. 시계를 봐도 나오지 않는.

시간이 경과하고... 한참을 기다리는데... 제이에게 전화 오는.

애슐리   여보세요? 제이, 어디예요? 나 마젠타 앞이에요.

제이(E)   애슐리, 미안해서 어쩌죠? 잔업이 생겨서...

애슐리   아... 그래요...?

많이 늦어요...?

제이(E)   네. 그럴 것 같아요.

애슐리   아...

제이(E)   미안해요. 우리 저녁은 내일 먹을까요?

애슐리   아니에요. 능력 인정받는 건데 좋죠 뭐.

네. 우리 내일 뵈요. 수고해요, 제이.

애슐리, 전화 끊고... 아쉬우면서도 서운한.

S#7.   마젠타 화장실 (밤)

보면, 화장실 청소하고 있는 제이. 전화 끊고 씁쓸한 표정이다.

S#8. 회의실 (낮)

◆

직원들 모아놓고 회의를 진행하는 스티브. 강연하는 연사의 모습 같다.

스티브 챠브네의 참혹한 실패 이후.
사람들은 우리 맥콤을, 그리고 저를 비웃었습니다.
하지만 오스카 와일드는 이렇게 말했습니다.
얘깃거리가 되는 것보다 더 나쁜 것은 얘깃거리조차 되지 않는 것이라고.

하면, 스티브의 옆에 CG. 검은 배경에 오스카 와일드의 모습과 그의 명언이 궁서체로 써진다.

애슐리(NA) 스티브의 일곱 번째 그림자. "지적 허세."
스티브는 가끔 아무 목적이 없는 회의를 열곤 한다.
어제 외운 명언을 써먹고 싶기 때문이다.
스티브는 극작가 오스카 와일드를 〈시크릿 가든〉의 윤상현으로 알고 있기 때문에 여기서부터 당신의 역할이 아주 중요하다.

스티브의 명언 받아 적는 캐롤. 그런 캐롤 보고 만족한 표정의 스티브. 마찬가지로 흐뭇한 미소 짓는 애슐리. 캐롤과 눈 마주친 후 작은 따봉 보낸다.

이후 스티브의 명언이 급하게 이어진다.

스티브　　남들은 무모하다 비웃을지라도 저는 오늘도 도전합니다!
　　　　　왜냐구요? 헬렌 켈러가 말했거든요.
　　　　　인생은 과감한 모험이든가, 아니면 아무것도 아니라고.

　　　　　스티브 옆 CG. 헬렌 켈러 "인생은 과감한~"
　　　　　cut to,

스티브　　꿈!! 깡!! 끼!! 꾀!! 꾼!!

　　　　　스티브 옆 CG 자막. 꿈(도전), 깡(용기), 끼(재능), 꾀(지혜), 꾼(프
　　　　　로).
　　　　　cut to,

스티브　　중요한 건 속도가 아니라 방향이기 때문이죠.
곽성범　　(작게) 속도는 벡터값이라 이미 방향을 내포하고 있어서
　　　　　속력이라고 하는 게 맞...
애슐리　　쉿!!

　　　　　애슐리와 직원들 성범 다그치는데...

애슐리(NA)　원칙 하나. 절대 트집 잡지 말 것.
　　　　　그리고...

스티브   (이리저리 돌아다니며)

저는 성공에 대해 알지 못합니다. 제가 아는 것이라곤 오직...

스티브, 바닥에 발이 걸려 넘어진다.

모니카   스티브!! 괜찮아요?

스티브   (부축을 뿌리치며) 제가 아는 것은 오직 실패뿐이죠. 실패란...

(털고 일어나며) 넘어진 것이 아니라 넘어진 자리에 머무는 것입니다.

스티브 옆 CG. "실패란 넘어진 것이 아니라~ / 프린세스 라 브라바"

애슐리(NA)   아무리 억지로 연결시켜도 절대 비웃지 말 것!

보면 모두 고개 돌려 오글거림 혹은 웃음을 참고 있는 직원들.

cut to, 회의의 막바지.

스티브   사과 안의 씨는 셀 수 있어도

씨 안의 사과는 셀 수 없는 법이니까요.

CG. "사과 안의 씨는 셀 수 있어도~ / 켄 키지"

스티브의 강연 비슷한 회의가 끝나면 작당모의한 직원들은 박수, 심지어 기립박수 친다. 무슨 일인지 모르는 지나가던 직원들은 어리둥절한.
잔뜩 기분이 좋아진 스티브.

스티브   아유, 박수는 무슨~ 하하.

애슐리(NA)   스티브의 일곱 번째 그림자까지 무사통과한 당신께 박수를 보낸다.
지금 스티브는 마치 실리콘 밸리의 우상이자 애플의 공동 창업자인 스티브 워즈니악이라도 된 것 같은 기분일 것이다.

스티브   이상하네~ 오늘 기분 왜 이렇게 좋지??
다 같이 밥이나 먹으러 갈까?
모두   예!!!

직원들, 스티브와 함께 밥 먹으러 나가는데.

S#9.   카페테리아 (낮)

모니카, 나가다가 찰스를 발견한다.
카페테리아에서 뭔가 만들고 있는 찰스.

모니카	찰스! 저희 밥 먹으러 가는데! Go with us?*
	[자막-같이 갈래요?]
찰스	아... 저는 싸와서요. (빵 들어서 보여주는)
	우리 나이에는 뭐든 기억하고 직접 만드는 게 좋다고 하네요.
	맛있게 드세요.
모니카	(웃는) Have a nice lunch~

찰스, 웃으며 인사하고 샌드위치 만드는.

순서를 떠올리며 차곡차곡 하나하나 정성스레.

찰스	빵... 양상추... 토마토, 햄... 아! 치즈...

S#10. 사무실 (낮)

찰스, 종이 접시에 샌드위치를 담아 자신의 자리에 앉는데... 그런 찰스 보는 휘트니.

휘트니	배고프셨나 봐요?
찰스	네?
휘트니	점심 또 드세요?

보면, 찰스 자리에 이미 똑같은 모양의 먹다 남은 샌드위치가 있다. 샌드위치들을 번갈아 보는 찰스. 불안한 표정.

S#11. 평양냉면 식당 (낮)

마지막 국물 흡입을 하는 스티브. 흡족한 얼굴.

보면, 식사를 마친 듯한 스티브 애슐리 캐롤 모니카 제시가 자리에 앉아 있다. 하지만 스티브만 표정이 밝고 모두 체하기라도 한 듯 낯빛이 어둡다.

애슐리(NA) 막 식사를 마친 사람들이 왜 모두 표정이 어둡냐고?

이 테이블은 조금 전까지 스티브의 스물네 번째 그림자. "미적 허세"를 지나왔기 때문이다. 우리는 방금 평양냉면 한 그릇을 먹는 동안 12차례의 "먹을 줄 모르네~"를 견뎌 내며 〈어서 와 한국은 처음이지〉의 외국인처럼 리액션해야 했다.

스티브와 직원들의 싱빈된 표정들. 직원들은 서로의 얼굴을 바라보며 응원을 건넨다.

스티브의 눈에 식당의 유명인 사인들이 들어온다. 이름들을 쭉 보다가...

백종원의 사인이 눈에 들어온다.

스티브 종원이 형? 뭐야 여기 종원이 형 맛집이었네?

애슐리 !!!

뭔가 번뜩인 애슐리, 손으로 "3", "2" 직원들에게 수신호 보낸다.

애슐리(NA)	스티브의 서른두 번째 그림자. "사회적 허세."
	태어나 처음 타본 자전거의 보조바퀴를 기억할 것이다. 혼자 힘으론 서기 힘든 자전거를 지탱해주는 보조바퀴.
	스티브의 경우에는 유명인사들의 이름이 홀로 설 수 없는 자신을 지탱해줄 수 있는 보조바퀴인 셈이다.
애슐리	스티브, 백종원 선생님이랑 친하세요?
스티브	그럼~ 절친이지~ 온 김에 전화라도 한번 드릴까?
	에이, 아니다. 바쁘겠지.
	애슐리, 제시 꼬집으며 눈치 주면
제시	우와, 대박이다. 저 나중에 사인 받아다주시면 안 돼요?
	연예인이랑 친한 사람 처음 봐.
스티브	연예인은 무슨~ 다 똑같은 사람이지~
모니카	스티브, 발 진짜 넓네요. 인맥이 월드 와이드세요.
스티브	에이~ 아냐~ 나도 잘 몰라.
	박희순 정도?
캐롤	〈마이네임〉 박희순이요? 최무진? 우와, 짱…
스티브	박희순 좋아해? 통화시켜줄까?
	에이, 아니다. 바쁘겠지.
애슐리	스티브 꼭 연예인 보는 거 같아요. 또 친한 연예인 없어요?
스티브	나? 글쎄?
	음… 폴 매카트니를 연예인이라고 할 수 있나?

| 애슐리 | 헐~ 대박사건!!! |

직원들 앞에서 허세 떠는 스티브와 열심히 맞장구쳐주는 직원들.

| 애슐리(NA) | 스티브의 서른두 번째 그림자까지 잘 견뎌낸 당신. 훌륭하다. 당신의 노력 덕에 지금 스티브의 기분은 영화 〈언더 씨즈〉에서 적의 목을 꺾은 스티븐 시걸만큼이나 위풍당당할 것이다. |

S#12. 마젠타 (낮)

화장실 앞에 4~5개의 책상이 늘어져 있다.
제이를 비롯한 이지스의 직원들.
죽어가는 눈빛으로 자리를 시키고 있아 있는 제이.
이지스 직원 하나가 제이에게 다가온다.

| 직원 | 이제야, 나 화장실 좀... |

이루 말할 수 없는 씁쓸한 표정으로 입장 시간을 적는 제이.
상훈, 책상 들고 등장한다.

| 제이 | 상훈아...! |

상훈, 제이를 한참 보다가...

상훈   이 개새끼, 너 때문에 손해 본 것만 생각하면...
          때려죽여도 시원찮어.

제이   (놀라는) ...상훈아...

상훈   ...라고 전하래.

상훈, 전화기 들어 보여주면 이근호와 통화 중인.
수화기 너머로 이근호의 웃음소리 들린다.

이근호(E)   크크크... 사이좋게 잘 지내라. (끊는)

제이 옆에 자리 잡는 상훈. 모두가 깊은 한숨 뱉는데.

S#13.   카페테리아 (낮)

애슐리 모니카 제시 캐롤이 카페테리아에 앉아 있다. 그들의 시
선 끝에 걸린 사무실의 스티브. 소리는 들리지 않지만 금방 춤
이라도 출 정도로 몸이 가볍고 표정이 밝다.

제시   잘되어가고 있는 거 맞지?

애슐리   네. 여러분 아주 잘 따라와주고 계세요.

캐롤   근데 우리야 그렇다 치고

애슐리는 뭐 때문에 이렇게까지 하는 거야?

애슐리 아, 그게 좀 창피한데...

제시 뭔데? 말해봐!

애슐리 저... 제 부서 만들어달라고 할 거예요.

제시 에? 왜? 애슐리 지금 있는...

어...? 애슐리 어느 팀이지?

애슐리 봐요. 제시는 개발팀, 모니카는 인사팀, 캐롤은 마케팅.

나는? 모르겠죠? 없으니까.

모니카 어? 그럴 수가 있나? 아냐, 서류상으로도 애슐리 급여 나

갈 때 분명... 어? 분명히...

애슐리 있긴 있죠. 미래혁신창의력팀.

말하자면 긴데... 그러니까 아주 먼 옛날.

여러분들이 입사하기 전 맥콤에는

미래팀, 혁신팀, 창의력팀이 있었답니다.

도대체 뭐하는 덴지 모르겠죠? 네. 그래서 다 나갔어요.

그리고 그 팀들을 하나로 묶어놓은 게 지금 제가 있는 미

래혁신창의력팀. 쪽팔려서 명함도 못 뽑았어요.

직원들 반응.

애슐리 우리 엄마는 맥콤이 김치 만드는 덴 줄 알아요.

스티브한테 제대로 된 부서 만들어달라고 해서 명함 팔 거

예요.

골드블랙에 수입종이로.

421

하는데, 큰 상자를 들고 회사로 등장하는 남자 둘. 타운홀 앞에
큰 상자를 내려놓는다.

S#14. 타운홀 (낮)

직원1   여기 맞는 것 같은데?

(전화 거는) 여보세요? 네. 지금 도착했는데. 아, 나오시네.

보면, 스티브 기쁜 얼굴로 달려 나온다.

스티브   일찍 왔네요? 생일날 받으려고 했는데!

후... 완성된 거예요?

직원1   네. 열어보세요.

스티브, 상자 열고 천천히 천막 걷으면...

팔짱 끼고 있는 스티브 흉상이다. 기업 총수를 연상케 할 정도
로 비싸 보이는.

흉상 받침대에는 "Steve / Founder of Magenta / CEO of
Maccom / KAIST" 등의 약력. 감격에 겨운 스티브 표정.

카페테리아의 직원들 나와서 이 광경 지켜보고 있다.

캐롤   뭐야... 지금 회사 돈, 아니 우리 돈으로 동상 산 거야?

이러다 200억 다 써버리는 거 아냐?

제시	애슐리, 이대로 괜찮겠어?
애슐리	저기요... 저런 거 보통 얼마나 해요?
직원2	네? 아... 사이즈랑 재질별로 견적 내봐야 되는데
	이 작품 같은 경우는... (귓속말)

애슐리, 직원2에게 가격을 듣는다. 맥콤 직원들은 모두 애슐리의 표정에 집중하는데.

애슐리, 침착하고 밝은 표정으로 고개 몇 번 끄덕이더니...

애슐리	(웃다가 정색) ...모두 집합.

S#15. 지하 주차장 (낮)

하하호호 즐거운 표정의 스티브와 식원들.

스티브	아니 밥 먹은 지 얼마나 됐다고 커피 마시러 또 나가?
애슐리	에이, 스티브가 커피 박사잖아요.
	저희 좀 가르쳐주세요~
제시	잠깐만요. 제가 차 뺄게요~
스티브	아유, 정말 커피 맛도 모르면서.
	좋아. 그럼 내가 오늘 에스프레소 제대로 알려줄게.
	에스프레소가 원래 익스프레스. 즉, 빠르다는 뜻의...

스티브 설명하는데... 제시, 이중 주차된 차 때문에 끼익끼익 왔다 갔다 할 뿐이다.

스티브	안 돼! 안 돼! 제시 들어가. 한 바퀴 돌려서 다시 나와.
제시	나갈 수 있을 것 같은데요?
스티브	아냐, 아냐. 내 말 들어. 그대로 나오면 박아.
제시	괜찮을 것 같은데?
스티브	어허, 박는다니까. 들어갔다가 한 바퀴 돌려. 어깨선에 맞춰.
제시	아니에요~ 절대 안 박아요.
스티브	아니 들어가서...

제시, 스티브 말 안 듣고 나오다가 쿵! 하고 앞차 박는.
제시, 차에서 내려 사고 난 곳 본다. 직원들도 제시와 함께 닿은 곳 살피는데.

제시	아... 씨... 다 나갔네...
캐롤	어머, 어떡해~

직원들 모여서 차 살피다가... 슬쩍 스티브 눈치 보는데...
보면, 씨익- 웃고 있는 스티브.

스티브	(함박웃음) 내가 뭐랬어~? 어? 내가 박는댔지? 아유, 내 말 듣지. 거참! 내가 박는다고 분명히 했잖아! 하하. 아니 보니까 딱 보이더라고. 어떻게 그걸 몰라? 하하하.

캐롤, 내가 뭐랬어? 모니카, 내가 그랬지? 내가 박는다 그
랬지?

나 정확해 진짜. 내 말 듣지. 제시 참, 진짜. 하하.

애슐리(NA) 스티브의 서른여덟 번째 그림자. "내가 뭐랬어."

단시간 내에 스티브의 기분을 가장 극적으로 전환시킬 수
있는 기술이다. 스티브의 말이 명백히 옳을 때, 일부러 그
와 반대되는 행동을 하고 보란 듯이 실패해 스티브의 기분
을 좋게 만들어주는 고급기술.

그의 말이 명백히 옳은 경우도 거의 없거니와 그와 반대
의사를 취해야 하기 때문에 위험도가 높은 기술이다. 하지
만 그만큼 스티브의 기분은 드라마틱하게 좋아진다. 지금
스티브의 기분은 리버풀의 챔스 우승컵을 들어 올린 스티
븐 제라드 못지않게 환희로 가득 차 있을 것이다.

애슐리의 말에 화답이라도 하듯 "그러게 내가 뭐랬어~" 하며 너
무 기뻐하는 스티브.

직원들도 서로 눈빛을 주고받으며 만족해한다.

모니카 (작게) 외근으로 보험 처리해줄게.

제시 (멋쩍게 웃으며) 아... 진작 스티브 말 들을걸. 헤헤.

그럼 스티브 우리 이제 성수동으로 이사 가나요?

직원들 !!!

스티브 ...뭐?

해맑게 웃던 제시. 스티브의 반응에 아차 싶은데...

제시	아...
스티브	잠깐... 그러고 보니 오늘 하루 종일 이상했어.
애슐리	스티브, 그게...
스티브	하... 그거 때문이었어?

직원들 모두 대답 못 하고 시선 피하는.

스티브	사람 바보 취급하고 말이야.

스티브, 돌아서 혼자 가버리는데... 직원들은 어찌할 줄 모르는.

S#16.　마젠타 이근호 사무실 (낮)

본인 사무실에서 짜장면 먹고 있는 이근호.
제이가 뻥! 문을 열고 들어온다. 옆에서 말리는 비서.

비서	안 된다니까요!!

별로 놀라지 않는 이근호. 제이는 그런 이근호 노려보는데.

이근호	나가서 일 봐.

비서 퇴장하고...

제이   뭐 하는 겁니까?

이근호, 아랑곳 않고 짜장면 계속 먹는데.

제이   나 하나면 되잖아요.
당신이 싫어하는 건 우리가 아니라 나 하나니까!
나만 괴롭히면 되는 거잖아요. 네?!
도대체 왜 이렇게까지...
이근호   계속해. 드라마 보는 거 같다 야.
제이   ...제발... 다른 친구들은 복직시켜주세요.
부탁드립니다...

이근호, 대충 입 닦고 식사 정리하는.

이근호   그럴 필요 없어.
제이   뭐? ...왜?
이근호   "왜에?" 씨발... "왜요?" 그러면 왜요는 일본 사람이 덮고
자는 게 왜요고 할랬더니. 말 짧네. 이 개새끼.
제이   그게 무슨 소리냐구.
이근호   아유... 요... 요... 운 좋은 새끼.

이근호의 의미심장한 말과 영문을 모르는 제이 표정에서.

S#17. 카페테리아 (낮)

누군가와 대화 나누고 있는 스티브.

애슐리   저... 스티브...

스티브. 뒤돌아보면 애슐리와 직원들이 서 있다.

스티브   잠시만요.

스티브, 직원들에게 다가가는데.

애슐리   저... 스티브... 죄송해요.

스티브   (보는)

애슐리   그러려고 그런 게 아니라...

캐롤   스티브! 저희가 생일 선물 준비했는데.

스티브   (말 끊고) 지금 바쁘니까 다음에 얘기하지.

돌아가버리는 스티브와 난감한 표정의 직원들.
스티브, 자리에 돌아와 앉는데.

스티브   (미소) 우리 어디까지 얘기했죠?

보면, 카이스트 학생증 메고 있는 "카이스트 신문" 학생 기자다.

기자	네. 선배님! 성공한 카이스트 출신 기업인으로서 카이스트인이 자부심을 가져야 하는 이유 말씀하시다 마셨어요!
스티브	아아...!! 밤을 새도 모자랄 것 같은데요? 하하. 음, 우선 "상상 이상의 아름다운 변화"라는 슬로건 아래 유수의 기업인들과 인재를 배출한 우리 학교는...
강휘	풉...!!

뒷자리에서 조용히 스티브의 말을 듣던 강휘 비웃는다.
스티브, 강휘의 존재가 신경 쓰이는데...

스티브	흠... 수많은 학계, 재계 인사와 또 뮤지션 페퍼톤스의 이장원 씨 같은,
강휘	풉...!!!
스티브	...뿐만 아니라... 한국 최초의 인공위성을 개발한...
강휘	(통화하는) 어, 작년에 포카전 어떻게 됐지? 우리 포스텍이 이겼지? 아~ 그래~?

스티브, 강휘의 도발에 어쩔 줄 몰라 하는데... 기자는 그런 스티브 눈치 본다.

강휘	3년 연속 이겼네? 야야, 대전공대 애들 불쌍하다. 좀 봐줘가면서 하라고 그래~

근데 걔넨 쪽수도 많은데 뭘 그렇게 못한대~?

뭐어라고오~? 모쏠들이라 그렇다고? 하하하~~~

얄밉게 비웃는 강휘와 부들부들하는 스티브...

그때 학생 기자가 나지막이 무언가 말한다.

기자   맑게 개인 하늘을 보며...

스티브   (기자 보는)

기자   크게 한번 숨을 쉬어봐.

학생 기자의 갑작스러운 말에 강휘도 반응하는데.

강휘   뭐야...?

기자   두 눈을 감으면♬ 바람이 느껴져♬ 마음을 여는 거야♬

[자막-1999년 방영된 드라마 KAIST ost-"마음으로 그리는 세상"]

기자와 스티브 서로 눈 맞추며 무언의 교감 이루어진다.

기자의 노래 끝나고 잠시 잠깐의 침묵... 하지만 스티브 화답하

듯 작게 노래 부른다.

갑자기 뮤지컬 분위기.

스티브   오늘 하루만이라 해도♬ 온 세상에 그리고 싶어♬

           변치 않고 가져갈 세상 모든 것들과 우릴 만들어준 꿈들을♬

	소중한 건 ♬
기자	소중한 건 바로 ♬
스티브	내 마음속에 ♬
함께	쓰러지지 않는 용기죠 ♬
스티브	나를 향한 ♬
기자	나를 향한 믿음 ♬
스티브	그것만이 ♬
함께	멋진 미래를 열 수 있는 작은 열쇠죠 ♬

뮤지컬처럼 카페테리아를 누비며 노래 부르는 스티브와 학생 기자. 강휘는 분한.
스티브의 표정이 어느 때보다도 밝다.

애슐리(NA)   스티브의 마지막 그림자. "카이스트."
이로써 스티브는 2007년 캘리포니아에서 아이폰 프레젠테이션을 성공적으로 마친 스티브 잡스와 같은 기분이 되었다.

스티브의 해맑은 표정에서.

S#18. 엘리베이터 앞 (낮)

엘리베이터를 기다리고 있는 학생 기자. 애슐리가 옆으로 다가와 선다. 간단한 눈인사 나누는 둘. 애슐리, 주변 눈치 스윽 한 번 살피더니.

애슐리	연기 잘하더라?
기자	엄마가 김치 가져가래.
애슐리	극단은 지낼 만해?
기자	그냥... (손 내미는)

애슐리, 주변 눈치 보더니 다영(기자)에게 5만 원 건넨다.

기자	땡큐.
	근데 남자친구는 어디 있어?
애슐리	그... 하... 말하자면 길다... 가.

다영 떠나고. 제이를 생각하는 애슐리의 표정.

S#19. 타운홀 (낮)

애슐리, 회사로 다시 들어오는데... 뭔가 시끄럽다. 가서 보면

제시	예?? 스티브 그게 지금 무슨 말이에요?
스티브	(천연덕) 다 썼다니까? 없어!
캐롤	그러니까 스티브 말은 지금 제 돈을... 아니 우리 맥콤 돈을...

다 썼다구요?

애슐리   무슨 일이야??

모니카   투 레잇... 히 스펜트 올 오브 머니...*

[자막-너무 늦었어... 그는 모든 돈을 다 써버렸어...]

애슐리   그게 정말이에요?

아니 도대체 어디에요??

스티브   어? 왔네? (손 흔드는)

애슐리, 스티브의 시선 따라가보면...
제이와 상훈을 비롯한 이지스 직원들이다!
애슐리를 마주하고 어색한 웃음 짓는 제이.
애슐리는 무슨 일인가 싶어서 스티브를 보는데.

스티브   제이네 회사. 내가 사버렸어.

애슐리, 어이없지만...
제이와 마주하고 웃음 짓는다.

S#20.   스티브 집 (밤)

    ✦

스티브의 생일 홈파티. 맥콤의 직원들이 자유롭게 노는 모습들
스케치. 크리스마스 느낌의 잔잔한 음악. 사람들 몰래 손 붙잡
고 웃는 제이와 애슐리부터 요리를 준비하는 스티브, 게임에 열

중인 개발팀 직원들. 모니카와 캐롤은 술 마시기 대결을 하는 등 홈파티 느낌이다.

직원들의 모습을 따라가다 보면... 스티브의 방 안에 영화 〈그랜드 부다페스트 호텔〉과 〈킬링 디어〉의 포스터 붙어 있다. 중간쯤 읽다가 덮인 〈오스카 와일드 작품선〉이 스티브의 허세가 100% 거짓에만 기반하지 않았음을 보여준다.

(E)   띵동!

초인종 소리 울리고 문 열리면 한 남자 등장한다.

스티브   휘순아!!
캐롤   뭐?! 박희순??

보면, 선물을 들고 온 개그맨 박휘순. 실망한 직원들의 표정.
음악과 함께 파티 분위기 이어지는데...

제이   저, 스티브.
스티브   어, 제이. 이리 와서 한잔해.
제이   우선... 너무 감사해요. 죄송하고...
스티브   아이, 뭐 그런 얘기를 하나~
제이   저희 이제 기술도 다 빼앗겨서 아무것도 없어요.
            근데 도대체 왜...

스티브, 제이를 빤히 보더니 씨익 웃는다.

스티브   일 얘기를 하고 그래~ 퇴근했는데~
          나가서 좀 더 먹자~

스티브, 제이와 함께 나가는데... 스티브 방에 펼쳐진 책에 써 있
는 명언.
"사과 안의 씨는 셀 수 있어도 씨 안의 사과는 셀 수 없다." / 켄
키지

9화 엔딩

실패는...

넘어진 것이 아니라 넘어진 자리에 머무는 것입니다.

EP. 10 Metaverse

가장짧고 가장슬픈

쓸 때마다 읽을 때마다 볼때마다 울었던 대본.

쓰기 전에 감정 잡으려고
슬픈 영화 보고 울었는데
우울 해서 일주일동안 시작도 못함..

ㅠ ㅠ

" 아빠는 어차피 나한테 평생 없는 사람이었기
진짜 없었잖아 ,, 제일 필요할때도 ... "

" 언제나 당신 곁에, 어게인 GO! "

몽키과
↓
우스꽝스럽게 생기면 좋겠다.
엔딩의 슬픈 씬과 어울리지 않게

유일하게 콜드오픈이 코미디가 없는

" 기본이 ... 알록달록 하비 "

" 나도 억여산란
한가락이 사실꺼야. "

영화 킬리만자로 에 나오는 대사 오마주.
오승욱 감독님께 허락 받았다.

EP.10
Metaverse

S#1.　　락커룸 (낮)

고등학생쯤 되어 보이는 남자 선수(종수)가 들것에 실린 채 누워 있다. 금방 시합을 끝낸 듯 얼굴은 만신창이에 겁에 질린 어린아이처럼 흐느낀다.

벽에는 "1999년 ○○배 권투 신인왕전 지역예선" 포스터.

S#2.　　락커룸 밖 (낮)

추리닝 차림의 코치와 팀 닥터가 대화를 나누고 있다.

코치는 담배를 뻑뻑 피우며 불안한 듯 이리저리 돌아다니고...

닥터　　넘어지면서 무릎판이랑 연골조직이 아예 나갔습니다.

이대론 선수 생명은 끝났다고 봐야...

S#3.　　락커룸 (낮)

코치, 들어오는데 종수와 눈을 마주치지 못하는. 씁쓸한 표정으로 옆에 와 앉는다.

코치　　(종수 손 잡는) 그렇게... 됐다.

종수　　(흐느끼는)

코치	미안하다.
종수	(오열하는) 코치님... 흑... 너무 무서워요...
코치	어머니한텐 연락했니?
종수	돌아가셨어요...
코치	아버지한테 내가 연락드리마.
종수	저 아빠 없어요...
코치	(한숨) 협회엔 내가 이야기해서 끝까지 치료 잘 받을 수 있게...

코치의 뭐라 뭐라 하는 말들이 점점 작게 들리고... 종수의 겁에 질린 슬픈 눈에서

타이틀 인 '유니콘'

S#4.　회의실 (낮)

직원들이 모여 있는 회의실.
스티브는 중앙 큰 모니터 화면에 등장한다.

스티브(화면)	중국을 통일한 진시황. 그에게도 이루지 못한 꿈이 있었습니다. 영원히 죽지 않고 존재하는 삶.

짜인 듯한 오프닝 멘트에 직원들, '또 시작이야...'라는 듯 눈빛 주고받는다.

스티브(화면) 하지만 지금의 우리는 이미 영원히 사는 방법을 알고 있습니다.

그리고, 동시에 어디에나 존재할 수 있죠.

그 비밀은... 여기 있는 제가 아닌 그곳의 제가 말씀드리겠습니다.

보면, 스티브 직원들 뒤에 등장한다.

스티브 메타버스.

스티브, 잔뜩 폼 잡고 깜짝 등장하지만 모두 시큰둥한 직원들.
필립만 나자빠질 듯 놀라며 화면 속 스티브와 회의실의 스티브를 번갈아 본다.

필립 어?!! 어?!! 스티브!! 어떻게?!!!

스티브 작년, 세계 최대 소셜 네트워크 서비스 업체 페이스북은 사명을 메타로 변경했습니다.

메타버스는 거부할 수 없는 시대의 흐름이죠.

지금 여러분들은 어디에 살고 계시나요?

마포? 동대문? 대한민국?

아뇨, 우리는 모든 곳에 존재합니다.

캐롤 스티브는 인스타에서 살잖아요.

어제도 밤새 스토리...

스티브 (말 끊고) 초월하는 유니버스, 메타버스.

우리 맥콤은 또 무엇을 초월할까요?

여러분들에게 본격 메타버스 증강현실 매칭 서비스.

〈어게인 GO〉의 프로토타입을 공개합니다!

보면, 화면 속의 스티브가 말 이어간다. 여전히 필립만 놀라 나
자빠지는.

스티브(화면)　〈어게인 GO〉는 NFT 기술을 기반으로 제작되었습니다.

이렇게 "GO" 모드를 켜시면 현실 속에 또 다른 나의 얼터
에고, 부캐가 등장하죠.

화면에 핸드폰 화면 나오고... 고릴라 CG 캐릭터 등장한다. 고릴
라의 얼굴이며 패션이 매우 촌스럽다.

캐롤　와... 진짜 촌스럽다. 누가 디자인했냐.

스티브(화면)　〈어게인 GO〉의 시그니처 캐릭터 "몽키곽"입니다.

사람들 곽성범 슬쩍 쳐다보는데 곽성범은 시선 피하는.

스티브(화면)　유저의 취향대로 옷을 갈아입힐 수도 있고

〈어게인〉에서의 추억을 사진으로 기록해 NFT로 제작할 수
도 있습니다.

하지만 무엇보다도?

스티브	〈어게인 GO〉의 가장 큰 강점은!
	증강현실 서비스라는 점입니다.

현실의 스티브, 핸드폰으로 〈어게인 GO〉의 "GO" 모드 실행하면 카메라로 보이는 현실 배경에 몽키곽 캐릭터 나타난다.

S#5. ✦ 카페테리아 (낮)

직원들을 이끌고 회사 이곳저곳을 돌아다니는 스티브.

스티브	(움직이며) 이렇게 움직이는 곳마다 나를 따라 움직이고
	내가 방문했던 곳은 자동 저장되어서 근처에 오면 알림을
	띄워주기도 하죠.

〈어게인 GO〉 알림 "이전에 왔던 곳이에요!"

스티브	"언제나 당신 곁에, 어게인 GO!"
	그리고, 만약 당신이 우연히 〈어게인 GO〉의 유저를 만난
	다면?

스티브, 찰스에게 다가가는데 화면에 찰스의 캐릭터 나타난다. 스티브, 화면 우하단의 하트를 던져 찰스의 몽키곽 캐릭터에 호감을 표시한다.

캐릭터의 모습이 흡사 포켓몬을 잡는 것처럼 우스꽝스럽다.

스티브	이렇게 호감을 표시할 수도 있죠.
	이제 상대방이 수락을 누르면... 찰스?
찰스	네?
스티브	(눈빛)
찰스	아! 미안해요, 제시!

찰스, 수락 버튼 누르는데 모니카는 스티브를 제시라 부르는 찰스를 이상하게 본다.

스티브	에? 제시?
	뭐 여튼, 수락을 누르면 보시다시피 이렇게 매칭이 성사됩니다.
캐롤	〈포켓몬 GO〉 베낀 거죠?
스티브	(못 들은 척) 자, 〈어게인 GO〉를 한마디로 표현한다면 뭘까요?
	"새로운 메타버스 증강현실 매칭 서비스."
캐롤	한마디 아닌데.
스티브	(참다 참다가) 왜 자꾸 딴지를 걸어? 도대체 뭐가 불이 난 거야?
캐롤	지금 겨우 이딴 거 만든다고 티모시 샬라메를 버린 거예요?
곽성범	겨우라니!!
태주	이딴 거?? 내가 며칠 밤을 샜는데!!!

446

스티브	아니 내가 내 돈 쓰는데 왜?!
제시	스티브, 아직 매물 남아 있거든요? 우리 지금이라도 성수동 가요, 네?

스티브   아니 내가 내 돈 쓰는데 왜?!

제시   스티브, 아직 매물 남아 있거든요? 우리 지금이라도 성수
동 가요, 네?

스타트업 중에 우리만 성수동 아니에요!

스티브와 직원들의 설전(?)이 오가는 가운데 텅 빈 회의실 미리
찍어놓은 영상 속 스티브는 속 모르고 웃고 있는 데에서.

S#6.   사무실 (낮)

모두가 평온한 사무실의 풍경. 애슐리 혼자 이리저리 눈치를 살
피더니

애슐리   어~? 법카 영수증 정리 이거 제이가 다 한 거예요?
우와~ 지출결의서 올리는 거 진짜 너무 스트레스였는데 모
두의 시름을 덜어줬네?

제이   네? 제가 무슨...

애슐리, 제이 꼬집는.

애슐리   어머나, 업계 뉴스 클리핑 깔끔하게 해놓은 것 봐.
진짜 제이가 일 하나는 똑바로 한다니까~
아유, 제이 없었으면 어쩔 뻔했어. 정말~

제이는 황당한 표정으로 애슐리 바라보고...

정작 모두는 별 관심 없는데 애슐리만 만족한 듯 미소 짓는다.

한쪽에선 찰스가 약통에서 약을 꺼내 입에 넣고 한참을 가만히 있는다. 이상하게 보는 모니카. 정신이 든 듯한 찰스, 약을 입에 넣은 채 카페테리아로 향한다. 모니카의 시선에 들어온 찰스의 약통. "아리셉트"라고 써 있다. 모니카의 표정.

S#7. 계단 (낮)

제이, 계단으로 애슐리에게 끌려온다.

제이	아아!! 왜 그래요?
애슐리	제이. 정신 안 차릴 거예요?
제이	네?
애슐리	하... 진짜 답답하네. 제이 지금 어디 소속이에요?
제이	맥콤이요.
애슐리	지난주에는?
제이	...마젠타요.
애슐리	2주 전에는?
제이	맥콤...
애슐리	그런 사람을 영어로 뭐라고 하죠?
제이	...스파이요.
애슐리	사람들이 제이를 곱게 볼 리가 없잖아요.

이미지 개선이 절실히 필요한 타이밍이니까

잠자코 내가 시키는 대로 따라와요. 오케이?

무슨 말인진 알겠지만 탐탁하지 않은 제이 표정에서.

S#8.　뉴스 화면 (낮)

───────────────────◆───────────────────

앵커　　최근 유니콘 스타트업 '마젠타'는 고객들의 음성 데이터를
　　　　불법 수집하여 광고로 활용한다는 이유로 고객들의 집단
　　　　소송을 당했습니다. 결과는, 마젠타의 패소였습니다. 현장
　　　　의 문상 기자입니다.

S#9.　마젠타 앞 (낮) / 뉴스 화면

───────────────────◆───────────────────

문기자　내가 한 말이 커머스 어플 광고에 그대로 나타난 경험이 있
　　　　으십니까?
　　　　있으시다면 무척 화가 나는 소식이실 것 같습니다.
　　　　(자료화면) 유니콘 규모의 커머스 스타트업 '마젠타'가 고
　　　　객들의 음성 데이터를 무단으로 수집하여, 광고로 활용한
　　　　다는 의혹을 받았습니다. 마젠타 이사회 이근호 의장은 이
　　　　를 전면 부인했지만, 지난 8일 고객들의 집단소송에서 결
　　　　국 패소했습니다.

인터뷰	불쾌하죠. 기분 나빠요.
	내가 하는 말이 다 녹음되고 기록된다는 게... 끔찍한 일이죠.

문기자	(자료화면) 잇따른 회원 탈퇴와 "마젠타 수사촉구와 손해
	배상"을 요구하는 청와대 청원 글이 쇄도하는 가운데
	증권가에서는 상장을 목전에 두고 있는 마젠타의 경영진
	교체가 이루어질 것으로 전망하고 있습니다.
	마젠타를 둘러싼 이 의혹이 과연 사실인지 제가 한번 직접
	시험해보도록 하겠습니다.
	문상 기자, 자신의 핸드폰으로 마젠타 어플(커머스, 쇼핑몰 UI)
	에 들어가 추천 목록을 확인한다. 보면, 마젠타 추천상품 목록
	에 19금이 걸린 성인용품과 다이어트 식품. 황급히 화면을 끄
	고 도망가는 문상 기자.

앵커(E)	네. 지금... 연결이 고르지 않은 것 같습니다. 다음 소식 전
	해드립니다.

S#10. 사무실 (낮)

───────◆───────

일하고 있는 직원들.
라이더 등장한다. 쏜살같이 달려나가는 애슐리.

애슐리	어? 이게 뭐야? 제이가 시킨 거예요?
제이	네?
애슐리	(눈짓)
제이	아... 네...
애슐리	잘 먹을게요!!!
	(하나씩 나눠주며) 어머나, 배달 요청사항에
	단거 좋아하는 캐롤을 위해서 청포도 에이드에 시럽 추가,
	필립은 카페인 못 먹으니까 디카페인 블렌드,
	애슐리는 다이어트 중이니까 아메리카노 시럽 빼고,
	제시는 더티라테.
제시	(받으며) 그게 그렇게 길게 쓸 수 있나?
애슐리	(못 들은 척) 달달한 거 좋아하는 찰스는 플레인 크로플.
	찰스? 어? 찰스 어디 계시지? 찰스 못 봤어요?
휘트니	샌드위치 만들러 가신 거 아니에요?
에슐리	네?
휘트니	아니 요즘 하루에 몇 개씩 드시더라구요.
	드시다 말고 또 만들러 가고 보면 또 드시고 계시고.
	무슨 배 속에 지우개가 있으신가 봐.

모니카, 휘트니의 말에 이상함 느낀다.

[ins-5신. 스티브를 제시라 부르는 찰스]

찰스 자리로 가서 조금 전 찰스가 먹던 약통 보는.

핸드폰으로 약 이름 검색해본다. "아리셉트"

S#11.　스티브 사무실 (낮)

모니카와 직원들, 스티브 사무실로 급하게 들어오는.

모니카　　　스티브!! 찰스가... 실종됐어요.

스티브　　　뭐?

애슐리　　　점심부터 안 보여서 전화해봤는데 전화도 안 받고요.

　　　　　　지금 일단 경찰에는 신고했거든요?

스티브　　　에이, 경찰~? 아니 그냥 잠깐 어디 가셨겠지.

　　　　　　다 큰 어른이 무슨 실종이야?

모니카　　　이거... (약 꺼내는)

　　　　　　찰스가 먹던 약이에요.

모니카, 약이랑 핸드폰 검색 결과 보여주는데

"아리셉트-치매증상 치료제"

스티브　　　가족한테는? 연락했어?

애슐리　　　비상연락망으로 전화해봤는데 바뀐 번호로 나와요!

모니카　　　지금 우리한텐 집 주소랑 전화번호, 전에 다니던 회사 말고

　　　　　　는 없어요.

　　　　　　어떡하죠?

스티브, 사태의 심각성을 깨닫고 심각하다가...

| 스티브 | 잠깐! 위치 추적... 찰스 핸드폰에 〈어게인 GO〉 깔려 있잖아? |

스티브, 뭔가 생각난 듯 개발실로 달려간다.

S#12.　개발실 (낮)

◆────────────────────────────

개발실로 급하게 달려 들어오는 스티브와 직원들.

스티브	성범 씨!! 찰스 핸드폰에 〈어게인 GO〉 깔려 있지?
곽성범	네. 왜요?
스티브	찰스가 실종됐어.
곽성범	네??

성범, 급하게 자리에 앉아 컴퓨터하고
스티브는 바로 뒤에서 성범과 함께 모니터 바라보는데.

| 스티브 | 찰스 위치 추적 좀 해봐. |
| 곽성범 | 네!!! |

보면, 성범 네이버에 "노인 실종" 검색하는.

| 스티브 | ...뭐 해? |
| 곽성범 | 찰스 실종됐다면서요! |

스티브	아니... 그... GPS... 위치 추적 안 돼...?
곽성범	그런 기능 없는데요?

성범의 말에 잠시 벙찐 스티브와 직원들.

각자 급하게 외투 챙겨 밖으로 나간다.

S#13.   이사회 (낮)

이사회를 채운 수많은 사람들. 한 명 한 명 얼굴을 지나 상석의

이근호 얼굴 비추면.

이근호	기분이... 하... 씨발. 알록달록하네.

이근호, 허탈한 웃음 짓는데... 앞의 종이 보면,

"이사회 안건: (주)마젠타 최고경영자 해임의 건"

S#14.   찰스 집 앞 (낮)

캐롤과 애슐리, 초인종을 눌러보지만 대답이 없다.

애슐리	저기요!! 저기요, 안 계세요??
캐롤	아무도 없는 것 같은데... 큰일이네. 어떡하지?

제이, 박카스통 손에 든 채 달려와서.

제이   이웃분들한테 물어봤는데 친한 사람은 없는 것 같아요.
명절에도 집에만 있고 늘 밤늦게 혼자 들어오셨다고요.
가족도 안 계신 것 같은데... 어?

제이, 집 앞 쓰레기봉투를 뒤진다.
그런 제이 바라보는 캐롤의 시선.
제이, 몇 개의 치킨 상자 꺼내 보여준다.
"기철이 세 마리 치킨"이라 쓰여 있다.

S#15.   투자회사 로비 (낮)

칠스가 다니던 투자회사를 찾은 스티브와 모니카.
핸드폰 속 찰스의 사진을 보여주며 사람들에게 물어보지만 다
들 모르겠다는 반응.

스티브   (통화하는) 제시! 뭐 좀 찾았어?

S#16.   약국 (낮)

제시   네. 여기서 산 것 맞고요. 치매 치료제 맞대요.

스티브(E) 그래? 보호자 연락처는 알 수 없나?

제시 개인 정보는 줄 수 없대요. 어떡하죠?

S#17. 투자회사 로비 (낮)

스티브 후... 알겠어. 일단 회사 들어가서 필립이랑 더 찾아봐.

모니카와 이야기 나누던 나이 든 경비원이 반응한다.

경비원1 어... 이분 김상무님 아닌가?

스티브도 모니카에게 다가가는.

경비원2 누구? 난 왜 처음 보지?

경비원1 아니 왜 최전무가 항상 얘기하던 양반 있잖아.

전에 한번 놀러 왔을 때 봤어.

모니카 김창섭 씨를 아세요?

경비원1 아니, 나는 잘 모르고 최전무가 알지.

스티브 그 최전무님은 지금 어디 계세요??

S#18. 치킨집 앞 (낮)

◆

"기철이 세 마리 치킨" 간판.

S#19. 치킨집 (낮)

◆

낡고 휑한 치킨집 안. 주인이 전화를 받고 있다.

주인   아유, 놀라셨겠네. 배달허는 양반이 고거 몇 점 집어 먹었구나.

예~ 순살치킨은 간혹 그런 경우가 있는디. 그츄? 티가 안 나니께.

네... 송구스럽구유...

근디 또 생각해보믄 그만큼 우리 치킨이 맛있다는 물증 아니겄슈?

아무쪼록 별점은 여보셔요? 여보셔요? 욕을 허구 그런댜...

주인, 전화 끊고.

주인   (테이블 쪽 보는) 근디... 멕시카나에서 우짠 일로 왔대유?

보면, 스티브와 모니카다. (이하 주인→최전무)

스티브	아뇨. 저희는 맥콤입니다.
최전무	이~ 맥콜.
모니카	최전무님이시죠? 김창섭 씨랑 잘 아셨다고...
최전무	아이, 김상무님. 아삼육이쥬. 나 은퇴하기 전에 저기 투자
	회사서 한솥밥 꽤 먹었지.
	지끔도 그 양반은 우리 집 닭만 먹어.
모니카	그래서 말인데요. 지금 김창섭 씨가...
최전무	(말 끊고) 근디 이상허네.
	닭집 오셨는디 닭을 안 시키시구
	재담만 나누시네.
스티브	아... 저희가 식사하러 온 게 아니구요. 김창섭 씨를...
최전무	(파리채로 파리 잡으며) 이 쌍눔의 새끼들.
	뭐 주서 먹을 거 있다구.
	장사두 개갈안나 죽겠구만.
	해튼간에 자영업자가 봉이여~
모니카	(답답하고 화나는) 저희가 지금 좀 급하거든요?
최전무	얼레? 하!! 하하!! 워메? 지금 뭐여?
	충청도는 느리다 이거여? 지금 지역 차별 해는겨?
	나 참 밸소리 다 들어~
모니카	아저씨!!
스티브	(모니카 말리며) 저, 그럼 후라이드 하나...
최전무	(싱긋) 반반이 안 나유? 새 기름으루 튀겨드릴게유.

하는데, 애슐리 제이 캐롤 등장하는.

최전무	어서 오세유~
스티브	어?
애슐리	어?

cut to, 한 테이블에 앉아 있는 다섯.

스티브	뭐야, 어떻게 알고 온 거야?
캐롤	제이가 찰스 집에서 이 집 치킨 상자를 발견했어요.
제이	뭐라도 해야겠다 싶어서...

맛있게 잘 튀겨진 치킨 나오는.

최전무	겉바속촉이유.
모니카	김창섭 씨가 지금 실종된 상태예요. 점심부터 연락도 안 되고.
최전무	(파리 잡으며 시큰둥) 다 큰 어른이 뭔 실종이여~ 밥때 되믄 들어오겄지.
스티브	...치매가 의심됩니다.
최전무	이? 뭐여? 치...치매?!! 아니... 창섭이 성님이 어쩌다가... 아이구... 흑... 창섭이 성님!!!

모두 숙연한데.

| 최전무 | 가만... 뭐여? 근디 지금 그냥 닭이나 뜯고 있는겨?
당신들이 사람이여?!! 아이구~ 창섭이 성님~~~ |

모두 어이없는데.

S#20. 사무실 (낮)

필립의 평소와는 다른 비장한 표정.
심호흡 깊게 하고는 직원들 하나하나 지휘한다.

| 필립 | 자, 여러분 긴급상황이에요!! 제 지시를 다 따라주세요!!
상훈님! 가까운 파출소에 신고 들어온 거 없는지 체크해주시고요.
태주님은 찰스가 다니던 컴퓨터학원 전화해서 최근에 언제 왔는지 알아봐주세요.
강휘님, 이 근처 노인쉼터 전화 한번 쭉 돌려주시고요.
지금 시간도 없고 사람도 부족하니까 빨리빨리 부탁드려요!! |

하는데, 그런 필립 뒤로 찰스 아무렇지 않게 지나가는.

| 필립 | 찰스! 어디 있었어요? 지금 사람 없어 죽겠는데 정말!! |

찰스의 등장에 필립의 지시를 듣던 직원들 모두 놀라 찰스만 바

라보는데.

필립 찰스는 찰스가 갈 만한 곳 찾아서 저한테...

주변 직원들 반응 본 필립, 말 멈추곤.

필립 ...어? 어???????

S#21. 치킨집 (낮)

애슐리 (전화받는) 네? 진짜요? 네. 알겠습니다!
    (끊고) 찰스 회사에 돌아왔대요!!

스티브 후...

모니카 오마이갓... 지져쓰...

캐롤 하... 진짜 다행이다.

제이 어디 계셨대요??

애슐리 아직 모르겠어요. 아무튼 이제 돌아가도 될 것 같아요.

가려다가...

스티브 사장님, 어쨌든 감사합니다. 저희 계산할게요.

최전무 아이구, 가슴이야...

스티브 찰스, 아니 김상무님은 가족이 안 계시나 봐요?

연락을 해보려고 해도 연락처가 없던데...

최전무   가족?

휴... 아들놈 하나 있지. 순 양아치 새끼.

스티브   네?

S#22.   회사 (낮)

황급히 돌아오는 직원들.

스티브   (필립에게) 찰스는? 안 다치셨어?! 괜찮아?

필립   아... 그게 괜찮...

그... 괜찮... 았는데... 아까까진...

스티브   무슨 소리야? 지금 어디 계셔??

필립   저기...

보면, 회의실 안에서 상훈과 대화 나누고 있는 찰스.

스티브 쪽을 보더니 아이처럼 해맑게 손 흔들며 인사한다.

자리에서 일어난 찰스, 상의는 정장에 몸빼 바지 차림이다.

반대편 의자에는 젖은 채 말려지고 있는 찰스의 정장 바지가 걸려 있다. 그런 찰스 모습 바라보며 안타까워하는 직원들의 표정.

찰스, 직원들 표정 보고 정신이 돌아왔는지 자신의 바지와 젖은 바지 확인한다.

부끄러운, 씁쓸한 표정으로 다시 자리에 앉는 찰스.

제시	스티브, 누가 찾아오셨는데요...

보면, 말끔한 정장 차림의 찰스 아들. 웃는 표정이다.

S#23. 스티브 사무실 (낮)

스티브, 찰스 아들(종수)에게 따뜻한 차 내민다.
종수는 시종일관 웃으며 사무실 안을 두리번댄다.

종수	아유, 감사합니다.
스티브	죄송합니다. 저희가 잘 모셨어야 하는데...
종수	에이, 무슨요~ 일하느라 바쁘신데~
	(차 마시는) 맛있다? 하하.
스티브	(이상한)
종수	근데 사무실이 참 좋네요~
	넓고! 인테리어 잘해놓으셨네!
	좀 봐도 되죠?
스티브	아... 네...

종수, 일어나서 여기저기 둘러보는.

스티브	실례지만 지금 아버님하곤 함께 지내시진 않는 건가요?
종수	(대충) 예~ 저도 오랜만에 봤어요.

일하느라 바빠서.

아우, 내 정신 좀 봐.

(명함 주며) JS 토탈 인테리어 김종수입니다.

명함 건네받은 스티브, 종수 보는데.

종수	근데 인테리어 어디에서 하셨어요?
	눈탱이 좀 맞으셨겠는데?
스티브	네?
종수	봐요, 바닥만 튀잖아. 원목마루 쓰셔야 되는데...
	가만, 우리가 지금 재고가 있나?
	(뭔가 적으며)
	인부 1명만 쓰면 얼추 평평하게 깔 수 있어요.
	완전 평평하게 하시려면 3명 부르시면 되고.
최전무(E)	아들놈 하나 있지. 순 양아치 새끼.

S#24. 과거 파출소 (밤) / 2000년대 초반

파출소의 종수. 얼굴이 만신창이다.

뒤늦게 찾아온 창섭. 종수는 창섭 노려보다가 짜증 난 듯 시선 돌리고.

창섭도 그런 종수 안타까운 시선으로 바라본다.

최전무(E)　공부할 대가리도 아니고 운동할 몸도 아니고.

　　　　꿘투헌다고 깝죽대는디 웃기지도 않어. 맨 쌈박질이나 허

　　　　구 댕겼지. 깽값도 무진 물었슈. 순 양아치 같은 새끼.

S#25.　과거 파출소 앞 (밤)

파출소 앞을 나서는 종수와 경찰들에게 굽신대며 뒤따라 나오

는 창섭.

종수는 뒤도 돌아보지 않고 가버린다. 창섭의 표정.

최전무(E)　근디 또 애 입장에선 그럴 만두 헌게...

　　　　왜~ 그때는 그랬잖유. 정시 퇴근이 어디 있어.

　　　　회사서 밤새고 밥 먹듯 해외 출장 댕기고...

S#26.　과거 병원 (밤) / 2000년대 초반

노모를 병수발 하는 창섭.

최전무(E)　그리고 김상무님 어머님이 치매라 한국 들어오면 그냥 병

　　　　원서 사는 거지 뭐. 그러니 애 입장에선 애비 없는 거나 매

　　　　한가지지.

S#27.   장례식장 (낮) / 2000년대 초반

사람들 없이 한산한 장례식장. 종수의 엄마 영정 사진.

어린 종수가 상주 완장을 하고 홀로 상주 역할을 하고 있다.

최전무(E)   결정적으루 형수님 돌아가신 날두

그 어린내 혼자 상주 노릇을 헐래니께... 애가 삐뚤어질 만

두 허지.

그래두 그렇지 쌍누므 새끼. 집 나가서 연 끊은 지 한참 됐어.

S#28.   스티브 사무실 (낮)

다시 현재. 스티브의 시선. 종수가 얄팍한 표정으로 영업 중이다.

종수   에, 결국에 분위기 좌우하는 건 천장인데~

우물천장이 요즘 유행이거든요? 공간감 확 살고 미적으로

예쁘지.

인부 1명만 써도 세 달이면 해요.

3명 쓰면 이틀이면 되고.

스티브, 복잡한 표정으로 종수 바라보는데.

S#29. 스티브 사무실 밖 (낮)

스티브 사무실을 몰래 보고 있는 직원들.
직원들의 시선에 영업 중인 종수와 회의실의 시무룩한 찰스가
번갈아 보인다.

캐롤 진짜로? 지금 이 상황에서 영업한다고...?
아... 인간이 싫다, 정말.

다들 한숨 쉬는데... 유독 화난 표정의 제시.
스티브 사무실로 향한다.

제시 저 개새끼가 근데...
캐롤 제시? 제시!!! 안 돼요!!!

S#30. 스티브 사무실 (낮)

제시, 금방이라도 일을 벌일 듯 종수 노려본다.

제시 스티브. 이 사람 말 듣고 있을 필요 없어요.
종수 에? 뭐예요?
스티브 제시...
제시 아저씨 나가요. 당장 나가시라구요!!

종수	뭐 하는 거야?
스티브	제시, 진정해!
제시	스티브!!

잔뜩 달아오른 제시. 금방이라도 폭발할 것 같은데.

제시	성수동으로 이사 가면 인테리어할 필요가 아예 없다니까요?
	거기는 이미 다 되어 있어요! 미드 센츄리 느낌으로. 진짜예요!

제시 바라보는 스티브의 한심한 표정.

S#31.   스티브 사무실 밖 (낮)

사무실을 나서는 스티브와 종수. 종수는 여전히 밝은 얼굴이다.

종수	잔금 받으면 바로 공사 들어갈게요!
	깔끔하게 해드리겠습니다!!
	(꾸벅) 감사합니다!!!
	아유, 나오지 마세요~ 갈게요~!!
	(가다가) 아!! 아빠!!!

종수, 찰스 모시고 나가는데... 직원들은 그런 종수가 너무 꼴 보기 싫다.

S#32. 주차장 (낮)

종수가 운전하고 조수석에 찰스가 앉아 있는.
찰스는 어린아이처럼, 넋 나간 사람처럼 창밖만 바라보고 있다.
아까와는 달리 무표정한 종수. 찰스를 바라보더니 복잡한 표정 짓는다. 시동 걸고 출발하는데... 백미러를 보면 저 뒤에서 누군가 급하게 달려온다.

스티브   잠깐만요!! 잠깐만요!!!

종수, 멈추고 스티브 마주치는데.

종수   무슨 일이세요?
스티브   하... 하... 이거... 이거 가져가셔야죠...

스티브, 종수에게 핸드폰 건넨다.

종수   이게 뭐예요?
스티브   하... (호흡 가다듬고 의미심장하게)
    니네 아빠... 핸드폰.

종수   ???

스티브, 숨 몰아쉬며 뒤돌아 가는데.

종수   뭐야? 미친 새끼...

S#33.   차 안 (저녁) / 찻길

시간이 조금 흐른 듯. 한참을 말없이 운전만 하다가 창섭에게
말하듯 혼잣말하듯.

종수   너무 서운해하지 마요.
          나도 먹여 살릴 발가락이 40개니까.

내비게이션에 목적지-"○○요양병원"이라고 뜬다.

종수   그리고... 나 하나도 안 미안해.
          옛날부터 누가 물어보면 엄마는 죽었다고 하고
          아빠는 없다고 했어.

알 수 없는 표정으로 창밖 바라보는 창섭.

종수   (살짝 울컥) 진짜 없었잖아...

평소에도, 제일 필요할 때도...

[**ins**-1신 들것에서 흐느껴 우는 어린 시절 종수]

/ [**ins**-27신 홀로 상 치르는 어린 시절 종수]

종수   아빠는 어차피 나한테 평생 없는 사람이었어.

그러니까... 한 개도 안 미안해.

창섭의 핸드폰에서 〈어게인 GO〉 알림 뜨는.

"이전에 왔던 곳이에요!"

알림 보는 종수의 표정.

S#34. 카페테리아 (저녁)

◆

카페테리아 카운터에서 주문을 기다리는 직원들. 표정이 착잡하다.

스티브   기분이... 알록달록하네.

모니카   누가 아니래요. 휴...

스티브   그래도... 가족이랑 함께하시는 거니까

좋게 생각하자구.

애슐리   휴... 자주 좀 찾아뵈어야겠어요.

스티브   그래. 우리도 가족인데.

캐롤	근데 제이 다시 봤어요.
	우리도 우리지만 진짜 자기 일처럼 나서서.
	경찰에 신고하고 치킨집 찾고 아들한테 연락하고.
	다 혼자 한 거잖아.
제이	아... 저도 어렸을 때 할아버지가 편찮으셨어서요.
	남 일 같지 않았어요.
	찰스 보면 할아버지 생각나서...
스티브	발라! 바른 청년이야!

애슐리, 사람들의 제이 향한 칭찬에 만족한 듯 미소 짓는다.

종업원	주문하신 음료 나왔습니다.
애슐리	(라떼 들고) 어? 저도 아인슈페너 시켰는데?
종업원	아...!! 고객님, 죄송합니다. 다시 만들어...
	아... 지금 생크림이 다 떨어져서요.
애슐리	(능청) 음~ 어떡하죠?
	화요일은 아인슈페너 먹는 날이라 오늘만 기다렸는데.
	오케이. 그럼 이거 어때요?
	일단 이거 환불해주시고요. 기왕 나온 거니까 먹기는 해볼게요.
	그리고 스콘 하나 서비스로?

애슐리의 억척스런 모습에 종업원은 난감하고 직원들은 "또 시작이야..." 하나둘 곁눈질하는데...

제이	(음료 바꾸며) 애슐리, 제 거 드세요. 저 라떼도 좋아해요.
애슐리	네?
종업원	감사합니다!
스티브	발라! 바른 청년이야!

사태를 해결하는 제이를 바라보는 직원들의 눈빛.

돌아가는 상황을 눈치챈 애슐리. '이미지가 구린 건 나였구나...'

| 애슐리 | 아... |

S#35. 경기장 외관 (밤)

어두운 경기장 건물 밖.

S#36. 락커룸 밖 (밤)

2신의 락커룸 밖. 현재의 종수가 쪼그려 울고 있다.

어린아이처럼 흐느껴 우는 현재의 종수.

종수의 시선 따라가 보면 찰스의 "몽키곽" 캐릭터가 락커룸 앞을 서성이고 있다.

우스꽝스런 "몽키곽" 캐릭터가 이리저리 서성이고...

그 모습이 치매에 걸린 오늘 낮 창섭의 모습과 디졸브.

473

다시, 1999년 예전 창섭의 모습으로 디졸브. 문밖을 서성이며 안으로 들어가지 못하는 창섭의 모습.

종수(E)　코치님... 흑... 너무 무서워요...
　　　　저 아빠 없어요...

오열하는 종수. 창섭의 핸드폰 보면 "언제나 당신 곁에, 어게인 GO!"

S#37.　에필로그 / 스티브 사무실 (낮)

몇 주 뒤. 사무실에서 업무 보는 스티브.
종수에게 영업당한 천장에서 물이 뚝뚝 떨어진다.

10화 엔딩

발라!
바른 청년이야!

"언제나
당신 곁에,
어게인
GO!"

EP. 11 새옹지마

"네 놈 인생지사가 새옹지마로구나!!" EP.2 무당 대사 복선 회수

이근호 (Root Lee, Ignore) 우시당하는..

벗겐낫, 데일리 평택의
저동장으로 EP.1 부터
함께 해주신 분들께 재미를
드리고 싶었음...

결과물로 가장 재미있었던 에피소드

"갑철맛이 나니?"

롤러코스터 $\bigwedge\bigwedge$ ↑

제시 - D.P 오마주

캐롤의 진두지휘

"무서운 건 아니고.. 부러워따..
애가 그늘도 없고 주눅도 안들고..."

지퍼백

EP.11
새옹지마

S#1. 편의점 (밤)

늦은 밤. 조금 취한 듯한 제시가 맥콤 후드티를 입은 채 편의점
에서 물건을 계산하고 있다. 띡-띡- 바코드 찍히는 소리.

(E)   행사 상품입니다.

점원   (건조한) 원 플러스 원입니다. 하나 더 가져오세요.

제시   음? 아...

제시, 숙취 해소제를 하나 더 가져온다. 다시 띡-띡- 바코드 찍
는데.

(E)   행사 상품입니다.

점원   (건조한) 원 플러스 원입니다. 하나 더 가져오세요.

제시   아... 음...

제시, 귀찮지만 보리차 하나 더 가져온다. 껌 바코드 찍는데.

(E)   행사 상품입니다.

점원   원 플러스 원입니다. 하나 더...

제시   좀 한 번에...!! 하... 됐어요. 그냥 주세요.

점원   (단호) 원 플러스 원입니다. 하나 더 가져오세요.

제시   괜찮다니까...

         계산해주세요. (카드 내미는)

점원	원 플러스 원입니다.
제시	하, 지금 장난하세요?
점원	원 플러스 원입니다.
제시	하... 아니 뭐 누구 똥개훈련 시키는 것도 아니고.
	지금 나한테 시비 거는...

제시, 점원 보는데... 점원의 만두귀가 눈에 들어온다. 강자임을
직감하는 제시.

제시	...쥬시후레쉬가 있나...?

S#2.　편의점 밖 (밤)

편의점 밖으로 나오는 제시. 담배를 꺼내는데... 한 대 물자 돛대
만 남았다.
불을 붙이려는데... 20대 초반으로 보이는 검은 후드를 뒤집어
쓴 남자가 다가온다.

남자	저기요...
제시	네?
남자	죄송하지만 담배 하나만...

제시, 자기 담뱃갑에 하나 남은 돛대 보곤 집어넣는.

제시	돛대예요.
남자	아, 네...
제시	이런 거 피우지 마요.
	건강에 안 좋아.

남자, 천천히 고개 들어 제시 보는.

제시	(심드렁) 하나 먹을래요?

제시, 남자에게 아까 원 플러스 원으로 받았던 껌 내민다.
껌에 "#힘내!"라는 문구가 쓰여 있다.
껌을 건네받은 남자의 표정. 제시를 보는데 맥콤 후드티를 입고
있다.

타이틀 인 '유니콘'

S#3. 사무실 (낮)

여느 때와 같은 사무실. 캐롤이 집중해서 무언가를 읽고 있다.

캐롤	잠깐만... 주목!!
	혹시 여기 어제 밤 11시쯤에 편의점 간 사람 있어요?

다들 어리둥절하게 캐롤을 보는데...

캐롤   없어요? 잘 생각해봐요! 어제 밤 11시!

하는데, 캐롤의 시선에 제시 책상의 껌이 들어온다.

캐롤   (의미심장하게 웃으며) 오케이.

cut to, 모니터 앞에 앉아 인터넷 게시판(네이트 판 같은)의 글을 읽는 캐롤과 그런 캐롤 주변에 모인 사람들. "제목-저는 탈영병입니다."

캐롤   저는 탈영병입니다. 사정상 실명을 밝힐 순 없지만 현재 탈영병의 신분으로 글을 적습니다.

[**ins**-PC방에서 글을 쓰고 있는 남자]

남자(OFF)   저를 향한 부대 내 가혹행위는 끝날 줄을 몰랐습니다.
           오직 여자친구만이 제가 버틸 수 있는 힘이었고
           살아갈 이유였습니다.
           그러던 어느 날 그녀가 이별을 고했습니다.
           버려진 저에게는 꿈도 희망도 살아갈 이유도 없었습니다.

[**ins**-사람들 사이 모자를 눌러쓰며 겁먹은 남자의 모습]

남자(OFF)   반쯤 나간 정신으로 무작정 탈영을 하고 나니

막상 더 큰 공포가 저를 감쌌습니다.
결국 저는 어리석은 선택을 하기로 결심했습니다.
떠나기 전 마지막으로 담배 한 대를 태우려 어떤 분에게
부탁했는데...

[**ins**-2신 제시와 남자의 만남]

남자(OFF)   그분은 제 몸을 걱정해주시며 담배를 주지 않으셨습니다.

[**ins**-2신 제시의 모습이 남자 입장에서 다소 각색되어 멋있게
보인다. "이런 거 피우지 마요. 건강에 안 좋아."]

남자(OFF)   태어나서 절 걱정해준 사람 처음이었어요.
선생님은 저에게 담배 대신 껌을 하나 권하시더군요.

[**ins**-2신 제시가 껌을 건네는 모습. 여전히 멋있게 각색되어 있
다]

남자(OFF)   그가 건넨 껌에는

[**ins**-껌의 문구 "#힘내!"]

남자(OFF)   힘내라는 말을 들어본 게 언제인지...
눈시울이 붉어지며 살아갈 힘을 얻게 되었습니다.

다시, 사무실. 모니터 앞에서 글을 읽고 있는 캐롤.

캐롤　저는 이제 제 발로 부대에 돌아가려 합니다.

선생님의 눈빛이 그렇게 말하는 것 같았거든요.

저에게 다시 시작할 용기를 주신 선생님 정말 감사합니다.

성함은 모르지만 그분 맥콤이라고 쓰여진 옷을 입고 계셨

습니다.

맥콤 선생님 다시 한 번 정말 감사합니다.

캐롤이 글을 모두 읽자 사람들 제시를 바라보는데.

휘트니　제시, 진짜 멋있다. 다시 봤어요.

제시　(약간 머쓱) 내가 그...랬나?

모니카　오마이갓! 유 세입 히스 라잎!*

[자막-신이시여! 넌 그의 생명을 구한걸!]

제이　근데 탈영병인 건 어떻게 알았어요?

제시 D.P였어요?

제시　나? 나 면젠데?

캐롤의 시선에 단 1개 달린 댓글 보인다.

"맥콤 찾아보니까 스타트업인가 본데ㅋ 착한 회산가봄ㅋ"

하는데, 스티브 등장하는.

스티브　뭐 해? 뭐 재밌는 거 있어?

486

캐롤, 돌아보며 의미심장한 미소 짓는다.

캐롤   아주 재미있는 일이 있답니다.

S#4.　회의실 (낮)

스티브   주작...? 주작을 하자고?

캐롤   아뇨, 브랜드 리뉴얼이라고 불러주세요.

직원들이 회의실에 모여 있고 캐롤이 앞에 나서 무언가를 강변하고 있다.

스티브   아니 그러니까... 지금 미담을 조작하자는 거야?

캐롤   자, 처음부터 차근차근 설명드릴게요.

　　　　지금 이 시점 〈어게인〉에 가장 필요한 것은 뭘까요?

스티브   음... 인지,

캐롤   (말 끊고) 인지도? 아니!

애슐리   투ㅈ,

캐롤   (말 끊고) 투자금? 아니!

제이   수익ㅁ,

캐롤   (말 끊고) 수익모델? 아니!

제시   성수,

캐롤   (말 끊고) 성수동 얘긴 꺼내지도 마세요!

실버 세대 전용 매칭 서비스 〈어게인〉.

우리는 냉정하게 바라볼 필요가 있어요.

매칭 서비스의 어쩔 수 없는 태생적 선입견.

(아저씨 같은 톤) 그거 소개팅 어플 이렇게... 막... 가볍게,

어? 만나고 막... 어? 막... 지저분하고 뭐 그런 거 아냐?

이런 세간의 부정적 인식.

우리가 성장하는 데 가장 큰 걸림돌 아닐까요?

스티브   그래도 요즘 〈어게인〉 가입자 수 조금 늘었는데?

캐롤   나훈아 콘서트로 잘못 알고 온 사람들이잖아요.

스티브 머쓱한데...

캐롤   어젯밤 제시의 우연한 선행으로 맥콤은 이제 착.한.사.람.들.
이 다니는 착.한.회.사.가 되었어요. 이런 미담을 더 많이 만
들어서 맥콤을 "착한 기업"으로 띄우는 거예요.

스티브   그 글 조회 수가 겨우 37이더구만~
아니 그 정도면 그냥 길거리에서 크게 소리치는 게 낫겠다.
그리고 그러다 걸리면 어떡할 거야?
사람 속이는 게 그렇게 쉬운 줄 알아?

캐롤   선동의 제왕 괴벨스는 이렇게 말했어요.
세상에서 가장 쉬운 게 사람 속이는 거라고.

스티브   진짜 괴벨스가 그런 말을 했어?

캐롤   아뇨. 보세요. 거짓말이 이렇게 쉬워요.

스티브   (어이없는) 후...

그러다 잘못되면? 어? 맥콤 이미지는 어떻게 할 거야?
캐롤이 책임질 거야? 어떻게 만든 회산데...
이런 쓰잘데기없는 거 할 시간에 보도자료나 더 뿌려!

스티브 돌아 나서는데.

캐롤　　제가 중요한 걸 빼먹었네요.
　　　　우리가 띄우려는 건 맥콤이 아니라
　　　　스티브인데.

캐롤의 말에 눈이 번쩍이는 스티브.
새 나오는 미소를 감추지 못한 채 은근슬쩍 다시 자리에 앉는다.

스티브　나를...?
캐롤　　테슬라 하면 일론 머스크가 떠오르고
　　　　일론 머스크 하면 테슬라가 떠오르는 것처럼
　　　　이제 사람들은 스티브를 보면서 맥콤을 떠올리는 거죠.
　　　　스티브는 곧 맥콤, 맥콤은 곧 스티브!
스티브　(기분 좋다) 내가... 뭐 근데 미담이랄 게 있는 사람인가...?
　　　　나 그냥 뭐 적십자회비 꼬박꼬박 내고 뭐...
캐롤　　그러니까 만들어야죠.

캐롤, 화면에 커뮤니티 캡처 글 띄운다. 막내 직원의 실수로 사
무용품을 대량 주문하게 되었고 마음씨 좋은 사장이 본인 선에

서 무마해주었다는 훈훈한 이야기.

| 캐롤 | 어느 중소기업의 막내 직원이 실수로 100개 주문해야 하는 창립 기념 떡을 1,000개 주문했고 맘씨 좋은 사장이 징계 없이 주변 복지센터 등에 나눠줬다는 훈훈한 이야기예요. |

모두 빠져들어 캐롤의 이야기에 귀 기울인다.

캐롤	새옹지마, 전화위복이라고 하죠? 이 회사는 입소문을 타서 다음 달 매출액이 700% 상승했대요.
스티브	그러니까 캐롤 말은 우리가 미리 짜고 멍청한 실수를 한 다음에 내가 그걸 감싸주라는 거지?
캐롤	아~주 정확해요!
스티브	근데 우리 중에 그런 멍청한 실수를 할 사람이 누가 있어?

모두 짜기라도 한 듯 천천히 필립 바라본다.
시선을 받은 필립은 자기 뒤에 뭐가 있나 자기도 뒤를 바라본다.

S#5. 사무실 (낮)

필립이 자리에 앉아 컴퓨터를 하고 있고 그 양옆으로 스티브와 캐롤이 서 있다.

스티브	근데 뭘 사지?
캐롤	어디 기부하려면 도시락 같은 게 낫지 않을까요?
스티브	도시락! 그거 괜찮네!
캐롤	"직원 실수 감싼 스타트업 CEO의 따뜻한 기부."
	야마 이렇게 잡고 마지막 문장에
	"한편, 스타트업 맥콤은 실버 세대 매칭 서비스 〈어게인〉을
	운영 중이다." 가면 될 거 같아요.
스티브	캐롤 천재야? 아니 그런 건 어디에서 배우는 거야?
캐롤	훗. 얼마나 주문할까요?
스티브	실수로 대량 주문하고 그걸 또 기부해야 하니까...
	그래도 한 **100만 원?**
	100만 원 너무 많나? 남으시려나?
캐롤	나중에 드시게 **지퍼백**도 같이 사서 싸드리면 되죠.
스티브	천재 맞네. 디테일이 살아 있어.
	지퍼백이랑 도시락 100만 원어치랑.
	좋아. 그럼 이제...
필립	네. 지퍼백 100만 개 주문했어요.
스티브	응?
필립	네?
캐롤	어?
필립	...네?

S#6.   회사 로비 (낮)

다음 날. 지퍼백 100만 개가 든 상자가 회사 로비로 도착했다.

사람 키보다 높게 수북이 쌓여 있는 상자들.

이게 끝인가 했더니 택배 직원이 한아름 더 옮기는.

압도적인 사이즈와 수량에 스티브를 비롯한 직원들의 벙찐 표정.

필립은 눈치 보며 천천히 캐롤의 뒤에 숨는다.

S#7.   카페테리아 (낮) / 며칠 후

종업원이 곽성범에게 지퍼백에 담긴 커피 한 봉지를 건네준다.

종업원	커피 나왔습니다.
	아이스 아메리카노 한 잔 5,000원 결제해드릴게요.
곽성범	5,000원... 여기요.

곽성범, 지퍼백에 담긴 지퍼백 뭉치 300여 장을 건넨다.

S#8.   회사 복도 (낮)

곽성범이 커피를 들고 나와 개발실로 가는데 사람들 몇몇이 지
퍼백에 음료, 간식거리를 담아 먹고 있다. 지퍼백 음료를 마시고

있는 제시가 사무실로 들어간다.

S#9.   사무실 (낮)

제시가 들어오는데, 사무실 책상 곳곳 지갑, 핸드폰, 먹다 남은 과자, 쓰레기 등을 지퍼백에 담아놓고 있다. 무슨 사건 현장의 증거물 같기도 하다. 스티브가 씩씩대며 들이닥친다.

스티브 필립!!! 필립 어디 있어?!!

제이 아까 캐롤이 데리고 나가던데요...

스티브 복지센터는? 연락해봤어?!

애슐리 지퍼백 100만 장 드린다니까 장난하냐고 하시던데요.
  좋은 일 하는 사람들도 성질 있더라고요.

스티브 돌아버리겠네, 진짜!!
  아니 세상에 지퍼백을 1,600만 원어치 사는 사람이 어디 있어?!!
  이게 말이...

하는데, 스티브 눈에 지퍼백에 커피 마시는 제시 들어온다.

스티브 맛있어? 맛이 좋나 보네? 감칠맛이 나나??

제시 (쫄아서 커피 감추는)

스티브 (지퍼백 들고) 앞으로 내 눈에 이거 띄는 일 없게 해.

(책상 보고) 이건 뭐야, 사건 현장이야?! 살인 났어?!!

캐롤과 캐롤 뒤에 숨은 필립 들어온다.

스티브   필립!!

스티브, 필립에게 다가가는데...

캐롤   (스티브 막아서며) 잠깐만요!
            스티브, 일단 이것 좀 보세요. (노트북 내밀며)

스티브   이게 뭐야?

캐롤   (웃으며) 기적이요.

cut to, 사무실에 앉아 라디오 재생버튼 누르는 캐롤.
라디오의 DJ가 사연을 읽어준다.

DJ(E)   안녕하세요. 저는 3대째 비닐포장지를 만드는 중소기업을
            운영하고 있습니다.

S#10.   공장 (낮)

DJ(E)   규모는 작지만 선친의 뜻을 따라 지역사회에 봉사활동도
            하며 가족 같은 직원들과 오순도순 지내왔습니다.

사이좋게 서로 웃으며 밥 먹는 사장과 직원들의 모습.

S#11. 공장 사무실 (낮)

DJ(E) 하지만 한 달 벌어 한 달 먹고사는 업장에서 어느 날 대금
이 막혀버렸고 엎친 데 덮친 격으로 주문량도 감소해 부도
의 위기에 처해 있었습니다.

사무실에 머리를 싸매고 앉아 있는 사장의 모습.
직원들을 모아 무언가를 이야기하는 사장. 분위기가 어둡다.

DJ(E) 결국 직원들을 모아 마지막을 이야기하고야 말았습니다.
저보다도 앞으로 오갈 데 없는 직원들에게 너무 미안했습
니다.
그런데 다음 날, 기적 같은 일이 벌어졌습니다.
맥콤이라는 회사에서 대량 주문이 들어왔습니다.
보통 지퍼백은 100만 개씩 주문하지 않거든요.

S#12. 공장 (낮)

밝은 얼굴로 다시 일하는 사장과 직원들.

DJ(E)	덕분에 큰 위기를 막고 사랑하는 직원들과 다시 함께할 수 있게 되었습니다. 알고 보니 맥콤이라는 회사의 대표님은 저와 동향이시더군요.

S#13. 사무실 (낮)

다시, 라디오를 듣고 있는 사무실.

DJ(E)	중소기업 살리기에 앞장서주시고 지역 후배의 앞길을 열어주신 맥콤. 정말 감사합니다. 김동률의 "감사" 신청합니다.
스티브	그렇지!! 오케이! 됐어!!!

스티브, 직원들과 하이파이브한다.

스티브	캐롤, 이거로 보도자료 뿌리자고! 제목은...
애슐리	(핸드폰 보고) 어? 기사 떴는데요?
스티브	(화색) 벌써? 어디에?? 포브스? 지큐?
애슐리	데일리평택이요.
스티브	아...
캐롤	괜찮아요, 스티브. 이제 시작이에요. 바이럴이 바이러스의 형용사인 거 알아요? 곧 우리의 미담이 바이러스처럼 퍼져나갈 거예요.
스티브	그렇...겠지?

스티브, 이근호에게 문자 온다. "동태찌개 안 땡기냐?"

S#14.   베이커리 카페 (밤)

아기자기하고 귀여운 디자인의 베이커리. 불이 꺼져 있다.

스티브가 들어오며 주변을 두리번거린다.

아무래도 잘못 온 것 같아 나가려는데.

이근호   여기야.

보면, 이근호가 구석 테이블에 홀로 앉아 있다.

cut to, 소주와 동태찌개를 세팅해놓고 함께 앉아 있는 둘.

스티브   갑자기 무슨 일이야?

이근호   내가 오늘 여기 하루 빌렸다.

그 기억나냐? 우리 동태찌개 먹던 데야, 여기.

스티브   (둘러보며) 여기가?

이근호   방송 몇 번 타더니 사장님이 권리금 장사 맛들여서 전국을 유람하신단다.

스티브   (웃음)

이근호   진짜 자주 왔었는데 여기.

서로 숟가락 먼저 안 놓으려고 기 싸움 하고...

그래도 참 즐거웠어. 순수했고.

스티브	형이 배신만 안 했으면 지금도 즐거웠을 거야.
이근호	(스티브 보는)
스티브	고집부리지 말고 내 말만 들었으...
이근호	니 말 들을 걸 그랬어.
스티브	...뭐?
이근호	니 말 들을 걸 그랬다고. 무리하게 사업 확장하지 말자고 그랬을 때도 고객 데이터 무단수집 하지 말자고 그랬을 때도... 니 말 들을 걸 그랬다.

스티브, 이근호 보는.

이근호	뭐 때문에 이렇게 됐을까?

이근호 가만히 노려보는 스티브. 조용히 한 잔 따라준다.
cut to, 시간 흐르고... 조금 취한 스티브. 많이 취한 이근호.

이근호	개새끼들!! 다 알고 있었으면서. 나 혼자 총대 메고 뒈지라고? 씨발 나 이대로 안 죽는다... 나 알지? 남궁아, 형 알지?
스티브	많이 됐다, 형. 그만 마셔.
이근호	말해봐. 내 이름이 뭐야.
스티브	뭐 하는 거야. 일어나자, 이제.

이근호	내 이름이 뭐야. 말해봐.
스티브	(보는)
이근호	이그놀~
스티브	뭐??
이근호	우리 직원 애들이 나 이렇게 부른다?
	아이 지 엔 오 알 이. 이그놀~
	무시하다. 못 본 척하다. 유의어는 디스리갈~ 니글렉~트!

스티브, 이근호 보는데. 이근호 엎어져서 주정 부린다.

이근호	니가 그랬찌. 내가 너 무서워한다고.
스티브	...
이근호	니가 부러웠어.
	무서운 건 아니고... 부러웠따.
	니 주변엔 항상 사람이 많잖아.
	애가 그늘도 없고 주눅도 안 들고...

스티브, 복잡한 심경으로 이근호 바라보는데.

이근호	그래도 내가 너보다 팔로워 많다... 흠냐...

스티브, 근호 바라보며 가벼운 미소 짓는.

S#15. 티비 인터뷰 화면 (낮)

〈궁금한 이야기 X-비닐로 포장된 중소기업 사장?〉편 인터뷰.
모자이크, 음성 변조된 공장 직원이 인터뷰하고 있다.

직원   잠을 안 재워요. 일단. 사고 나도 그냥 나 몰라라고.
      (밀린) 월급 달라고 하면 때리고.
      지 애비부터 부자가 나란히 개종자들이라.
      진작에 망해야 되는데 이번에 망할 줄 알았더니만
      무슨 이상한 데서 지퍼백을 100만 장을 샀다고.
      거기 대표랑 동향이라고 그러던데.
      서로 백마진 아닌가 싶은 거지 나는. 똑같은 놈들끼리.

S#16. 회의실 (낮)

방송이 나오고 있는 회의실. 모두 스티브 눈치만 보는데...
끝자리에 스티브는 미친 사람처럼 웃고 있다.

스티브   하하... 하하하!!! 하하하하하!!!!!!!

다들 눈치 보는데...

스티브   하하!! 이제 어떡하지?? 하하하!! 망할 일만 남았나?? 하하하!!!

캐롤   너무 걱정하지 마세요. 스티브.

직접 이름이 언급된 것도 아니고.

이슈는 이슈로 덮으면 돼요. 할 수 있어요.

애슐리   스티브, 우리 이제 그만해요.

더 하다간 진짜 위험해질 것 같아요.

스티브   그렇...지?

캐롤   아뇨! 이대로 끝내면 안 한 것만 못해요!

칼을 뽑았으면 무라도 썰어야죠!

애슐리   그럴 거면 이미 벌어진 일을 마무리해야지.

왜 또 일을 벌려? 또 안 좋은 기사 나오면 어떡하려고?

캐롤   애슐리가 잘 모르나 본데 기업인한테 언론 노출은

부고 빼고 무조건 다 좋은 거야.

특히나 스티브 같은 "셀럽"들은 더.

스티브, 셀럽이라는 말에 혹하는데...

애슐리   아니, 그... 그래도...

제이   스티브가 아무리 하고 싶어도 이건 현실적으로 너무 위험

한 것 같아요. 벗캔낫 현상 아닐까요?

[자막-벗캔낫 현상: but cannot. 하고 싶지만 현실적으로 할 수 없을 때
쓰는 말. 애슐리가 장난으로 만든 말인데 모두가 사용하고 있다.]

스티브   아... 벗캔낫 현상인 건가...

애슐리, 제이의 어시스트에 서로 바라보고 웃는.

캐롤   스티브. 마지막 한 번만 더 기회를 주세요.

이슈는 이슈로 덮을 수 있다니까요?

스티브   무슨 이슈로 덮을 건데?

캐롤   그건... 이제부터 짜봐야...

캐롤의 한발 빼는 모습에 다시 한숨이 감도는 회의실.

모니카가 조용히 입을 뗀다.

모니카   이거... 우리 아파트 일인데...

커뮤니티에 돌아서 꽤 이슈가 됐어요.

모니카, 핸드폰 화면 보여주는데.

아파트 벽보에 아이 글씨로 "택배 기사님! 감사합니다!! 시원한

음료 한 잔 드세요!!"

밑에는 간식거리와 음료수가 담겨 있다.

S#17.   카페 앞 (낮)

회사 1층 로비의 카페에 "택배 기사님 감사합니다! 맥콤 이름 대

고 시원한 음료 드세요!" 문구 붙어 있다. 캐롤이 사진 찍는다.

캐롤	"반도의 흔한 스타트업 인성"이라고 해서 올릴게요.
스티브	이거로 될...까?
캐롤	걱정하지 마세요. 사람들은 무겁고 진지한 얘기보다 이렇게 귀엽고 소소한 거에 더 관심이 많으니까. 저만 믿으세요.

스티브의 불안한 표정에서.

S#18. 이근호 사무실 (낮)

이근호 사무실. 매트를 깔고 남자 요가강사와 함께 화를 억누르는 요가를 배우고 있다. 차분한 음악과 함께 진행되는 요가수업.

| 강사 | 나를 둘러싼 모든 분노를 털어버립니다.
인헤일~ 들이마시고, 엑스헤일~ 내뱉어주세요.
파스치모타나사나 자세로 들어가볼게요. |

근호, 얼추 동작 따라 하면

| 강사 | 파스치모타나사나는 화를 가라앉히는 대표적인 자세입니다.
내 마음속에 있던 감정들 호흡과 함께 내뱉어주세요.
인헤일~ 나는 순백의 도화지가 됩니다.
엑스헤일~ 분노가 사라집니다.
허벅지를 땅에 붙이시고... |

아뇨, 허벅지를 땅에 붙이시고... (눌러주며) 허벅지를 땅에...

이근호   아퍼!!! 아퍼!!!!!

하, 씨... 하고 있는데 진짜... 승질 나게.

강사   아니 그게 아니라...

하는데, 오상무 들어온다.

오상무   앗, 죄송합니다.

이근호   아녜요. 들어오세요. 끝났어요.

요가강사 나가고 오상무 들어와 앉는다.

오상무   저도 의장님처럼 운동 좀 해야 하는데.

이근호   거 둘이 있을 땐 말 편하게 해요.

우리가 벌써 몇 년인데. (물 마시며 앉는)

상무님 나보다 세 살 많지 않아요?

오상무   그래도 제가 어떻게 의장님한테.

이근호   의장님은 얼어 죽을. 쫓겨날 일만 남았구만.

오상무   그래, 근호야. 안 그래도 그거 때문에 왔는데.

이근호   되게 빠르네?

오상무   니 마음 다 안다. 억울하지?

이근호   (땀 닦으며 한숨) 하... 씨팔 몰라요.

오상무   평소 같으면 모르겠는데 지금 상장 앞두고 있는 거 알잖아.

플랫폼 규제다 뭐다 해서 언론도 두 눈 시뻘겋게 보고 있고.

회사 입장에선 너 안고 가는 거 부담이긴 하지.

이근호   (보는)

오상무   그래서... 이건 비밀인데

회사에서는 우회상장을 생각하고 있나 봐.

이근호   우회상장?

오상무   그래. 안 그래도 신문에서 하루가 멀게 때려 맞는데 이대로

상장해 봐.

작살나지. 그래서 우회상장할 작은 기업들 알아보고 있다

나 봐.

근데 이게 쉽지가 않다네. 이미지도 좋아야 하고 뭐가 까

다롭나 봐.

그래서 말인데 너가 한번 찾아보는 거 어때?

이근호   내가요?

오상무   인지도도 좀 있어야 되고 미래성도 있고 이미지 좋은 데로.

이근호   근데 그런 데가 우리랑 한다고 할까?

이용당하는 거 뻔히 알 텐데.

오상무   그래서 비상장사로 하는 거야. 아쉬운 놈으로.

우리가 상장도 시켜줄 거고 합병해서 흡수되는 건데.

돈 싸들고 와서 시켜달라고 하지.

이근호, 오상무의 제안에 솔깃한...

오상무   모르긴 몰라도 개미 떼처럼 바글바글 몰릴걸?

S#19.   로비의 카페 앞 (낮)

스티브   이거 왜 이렇게... 바글바글해?

보면, 카페 앞에 수십 명이 바글바글 줄 서 있는.

애플 신제품 발매일처럼 누군가는 텐트 치고 자고 있다.

카페 앞에는 "택배 기사님 감사합니다! 맥콤 이름 대고 시원한

음료 드세요!"

제시   우리 나라에 택배 기사가 이렇게 많다고...?

배달의 민족이야?

보면, 어린아이도 줄 서 있다.

S#20.   카페 카운터 (낮)

스티브   얼마라구요?

점원   820만 원입니다.

(띵동!) 아, 팔백 이십 칠만 이천 원이요.

스티브   무슨 커피를 7만 원씩이나...

점원   단체 손님이에요.

크게 화난 듯한 스티브. 겨우 화를 삭이는 듯...

그러더니 진지한 표정으로 제시에게 귓속말한다.

귓속말을 들은 제시는 난감한 듯 점원에게 다가가 말한다.

제시	저...
점원	네. 고객님.
제시	혹시 지퍼백도 받으시냐고...

스티브를 바라보는 점원. 스티브는 여전히 진지한 표정.

S#21.   회의실 (낮)

힘이 빠진 스티브. 환자처럼 의자에 널브러져 있다.

스티브	반응은... 좀 어때?
제시	반도의 흔한 호구 인증, 커피 공짜로 먹는 법 알려준다, 5인 가족 돈 한 푼 안 쓰고 서울 카페 나들이한 썰...

스티브, 마른세수하며 한숨 쉰다.

캐롤	스티브, 오히려 좋아요. 바보 같은 이미지. 진짜 마지막으로 제 말 믿어보세요.
스티브	나 이제 그만하고 싶어... 살려줘... 부탁할게...
애슐리	그래, 캐롤. 이제 장난이 아닌 것 같아. 그만하자.

캐롤   이건 정말 확실한 거예요. 필립. 틀어줘.

필립, 영상 트는데... 블랙박스 화면이다.
뒤에서 박은 접촉사고인데 가해 차량의 운전자가 내려서 아이가 아파서 병원에 가던 중이라는 사정을 이야기하자 피해 차량의 운전자가 따뜻하게 안아주는.

애슐리   후... 이거로 뭘 어쩌자고?
스티브가 자해공갈단처럼 당하고 안아주면 되는 거야?
이제 진짜 그만하자, 캐롤. 스티브도 너무 걱정하지 말...

애슐리, 스티브 보는데... 스티브 눈물 훔치고 있는.

애슐리   ...어?
스티브   ...따뜻한 세상이야... 진짜로... 흑...

cut to,

캐롤   아주 간단해요. 맥콤 후드티 입고! 접촉사고 당하고! 안아주기만 하면 돼요. 스토리랑 나레이션 자막 작업은 제가 다 할게요.
스티브   그러니까 내 차 부수자는 거지?
흠... 있지... 나 이번에 지퍼백을 1,600만 원어치 샀고 커피값을 900만 원 냈어.

캐롤	스티브 차 많잖아요.
	다섯 대 아니에요?
스티브	...그렇긴 한데...
애슐리	다섯 대? 우와, 진짜 위화감 느껴진다.
스티브	(체념) 하... 알겠어... 무슨 차 부술까?
캐롤	국산 차로 하죠. 이미지도 있으니까.
스티브	나 국산 차는 없는데?
제시	그럼 포르쉐로 하죠?
스티브	(정색) 입 조심해.
	그 터진 주둥이에서 뱉는다고 다 말이 아니야.
제시	(쪼는)
휘트니	스티브, BMW도 있지 않아요?
스티브	사람이 좀 가벼워 보이지 않을까? 나 CEO인데?
제이	지난번에 저 렉서스 태워주셨잖아요.
스티브	반일감정 자극하지 않을까? 대한민국 CEO인데?
캐롤	차라리 아반떼 중고차를 하나 살까요?
스티브	오히려 현실성 없어 보이지 않을까? 나 스타트업 CEO인데?
캐롤	그럼 뭐로 하실 거예요?
스티브	흠... 그걸로 하자.

S#22. 블랙박스 화면 (낮) / 한적한 도로

뒤의 캐롤 차량 블랙박스로 보이는 스티브의 벤츠 E클래스 차량 뒷면.

접촉사고가 나고 필립이 앞의 스티브 차량으로 달려간다.

맥콤 후드티를 입은 스티브가 차량에서 내리고... 잠깐의 대화가 오간 뒤 필립을 따뜻하게 안아주는 스티브. 이대로 오케인가 싶은데... 블랙박스 카메라를 바라보는 스티브.

캐롤(E)   NG!!! 스티브!! 카메라를 보면 어떡해요??

미안하다는 손짓과 함께 다시 차에 타는 스티브. 차량 뒤 범퍼가 먹어 있다.

cut to, 두 번째 테이크.

마찬가지의 과정 후 필립이 내리고 스티브가 안아주는데... 맥콤 로고가 안 보인다.

캐롤(E)   NG!!! 맥콤 로고가 안 보여요! 한 번 더 갈게요!!

스티브 다시 타는데... 범퍼가 나가고 후미등도 깨졌다.

cut to, 세 번째 테이크.

필립이 내리고 스티브가 나오는데... 로고가 너무 보이게 어색한 정면으로 나오는 스티브.

캐롤(E)   NG!!! 너무 티 나요!! 다시 갈게요!!!

스티브 다시 타고... 이번엔 범퍼, 후미등, 트렁크까지 나가 있는.

cut to, 수차례 후의 테이크.

만신창이가 된 차. 하지만 이번엔 모든 것이 제대로 되는 듯한

데...

캐롤(E)   어? 용량 다 됐나? 녹화 안 됐네. 스티브, 다시 갈게요!!!

S#23.   도로 (밤)

만신창이가 된 스티브의 차. 도로를 주행한다.

S#24.   차 안 (밤)

마라톤 촬영으로 수척해진 스티브 캐롤 필립 애슐리의 얼굴.

스티브는 비몽사몽 지친 얼굴로 운전한다.

캐롤   스티브, 정말 고생 많았어요.

제가 자막 작업해서 한문철 티비에 보낼게요.

스티브   응... 잘 부탁해...

요 며칠 롤러코스터가 너무 심했다.

붕 떴다가 가라앉았다가...

(조수석의 캐롤 보며) 그래도 다행이야. 어떻게 촬영은 무사

히 마쳤...

하는데, 갑자기 튀어나온 누군가를 친 스티브.

일동 모두 놀라 움직이지 못하는데...

스티브	...고라니...였지...?
애슐리	고라니...겠죠...?
캐롤	고라니... 같은데...?
필립	고라니...가 잠바 입나요...?
스티브	하... (울먹이는)

S#25. 병원 (밤)

◆

남자를 업고 병원 응급실로 달려오는 스티브.

캐롤 필립 애슐리도 옆에서 함께 뛰어간다.

스티브	교통사고 환자예요!
의사	이리 눕히세요!

스티브, 남자를 눕히고 겨우 숨 돌리는데... 걱정스런 눈빛으로

남자를 바라본다.

cut to, 병실 의자에 앉아 노심초사하는 스티브와 직원들.

의사 다가온다. 재빨리 일어나는 스티브.

스티브	선생님, 좀 어떤가요?

의사	다행히 빨리 와주셔서 크게 다치지는 않았습니다.
	다리만 조금 접질린 정도예요.
	크게 걱정하지 않으셔도 될 것 같습니다.
스티브	네, 감사합니다...

스티브, 다시 자리에 앉는다. 얼굴을 감싸며 좌절하는...
애슐리, 그런 스티브 다독인다.

애슐리	너무 걱정하지 말아요, 스티브. 선생님도 괜찮다고 하시잖아요.
	다 잘될 거예요...
스티브	다 내 업보야... 다 내 잘못이고...
	사는 게 진짜 새옹지마다...
	인생이 진짜... 쉽지가 않다...
	저 사람은 뭘 잘못해서 나 같은 놈 차에 치였을까...
	미안해 죽겠네, 씨... (눈물 훔치는)

하는데, 2명의 경찰 등장한다. 침대에 누워 있는 남자 얼굴 확인하더니

경찰1	맞지?
경찰2	(남자 주머니의 신분증 보고) 네, 맞습니다.
스티브	저... 무슨 일이시죠?
경찰2	누구시죠?

의사	아, 이분이 데려오셨습니다.
경찰1	아, 선생님께서 잡으셨군요.
스티브	네...?
경찰1	감사합니다. 이 자식 특수강도 지명수배범입니다.
	제보만 해주셔도 되는데 이렇게 검거까지...
	정말 감사합니다!
스티브	...어?
애슐리	....어?
스티브	아.... 어...?

[**ins** - 신문기사 타이틀 "흉악범 때려잡은 용감한 시민 알고 보니 스타트업 CEO?" / "스타트업 CEO 특수강도 검거하다" / "사업보다 검거가 쉬웠죠" / "스타트업 맥콤 숨겨진 선행 밝혀져... 중소기업 살리기 앞장서" / "적십자회비도 꼬박꼬박 내" / "맥콤 CEO 접촉사고 가해차량 보내준 훈훈한 사연"]

S#26. 스티브 사무실 (낮)

여태껏 본 적 없던 밝은 표정으로 본인 기사 읽고 있는 스티브.

S#27. 이근호 사무실 (낮)

이근호 역시 스티브의 기사를 읽고 있다.

의미심장하게 씨익- 웃는 이근호의 얼굴.

11화 엔딩

흉악범 때려잡은 용감한 시민 알고 보니 스타트업 CEO?

사업보다 검거가 쉬웠죠

적십자회비도 꼬박꼬박 내

EP.12 50%

스티브 (냉킁) → 뭔가 시작하다 만 것 같은
애슐리 (신새벽) → 새로운 새벽
제이 (이제) → 이제, 시작!

애슐리 서사에 목심을 많이 냄.

50%는 지분을 뜻하기도 하지만
EP.3 애슐리의 대사. "뭐가 이렇게 비싸.. 티비도 반밖이 안나오고
이 집도 반전세고..."

"당신은 과거에만
사는 사람이니까!!"

유니콘은 애슐리로 시작 (데오데이) 해서
애슐리로 끝 (이런씨발!!) 나는 이야기. ㅅ또쑥

"내일이 궁금하지 않더라고요."

치통은 소설 오발탄 모티브.
"가자..!!" 를 외치는 스티브.

바보야, 아직 시작도 안했잖아
(키즈리턴)

"피봇팅이다!!" → "시작"으로 "끝"내는 이야기.

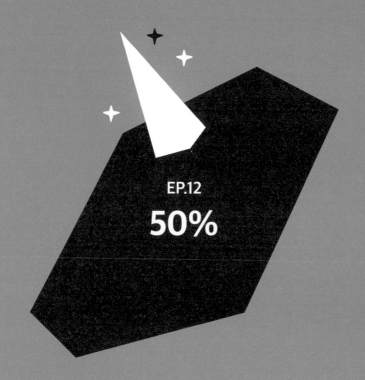

EP.12

50%

S#1.   치과 (낮)

환자가 누워 있는 치과 진료의자. 환자의 시선이 닿을 수밖에 없는 곳에 공포 마케팅 안내문구가 적혀 있다.

"충치치료, 골든타임을 놓치면 돌이킬 수 없습니다. 15만 원짜리 레진이 4,000만 원짜리 임플란트가 됩니다. (덜덜 떠는 이모티콘) 지금 바로 치료하세요."

의자에 누워 있는 사람을 보면, 애슐리다. 겁에 질린 표정.

의사 (나긋나긋) 아~ 하시구요. 겁먹지 마시고.

의사가 애슐리의 입안을 보는데...

의사 살짝 따끔할 수 있어요~

간호사 (친절) 너무 아프면 손 들고 말씀해주세요.

애슐리 아! 아하요!! (아! 아파요!!)

의사 네. 그 정도는 아파요. (계속하는데)

애슐리 (다시 받다가) ...아!! 지챠 아하요!!! (아!! 진짜 아파요!!!)

간호사 (나긋나긋 웃으며) 네. 그 정도 아프세요.

의사 네. 됐습니다.

의자 등받이 올라오고... 애슐리, 물로 입 가시는.

의사 (한숨 쉬는) 하... 언제부터 그러셨어요?

애슐리   한동안 괜찮았는데 지난주부터 시큰시큰대요.

의사   음... 충치가 꽤 많이 진행되어서요.

        빼셔야 될 것 같네요.

애슐리   예?? 아니 인터넷 찾아보니까 썩은 데만 치료하면 된다던데...

애슐리의 말에 의사와 간호사 능숙하게 비웃는데.

의사   지금 충치치료는 늦었구요. 빼고 임플란트 하는 게 가장 속 시원하죠. 예쁘고. (간호사 보며) 그렇지?

간호사   (수천 번 합을 맞춰온 듯 능숙하게 웃으며 끄덕)

애슐리   (똘똘) 지식인 봤는데 법랑질에 생긴 충치는 간단한 치료로 살릴 수 있다고 하던데요.

여유롭던 의사, '이거 봐라...?' 하는 표정으로 애슐리 노려보는.

의사   (웃음기 없애고) 지금 보시면 충치가 법랑질뿐만 아니라 상아질까지 진행됐거든요.

        이대로 두면 치수조직까지 침투해서 근관치료 하셔야 하구요.

        최소한 인레이치료는 하셔야 되는 컨디션이시거든요?

애슐리   (밀리는) ...보험 되는 거 뭐 있어요?

의사   (김빠진다. 건성건성) 아말감 하면 되시구요. 하나당 만 원이에요.

애슐리	그럼 그걸로...
의사	아말감에 수은 있는 건 아시죠? 입안에 수은 달고 사시는 거예요.

의사   아말감에 수은 있는 건 아시죠? 입안에 수은 달고 사시는 거예요.

수은으로, 아니, 아말감으로 하시겠어요?

애슐리   수은... 보험 되는 거 다른 건 없어요...?

의사   글래스 아이노머라고 보험 되고요. 만 원이에요.

애슐리   그럼 그걸로...

의사   당분간 딱딱한 음식 드실 계획 없죠?

조금만 센 거 먹어도 깨지는데.

간호사   (친절) 도토리묵 같은 건 얼마든지 드셔도 되세요.

애슐리   ...다른 건 뭐 있어요?

의사   (화색... 급 친절) 금이나 세라믹이 예쁘죠. 매력적이고.

(간호사 보며) 그렇지?

간호사   (웃으며 끄덕)

애슐리   그건... 얼마에요...?

의사   금으로 하시면 40만 원입니다.

애슐리, 40만 원이라는 말에 "헉..." 놀라다가

애슐리   ...다음에 올게요.

의사   네~ 다음에 오세요~

타이틀 인 '유니콘'

S#2. 사무실→복도→개발팀 (낮)

창사 이래 가장 분주한 것 같은 맥콤. 각각의 공간들이 저마다의 일들로 정신없다. 사무실 한편에서 에어팟을 꽂은 채 통화 중인 캐롤.

캐롤　　네네. 위키텐텐이요? 주제가... '실버 세대 매칭 서비스 어게인 대박행진, 시대를 관통하는 스타트업 인사이트.' 몇 페이지예요? 반 페이지? 저기요, 단독 페이지는 주셔야죠. 지금 데일리평택에서 '노블레스 오블리주 스타트업 CEO'로 두 페이지 단독 준다고 했거든요?
　　　　　그리고 지금 스티브 미디어 노출 너무 많아서...

필립　　캐롤! (핸드폰 주며) 유퀴즈래요.

캐롤　　잠시만요. (전화받고) 여보세요? 아, 네.
　　　　　(전화기 막고 필립에게) 터키즈잖아.

/복도로 이어지는.
모니카가 인턴 직원들을 인솔하며 개발실 방향으로 이동한다.

모니카　　우리는 단순 인사팀이 아니라 휴먼 리소스 앰플리파이어.*
　　　　　즉, 인력자원 증폭기예요.
　　　　　IT 컴퍼니지만 우리의 얼티밋 골*은 이벤츄얼리* 피플*이라는 점 모두 킵 인 마인드* 해두시고.
　　　　　[자막-휴먼 리소스 앰플리파이어: 인력자원 증폭기, 얼티밋 골: 궁극적 목

표, 이벤츄얼리: 결국, 피플: 사람, 킵인 마인드: 명심하다]

인턴(한국인) (손 들고)

모니카 예스!

인턴(한국인) Monica, I truly agree on your words. So what should be our firms' core value on HR philosophy?

모니카, 걸음 멈추고 정적.

모니카 ...저쪽이 카페테리어인데...

모니카가 사라지고... 개발실의 모습.
/개발실로 이어지는.
정신없는 개발실. 캐롤이 등장한다.

캐롤 (뛰어 들어오는) 저기요! 지역별 접속 통계 왜 인 줘요?!

곽성범 캐롤, 우리 지금 유저 몰려 가지고 서버 터졌거든?
정신없으니까 다음에 와, 다음에. 어?

캐롤 아니 제가 달라고 한 지가 언젠데...
마케팅 플랜 짜려면 있어야 한단 말이에요!

곽성범 아이 정말 바쁜 거 안 보여? 가 있으면 알아서...

태주 제가 불러드릴게요. 실시간 접속량 많은 순서예요.
서울, 경기, 충청, 전라, 짐바브웨... 짐바... 짐바브웨?!

모니터 옆 "어? 금지" 안내판과 함께 개발실 직원들이 순차적으로 "어?" "어?" "어?"

곽성범   어? 짐바브웨에서 왜 접속이 들어와?

디도스 아냐?! 아이피 차단해!

정신없는…

S#3.   스티브 사무실 (낮)

사이클 복장의 스티브가 허공을 바라보며 독백하듯 거룩하게
무언가 말하고 있다.

스티브   이리하여 나 스티브는 마침내 K-스타트업의 죽지 않는 불
사조로 부활하고 말았다. 만약 내 인생을 영화로 만든다면
현실성 부족으로 작가가 욕을 먹을지도 모른다.

나 자신도 놀랄 정도로 스티브 잡스와 닮아 있기 때문에.

마지막으로! 모든 것이 끝났다고 생각하는 내 자서전의 독
자 여러분들에게 이런 말을 전하고 싶다.

"바보야, 아직 시작도 안 했잖아."

(작가에게) 이거는 영화 대사거든요?

〈키즈 리턴〉이라고 기무라 타쿠야 감독 작품 마지막 대사
예요.

[자막-키즈 리턴: 1996년 기타노 다케시 감독 작품]

스티브	이렇게 하면 얼마나 나와요?

보면, 심드렁한 표정의 자서전 대필 작가가 스티브의 말을 받아 적고 있다.

작가	폰트 크기 12에 줄 간격 180으로 해서...
	세 장이요.
스티브	아! 그리고 사인회는 강남이랑 영등포 교보에서 할게요.
	굿즈는 내가 생각해둔 게 있는데... 이게 머그컵인데 뜨거운 물 넣으면,
작가	(말 끊고 심드렁) 저는요, 그냥 대필작가구요.
	그런 건 출판사랑 얘기하세요.

S#4.   엘리베이터 → 회사 안 (낮)

엘리베이터에서 내려 맥콤 내부로 향하는 발걸음.
직원들 중 일부가 그를 바라보며 수군수군댄다.

S#5.   스티브 사무실 (낮)

스티브	표지는 하드커버로 하고, 참, 추천사를 따로 페이지 뺄 수 있나?

한 10명 될 거 같은데.

작가   회사랑 얘기하시라니까요. 전 그냥 원고만...

하는데, 스티브 사무실 노크 소리. 스티브 보는데...
이근호 등장한다. 말끔한 정장이 아니라 평소보다 초라한 행색
이다.

이근호   바쁜...가?

갑작스런 이근호의 등장에 당황하는 스티브.

S#6.   스티브 사무실 밖 (낮)

대필작가가 사무실에서 나온다.
밖에서 보면 이근호와 스티브 단둘이 스티브 사무실에 있다.

S#7.   사무실 (낮)

사무실 한편에서 스티브와 이근호의 만남을 몰래 지켜보는 직
원들.

캐롤   저 사람이 스티브가 맨날 욕하던 그 사람 맞지?

무슨 연예인 보는 것 같다.

모니카	음~ 루트리.

확실히 대기업 다니는 사람들은 인디비주얼한 카리스마*가 있어.

[자막-인디비주얼한 카리스마: 타인을 매료시키는 개인만의 독특한 영향력]

제시	그러게. 생각보다 키 큰데? 멋있다.
필립	재수 없게 생겼어요.
캐롤	응?

호들갑인 직원들과는 달리 필립은 강아지가 도둑을 알아보듯 이근호를 경계한다.

제이도 불길함을 감지한 듯 표정이 좋지 않은데... 제이를 통해 속사정을 들었을 애슐리 역시 이근호를 바라보는 시선이 곱지 않다. 그 와중에 치통까지...

S#8. 스티브 사무실 (낮)

스티브와 이근호가 단둘이 있는 사무실. 묘한 긴장감이 감돈다.
스티브는 여전히 이근호를 경계하는 듯하면서도 무슨 영문으로 자길 찾아왔는지 모르겠는...
반면, 여유 있는 근호는 사무실 여기저기를 둘러보다가 먼저 입을 연다.

이근호	(스티브 배 보며) 운동 계속하나 봐?
	뱃살이 하나도 없네.
	야, 난 우리 나이에 배 없으면 좀 그렇더라.
	뭔가 쫓기는 것 같잖아.
스티브	무슨 일이야?
이근호	누가 그러대. 우리 나이에 남는 건 3개라고.
	돈, 배, 자존심.
	(비교적 넉넉한 자신의 배를 두들기며) 나 봐.
스티브	왜 왔냐고!
이근호	궁아, 나 니 앞에서 배 깐다.
	나 좀 도와줘.

S#9. 플래시백 / EP.11 18신 이어서 / 이근호 사무실 (낮)

오상무	우회상장. 이것만큼 심플할 수가 없어.
	겨울에 잠깐 잠바 입는다고 생각하면 돼.
	겨울나고 잠바는 버리면 되는 거야.
	마젠타가 바뀌는 건 이름뿐이야.
	아니, 심지어 이름도 나중에 다시 바꾸면 돼.
이근호	우회상장이 뭔지는 나도 알지.
	문제는 어디냐는 건데...
	그러니까 오상무님 말씀 정리해보면...

규모 작은 비상장사 중에

대표가 이 뻔한 수에 속을 만큼 순진해야 되고

또 남들한테 인정받고 싶어서 허세는 만땅인...

그런 데여야겠네?

오상무   빙고! 찾을 수 있겠어?

심각한 얼굴로 곰곰이 생각에 빠진 듯한 이근호...

이내 그 심각한 표정이 장난이었던 것처럼 코웃음 친다.

S#10.   스티브 사무실 (낮)

스티브   우회...상장?

이근호   뭐하는 건지 알잖아.

우리 사업 중에 아무거나 하나 너네한테 매도하고 그 대가

로 우리는 맥콤 지분 인수.

그리고 당장 하자는 것도 아냐.

어차피 상장하려면 3년 흑자여야 되는데

니네 지금 당연히 적자지?

우리가 맥콤 인수해서 3년 동안 서포트할 거고.

그러고 나면...

마젠타가 아니라 맥콤 이름으로 상장할 거야.

갑작스런 제안에 놀란 스티브.

스티브   근데 그걸 왜 우리한테...

이근호   (한숨) 이사회도 다 정치판인 거 알지?

논란 터지고 상장 멀어지니까 이 기회에 나 쳐내겠다는 건데.

(코웃음) 내가 처음엔 비웃었거든?

근데... 안 되더라.

왠지 모르게 처량한 근호의 모습.

스티브는 지난 근호의 술주정과 그동안 함께했던 시간들이 떠오른다.

이근호   니 말대로 꼭 맥콤일 필요는 없어.

나는 맥콤이 아니라...

궁이 네가 필요해.

스티브, 근호 바라본다.

이근호   니가 잡스잖아. 난 뭐... 끽해야 팀 쿡 정도 되나.

잡스 없는 애플이 돌아갈 리가 있겠어?

이사회 새끼들 나 쳐내고 외국에 회사 팔 생각이야.

니가 만든 마젠타에... 대표로 다시 와줘.

날 위해서가 아니라 마젠타를 위해서.

심경이 복잡한 스티브, 고개 숙이고 생각에 잠긴 듯한...

이근호   (덤덤한) 오늘 답 들을 생각 없었어.

            생각 정리되면 연락 줘. 간다.

            초라한 뒷모습의 이근호 떠나고…

            스티브 혼자뿐인 사무실. 고개 숙이고 있는 스티브.

            한참을 그 상태로 있다가… 몸을 부르르 떨며… 고개 들어 위를

            바라본다.

스티브   (환희에 찬) 흐… 내가… 내가… 잡스야.

S#11.   카페테리아 (낮)

            모니카 제시가 테이블에 앉아 있다.

제시   뭐야, 진짜 우리 상장사 되는 거예요?

모니카   홋… 재밌네. 대기업을 떠나 스타트업에서 새로운 챌린지를

            하려 했는데… 결국 내가 있던 곳이 다시 대기업이 되는 플

            로우… 자연스러워.

            신난 직원들과 달리 한편에서 커피를 타고 있는 제이는 걱정스

            러운 표정이다.

            그 옆에서 친구와 통화하는 캐롤.

캐롤	민지야. 다음 주에 라운딩 나가려고 하는데 시간 돼?
	어, 토요일. 근데 너네 회사 어디랬지?
	헐, 진짜? 미안~ 상장사 다니는 친구들하고만 가기로 해서.
	다음에 같이 가자. 쏘리~
제시	아니 무슨 회사가 이래?
	이렇게 한 번에 잘 풀려도 되는 거야?
애슐리(E)	절대 안 돼요!!!

S#12. 스티브 사무실 (낮)

애슐리	절대 안 돼요, 스티브!! 절대!!!

스티브는 애슐리는 안중에도 없고 잔뜩 상기된 채
대필작가에게 자서전 내용을 읊고 있다.

스티브	이 챕터 제목은 "코리아 잡스." 살짝 노골적으로 가자고, 어?
	자신이 만든 애플에서 쫓겨나고 다시 애플로 복귀한 잡스
	처럼 내가 만든 마젠타에서 쫓겨나고 다시 마젠타로 복귀
	하는 스티브.
	후... 소름 돋아.
애슐리	그렇게 당하고도 몰라요?
	지금 우리 이용해 먹으려는 거잖아요.

스티브는 지금 호랑이 입으로 걸어 들어가는 거예요.

호랑이해에 호구 되고 싶어요?

스티브, 애슐리 말에 반응하는 듯... 정색하고 노려보는데.

스티브	...호랑이 좋은데?
	아까 불사조 부분 호랑이로 바꿀게요.
	K-스타트업의 호랑이. 검은 호랑이해에 우뚝 서다.
애슐리	스티브! 제 말 안 들려요?
스티브	애슐리. 안 바빠?
애슐리	(노려보는)
스티브	하... 지금부터 맥콤이 완전 새롭게 태어나는 거야.
	우리의 모든 게 180도 바뀔 거라구.
애슐리	저 그 말 저번에도 들었거든요?
	180도 2번 바뀌면 제자리예요.
	마젠타가 뭐가... 으... (치통이 도진 듯)
	아니, 마젠타가 뭐가 아쉽다고 우리한테 손을 벌려요?
	우리가 뭐가 대단하다고?
스티브	〈어게인〉 리텐션 추이랑 가입자 안 빠지는 거 봤지?
	우리도 이제 애플처럼 팬덤이 생긴 거라니까?
애슐리	세상에서 제일 못 믿을 게 팬덤이에요.
	량현량하 팬덤 어디 갔어요?
	이글파이브 팬클럽 어디 갔죠?
스티브	...독수리로 할까? K-스타트업의 독수리. 어때요?

535

대필작가는 여전히 썼다 지웠다... 둘의 대화에 시큰둥한데...

애슐리는 마음먹은 듯 강수를 둔다.

애슐리   스티브가 그랬잖아요.

이근호라는 사람 상종 못 할 쓰레기라고.

애슐리는 안중에도 없던 스티브.

근호 이야기가 나오자 정색하는.

스티브   (애슐리 보며) 그만해.

애슐리   아뇨? 분명 그랬어요.

언제 뒤통수칠지 모르는 개선 불가 인간 말종이라고.

지금 그런 사람하고 다시 합치겠다구요?

스티브   그만하라니까!

애슐리   ...

스티브   아니... 애슐리는 내가 잘되는 게 싫어?

왜 내가 뭐 하려고 할 때마다 방해야?

애슐리   ...방...해요?

감정적으로 올라온 스티브와 그런 스티브에게 서운하고 놀란...

애슐리.

대필작가는 어색해서 은근슬쩍 자리를 피하려는...

S#13. 사무실 (밤)

퇴근 시간. 직원들은 하나둘 모두 퇴근하는데...

애슐리만 복잡한 표정으로 자리에 앉아 있다. 그런 애슐리 바라

보는 제이.

S#14. 스티브 사무실 (밤)

같은 시간. 스티브 역시 사무실에 복잡한 표정으로 남아 있다.

S#15. 회사 곳곳 / 다음 날

냉방이 고장 났는지 곳곳의 직원들이 땀을 흘리고 있다. 누군가

는 선풍기로, 누군가는 부채로... 무더위와 싸우고 있는.

S#16. 사무실 (낮)

사무실의 직원들도 더위와 싸우고 있다.

애슐리는 치통에, 더위에, 더불어 어제의 일까지...

짜증과 걱정으로 터지기 직전의...

캐롤	(땀 닦으며) 후... 이 정도면 바나나도 자라겠는데?
	저기요! 아직 멀었어요?!!

캐롤이 부르는 곳 보면 태주가 사다리에 올라 에어컨을 고치고 있고 강휘가 사다리를 잡고 있다.

강휘	(휴대용 선풍기 들고) 후... 그냥 사람 부르죠?
태주	강휘 씨, 우리 때는 이 정도는 한 손으로 코딩하면서도 고쳤어.
	여기 엔지니어가 몇 명인데 겨우 이 정도로 사람을 불러.

태주가 뭘 건드리자... 수증기가 새 나오고 딱 봐도 뭔가 잘못 만진 것 같은. 난리 난 사무실 직원들.

태주	음... 이 정도면 사람 불러야 돼.

S#17. 사무실 (낮)

"마젠타 맥콤 사업인수 협약식" 현수막이 걸려 있다.

스티브, 그리고 이근호가 현수막 앞에 서 있고 직원들은 그 앞에 앉아서 (혹은 서서) 그들을 바라보는. 제이와 눈이 마주친 이근호. 노려보는 제이의 시선을 비웃듯 코웃음으로 응수한다. (모두가 더워 땀을 흘리고 있다.)

이근호	좀 촌스러워도 이런 거 다는 게 낫다. 맞지, 궁아?
스티브	그럼~ 이게 다 역산데.
캐롤	스티브! 상장 시기는 언제예요? 네?
제시	스티브! 그럼 우리 이제 마젠타로 출근해요, 맥콤으로 출근해요?
애슐리	스티브... 제발요. 제발...
스티브	하... 애슐리.
	진짜 끝까지 이럴 거야?
	됐고, 가서 에어컨 수리 기사나 좀 불러.

애슐리, 짜증 가득한 표정으로 구석으로 퇴장한다.

캐롤	우리 사옥 옮길 때 한남동으로 가면 안 돼요?
제시	한남동? 뭔 소리야! 성수동으로 가야지!!
	스티브! 제가 성수동에 부지 다 봐놓은 거 얘기했죠?

답답한 대화가 오가는 도중 애슐리는 치통이 다시 도져 진통제를 찾는데 떨어뜨린다.
줍는데... 손톱 때문인지 떨어진 곳 때문인지 마음처럼 잡히질 않는다. 애슐리는 약을 줍고 그 위로 직원들의 대화가 오간다.

이근호	아우... 다 좋은데 너무 덥다. 이거 사진이나 잘 나올지 모르겠네.
제시	애슐리! 거기서 뭐 해? 아직 사람 안 불렀어?

539

애슐리! 애슐리!!

애슐리　(약을 줍다가) 으... 씨발!!!

스티브　뭐?

욕을 내뱉은 애슐리를 바라보는 직원들과 스티브의 표정.
애슐리, 크게 심호흡하고... 스티브에게 뚜벅뚜벅 다가간다.

애슐리　후... 지금 알면서 그러는 거죠.
　　　　맞아~ 알면서 그러는 거야.

스티브　지금 뭐 하는 거야?

애슐리　알면서도 속는 거라고. 왠 줄 알아요? 당신은 과거에만 살
　　　　거든. 속고 있는 거 뻔히 아는데도 다시는 혼자 힘으론 예전
　　　　처럼 잘나가지 못할 걸 아니까 지금 알면서도 속는 거야. 망
　　　　할 건 뻔한데 그땐 다 저 나쁜 놈 때문이라고 하면 되거든.

　　　　허세는 부렸는데 자신은 없고
　　　　책임지긴 무서운데 존경은 받고 싶고!
　　　　침팬지한테 핵폭탄을 맡겨도 이것보단 덜 불안할 거야.
　　　　걘 적어도 학습능력은 있으니까!!

　　　　나는요!! 내일이 너무 궁금해요!
　　　　도대체 무슨 일이 일어날까?!
　　　　몇 달 전에는 파마 기계를 팔았는데 언젠가부터 할머니 할
　　　　아버지 소개팅을 하고 있네? 그러더니 이제는 하루에도 12

번씩 욕하던 놈한테 회사를 통째로 넘기겠다고? 그러면서 웃고 있어? 웃음이 나?!!

후... 할 말 다 했으니까...
내 발로 나가요.

애슐리 퇴장하고... 애슐리의 일갈에 숙연해진 장내. 정적이 흐르는데...
다시 저벅저벅... 등장하는 애슐리. 제시에게 다가간다.

애슐리　　...너 옷 못 입어.

애슐리가 떠나고... 걱정된 제이도 뒤따라 나간다.
생각이 깊어진 스티브. 이근호는 그런 스티브의 표정 살핀다.

스티브　　아... 미안. 어디까지 했지?

스티브, 정신 차리고 아무에게나 묻는데 본인에게 한 말인 줄 안 대필작가가 뜬금없이 대답한다.

작가　　　고난이 찾아올 때 비로소 친구가 친구임을 안다.
스티브　　응?
작가　　　(스티브의 반응에 영문 모르는) 이태백이 한 말이라고...
　　　　　내 인생을 바꾼 명언 모음집 챕터에 넣으라고 했어요.

대필작가의 말에 무언가 움직인 스티브...

이근호는 그런 스티브 바라보다가 차가운 표정으로 말한다.

이근호	야.
스티브	응?
이근호	(보다가... 혼잣말) 하... 씨팔. 또 시작이네.
스티브	어?
이근호	너 지금 뭐가... 울림이 온 거지? 방금 쟤 때문에 흔들리는 거지?
	(한숨) 이 새끼 또 다 왔는데 막판에 조질라고...
스티브	...뭐?
이근호	나이가 반백 살인데 어떻게 변하질 않냐?
	너 지금 홈런 친 거야. 왜 또 삼루로 틸라고 그래. 일루로 뛰어.
	베이스만 밟아. 그러면 끝이야.

이근호, 태블릿 PC를 거칠게 내민다.

이근호	싸인해.

스티브, 패드 받아 들고는 급변한 태도의 이근호 바라보는데...

이근호	싸인해, 이 새꺄!

스티브, 내심 불안했던 일이 현실로 다가오자 쓸쓸하다. 패드

내려놓는다.

이근호   아우!! 씨발!!!!!!! 거의 다 왔는데!!!!!!!!

이근호의 반응에 다들 놀란...

이근호   하... 상관없어. 모양새 좋게 갈라고 그랬던 건데.
         뭐 어차피 지분만 먹어버리면 그만이니까.
         내가 니 회사 어떻게 찢어 먹는지 잘...
         아니 지분도 필요 없어.
         (사악하게 웃는) 내가 니 눈앞에서 여기 있는 애들 다 사갈
         까? 어?
         (필립 향해) 어이! 거기 잘생긴 애! 연봉 8000 줄게! 이리 와!
필립   좆까.
이근호   ...

뜬금없는 필립의 반응에 묘한 어색함 흐르고...

이근호   (헛기침) 흠... 너... 끽해야 한 30% 있지?
         나 방금 디깅팩토리랑 여기저기 해서
         니네 지분 20% 사오는 길이거든?
         50%에서 1주만 더 먹어도 맥콤은 마젠타 거 되는 거고...
         자, 그럼...
         요이땅!

이근호, 수행직원과 함께 퇴장한다.

스티브는 씁쓸한 마음에 자리에 앉고... 직원들이 그를 둘러싼다.

제시   스티브, 괜찮아요? 우리 큰일 나는 거 아니에요?

캐롤   그래도 저쪽은 아직 20%예요.

        우리는 스티브 개인 지분만으로도 30% 확보해놓은 거니까.

스티브   아니... 나 21%인데...

캐롤   에? 왜요??

스티브   지난번에 〈어게인〉 개발하면서 강휘 씨한테 지분 주고

        동상 산 돈이랑 벤츠 수리비, 지퍼백도 1,000만 원어치 사
        고...

        자서전도 돈 내고 쓰는 거라...

[자막-맥콤 지분현황 스티브 21 : 이근호 20]

제시   에? 그럼 지금 겨우 1% 더 가지고 있는 거예요??

스티브   그래도 나랑 강휘 씨 지분만 있어도 거의 26%니까.

하는데, 강휘의 묘한 표정.

스티브   강휘 씨...?

묘한 웃음 짓는 강휘. 스티브의 불안한 표정.

544

S#18. 개발실 (낮)

"포스텍이 카이스트보다 위대합니다. 그 사실을 인정합니다.

2022년 ~월 ~일 스티브"

강휘는 각서를 들고 미소 짓고... 스티브는 퇴장하는.

[자막-맥콤 지분현황 스티브 25.9 : 이근호 20]

S#19. 법무법인 가름 사무실 (낮)

스티브의 엄마 아빠가 자리에 앉아 누군가와 대화를 하고 있다.

엄마	그러니까 우리 지분을 팔라는 얘기지, 아들?
아빠	지분? 무슨 지분?
엄마	아니 왜 전에 궁이가 회사 만들고
	우리한테 투자받았을 때 자기네 지분 줬었잖아요.
아빠	아... 그랬나?
엄마	난 또 무슨 얘기라고 그렇게 뜸 들이나 했네.
	그럼~ 우리 아들내미가 하는 일인데. 엄마가 믿고 넘겨야지.
	여기 싸인하면 되나?

엄마와 아빠 밝은 표정으로 태블릿 PC에 전자서명 하는데...

엄마	(서명하며) 아유, 니가 진짜 내 아들이면 얼마나 좋을까?

보면, 엄마 아빠와 대화 나누는 상대는 스티브가 아닌 이근호다.

이근호   감사합니다, 어머니.

[자막-맥콤 지분현황 스티브 25.9 : 이근호 35]

S#20.   가름 사무실 앞 (낮)

이근호와 그를 수행하는 직원이 사무실을 나선다. 걸어가며 대화하는 둘.

이근호   어떨 땐 가족이 남보다 못한 법이거든.
               지금 몇 프로야?

직원   원래 있던 20%, 방금 15%, 총 35%입니다.
               어디로 모실까요?

이근호   음... 하나 더 있지. 우리 남궁이를 남보다 더 싫어하는 전가족.

S#21.   윤영의 집 앞 (낮)

이근호가 커다란 과일바구니를 든 수행직원과 함께 윤영의 집 초인종을 누른다.

이근호   제수씨! 저 근호예요! 문자 받았죠?

하는데... 문 열린다.

이근호   안녕하세요, 제수씨. 잘 지냈...

보면, 스티브다. 씨익 웃는 표정으로 나오는 스티브.

이근호   어...? 니가 어떻게...

스티브   (의기양양) 홋... 이거 뭐 결혼을 못 해봤으니 모르지.
이 부부관계라는 게 도장 한 번 찍는다고 끝나는 그런 게
아니에요.
만났다가 헤어지기도 하고 또다시 만나기도 하고. 아니 우
리가 몇 년을 사랑했는데...

윤영(E)   끝났으면 나가!! 꼴도 보기 싫어!!!

문밖으로 쫓겨나는 스티브. 헛기침하며 어색한...
[자막-맥콤 지분현황 스티브 40.9 : 이근호 35]

이근호   지금 이럴 시간 있나? 지분 야금야금 뺏기고 있는데.

스티브   홋, 그것 역시! 우리 직원들이 전방위에서 힘써주고 있지.
(제시에게 전화 거는) 제시! 어떻게 되고 있어?

제시(E)   네, 스티브. 방금 14% 뺏겼어요!

스티브   이런, 씨!

S#22.   붕어빵집 앞 (낮)

◆───────────────────────────

스티브와 통화하고 있는 제시.

제시   (욕먹고 있는 듯 표정이 안 좋은) ...네. 네. 알겠습니다.

필립   뭐래요?

제시   응, 욕. 저 사람이 근데 뭐하는 사람이라구?

필립   무슨... 로커랬는데...

제시   로커? 박완규?

곽성범   로커가 아니고 브로커, 브로커. 맛집 브로커.

보면, 캐롤과 모니카가 제시 필립의 지근 거리에서 맛집 브로커
와 대화하고 있다.

맛집 브로커는 촬영 준비로 한창 분주한.

브로커   야, 새꺄. 인서트 하나 따는 데 몇 명이 붙냐?
           출연자 스탠바이 안 됐어?

캐롤   저기요, 선생님. 그러니까 지분만 저희한테 파시면 더 귀찮
           게 안 하고 갈게요. 네?

브로커   아, 가시라고. 바쁘니까. 야, 통제 안 해?!

모니카   네, 선생님. 저희는 이상한 사람들이 아니구요.

맥콤이라는 스타트업에서 나왔는데...

브로커	뭐 맥콤? 맥콤... 아! 맥콤!

아, 씨. 거기 김치회산 줄 알고 투자했다가 무슨 파마 기계 만드는 데라고 해 가지고 내가... 암튼 지금 정신없으니까 다음에 와요!

야, 출연자 스탠바이 안 시켜?!

하는데, 조연출이 달려오는.

조연출	감독님! 지금 출연자가 단체로 배탈이 났다는데...
브로커	뭐?! 왜??
조연출	어제 뿔소라 크로와상 촬영했는데 소라 똥을 덜 뗐대요.
브로커	이런, 씨... 당장 촬영인데 큰일 났네.

난감해하는 브로커의 눈에 맥콤 직원들이 들어온다.

S#23. 어딘가 작은 사무실 (낮)

책상 2개 정도의 작은 사무실. 애슐리가 컴퓨터 책상에 앉아 있고 젊은 여자 사장이 마주 보고 앉아 있다. 생기 없고 타성에 잔뜩 젖은 듯한 사장.

사장	다영이 소개로 오신 거죠?

애슐리	네...
사장	개인 쇼핑몰이고요. 옷 팔아요. 이쁜 거.
	혼자 해도 상관없긴 한데... 뭐 그래도 오신 김에...
	MD 하시면 되겠네. 엑셀 할 줄 알아요?
애슐리	아... 아뇨...
사장	괜찮아요. (엑셀 켜며) 여기 빈칸에 상품코드 입력하시면
	되고요.
	뭐 넣으면 답 나오는 거니까.
애슐리	아... 네.
사장	그럼... 시작.
애슐리	...네? 끝이에요?
사장	네. 12시 되면 점심 드시고 오시고요.

사장, 본인 자리로 돌아가고... 애슐리, 당황스럽지만 일 시작한
다. 지루하고 뻔한 단순 업무를 반복하는 애슐리의 모습 몽타주.

S#24. 방송화면
(가상의 프로그램 〈요리보고 맛집보고〉)

◆────────────────────────────────

송출 버전의 편집이 완료된 가상의 방송 프로그램.
/붕어빵 가게 앞 줄 선 사람들.

성우(E)	여기도 맛집, 저기도 맛집! 맛집 홍수 속에 숨은 진짜 맛집

을 찾는다!
〈요리보고 맛집보고〉 오늘의 맛집은? ~~에 위치한 ~~붕어빵!

주방에서 반죽을 만들고 있는 사장님.

성우(E)   SNS에서 난리난 붕어빵이라 그런지 반죽부터 심상치 않다!

달걀 대신 타조알을 들고 오는 사장님.

성우(E)   잠깐만요, 사장님! 달걀이 조금 큰데요오~?
사장   타조알을 넣고 반죽하면 맛이 훨씬 더 담백하고 고소해집니다.
성우(E)   붕어빵의 비밀은 여기에서 끝이 아니다!
         며느리도 모르는 비밀 재료가 있다는데~?

타이거 새우를 손질하는 사장님.

성우(E)   아니아니, 사장님! 붕어빵에 타이거 새우가 들어간다고요~?
사장   타이거 새우를 잘게 다져서 반죽에 넣으면 쫄깃쫄깃해져요.
성우(E)   아니 붕어빵에 붕어 안 들어간다는 말은 들어봤어도 타이거 새우가~?
         동네 맛집으로 소문난 데에는 분명한 이유가 있었다!

가게 안 손님 인터뷰.

551

| 캐롤 | (사투리) 내 부산에서 왔어요~ 요 먹을라꼬예~ |
| | 여 동네를 붕세권이라꼬 해요. 만다꼬 레스토랑 갑니까~ |

주방에서 팥 앙금 만들고 있는 사장님.

| 사장 | 가만... 이게 올 때가 됐는데... |
| 성우(E) | 올 때가 됐다구요? 아니 도대체 뭐가요오~? |

보면, 어부처럼 앞치마를 두른 제시가 아이스박스를 들고 들어온다.

| 제시 | 사장님! 물건 왔습니다~ |

아이스박스를 열어보면

성우(E)	아니 사장님, 이게 대체 뭔가요?
사장	상어 지느러미입니다. 샥스핀. 이걸 팥에 넣어야 식감이 훨씬 부드럽고 쫄깃쫄깃해집니다.
성우(E)	맙소사! 사...사...상어 지느러미~? 이거 붕어방이 아니라 상어방 아닌가요오~?
제시(인터뷰)	내 뱃일 20년 하면서 붕어빵집에 납품하기는 처음이다 처음!
	~~붕어방 왔따예요!! 왔따!!!
성우(E)	반죽도 팥도 완성됐으니 이제 본격적으로 붕어빵을 구워

보자!

사장님~ 저희 너무 배고파요오~

얼굴에 검댕칠 한 필립이 숯을 들고 등장한다.

필립	사장님! 숯 왔어요~
사장	보자... 상태 좋네.
성우(E)	아니 붕어빵은 그냥 가스불에 굽는 거 아닌가요~?
필립	숯 중에 최고급 숯 비장탄입니다.
	여기에 구워야 풍... 그... 풍...
사장	여기에 구워야 풍미가 살아 있습니다.
필립	(웃는)

붕어빵 맛있게 먹는 부부 손님. 모니카와 곽성범.

모니카	우리 자기가 매일을 줄 서서 사다줬어요.
	거기에 반해서 결혼했다니까요?
곽성범	자기, 아~
모니카	(본인이 알아서 먹는)
성우(E)	맛집의 마지막 조건! 가격! 대표적 서민 음식인 붕어빵인 만 큼 너무 비싸면 맛집으로 인정하기 쬐~끔 곤란해지는데요~? 붕어빵의 가격은요?
사장	(밝게 웃으며) 500원입니다!

자막에 "숨은 맛집 인정!!" 자막이 두둥! 하고 박히고... 잠시 후 비슷한 디자인의 "맥콤 지분현황 스티브 49.9 : 이근호 49" 자막이 두둥! 하고 박힌다.

S#25.　붕어빵집 앞 (낮)

촬영이 끝나고 브로커에게 전자서명 받는 직원들. 아직 연기하던 그 차림새다.

제시	휴... 겨우 끝났네.
곽성범	스티브는 지금 어디래?
제시	은사님 찾으러 갔겠죠.
캐롤	은사님?
모니카	스타트업 보통 처음에 자문해주고 지분 가져가는 경우 많잖아.
캐롤	아... 스티브 은사님이면 스펙 장난 아니겠네.
제시	그렇겠지. 무슨 대기업으로 가는 거 같던데.
캐롤	헐, 우리는 생고생시키고 자기만 화려한 데에서...
제시	그러니까~ 아유~ 나도 사장 해야지~

S#26. 경마장 앞 (낮)

경마장 앞 쓰레기통. 쓰레기통 안에서 마권을 줍고 있는 초라한 행색의 남자.

주운 마권과 경기 결과를 맞춰보고... 또 줍고... 땅에 떨어진 마권을 주우려는데 누군가의 발이 걸린다.

은사님   죄송합니다. 발 좀...

남자, 고개를 들어 보면. 스티브다. (대필작가, 제이와 함께 있는)

스티브   선생님...

S#27. 백반집 (낮)

스티브와 대필작가 제이 은사님이 테이블에 앉아 있다. 은사님은 제자 앞에서 부끄러우면서도 초연한 듯 웃어 보이는데. 소주를 따는 은사님.

은사님   강원도로 세미나를 갔는데... 하루 일찍 간 거야.
          시간도 남고 뭐 할 거 없나 하다가...
          바카라라는 게 있다고 그러더라.
          내가 명색이 수학과 교순데 처음엔 땄지.

그러다가... 뭐... (웃는)

이렇게 됐네.

스티브   연락 못 드려서 죄송해요.

은사님   서로 좋아요 누르고 살면 됐지 안부는 무슨.

네 인스타 잘 보고 있다.

챠브네는 잘되고 있어?

참, 이번에 실버 세대 매칭 서비스로 피보팅했지?

스티브   잘 알고 계시네요, 선생님.

은사님   당연하지. 나한테 희망이라곤 남궁이 너 하난데.

스티브   네, 선생님. 제가 찾아온 건...

...네?

은사님   이제 나한테 희망은 너 하나야.

스티브, 지분을 다시 달라는 말이 스승의 유일한 희망을 빼앗는

것 같다.

차마 말을 못 꺼내는... 지갑에서 현금 몇십만 원을 꺼내 건넨다.

은사님   아이, 됐어. 무슨...

스티브   밥 사 드시고요.

만약에 누가 찾아와서 저희 지분 팔라고 해도 절대 팔지

마세요.

선생님 희망이잖아요. 아시겠죠?

S#28. 백반집 앞 (낮)

식당을 나서는 스티브와 대필작가 제이. 작가는 뭔갈 적으면서
나온다.

스티브	(작가에게) 이건 쓰지 마요.
작가	(멈추는)
제이	괜찮을까요? 선생님 지분이 1% 조금 넘고
	지금 저희가 확보한 지분이 49.9%인데.
스티브	저쪽도 49%야.
	어차피 50% 이상 아니면 맥콤 못 먹어.

하고, 스티브 이동하는데... 제이 뭔가 번뜩한 표정.

S#29. 대회의실 (낮) / 다음 날

한쪽엔 맥콤 직원들이 앉아 있다. 스티브는 표정이 좋지 않다.
반대편엔 마젠타 임원들, 이근호 수행직원, 오상무, 그리고 이근
호가 앉아 있다.
이근호를 노려보는 스티브. 보면, 이근호 옆에는 은사님이 앉아
있다.
스티브는 머리를 싸매고... 은사님은 스티브 볼 면목이 없는. 이
근호는 히죽대며 웃고 있다.

| 이근호 | 자! 계산 끝났죠? 여기 계신 서상범 선생님의 지분 1.03% 를 저희 마젠타가 인수해서! 맥콤의 경영권은 우리 마젠타 에게 귀속되었습니다. |

이근호   자! 계산 끝났죠? 여기 계신 서상범 선생님의 지분 1.03% 를 저희 마젠타가 인수해서! 맥콤의 경영권은 우리 마젠타 에게 귀속되었습니다.
야, 화면 띄워.

마젠타의 직원이 큰 화면에 맥콤 지분율 화면 띄우는데...
스티브 49.91675% : 마젠타 49.98335%

이근호   자, 보시다시피...
어? 이거 왜 이래... 왜 50이 안 넘어? 왜 둘 다 49야??

장내의 모두가 혼란스러운 가운데...

곽성범   스톡옵션! 스톡옵션 계산 안 했어요!

S#30. 어딘가 (낮)

저벅저벅... 구두 신은 여성의 발걸음.

S#31. 대회의실 (낮)

스티브   아니, 우리 중에 스톡옵션 받은 사람이 누가 있어?

다들 돈으로 받겠다고 아무도 안 받았잖아.

S#32.　대회의실 앞 (낮)

저벅저벅 걸어오는 발걸음. 문 앞에 멈춘다.

S#33.　대회의실 (낮)

제이　　　1명 있죠.

제이가 컴퓨터로 화면에 스톡옵션 창 띄우면 스톡옵션 주주 "신새벽 – 0.1%(3주)"라고 뜬다.

제이　　　신새벽 씨.

캐롤　　　어...?

스티브　　어?

문 열고 애슐리 등장한다. 화려하게 메이크오버한.

이근호　　너...!!

애슐리　　(도도하게) 주주.

제이, 준비해놓은 패드에 애슐리 전자서명 받는다.

맥콤 지분율 화면 스티브-50.01675%, 마젠타-49.98335%

환호하는 맥콤 직원들. 마젠타 임원들은 "흠!!" 하며 퇴장하고 이근호는 고개 푹 숙인 채 낙담한다. 겨우 고개를 들어 앞을 보면, 스티브를 향해 환호하는 맥콤의 직원들이 근호의 시선에 닿는다. 스티브의 기쁜 표정. 스티브와 시선이 마주친 이근호.

이근호   부러운 새끼...

             내가 지금은 간다.

재킷 챙긴 이근호, 초연한 듯 퇴장하고... 애슐리와 스티브의 시선 교환.

S#34.   식당 (밤)

개발진을 제외한 맥콤 직원들의 승리 자축 파티. 시끌시끌하다.
스티브가 애슐리 옆에 헛기침하며 어색하게 앉는다.

스티브   쫌... 변했네?

애슐리   (웃는) 이빨 빼러 갔는데 2층에 미용실 있길래요.

스티브   (웃는)

애슐리   그... 죄송해요. 제가 말을 너무...

스티브   아냐...

어떻게 알고 온 거야?

애슐리   (맞은편 제이 보며) 제이 연락받고요.

맞은편에서 미소 짓는 제이.

스티브   어쨌든 고마워. 나 때문에 이렇게 돌아와줘서...

애슐리   아뇨. 저 때문에 온 거예요.

스티브   응?

스티브 바라보는 애슐리.

S#35.   플래시백 / 23신 다음 날 / 개인 쇼핑몰 사무실 (낮)

뜯어진 옷 박스 앞에서 전화하는 애슐리.

애슐리   (전화하는) 아니 이걸 확인도 안 하고 보내시면 어떡해요? 네. 가디건 다 L 사이즈로만 왔어요. 네. 확인하고 연락 주세요.

애슐리, 전화 끊고 사장에게 간다.

애슐리   (조심스레) 저... 어떡하죠? 사이즈 발송이 잘못 왔는데...

제가 공장 가서 다시...

사장   괜찮아요.

애슐리   ...네?

사장   (시큰둥) 괜찮아요~

아~무 일도 안 일어납니다.

큰일이라고 생각했지만 아무 일도 일어나지 않는 상황에 당황
스러운 애슐리.

S#36.   식당 (밤)

애슐리   밖에 나갔더니...

거긴 내일이 궁금하지 않더라고요.

스티브, 무슨 말인지 전부는 모르지만... 미소 짓는.
자리에서 일어나 건배사한다.

스티브   자! 오늘 우리가 우리의 힘으로 맥콤을 지켜냈습니다!
언제나 그랬듯이 실패는 우리를 더 강하게 만듭니다!
앞으로 어떤 위기가 다가와도 여러분들과 함께라면 이겨낼
수 있습니다! 맥콤을 위하여!!!

모두   위하여!!!

직원들도 호응하는데... 여기저기에서 문자 도착음이 울린다.

"[web] 〈전산오류공고〉 -어게인- 특정 국가 아이피 차단 과정

중 오류로 짐바브웨 제외 국가 가입 불가. 오류 수정 중."

필립	이게... 무슨 말이에요?
제시	가입자가 짐바브웨에서만 받아진다는데...
캐롤	더 정확히는... 짐바브웨 할머니 할아버지만...

머리 싸매는 스티브.

스티브   후... 택시 잡아...

S#37. 개발실 (밤)

오류 수정으로 분주한 개발실.

곽성범   정신 안 차려?! 이게 말이 돼?!!
          돌아버리겠네, 정말!!!

하는데... "어? 금지" 안내판과 함께 연달아 들리는 "어?" "어?"
"어???????"

곽성범   뭐야, 또 뭔데?!!

(화면 보곤) ...어?!

스티브와 직원들, 급히 뛰어 들어온다.

스티브 아니 도대체 어떻게 된 거야? 뭘 어떻게 했길래 짐바브웨
에서만 받아져!! 도대체 거기가 어딘데!!!

제시 스티브, 스티브는 제3세계에 대한 편견을,

스티브 시끄러! 성범 씨, 고칠 수 있어?

곽성범 저... 이거 좀 보시죠.

곽성범, 스티브에게 화면 보여주는데... 놀라는 스티브와 직원들.

개발자 가입자가 폭증하고 있어요.

스티브 ...어?

스티브의 표정이 묘한 웃음으로 바뀌고... 애슐리를 비롯한 직
원들은 불길함을 감지한 듯... 스티브 바라보는데.

스티브 피보팅이다!

애슐리 이런, 씨발!

타이틀 인 '유니콘'

12화 엔딩

맥콤을
위하여!!!

만든 사람들

감독 **김혜영**
크리에이티브 디렉터 **이병헌**
극본 **유병재**
크리에이티브 라이터 **인지혜**

[쿠팡플레이]
제작 **김성한**
책임프로듀서 **안혜연**
프로듀서 **우세진**
컨설팅프로듀서 **박세진**

[스튜디오드래곤]
제작 **김영규**
책임프로듀서 **소재현**
프로듀서 **조도연 김수지**

[플러스미디어엔터테인먼트]
제작 **장재호**
제작총괄 **이경환**
제작프로듀서 **김태우**
조연출 **김솔비**
내부 조연출 **윤수희**
촬영 **이석민**
B촬영 **이재영**
조명 **장덕재**
그립 **김진경** team JK
동시녹음 **조현우**

미술 **김승경** 선데이스튜디오
분장 **이정숙**
의상 **양현서** STYLE7
특수효과 **전건익** 에이스이펙트
무술 **권귀덕** 본스턴트
편집 **이강희** 편집실
DIT **이종찬**
음악 **프라이머리**
사운드 **STUDIO SH**
VFX **Studio Whale&SemiColon**
DI **이동환** DH Media Works Lab

STAFF

[쿠팡플레이]
포스트프로듀서 **김우중**
마케팅 **조규동 박지민**
제작기술 **이재원 조설우**
편성 **구기원 김진성**
Content Management **김나경 주창민**

[스튜디오드래곤]
기획개발담당 **이기혁**
콘텐츠운영 **안지현 선서영**
콘텐트전략 **최보연 윤채희**
법무팀 **이규상 문주예 오혜진 이창우**
재무팀 **장성호 조규희 권상우**

[제작]
제작회계 **강하연**
라인프로듀서 **강하연**

[로케이션]
로케이션 Global E&B
로케이션팀 박치선 윤진구 류진호 박운산
로케이션지원 문찬희 홍원준

[연출]
스크립터 권효진
연출부 서민호 김태훈 김지수 백충헌
연출지원 이가영 고성재 박호준 김민정
　　　　　권승우

[극본]
샌드박스네트워크 유규선 팀장 한승헌
보조작가 박현주

[촬영]
촬영A팀 유태수 강병규 천영준 김주연
촬영B팀 박찬선 이종혁 최승환 김동민

[조명]
조명팀 박지훈 권민영 이슬우
　　　　민혜선 서채현
조명지원 이정현 한창희
발전차 정효준

[그립]
그립팀 진태준 이재석 문창성

[미술]
아트디렉터 유정하
미술팀 조재근 권순민
그래픽디자인 안세진 한상준
미술지원 권순관 맹정규 박수진 최선아

[세트]
세트 마야아트
세트팀 라승룡 문연수 김지현

[소품]
소품실장 김은혜
소품팀장 송민영
소품팀 윤혜영 이희원
소품지원 김민지

[동시 녹음]
붐 오퍼레이터 임정우
붐 어시스턴트 이정인

[분장]
분장팀장 유하나
헤어팀장 한현주
분장팀 전소정

[의상]
의상실장 윤혜정
의상팀 박선화 구지은
의상탑차 신현수

[편집]

편집 이강희 윤소현
편집팀 이혜빈

[음악]

Music Supervisor&Assistant 곽동혁
Assistant 양이두

[Audio Post Production]

Sound Team 김애정 최고은 이초희
　　　　　 이가영 김의선 김은광
　　　　　 성지영 홍예영
Foley 안기성 이민섭 김현욱

VFX

[Studio Whale]

CG Supervisor 황재원
Lead Compositor 하민구 손승훈
Compositor 김진솔 최예린 이예은

[SemiColon]

Motion Graphics Lead 이학진
Motion Graphics Artist 문성현

[Digital Intermediate&Mastering]

DI/Mastering DH Media Works Lab
DI 이동환

Image Mastering 이한슬
Assistant 김혜정
Date Management 박주현 김재겸

[마케팅]

현장사진 [장발장] [가라지랩]
메이킹필름 이희준 이은경 [장발장 필름]
예고편 박상권 우정연 우선호 [PEAK]
마케팅 홍보대행 김이서 오소휘 박세영
　　　　　　　 이인성 김송미
　　　　　　　 [머리꽃/KFMA]
온라인마케팅 김혜라 이정일 한은재
　　　　　　 박원희 이수민 [웹스프레드]
온라인디자인 한규정 정민지 김송은
　　　　　　 [웹스프레드]
광고디자인 김내은 우민혁 [길티플레저]
광고대행 김미라 이요한 마기태 정윤주
　　　　 안윤주 [ADQUA]
캠페인 프로덕션&디지털 영상 [스튜디오
　　　　　　　　　　　　　 심앤장]
포스터디자인 김내은 우민혁 [길티플레저]
OST 제작 이진철 안준 김유진 문영주
　　　　 [모스트콘텐츠]

[참여 업체]

캐스팅디렉터 김세영
　　　　　 [로드스타엔터테인먼트]
　　　　　 조훈연 김세영 조은진
　　　　　 [CNA에이전시]
아역 캐스팅디렉터 나정혁 김지환
　　　　　　　　 [CNA에이전시]
보조출연 장덕진 장현진 김규리 김백겸

강현아 [피오피컴퍼니]
스텝버스 **박상민** [꿈미디어여행사]
연출봉고 **김인규** [꿈미디어여행사]
카메라봉고 **김권진 한병택**
　　　　　[꿈미디어여행사]
차량배차 **김문갑** [꿈미디어여행사]
보험 **김영재** [한화손해보험]
소품차량 **이채현 김은수 이상영 고병찬**
　　　　　[쏘탄픽쳐카]
대본인쇄 **이종훈** [에스에이치미디어]
카메라장비 **[CJ ENM]**
조명장비 **[영화탐구생활] [뉴라이트]**
조명크레인 **박영일**

[자문]

노무자문 **김인근 서혜정**
　　　　　[노무법인 한국노사관계진흥원]

[도움 주신 분들]

샌드박스네트워크 **이필성 이상은 김진호**
　　　　　　　김경표

유니콘: 유병재 대본집

초판 1쇄 인쇄 2022년 9월 23일 | 초판 1쇄 발행 2022년 10월 17일

지은이 유병재

펴낸이 신광수
CS본부장 강윤구 | 출판개발실장 위귀영 | 출판영업실장 백주현 | 디자인실장 손현지
단행본개발팀 권병규, 조문채, 정혜리
출판디자인팀 최진아, 김리안 | 저작권 김마이, 이아람
채널영업팀 이용복, 우광일, 김선영, 이채빈, 이강원, 강신구, 박세화, 김종민, 정재욱, 이태영, 전지현
출판영업팀 민현기, 최재용, 신지애, 정슬기, 허성배, 설유상, 정유
영업관리파트 홍주희, 이기준, 정은정, 이용준, 정보길
CS지원팀 강승훈, 봉대중, 이주연, 이형배, 이우성, 전효정, 이은비, 장현우

펴낸곳 (주)미래엔 | 등록 1950년 11월 1일(제16-67호)
주소 06532 서울시 서초구 신반포로 321
미래엔 고객센터 1800-8890
팩스 (02)541-8249 | 이메일 bookfolio@mirae-n.com
홈페이지 www.mirae-n.com

ISBN 979-11-6841-394-8 03810

북폴리오는 참신한 시각, 독창적인 아이디어를 환영합니다.
기획 취지와 개요, 연락처를 bookfolio@mirae-n.com으로 보내주십시오.
북폴리오와 함께 새로운 문화를 창조할 여러분의 많은 투고를 기다립니다.

"End"